credit rating agency

트리플A

소설 **신용평가사** 하

구로키 료 • 지음 | 김준 • 옮김

AK STORY

목차

등장인물 소개

이누이 신스케乾慎介

일본계 신용평가회사의 애널리스트. 투자가를 배신하지 않겠다는 애널리스트로서의 사명을 지키려고 노력한다.

가오리香

이누이의 여자친구. 꽤 미인이며 모두의 행복을 기원하는 마음 착한 여성.

미즈노 료코水野良子

S&D의 시니어 애널리스트. 빈틈없는 일처리로 그 능력을 높이 평가받고 있다.

사와노 간지沢野寛司

히비야생명 경영기획부 과장(신용등급 담당). 충분한 근거 없이 신용등급을 내리는 마셜스와 대립한다.

산조 세이이치로三条誠一郎

마셜스의 스트럭처드 파이낸스 부문 간부. 알렉산더 리처드슨에게 깊은 신뢰를 받고 있으며, 등급평가의 수익성 극대화에 매진한다.

알렉산더 리처드슨(애칭 알렉스)

마셜스 본사 스트럭처드 파이낸스 부문의 책임자. 철저한 비즈니스 프렌들리 노선을 걷는다.

신용평가회사는 독이 든 자산에 마법의 가루를 뿌림으로써

말똥을 어리석은 자를 위한 황금으로 완성시켰다.

이러한 문제 산업에 대한 규제는 이제 미온적인

수정 정도로 끝낼 수 없게 되었다.

폴 칸조르스키 의원
(민주당, 미국 하원 자본시장소위원회 위원장)

제8장 외자계 회사

1

(1999년) 5월—

가로수는 신록으로 치장했고 그 가지 사이를 상쾌한 바람이 빠져나
가는 초여름의 어느 하루였다.

이누이 신스케는 재킷을 입고 봄 햇살이 쏟아지는 길을 걷고 있었
다. 가나가와 현에 있는 국립대학 부속 초등학교 안에 위치한 양호학
교로 가는 길이었다. 올해 일곱 살이 된 하나가 지난 4월 입학한 뒤
매일같이 걷는 길이다.

"당신—이 아름다운— 것은 사랑을— 할 때가 아닌……."

이누이는 좋아하는 가수 오구라 게이小椋佳의 노래를 자신도 모르게
중얼거리고 있었다. 가무잡잡한 얼굴에는 즐거운 표정이 번져 있었다.

하나가 양호학교에 입학한 이후 이누이와 가오리에게는 희망의 날
들이 이어지고 있었다.

그 학교는 일단 입학하면 대학 부속 고교까지 에스컬레이터식으로
진학이 가능했다. 장애를 가진 딸의 미래를 걱정하던 이누이 부부에
게 있어 하나가 100퍼센트 고등학교까지 진학할 수 있게 된 것은 엄

청난 기쁨이었다. 지난 2개월 정도는 하나가 태어난 이후 처음으로 두 사람의 가슴속에 희망의 등불이 켜졌던 나날이라고 해도 과언이 아니었다.

"당신—이 훌륭—한 것은 그저 살아가려고— 할 때……."

이날은 처음 맞는 아버지 참관일이었다.

하나의 반은 모두 합쳐 세 사람으로 다른 아이의 부친은 회사원과 사법서사였다. 그들을 만나서 서로 격려하고 어떻게 긍정적으로 살아갈 것인가를 이야기하는 일도 내심 기대되었다.

또 수업 뒤에 교장과 담임과의 면담도 할 예정인 만큼 그때 하나의 장래에 대해 틀림없이 긍정적인 이야기와 어드바이스를 들을 수 있을 것이라고 생각했다.

이누이는 기대와 희망으로 가슴이 부푼 채 오구라 게이의 '당신이 아름다운 것은あなたが美しいのは'을 부르며 가로수 아래를 걸어갔다.

오후—

"……바쁘신 가운데도 오늘 이렇게 참관해주신 점 정말로 감사드립니다."

양호학교의 교장실 회의용 테이블에서 회색 정장을 입은 여성 교장이 머리를 숙였다. 백발이 섞인 머리카락에 조금 테가 큰 안경을 쓴 50대 중반 정도의 인물이었다.

그리고 그 옆에는 학급을 담당하는 마흔 살 정도의 남성 교사가 앉아 있었다. 깃이 달린 감색 셔츠를 입고 파란색 선 세 개가 들어간 운동화를 신고 있었다.

교장실은 바닥도 벽도 오프 화이트풍으로 꾸며져 있어 밝고 청결했다. 안쪽으로는 책장과 철제 캐비닛, 집무용 책상 등이 있었고 책상 앞에는 4인용 응접 세트, 그리고 그 옆에 열 사람 정도가 앉을 수 있는 회의용 테이블이 있었다.

"저희야말로 이렇게 참관할 기회를 주셔서 감사할 따름입니다."

세 사람의 아버지들이 고개를 숙였다.

"어떻던가요? 수업을 직접 보시니."

인생의 노련함이 느껴지는 조심스럽고 인내심 있는 표정으로 여성 교장이 물었다.

"네에. 선생님들이 무척이나 열심히 가르쳐주셔서 감동받았습니다."

양복에 넥타이 차림의 사법서사 남자가 말했다. 나이는 서른일곱인 이누이보다 두세 살 아래로 보였다.

"가정과 교실이라든지 자립지원활동 지도교실, 그리고 컴퓨터 학습실 모두 설비도 좋고 훌륭하다는 생각이 들었습니다."

감색 카디건을 입은 회사원이 말했다. 통신 관계 회사에 근무한다고 했다.

"감사합니다. 그렇게 말씀해주시니 저희들도 더 힘을 낼 수 있을 것 같습니다. ……아, 식기 전에 차를 드시죠."

교장의 권유에 따라 세 사람의 아버지는 찻잔의 차를 마셨다.

커다란 창문 너머로 교정 바깥쪽을 따라 심어놓은 나무들의 신록이 보였고 그 사이로 교정에서 노는 아이들의 모습이 보였다. 이곳 국립대

부속 초등학교의 일반 클래스에는 시험을 쳐서 높은 경쟁률을 뚫고 입학한, 장래 도쿄대나 의학부를 지원할 우수한 아이들이 다니고 있다.

세 사람의 아버지들은 교장 및 담임 교사와 교육 문제며 평소 생활, 예정된 학교 행사에 대한 이야기를 잠시 나누었다.

"저기─, 그런데 여기는 고등학교까지 에스컬레이터식으로 진학할 수 있다고 들었고, 당연히 저희들로서는 무척 기쁘게 생각합니다만⋯⋯."

감색 재킷 차림의 이누이가 입을 열었다.

"졸업생은 대개 어떤 직업을 가지게 되는지요?"

왼쪽 눈 아래쪽에 눈물점이 있는 특징적인 얼굴에 미소를 띠우며 물었다. 마음속으로는 틀림없이 긍정적인 조언을 얻을 수 있을 것이라 생각했다. 하나를 위해 어떤 희생을 치르더라도 최선을 다해 노력할 거라고 다짐하고 있었다.

다른 두 사람의 아버지들도 기대를 담은 눈초리로 교장과 담임 교사를 응시했다.

"졸업 후의 진로 말씀이시군요⋯⋯."

백발이 섞인 여성 교장은 어딘가 담담한 목소리로 말했다.

"자제분들의 경우 신체적으로 큰 핸디캡을 짊어진 까닭에 일반적으로 사회에서 일을 하는 것은 상당히 어렵다는 문제가 있습니다."

세 사람의 아이들은 모두 중증의 지적·신체적 장애를 가지고 있다.

"저희들로서는 고교를 졸업할 때까지 혼자 일상적인 문제를 처리할 수 있는 지적·신체적 능력을 키울 수 있도록 지도하고자 합니다. ⋯⋯그런 만큼 직업 문제에 있어서는 가정 내에서 할 수 있는 일을 생각할 수가 있겠지요."

'가정 내에서 할 수 있는 일……?'

머릿속에 봉투 붙이기라든가 조화를 만드는 이미지가 떠올랐다.

"증상이 가벼운 장애라면 자택에서 컴퓨터를 사용한 데이터 입력이라든가 혹은 웹 디자인이라든가 하는 일도 있습니다만…… 자제분들의 경우는 실질적으로 무척 어려울 거라 생각합니다."

담임 교사가 말했다.

"그렇지만 기업의 경우 종업원의 5퍼센트는 장애인을 고용해야 한다는 규칙이 있지 않나요? 실제로 제가 다니는 회사에도 그런 사람들이 있고요."

회사원 남자의 말에 옆에 있던 이누이도 고개를 끄덕였다. 와쿄은행의 본점이나 지점에도 다리가 불편한 사람이나 한쪽 팔이 마비된 사람이 있었으며 사무 센터의 직원이나 전화 교환수로서 근무했다.

"분명 그런 법률이 있습니다만 실제로 채용되는 사람은 비교적 장애가 가벼운 사람으로 지적 장애가 없는 사람들이 대다수입니다."

여성 교장이 미안한 표정을 지었다.

"저기…… 그렇다 하더라도 꼭 밖에서 일하고 싶은 경우에는 뭔가 가능성이 있지 않은지요?"

포기하지 않고 이누이가 물었다.

자신과 가오리가 죽은 다음에도 어떻게든 하나가 자립할 수 있기를 바랐기 때문이다.

"그야…… 절대 불가능하다고 할 수는 없겠지만……."

교장은 곤혹스러운 얼굴이 되었다.

"어떤 일이 있을까요? 제 입장에서는 어떻게든 딸이 자립할 수 있도록 돕고 싶습니다."

뜨거운 눈빛으로 이누이는 교장의 얼굴을 응시했다. 다른 두 사람의 아버지도 마른침을 삼키며 교장의 말을 기다렸다.

"굳이 예를 들자면…… 일단은 폐품으로 모은 빈 캔을 밟아 납작하게 만드는 일이 있겠지요."

여성 교장이 담담하게 말했다.

"빈 캔을 밟아 납작하게……."

이누이는 더 이상 말을 잇지 못했다.

"아침부터 밤늦게까지 빈 캔을 밟는 일입니다."

남자 교사가 말했다.

"아침부터 밤늦게까지……."

빈 캔을 밟는 하나의 모습이 머릿속에 떠올라 가슴이 아팠다. 상상한 것만으로도 인간으로서의 존엄성이 훼손되는 기분이었다.

"저기…… 그런 일은 어느 정도의 급료를 받을 수 있는지요?"

사법서사인 아버지가 물었다.

"월급으로 3천 엔입니다."

"네? ……죄송합니다만 하루에 말인가요?"

사법서사인 남자는 자신이 잘못 들었다고 생각한 모양이었다.

"아닙니다, 월급입니다."

"월급? 월급이 3천 엔이라고요?"

남자는 깜짝 놀라는 표정을 지었다.

"그렇습니다."

남자 교사는 유감스럽다는 표정으로 고개를 끄덕였다.

"그리고 해당 시설에 매월 1만 5천 엔을 기부해야만 합니다."

"1만 5천 엔을 기부한다고요? 그럼 결과적으로 매월 1만 2천 엔을 내야 한다는 건가요?"

사법서사는 믿을 수 없다는 얼굴이었다.

"그렇습니다."

남자 교사는 담담하게 고개를 끄덕였다.

세 사람의 아버지들은 아무 말도 못 하고 고개를 숙일 수밖에 없었다.

면담이 끝난 다음 이누이는 하나를 데리러 교실로 향했다.

학교는 전철 역에서 걸어서 10분 정도 떨어진 곳에 있었지만 하나는 휠체어로 움직일 수밖에 없기 때문에 평소에는 가오리가 차로 등하교를 시키고 있었다.

이누이는 휠체어를 접어 트렁크에 넣고 팔다리가 부자유스러워 망가진 인형 같은 하나를 조수석에 태운 뒤 차를 출발시켰다.

마침 하교 시간이라 일반 학급의 아이들도 도보로 역을 향하고 있었다.

어려운 시험을 치르고 입학한, 장래 일본을 책임질 그 아이들은 모두 감색 교복과 교모로 몸을 감싸고 검은 가방을 든 채 즐거운 듯이 걷고 있었다.

희망과 가능성으로 가득한 아이들의 모습과 그와 비교되는 자신의 딸의 모습을 보며 이누이는 슬픔과 분노로 가슴이 찢어질 것만 같았다.

흐르는 눈물을 손수건으로 닦고 이누이는 이를 악물며 액셀을 밟았다.

그날 밤—

이누이는 위스키를 마시며 학교에서의 일을 가오리에게 이야기했다. 술이라도 마시지 않으면 도무지 견딜 수 없을 것 같았다.

"우리가 너무 긍정적이었던 거야…… 하나에게는 역시 장래가 없는 건지도 모르겠어."

가오리는 눈물을 흘리며 이야기를 들었고 결국 울다 지쳐 침실로 들어갔다.

'젠장! 이 세상엔 진짜 신은 없는 건가? 아주 조금이나마 희망을 가질 수 있을 거라 생각했는데 바로 절망의 나락으로 밀어버리다니!'

이누이는 취해 어질어질해진 머리로 운명을 저주했다.

실내에 있는 TV도 소파도 스테레오도 유리창도 모두 엉망으로 부수고 싶은 충동을 느꼈다.

"젠장!"

꽉 쥔 주먹으로 힘껏 식탁을 내리쳤다. 꽝 하는 큰 소리가 나면서 나무로 만든 식탁이 들썩였고 손가락이 부러질 듯 아팠다.

그날 밤 이누이는 의식을 잃을 때까지 위스키를 마셨고 거실 소파에 무너지듯 쓰러져 잠이 들었다.

2

6월—

이누이는 짧은 휴가를 얻어 가족과 함께 오키나와의 다케토미竹富 섬을 찾았다.

다케토미 섬은 야에야마八重山 군도 중 하나로 동서로 2.7킬로미터, 남북으로 3.2킬로미터 정도 되는 작은 섬이다. 야에야마 지방의 중심인 이시가키石垣 섬에서 쾌속선으로 10분이면 도착할 수 있었다.

세대 수는 약 170호, 인구는 약 340명의 작은 섬으로, 섬 전체가 융기 산호로 이루어졌으며 길은 부서진 산호가 깔려 있어 흰색이었다. 민가의 돌담 위에는 빨간 히비스커스 꽃이 흐드러지게 피어 있었고 물소가 관광객을 태운 수레를 끌고 강한 햇살 속을 천천히 걷고 있었다.

대규모 리조트 개발 없이 예전부터 살아왔던 집을 보존해온 덕분에 오키나와의 원래 풍경이라고 할 수 있는 사자를 올린 붉은색 기와지붕 집으로 이루어진 부락이 여기저기 있었다. 마치 작은 모형 정원 같은 섬이었다.

이누이 가족은 섬의 서쪽에 있는 콘도이 비치의 모래사장에 앉았다.

산호로 만들어진 백사장은 새하얗고, 눈앞의 바다는 앞쪽에서부터 투명에 가까운 색, 연한 녹색, 코발트블루, 청색, 군청색으로 이어지는 아름다운 색조를 보이고 있었다. 수심이 얕은 탓에 멀리까지 걸어갈 수 있을 것 같았다.

"……아직도 배가 부르네. 점심을 너무 많이 먹었나?"

비치 파라솔 아래 깐 타월 위에 앉아 이누이가 말했다.

세 사람은 점심으로 야에야마 메밀국수를 먹었다. 돼지 뼈와 닭 뼈를 우려내 소금으로 간을 한 국물이 깔끔하고 맛있었다.

"맛있었잖아, 야에야마 메밀국수. 도쿄에서도 먹을 수 있지만 역시 더운 오키나와에서 먹으니 전혀 다른 것 같아."

수영복 위에 하얀 티셔츠를 걸친 가오리가 말했다. 이누이보다 한 살 어린 서른여섯 살이었지만 지방은 전혀 붙지 않은 것이 젊었을 때의 체형을 유지하고 있었다.

그녀 곁에는 방금까지 헤엄을 치던 하나가 타월을 감고 잠들어 있었다. 팔다리가 부자유스러웠지만 물속에서는 튜브를 끼면 헤엄칠 수가 있다. 본인 혼자 할 수 있는 얼마 안 되는 운동 중 하나라 햇빛과 바람을 맞으며 헤엄치는 일을 무척 좋아했다.

"그러고 보니 하나 덕분에 우리도 지금까지 꽤 많은 곳을 여행했네."

가오리의 말에 이누이가 고개를 끄덕였다.

하나가 철이 들 무렵부터 이누이와 가오리는 하나를 기쁘게 하기 위해 휴일에는 적극적으로 놀러 다녔다. 시내와 근교를 차를 타고 가거나 국내 여행을 하거나 때로는 해외 여행도 했다.

"미국에서는 장애아가 태어난 가정은 그 아이를 중심으로 가족이 강하게 결속할 수 있어 행복하다고 한다던데 정말 그런 것 같아."

가오리의 말에 이누이는 머리를 끄덕였다.

"마실래?"

이누이는 옆에 있는 비닐 봉지 안에서 아이스 티가 든 페트병을 꺼냈다.

"고마워."

가오리는 받아들고 입으로 가져갔다. 약간 위를 향한 예쁜 코가 있는 얼굴 아래로 목이 규칙적으로 움직인다. 바람이 가오리의 티셔츠를 살짝 흔들었다.

"있잖아, 가오리……."

녹색의 반팔 폴로 셔츠를 입은 이누이가 말했다.

"나 외자外資 쪽으로 이직을 하려고 생각하는데……."

"뭐? 외자 쪽으로?"

페트병을 손에 든 가오리가 이누이를 돌아보았다.

"사실은 하나가 장래 빈 캔을 발로 밟는 일밖에 못할 거라는 말을 들은 이후 계속 생각을 했어. ……그렇다면 우리는 무엇을 할 수 있을까 하고."

"……."

"그 말을 듣고는 현실 사회에 대한 분노와 슬픔 때문에 한동안 잠도 못 잤을 정도니까."

이누이의 얼굴에 어두운 그림자가 스쳤다.

"그렇지만 분노하고 슬퍼만 해서야 아무것도 변하는 게 없잖아. 나는 하나의 부모고 부모인 이상 이 싸움을 포기할 수 없어. 그리고 싸우는 이상 전력으로 싸우지 않으면 안 된다고 생각을 바꿨어."

그것은 장애인을 받아들이지 않는 세상과의 싸움이었다.

"우리가 하나에게 해줄 수 있는 일은 가능한 한 많은 돈을 남겨주는 일이라고 생각해. 그래서 외자 쪽으로 옮길까 싶어."

결의에 찬 표정으로 말했다.

"난 외자계 회사로 가서 일하고 또 일해서 하나가 평생 쓸 수 있을 정도의 돈을 남겨주고 싶어. 누구나 깜짝 놀랄 정도의 돈을. ……그것이 우리가 하나에게 해줄 수 있는 최선의 길이라고 생각해."

"외자계 회사로……."

가오리는 당혹스러운 표정을 지었다.

"벌써 어딘가 정한 거야?"

"아니."

이누이는 고개를 저었다. "이번 여행이 끝나면 헤드헌터를 찾아가 일할 곳을 찾아달라고 부탁할까 해."

"그렇구나……. 그렇지만 그쪽으로 가면 또 바빠질 거잖아."

가오리가 쓸쓸한 표정으로 말했다. 아마도 이누이가 계속 일본계 신용평가사에 다니면서 가족과도 충분한 시간을 함께 지내기를 바라는 모습 같았다.

"당신 마음은 알아."

이누이가 말했다.

"그렇지만 우리가 하나에게 해줄 수 있는 가장 좋은 일은 가능한 한 많은 돈을 남겨주는 일이라는 생각은 안 들어? 나는 그렇게 생각하는데."

가오리는 작게 한숨을 쉬고 시선을 먼 바다 쪽으로 돌렸다.

그곳에는 이리오모테西表 섬의 짙은 녹색 그림자가 드리워져 있었다.

시원한 바람이 불었고 한없이 투명에 가까운 파도가 하얀 백사장에 조용히 와서 부딪쳤다.

"당신은 벌써 결정한 거지?"

조금 뒤에 다시 가오리가 입을 열었다.

"아, 아니야. 딱히 결정한 것은 아냐. 그렇게 해야 하지 않을까 생각한 것뿐이야."

조금 당황한 어조로 대답하자 가오리가 킥 하고 웃었다.

"당신 마음은 나도 잘 알아. 나 개인적으로는 지금처럼 가족과의 시간을 소중히 해줬으면 하는 마음이지만."

"……."

"그렇지만 역시 자긴 전력으로 달리는 걸 좋아하는 사람이니까."

이누이 쪽을 보며 미소 지었다.

"하나와 같이 목욕을 하거나 게임을 하는 당신도 즐거워 보이지만 역시 일을 더 하고 싶지 않을까 하는 생각도 들었어."

"그, 그랬어?"

"은행에서 신용평가회사로 이직하고 1년 정도 뒤부터는 미국에서 증권화 책을 구해 밤늦게까지 사전을 찾아가며 읽기도 했잖아……. 틀림없이 불완전 연소인 상태일 거라 생각했어."

"……."

"나는 당신이 원하는 일을 하는 게 맞다고 생각해."

가오리는 이누이를 격려하듯 말했다.

"그렇지만 앞으로도 가족을 소중히 여겼으면 좋겠어."

"아, 그야 당연하지."

이누이는 몇 번이고 고개를 끄덕였다.

며칠간 다케토미 섬에서 휴가를 보내고 도쿄로 돌아온 이누이는 지요다 구 1번지 영국 대사관 근처 빌딩에 사무실이 있는 외자계 헤드헌팅사의 일본인 헤드헌터에게 연락을 취해 외자계 회사에 이직하고 싶다고 알렸다.

얼마 되지 않아 헤드헌터로부터 꼭 맞는 일자리가 있다고 연락이 왔다. 마셜스재팬의 스트럭처드 파이낸스證券化 부문의 애널리스트 업무였다.

며칠 후 이누이는 우치사이와이 가 1번지의 '임페리얼 타워' 13층에 있는 마셜스 사무실로 가 면접을 받았다.

스트럭처드 파이낸스 그룹의 책임자(매니징 디렉터)는 최근 뉴욕 본사로 돌아간 야나세 지로를 대신해 소메타니染谷라는 이름의 일본인 남자가 맡고 있었다. 1류 국립대학 경제학부 출신으로 일본의 증권화 상품에 대한 신용평가 부문에서 파이오니아적인 인물이었다.

소메타니는 이누이를 마음에 들어 하며 "일본에서도 증권화가 활성화되었지만 우리 스프파이(스트럭처드 파이낸스의 약칭) 부문에는 아직 애널리스트가 일곱 명밖에 없어 정신없이 바쁘네. 꼭 우리에게 힘을 빌려주었으면 하네" 하는 말과 함께 그 자리에서 악수를 청했다.

일본산업은행과 미국계 투자은행을 거쳐 마셜스재팬의 스트럭처드 파이낸스 그룹의 넘버 투(바이스 프레지던트)가 된 산조 세이이치로의 면접도 받았다. 이누이보다 두 살이 어린 산조는 이누이를 기억하고 있었다. "호리카와 다케시 같은 이상주의는 마셜스에서는 안 통합니다. 뭐어 당신이 운 좋게 채용된다면 사이좋게 일합시다"라고 뚱한 얼굴로 말했다.

7월—

이누이는 업무가 끝난 다음 상사인 호리카와 다케시에게 마셜스로 이직할 예정임을 밝혔다. 하나의 장래 때문에 돈을 많이 주는 외자계로 가고 싶다는 이야기 역시 했다.

"……그렇군, 딸을 위해 이직을 결심한 거군."

회의실의 긴 테이블에 앉은 호리카와가 딱딱한 표정으로 말했다.

"언제부터 가는 건데?"

가느다란 검은 테 안경의 두꺼운 렌즈를 통해 이누이를 쳐다보았다. 작은 체구에는 항상 입는 갈색 양복을 걸치고 있었다.

"10월 1일부터 갔으면 합니다."

이누이는 미묘한 표정으로 대답했다.

호리카와는 평소 외자계 기업과 외국인을 '벌레'라고 불렀고 "마셜스의 스트럭처드 파이낸스의 신용평가는 완전히 미쳤다"며 비난했다. 어떤 불벼락이 떨어져도 이상할 것은 없다고 이누이는 생각했다.

그러나 입사 이후 호리카와의 지도를 받으며 이누이 또한 열심히 일을 해왔다. 그 덕분에 지금은 완고하게 이상을 추구하는 호리카와와 금융기관이나 회사 상충부 사이의 쿠션 역할을 하고 있었다.

"그래? 10월 1일부터라……."

호리카와는 순간 생각에 잠기는 표정을 지었다.

"여러 회사에서 다양한 사상을 접하는 것도 좋지. 미국계 신용평가사에는 미국계 특유의 정보와 사물을 보는 방법이 있을 거야. ……그렇지만 한 가지 잊지 말았으면 하는 것이 있어."

쏘는 듯한 시선으로 이누이를 쳐다보았다.

"투자가를 배신해서는 안 된다는 거야. 그것만큼은 절대 잊지 말았으면 좋겠어."

"네에."

이누이는 고개를 끄덕였다.

"그리고 여론과 시장의 풍조에 휩쓸리지 말고 사람들로부터 항상 한 걸음 떨어져 진실을 알아내려는 노력을 하길 바라. 투자가에게 있어 신용평가는 마지막 보루니까."

"네에."

"알지? 우리가 시장에서의 정의를 지키는 마지막 방파제라는 사실을."

"알고 있습니다."

이누이의 대답을 듣고 호리카와는 고개를 끄덕였다.

"그럼 그만하지. ……남은 두 달 열심히 일하고 많이 공부하도록 해."

그렇게 말하고 호리카와는 일어서서 회의실을 나갔다.

평소처럼 상체를 꼿꼿하게 세우고 있었지만 그의 뒷모습은 어딘가 모르게 쓸쓸해 보였다.

3

2년 5개월 후(2001년 12월 중순)—

이누이 신스케는 마셜스재팬의 사무실에서 일하고 있었다.

애널리스트의 책상은 높이가 1.8미터 정도 되는 파티션으로 둘러싸여 있었다. 이누이는 서류를 보면서 컴퓨터에 데이터를 입력하고 있었다. 화면에 떠 있는 것은 신용평가를 산출하기 위해 개발된 컴퓨터 모델이었다.

사무실은 2개월쯤 전에 우치사이와이 가 1번지의 '임페리얼 타워'에서 미나토 구 아타고 2번지의 고층 빌딩 20층으로 이전했다. 부근에는 아타고 신사와 세이쇼지靑松寺, 시바芝 공원 등이 있어 도심치고는 녹음이 풍부했다. 그 반면 교통편이 좋지 않았고 또 상점이며 레스토랑 등도 적었다.

이누이가 마셜스에 입사한 지 2년이 지났다.

그간 일본뿐 아니라 전 세계적으로 증권화 안건이 급증한 까닭에 정신없이 바쁜 날들을 지냈다. 증권화 비즈니스는 클로징(안건 완료) 날이 미리 정해져 있으므로 그날을 목표로 발행체, 금융기관(어레인저), 신용평가사 등의 관계자들은 2, 3개월 동안 집중적으로 업무를 해야만 했다.

마셜스에 입사한 뒤 가장 인상적이었던 것은 금융기관을 비롯한 거래처에서 자신을 대하는 태도가 달라졌다는 점이었다. 일본산업은행

(내년 4월 미즈호 파이낸셜 그룹에 통합 예정)과 도쿄미쓰비시은행의 인간들로부터도 무시당하는 일이 사라졌다. 또한 금융기관에 가면 은행장이나 전무급이 나왔다.

스트럭처드 파이낸스 그룹의 애널리스트는 이누이가 입사했을 때엔 이누이를 포함해 여덟 명밖에 되지 않았다. 그러나 지금은 스무 명 가까이까지 팽창했으며 인원을 더 보충하려는 계획을 가지고 있었다. 애널리스트들은 일본계 및 외자계 금융기관 출신이 많았다. 성격이 조용한 사람, 특이한 습관이 있는 사람 등 유형은 다양하지만 무엇인가 번뜩이는 것을 가지고 있었다. 또한 컴퓨터에 의한 모델링을 항상 사용하는 까닭에 FIG금융기관 담당 그룹나 코퍼레이트 파이낸스 그룹Corporate Finance group-사업회사의 신용평가 부문과 비교하면 이과계의 백 그라운드를 가지고 있는 인간이 많았다.

스트럭처드 파이낸스 그룹 안건의 등급평가는 금융기관이나 사업회사의 등급평가와는 달리 도쿄의 인원만으로 등급조정위원회를 열어 결정했다. 논의는 진지하고 아카데믹한 것으로 맨션의 임대료가 적정 수준인지 아닌지를 둘러싸고 열 명의 애널리스트가 몇 시간에 걸쳐 격렬하게 논의를 하는 경우도 있었다. 논의를 할 때는 지위의 고하는 관계없으므로 가장 아래의 애널리스트도 매니징 디렉터에게 "이거 어떻게 계산한 겁니까? 레버리지leverage가 너무 높은 거 아닙니까?"라고 거리낌 없이 의견을 말할 수 있었다. 세세한 항목에 집착하거나 격론을 벌이는 애널리스트는 대개 정해져 있는 까닭에 그들이 등급조정위원회에 나오면 리더 애널리스트는 머리를 감싸곤 했다.

미국계 기업답게 업무 방식은 합리적으로 자택에서 회사의 보이스 메일을 체크하면서 두께 20~30센티미터나 되는 계약서를 읽기도 했다. 업무가 길어질 때는 택시로 집에 가기도 하고 회사 경비로 호텔에 묵기도 했다. 또한 외자계 회사답게 각 부문의 경비 관리 또한 철저했다. 어느 날 스트럭처드 파이낸스 그룹의 복사기가 고장 나서 어시스턴트 여성에게 "총무부에 복사기가 있으니까 거기서 복사 좀 해줘요"라고 부탁했더니 "그렇게는 안 돼요. 다른 부에서 복사를 하면 그 부의 경비로 정산되서 문제가 복잡해지거든요"라는 말을 듣고 어안이 벙벙해진 적도 있었다.

중립성과 투명성을 확보하고 등급평가에 대한 신뢰를 유지하기 위해 오랜 시간 쌓아온 제도와 규칙이 있는 까닭에 컴플라이언스가 엄격했다. 특히 인사이더 거래를 방지하기 위해 주식을 가지고 있는 경우는 입사 때 전부 팔거나, 팔 때는 회사의 허락을 받지 않으면 안 된다. 또 다른 회사와 미팅을 하는 일은 그 회사의 등급이 변한다는 사인이 되므로 사무실 안에 있는 화이트 보드 등에는 보통 방문처를 적지 않았다. 세미나 강사를 할 때는 금전을 받지 않고 전부 무보수로 해야 했으며 고객과 물건을 심사할 때 먹는 점심은 더치페이였다.

한편 마셜스는 작년(2000년) 9월 모회사인 미국의 대형 신용조사회사에서 분리되어 뉴욕증권거래소에 상장된 이후, 점점 사내의 공기가 수익을 중시하는 분위기로 바뀌고 있었다. 그런 분위기를 이끄는 것이 바로 스트럭처드 파이낸스 부문으로 작년 12월기 결산에서는 회사 전체의 총수입 중 38.3퍼센트에 해당하는 1억 9920만 달러(약 2080

억 원)의 수입을 거둬 사채 등급평가 부문(동 31.3퍼센트)의 코를 납작하게 만들었다.

스트럭처드 파이낸스의 장점은 높은 수수료에 있었다. 마셜스의 사채 등급평가 수수료는 한 건당 500만 엔에서 1천만 엔이지만 스트럭처 파이낸스는 발행액에 따라 수수료가 증가하는 종량제로 요율料率은 0.5베이시스 포인트에서 10베이시스 포인트(0.005~0.1퍼센트)에 이르렀다. 만약 발행액이 5천억 엔이고 요율이 3베이시스 포인트라면 수수료는 1억 5천만 엔이 되는 것이다. 또한 사채의 등급평가는 1사당 최대 몇 건밖에 되지 않지만 증권화 상품은 얼마든지 만들 수 있다는 장점도 있었다.

미국 최고의 투자가 워렌 버핏은 마셜스의 고수익과 성장성을 높이 평가하여 보유 주식 비율을 높였다. 각 부문 애널리스트에 대해서는 돈을 벌라고 하는 직접적인 지시는 없었지만 영업 부문의 사원은 매출 목표가 부여되었고 그것이 애널리스트에게 간접적으로 영향을 미치고 있었다.

"여어, 이누이. 잠깐 뭐 좀 먹으러 갈까?"

이누이가 책상에서 컴퓨터에 데이터를 입력하고 있을 때 파티션 너머에서 목소리가 들렸다.

고개를 들자 스트럭처드 파이낸스 그룹의 책임자이자 주일대표를 겸하고 있는 소메타니가 서 있었다.

야나세 지로가 뉴욕 본사로 돌아간 다음 마셜스재팬에서는 소메타니와 미국인 한 사람이 공동으로 주일대표를 겸하고 있었다.

"아, 그럴까요. 가시죠."

이누이가 대답하고 일어섰다.

손목시계를 슬쩍 보자 밤 7시를 넘긴 시점이었다.

두 사람은 엘리베이터와 계단으로 지상까지 내려와 육교 건너편에 있는 카페 겸 바에 들어가 핫도그와 맥주를 주문했다.

시크하고 정돈된 느낌의 가게로 보도에 접한 앞쪽은 유리창으로 되어 있어 라이트를 켠 차가 왕래하는 길이며 불을 밝힌 부근의 빌딩이 보였다. 가게 안에는 일을 마친 남녀 회사원들이 와인이나 커피 등을 마시며 이야기를 하고 있었다.

"정말 바쁘군."

소메타니가 맥주를 한 모금 마시고 혼잣말처럼 중얼거렸다.

소메타니는 홀쭉한 얼굴에 무테 안경을 쓰고 있었고 날씬했지만 약간 등이 구부정한 느낌이 드는 사람이었다. 나이는 40대 전반으로 일본의 증권화 상품에 대한 등급평가에 있어 개척자 같은 존재였다. 맥주와 담배를 좋아해 저녁이 되면 부하들을 끌고 한잔한 다음 다시 사무실로 돌아가 늦게까지 일을 하는 것이 일과였다. 이누이는 소메타니와 나이가 비슷하고 담배도 조금 피우는 까닭에 자주 함께하고는 했다.

"일본 국채 건은 얼추 마치신 건가요?"

담배 연기를 가볍게 뿜으며 이누이가 물었다. 감색 재킷에 넥타이는 하지 않은 비즈니스 캐주얼 차림이었다.

"그래, 이제 한 군데나 두 군데의 취재를 받아야 하지만 거의 끝난 거나 다름없어."

맥주잔을 손에 들고 소메타니가 말했다.

3년 전 11월 일본 국채를 트리플 A에서 Aa1으로 내림으로써 여론의 반발을 불러일으킨 마셜스는 작년(2000년) 9월에는 Aa2, 올해 12월 4일에는 Aa3로 일본 국채의 등급을 다시 내렸고 앞으로의 전망 역시 부정적으로 본다는 의견을 내놓았다.

일본 국채의 등급평가는 일본인 애널리스트도 참가하는 뉴욕 본사의 등급조정위원회에서 결정하지만 소메타니는 주일대표인 만큼 매스컴에 설명을 하는 역할도 해야 한다.

"국채 등급의 하향 조정은 여전히 일본 쪽의 반발이 강하지만 뭐어 지금은 우리만 그런 게 아니라서 많이 편해졌어."

S&D, 피치IBCA 모두 일본 국채의 등급평가는 더블 A 플랫으로 내린 상태였다.

"그렇지만 아웃룩(전망)이 네거티브라는 것은 다음은 싱글 A로 하겠다는 뜻 아닌가요?"

"가능성은 있지."

소메타니는 고민스러운 표정으로 말했다.

"그렇지만 싱글 A는 웬만한 개발도상국도 받는 등급이잖습니까?"

아프리카의 보츠와나는 A1, 이스라엘과 폴란드 같은 곳은 A2였다.

"그렇게까지 내린다는 것은 뭔가 모르는 사정이라도 있는 건가요?"

"아니, 딱히 그런 건 없지만…… 뭐 저쪽에 가서 신문을 보면 '일본은 파탄 직전'이라는 논조가 많아 놀랄 정도거든. 아마 애널리스트들이 그런 것에 영향을 많이 받는 것 같아."

"흐음."

"어차피 신문이야 독자가 기대하는 기사만 쓰는 법이고 신용평가역시 굳이 말하자면 애널리스트의 독단과 편견 같은 거니까."

소메타니는 무척이나 맛있다는 표정으로 담배 연기를 뿜었다.

"그보다 엔론 쪽이 좀 위험한 것 같아."

작년 12월 2일, 휴스턴의 일개 가스·파이프 라인 회사에서 급격한 성장을 이룬 끝에 매출액 규모에서 미국 전체 7위를 차지하고, 『포춘』지에 6년 연속으로 '가장 혁신적인 미국 기업'으로 뽑혔던 엔론이 분식결산 끝에 파산했다. 마셜스는 파산 나흘 전까지 동사를 투자 적격 기업으로 평가한 탓에 투자가와 시장 관계자로부터 비판을 받고 있었다.

"엔론 말인가요⋯⋯. 9·11 테러 때쯤부터 급격히 안 좋아졌었죠. 저도 그 모습을 보고 등급을 내리지 않아도 괜찮을까 싶었을 정도니까요."

3개월 전 뉴욕의 세계무역센터 북쪽 건물에 보스턴 발 로스앤젤리스 행 아메리칸항공 11편 보잉 767기가 돌진해 충돌했고 18분 뒤에는 같은 빌딩 남쪽 건물에 유나이티드항공 175편의 동종기가 충돌하는, 세계를 깜짝 놀라게 한 동시 다발 테러가 발생했다. 테러는 엔론뿐 아니라 세계 경제에 심각한 영향을 미쳤다. 마셜스를 비롯한 신용평가회사들은 각 업계에 대한 영향의 분석이며 등급평가 작업에 눈코뜰 새 없었다.

"신용평가사들이 왜 더 빨리 엔론의 파산을 알아차리지 못했는지 비판을 받고 있으니 조만간 최고 책임자가 의회에 불려가 증언을 하게 될 거야."

등이 구부정한 소메타니가 심각한 표정으로 맥주를 마셨다.

"저희 업무에도 뭔가 영향이 있을까요?"

"아니, 스트파이 쪽은 괜찮을 거야."

소메타니는 고개를 저었다.

"어제 알렉스와 전화로 이야기를 나눴지만 간단히 말하면 등급평가 프로세스의 투명성을 요구받게 될 것 같다고 하더군."

소메타니의 직속 상사는 본사 스트럭처드 파이낸스 부문의 책임자인 알렉산더 리처드슨이었다.

"스트파이의 등급평가는 컴퓨터 모델에 데이터를 입력한 뒤 그 결과에 따라 결정하니까 프로세스적으로는 원래부터 상당히 투명한 편이지."

"그렇습니다."

"문제는 베테랑 애널리스트가 육감으로 결정하는 금융기관과 사업회사의 등급평가야. ……그쪽을 조금 더 컴퓨터화할 수 없나 하는 이야기가 될 것 같아."

"흐음…… 그렇군요."

이누이는 일본계 신용평가사에 있을 때, 오사카의 지방은행 남성으로부터 거래처인 회사 화장실의 청결이라든가 경영자의 자질 등은 컴퓨터 모델에 반영할 수 없지 않느냐 하는 이야기를 들은 기억이 떠올랐다.

"하긴 그렇다 한들 우리가 사용하는 컴퓨터 모델도 전제 같은 것이 틀렸으면 말이 안 되는 거지만."

소메타니는 쓴웃음을 지으며 맥주잔에 남아 있던 맥주를 모두 마시고 웨이터에게 계산을 부탁했다.

두 사람은 가게를 나와 차가운 바람에 몸을 움츠리며 왔던 길을 되돌아갔다.

"여전히 스트파이는 불야성이군."

길을 걸으며 소메타니가 빌딩 20층에 있는 스트럭처드 파이낸스 그룹이 있는 쪽을 바라보며 말했다.

"안건이 많아 해도 해도 끝이 없을 정도니까요."

이누이도 빌딩을 올려다보았다.

모든 창문에 환하게 불이 켜져 있는 것이 보기만 해도 열기와 긴장감이 전해지는 것 같았다.

해가 바뀌어 2002년—

이누이는 사무실 컴퓨터로 엔론에 대한 미상원 정부활동위원회의 공청회 비디오를 보고 있었다.

눈이 부실 만큼 형광등이 켜진 공청회 회장에 수많은 사람이 와 있는 것이 보였다. 완만한 곡선을 그리고 있는 정면 자리에 십수 명의 상원 의원이 재판관처럼 착석해 있었고 그 앞쪽의 조금 낮은 플로어에 늘어선 긴 의자에는 정부 당국의 관계자들이 앉아 있었다.

그리고 그들과 대치하듯 맞은편에 놓은 긴 테이블에는 마이크를 앞에 두고 마셜스, S&D, 피치레이팅스(피치IBCA에서 상호 변경)의 간부가 앉아 있었다.

"Good morning."

적갈색 장막과 성조기를 뒤에 두고 앉은 위원장 조 리버먼이 미소를 띠며 말했다. 백발에 나이는 60세인 유럽계 유대인으로 부대통령 후보로 출마한 적도 있는 코네티컷 주 출신의 민주당 상원 의원이다.

이마가 넓은 그 유대인은 출석자에게 환영의 뜻을 표한 다음 공청회의 취지에 대해 말했다.

"······we will ask why the credit raters continued to rate Enron as a good risk, right up until four days before it declared bankruptcy(저희는 왜 신용평가사들이 엔론이 파산을 선언하기 나흘 전까지 동사의 신용을 높게 평가했는지 묻고 싶습니다)."

검은색 정장에 붉은 넥타이를 맨 상원 의원은 정치가답게 한 마디한 마디 굵고 잘 울리는 목소리로 말했다.

리버먼은 채권 발행에 있어서의 등급평가의 중요성, 그것이 기업의 자금 조달과 투자 펀드, 연금 기금의 활동에 미치는 영향을 지적했다. 그리고 지금의 신용평가회사는 성서에 필적할 만한 절대적인 권위를 가지고 있다며 뉴욕타임스에서 세계의 2대 슈퍼 파워가 미합중국과 마셜스인베스터스서비스라고 보도한 사실을 인용했다.

"······그러나 이러한 힘이 있으면서도 유독 엔론만큼은 신용평가사들도 신문을 읽는 일반 시민 정도의 지식밖에 없었던 겁니다."

이어서 리버먼은 S&D의 애널리스트가 엔론이 파산하기 1개월 전에도 "엔론은 우수한 회사로 장기적으로 볼 때 현재의 등급을 유지할 능력을 가지고 있다"라고 말했고, 파탄의 원인이 된 3500개 이상의 SPESpecial Purpose Entity—특별목적회사에 대해 "과거의 것"이라고 발언한 사실을 지적했다.

"지금 근원적인 의문은 왜 이와 같은 일이 일어났는가 그리고 앞으로 어떻게 하면 신용평가회사가 가진 권위를 자본 시장을 지키는 일에 사용할 수 있을까 하는 것입니다."

리버먼은 이야기를 마친 뒤 맞은편 증언석에 앉은 마셜스의 각 부문 책임자(매니징 디렉터)에게 발언해줄 것을 요구했다.

의원·정부 관계자 자리와 증언석 사이는 2미터 정도밖에 떨어져 있지 않았고 자리와 자리 사이 빈 공간에 깔린 적갈색 카펫 위에는 매스컴에서 나온 카메라맨이 스무 명가량 앉아 열심히 사진을 찍고 있었다.

"Good morning Chairman Lieberman, Senator Thompson and members of the committee. My name is……(리버먼 위원장님, 톰슨 상원 의원님, 위원 여러분, 안녕하십니까. 제 이름은……)."

검은 양복에 하얀 버튼 다운 와이셔츠, 기하학 무늬의 넥타이를 한 마셜스의 매니징 디렉터는 이마가 넓고 날씬한 남자였다. 나이는 50세 정도.

지적 노동자다운 유려한 어조로 자사의 연혁과 등급평가의 의미를 간략하게 소개한 다음 엔론의 케이스에 대해 이야기하기 시작했다.

"……Our strong record is due in large part to availability of reliable information(저희의 뛰어난 실적은 주로 신뢰 가능한 정보를 제공받는 일에 기초를 두고 있습니다). 그렇지만 엔론의 정보 공개와 저희들의 질문에 대한 회답은 오해를 불러일으킬 만했고 또 불완전한 것이었습니다.”

'하기야 이런 식으로 말하는 수밖에 없겠지……. 이러한 상황이면 항상 비방전이 펼쳐지기 마련이니까.'

종이컵에 든 식은 커피를 마시며 이누이는 이어폰으로 화면 속의 대화를 들었다.

도쿄 시각은 이미 오후 10시를 넘었지만 실내는 형광등이 휘황찬란하게 켜져 있었고 스무 명이 넘는 애널리스트들은 거의 모두가 일을 하고 있었다.

일본의 증권화 안건은 폭발적으로 증가하고 있었고 마셜스 전체의 업적 향상에 큰 도움을 주고 있었다.

마셜스는 지난해 매출은 7억 9670만 달러를 올리고 순이익 2억 1220만 달러를 올리면서 매출은 전년 비 32퍼센트 증가, 순이익은 34퍼센트 증가했다.

“……마셜스는 엔론을 투자 적격 등급으로 판단했습니다만 동사에 대해서는 항상 주의를 기울이고 있었고 그에 따라 투자 적격 등급 중에서도 거의 최저 등급인 Baa2로 했습니다.”

화면 안에서 미국인 매니징 디렉터가 증언을 계속했다.

“엔론은 1999년 무렵부터 싱글 A 등급을 받기 위해 신용평가사에 다양한 정보를 제공하기 시작했습니다. 그러나 ‘랩터’, ‘로하이드’, ‘플레이버 하트' 등의 SPE의 존재를 숨겼습니다."

2000년 8월 23일 80달러로 사상 최고가를 기록한 엔론의 주식은 작년(2001년) 초에도 79달러 80센트라고 하는 비싼 가격으로 거래가 시작되었다.

그러나 미국의 네트 버블이 붕괴되면서 2월 중순부터 주가가 내려가기 시작했고 3월 21일에는 55달러 80센트까지 내려가면서 1년 2개월 만에 50달러대를 기록했다. 8월 14일에는 엔론 약진의 주역이었던 제프리 스킬링 CEO가 갑자기 사임하는 충격적인 사건이 발생하면서 주가는 40달러 이하로 떨어졌다.

"스킬링 씨의 사임 후 저희들은 엔론 경영진에 대해 거액의 상각 혹은 허위 계상이 있지 않았는가 질의를 했습니다. 엔론 측에서의 대답은 그런 일은 일절 없으니 안심하라는 것이었습니다. 그러나 10월 16일에 이르러 약 10억 달러의 상각을 실시했고 3분기는 6억 1800만 달러의 적자를 기록했다고 발표했습니다."

마셜스는 바로 그날 엔론을 크레디트 워치로 지정했으며 엔론에 대해 더욱더 많은 정보 개시를 요구하는 한편 사내에서 회의를 거듭했다. 그 결과 2000년 3월 Baa1으로 올렸던 장기 등급을 Baa2로 내리고 계속해서 내릴 방침임을 발표했다.

"마셜스는 이미 엔론을 투자 적격 등급으로 두어서는 안 된다는 생각을 하고 있었습니다. 그때 엔론 측에서 다이너지와의 합병 교섭이 시작되었다고 연락이 온 것이었습니다."

다이너지는 엔론과 마찬가지로 휴스턴에 본사를 둔 에너지 기업이었다. 국제 석유 메이저인 세브론텍사코가 26퍼센트의 주식을 보유하고 있는 곳이었다.

마셜스는 합병 조건에 대해 엔론 및 다이너지와 질의 응답을 거듭한 끝에 합병 후의 새로운 회사는 아슬아슬하지만 투자 적격 등급을 얻을 수 있다는 결론에 이르렀다.

'그렇군……. 그 정도면 타당한 건가?'

이어폰을 양쪽 귀에 꽂고 화면을 보며 이누이는 생각했다.

이마가 넓은 백인 매니징 디렉터의 "We had numerous discussions with Enron and Dynegy"라는 말에서 당시의 긴박한 상황이 전해졌다.

"그렇지만 저희는 합병 계약과 합병을 위한 융자 계약의 명세를 접한 순간, 합병 성립을 어렵게 하는 문제점이 다수 존재한다는 사실을 알 수 있었습니다."

문제점 중 하나는 엔론의 경영 상태와 합병을 둘러싼 환경이 심각하게 악화되는 경우, 다이너지 쪽에서 합병을 포기할 수 있는 '머티리얼 어드버스 체인지Material Adverse Change 조항'이 존재했던 것이다.

"……그 외에도 엔론의 등급평가가 투기적 등급으로 내려간 경우 다이너지와 금융기관은 합병과 융자로부터 철수할 수 있다는 조항도 포함되어 있었습니다."

'흐음, 그런 조항이 들어 있었군!'

이야기를 듣는 것만으로도 마음이 무거워지는 것 같았다. 교섭과는 직접적인 관계가 없는 신용평가사의 손에 기업의 생사가 걸려 있는 것이다.

'아아, 신용평가사는 갑자기 이런 중요한 입장에 놓이기도 하는구나……'

왼쪽 눈 밑에 눈물점이 있는 이누이의 얼굴이 찌푸려졌다.

"마셜스는 엔론을 Baa2라는 투기적 등급으로 하향 조정할 것을 사내에서 결정하고 11월 8일 전화로 통보했습니다. 그러나 엔론 측으로부터 다이너지가 엔론에 대해 10억 달러의 자본을 투입하기로 결정했다는 이야기를 듣고 등급 조정을 Baa3로 한 단계만 내리게 된 것입니다."

마셜스는 금융기관과 세브론텍사코로부터도 자본 투입과 '머티리얼 어드버스 체인지 조항'이 일부 줄어들었다는 이야기를 들었다.

"그러나 다음 날 그에 관한 텀 시트Term Sheet-기본 조건서를 받아들고 투입되는 자본이 들은 것보다 훨씬 적은 액수라는 것과 레이팅 트리거Rating Trigger-등급 하락을 이유로 거래에서 철수한다는 조항가 있다는 사실을 알 수 있었습니다. 또한 금융기관도 융자에 소극적이라는 사실 또한 알게 되었습니다."

마셜스는 엔론, 다이너지와 논의를 거듭한 끝에 11월 27일 엔론의 신용등급을 투기적 등급 중에서도 낮은 편인 B2로 조정할 것을 결정, 다음 날 보도자료를 뿌렸다.

"이와 같이 엔론에 관해 마셜스는 일관되게 신중히 행동했습니다. 저희들은 여전히 미래를 정확하게 예상할 수 있는 등급평가를 하고 싶습니다만, 사채의 등급평가 시스템도 금융 시장도 계속해서 진화를 거듭하는 탓에……"

이누이는 양쪽 귀에서 이어폰을 뽑은 다음 공청회 비디오를 멈추고 한숨을 크게 쉬었다.

'결국 위험하게 된 뒤부터 진지하게 대했다는 거네…… 위험해지기 전에 문제점을 찾지 못했다는 사실은 변함이 없군.'

그러나 제임스 체이노스 등 월 가의 공매도 대가들은 엔론이 절정기에 이른 시점에 문제점을 알아차리고 주식을 팔아치웠다.

제9장 생보사 등급 하락

1

같은 해(2002년) 2월 초순—

황궁의 해자가 내려다보이는 히비야생명 경영기획부에서는 과장 겸 신용등급 담당인 사와노 간지가 수화기를 귀에 대고 소리치고 있었다.

"……그런 말도 안 되는 얘기가 어디 있습니까? 이쪽의 설명도 듣지 않고 일방적으로 등급을 내리는 방향으로 검토하겠다니 완전히 뒤통수를 치는 거나 마찬가지 아닙니까?"

단정하게 자른 젊은 무사 같은 작은 얼굴에 분노의 빛이 어려 있었다.

같은 층 수십 명의 사원들이 업무를 하며 사와노의 대화에 귀를 기울이고 있었다.

"……게다가 지금 신용등급을 재검토하겠다는 이유가 대체 뭡니까? 생보사를 둘러싼 환경 같은 건 최근 몇 년 동안 전혀 변하지 않았으니 오히려 등급을 올리는 방향으로 재검토해야 맞잖아요!"

전화의 상대는 마셜스재팬에서 생보사의 등급을 담당하는 일본인이었다.

"……아니, 보도자료를 보내겠다고 하셔도 저희로서는 곤란합니다.

……뭐라고요? 그 안에 이유가 쓰여 있으니까 그걸 읽어보라고요?
……젠장!"

사와노는 화를 내며 전화를 끊었다.

"이봐, 사와노. 무슨 일이야? 마셜스야?"

5미터 정도 떨어진 데스크에서 창을 등지고 앉은 경영기획부 부장
이 물었다.

"네에…… 마셜스입니다."

와이셔츠 차림의 사와노는 의자에서 일어서 부장 자리로 다가갔다.

"우리 등급을 내리겠다는 거야?"

가무잡잡한 얼굴에 뚱뚱한 부장이 물었다.

"주요 '한자 생보사漢字生保' 일곱 곳의 신용등급을 내리는 방향으로 검
토하겠다고 합니다."

서른여섯 살의 사와노는 여전히 흥분이 가시지 않은 표정으로 말했다.

'한자 생보사'라는 것은 외자계인 '영자 생보사'에 대칭되는 일본계
생보사를 뜻하는 호칭이다.

"정말이야?! 왜 지금 그런 소리를 하는 건데?"

부장은 믿을 수 없다는 표정을 지었다.

"정말 영문을 모르겠습니다."

사와노는 강하게 고개를 저었다.

"담당 애널리스트는 요코하마은행 출신의 젊은 사람으로 아무런 권
한도 없거든요. 그저 시키는 대로 전달만 하는 느낌이라 이야길 해봐
도 전혀 안 통합니다."

"그 위는 누군데?"

"데이비드 손이라고 하는 한국계 미국인입니다."

"데이비드 손? 리처드 쿠의 짝퉁 같은 이름이군."

리처드 쿠는 노무라연구소의 유명한 대만계 이코노미스트였다.

"얼굴도 리처드 쿠와 비슷한 느낌이에요. 나이는 마흔 정도고요."

"흐음……, 어쨌거나 큰일이군."

마셜스의 히비야생명 신용등급은 현재 A3이므로 더 떨어지면 트리플 B급이 된다. 닛산생명의 파산 이후 계약자들이 신용등급에 민감해져 있는 만큼 등급이 떨어지면 영업을 추진하는 데 대미지를 입는다.

"돈을 지불해주는 의뢰 평가로 바꾼 지 얼마 되지도 않았는데 갑자기 이러니 정말 곤혹스럽습니다."

오랫동안 마셜스로부터는 무의뢰 평가를 받았었지만 히비야생명은 신용평가사와의 의사 소통을 원활히 하기 위해 작년부터 의뢰 평가로 바꾸었다.

두 사람이 이야기를 하고 있을 때 어시스턴트인 젊은 여자가 한 장의 종이를 손에 들고 다가왔다.

"저기…… 방금 이게 도착했습니다."

여자가 건네준 A4 사이즈 종이의 왼쪽 위에는 마셜스의 로고가 있었다. 가로선이 들어간 원 안에 하얀색 M자가 그려져 있다.

부장이 받아들고 읽는 것을 보고 옆에서 사와노도 종이를 들여다보았다.

"마셜스, 일본의 생명보험회사 7개 사의 신용등급을 내리는 방향으로 검토하겠다고 발표"

제목을 본 두 사람의 표정이 어두워졌다.

"2002년 2월 5일 도쿄, 마셜스인베스터스서비스는 일본의 생명보험회사 일곱 곳의 보험 재무에 관한 신용등급을 하향 조정하는 방향으로 검토하겠다고 결정했다.

이는 경기의 악화, 양호하다고는 할 수 없는 사업 구조, 자본 증강의 불확실성에 의해 생보사가 재무 면에서 압박을 받고 있는 것이 그 이유이다.

이번 검토 대상이 되는 생보사는 모두 신규 계약이 늘지 않아 고민하고 있으며 기존 계약의 실효와 해약 같은 문제를 안고 있다. 또한 저금리 환경의 지속으로 역마진 문제에 대한 해결의 기미가 보이지 않는 상황인 만큼 장기적으로 수익이 저하될 전망이다.

각 생보사는 제휴 및 합병을 추진하고 있지만 제휴나 합병만으로 업계가 안고 있는 구조적 문제를 근본적으로 해결할 수는 없으며 외부 지원을 받을 수 있는 자금 제공자도 부족하다.(이하 생략)"

말미에 검토 대상이 되는 7개 사의 이름과 현재의 등급평가가 열거되어 있었다. 모두가 업계 상위권의 대형 생보사였다.

다음 날—
아침부터 뿌리던 비는 오전 중에 멎었지만 쌀쌀한 날이었다.

사와노는 경영기획부 부장과 함께 미나토 구 아타고 2번지에 있는 마셜스재팬을 방문했다.

"……꽤나 회의실 경치가 좋군."

회의용 테이블에 앉은 부장이 창밖을 바라보며 말했다.

흰색과 빨간색으로 줄이 쳐진 도쿄 타워가 가까이 있어 탑 측면에 설치된 조명용 라이트 하나하나까지 확실히 보인다. 그 배경이 되는 메구로目黒 및 시나가와品川 방면의 거리는 안개가 낀 것처럼 회청색으로 보였고 고층 빌딩이 여기저기 우뚝 솟아 있었다.

"임페리얼 타워 때 있었던 오리엔탈풍 장식물들은 어디로 치운 걸까요?"

사와노가 말한 순간 문에서 노크 소리가 나면서 한국계 미국인 데이비드 손과 요코하마은행 출신의 일본인 애널리스트가 들어왔다.

네 사람은 서로 자기소개를 하며 명함을 교환했다. 손의 직위는 바이스 프레지던트였고 일본인 애널리스트는 어시스턴트 바이스 프레지던트였다.

"Well, we've read your press release, but we could not understand reasons for the possible downgrading(귀사의 보도자료를 읽었습니다만 등급이 하향 조정될 이유를 모르겠습니다)."

창을 등지고 앉은 사와노가 영어로 말했다.

"The reasons are as written in the press release(이유는 보도자료에 쓰여 있는 대로입니다)."

리처드 쿠와 마찬가지로 각이 진 아시아계 얼굴에 무테 안경을 쓴

손이 조금은 교만하게 들리는 미국식 영어로 말했다.

"보험의 계약고는 감소하고 있고 운용에서 역마진도 해소될 기미가 없지 않습니까. 미실현 이익도 줄고 있고 일본의 인구도 감소하는 추세니까요."

손은 이제 와서 무슨 소리를 하느냐는 표정이었다.

"분명 계약고는 감소하고 있고 일본의 인구도 감소 추세입니다만 저희는 거기에 대응해 사업비도 줄이고 있습니다."

사와노가 대답하며 영문으로 된 자료를 내밀었다. 이번 미팅을 위해 급히 만든 손익추이표였다.

"이걸 보시면 아시리라 생각합니다만, 작년 3월기의 '기초 이익'은 3599억 엔이었습니다만 이번 3월기는 약 5퍼센트가 증가한 3780억 엔 정도가 될 전망입니다."

생보사의 '기초 이익'은 본업의 수익을 나타내는 지표로 은행의 '업무 순익'에 해당하는 것이다. 이는 사차익, 이차익, 비차익 등 생보사의 '삼이원'의 합계액과 거의 비슷하다.

일본의 생보사는 운용 면에서 역마진이 일어날 수밖에 없어 '이차익'은 대폭 마이너스를 기록하지만 이를 '사차익'과 '비차익'의 흑자로 커버하고 있었다.

"저희는 매년 4천억 엔 정도의 기초 이익을 기록하고 있고 일반 기업의 순이익에 해당하는 순잉여도 매년 500억에서 700억으로 안정적입니다. 이 숫자는 과거 10년간 거의 변화가 없죠. 따라서 등급의 하향 조정은 타당하지 않다고 생각합니다만 어떻게 생각하시는지요?"

검은색 양복을 입은 손은 흥미 없다는 표정으로 자료에 시선을 떨어뜨렸다.

"등급평가라고 하는 것은 5년, 10년을 내다보는 장기적인 관점에서 결정하는 것입니다."

무테 안경을 쓴 얼굴을 들고 손이 미국 억양의 영어로 말했다.

"그러므로 저금리에 역마진이 이어지고 인구가 감소하여 시장이 포화 상태라는 것은 평가를 하는 데 마이너스가 됩니다."

"그렇지만 인구의 감소라든가 저금리 같은 것은 지금 시작된 게 아니잖습니까? 10년 이상 된 이야기 아닙니까."

사와노가 반론했다.

"왜 이제 와서 등급을 내리겠다는 겁니까? 등급을 내릴 거라면 10년 전에 해야 하는 게 맞지 않습니까?"

"……."

아무 대꾸도 없이 손은 퉁명스러운 표정으로 사와노 뒤로 보이는 도쿄 타워라도 구경하듯 시선을 그쪽으로 향했다.

'뭐야, 이 녀석? 이야기할 생각이 아예 없는 건가?'

"운용에서의 역마진이 전혀 해결되지 않는 점에도 저희들은 우려를 하고 있습니다. 닛케이 평균도 좋지 않고요."

손이 갑자기 떠오른 듯 말했다.

"잠깐만요. 그건 방금 한 저금리 이야기와 마찬가지 아닙니까. ……그러니까 역마진은 최근에 시작된 일이 아니라는 겁니다. 그것을 사차익과 비차익으로 계속 커버를 하고 있는 거고요."

사와노의 목소리에서 짜증이 묻어났다.

"닛케이 평균은 분명 지금 9500엔 정도로 버블 붕괴 이후 최악의 상태입니다. 그러나 과거 10년간 자료를 보면 1만 3000~4000엔 정도의 시기도 많이 있었습니다만 그런 기간에도 저희는 순조롭게 이익을 냈었습니다."

사와노의 어조에 힘이 실렸다.

"오늘은 가져오지 않았습니다만 당사에서는 닛케이 평균이 제로가 되더라도 그게 10년 정도의 시간을 들여 내려온 것이라면 경영상 아무 문제도 되지 않는다는 계산을 한 바 있습니다. 하기야 닛케이 평균이 제로가 될 거라고 생각하지는 않습니다만."

"……."

"그리고 역마진을 우려하시는 모양입니다만 역마진의 폭은 계속 줄고 있습니다."

각 생보사는 자산에서 점하는 주식의 비율을 낮춰 업적의 편차와 역마진을 해소하기 위해 노력하고 있었다.

"기초 이익 중에 역마진도 계산되어 있는 건가요?"

"당연하죠!"

'계산 안 했을 리가 없잖아! 왜 그런 바보 같은 질문을 하는 건데? 제대로 자료를 안 본 거야?!'

서른쯤 되어 보이는 일본인 애널리스트는 걱정스러운 표정으로 대화를 들을 뿐이었다. 사람은 좋아 보였지만 성격이 여리고 사내에서 아무런 힘이 없다는 사실은 일목요연했다.

사와노와 손은 잠시 대화를 나눴지만 손이 세세한 부분까지 대화하지 않고 신문 기사를 읽은 정도의 이야기밖에 하지 않는 까닭에 이야기에 진전이 없었다.

"……어쨌거나 하향 조정을 검토하는 건은 이미 사내에서 결정되었고 보도자료도 배포했습니다."

더 이상 이야기하기 싫다는 표정으로 손이 말했다.

"혹시 뭔가 하고 싶은 얘기가 있다면 듣겠습니다만, 이런 한 장짜리 종이가 아닌 제대로 된 자료를 준비해서 가져와 주십시오."

그렇게 말하며 사와노가 가져온 손익추이표를 넘겨주었다.

"그런가요, 알겠습니다. 그럼 자료를 준비해서 다시 한 번 설명을 드리겠습니다."

사와노가 노한 목소리로 말했다.

'자료를 준비해오라니, 마치 관료 같잖아. 연간 500만 엔이나 지불하면서 왜 이런 꼴을 당해야 하는 거지?!'

다음 날—

히비야생명 사장실 소파에는 사장, 경영기획부 담당 부사장, 이사, 경영기획부 부장, 사와노 등 다섯 사람이 커피 테이블 위에 놓인 마셜스의 보도자료를 앞에 두고 머리를 맞대고 있었다.

"……대체 어느 정도까지 등급을 내리겠다는 거야?"

벗겨진 머리에 덩치가 좋은 사장이 물었다. 소매에 이니셜이 자수로 놓아진 와이셔츠를 입고 감색 페르가모 넥타이를 하고 있었다.

"저쪽 얘기를 들어보면 두세 단계 내릴 것을 생각하는 모양입니다."

날씬한 체구에 차콜그레이색 양복을 입은 사와노가 말했다.

"두세 단계?! 왜 그렇게 내린다는 건데?!"

사장이 물었다.

"저쪽에서는 그게 적당하다고 생각한답니다."

사와노가 대답했다.

"등급을 내릴 때는 한 번에 한 단계나 기껏해야 두 단계가 일반적입니다. 단번에 세 단계라고 하는 것은 그야말로 엔론처럼 파산이 확실한 회사뿐입니다."

사와노는 데이비드 손에게 "한 번에 그렇게 내리는 것은 과거의 등급평가가 잘못되었다는 자기 부정 같은 것 아니냐?"라고 힐문했지만 손은 "저희는 그게 타당하다고 생각합니다"라고밖에 말하지 않았다.

"마셜스는 왜 생보사 등급을 그렇게 일제히 내리려는 거지?"

은발에 안경을 쓴 경영기획 담당 부사장이 물었다.

"그것도 전혀 모르겠습니다. ……생각할 수 있는 것은 최근 주식 시장이 좋지 않은 점이라든가 일본 국채 문제와 관계가 있지 않을까 정도지만 그것도 상상에 지나지 않습니다."

머리카락도 눈썹도 새까만 경영기획부 부장이 말했다.

작년 12월 마셜스는 일본 국채의 신용등급을 Aa3으로 내리고 계속해서 네거티브 워치로 지정했다.

"한마디로 마음이 바뀌었으니까 등급을 바꾸겠다는 것이잖은가."

벗겨진 머리의 사장이 씁쓸하게 말했다.

"이래서 마셜스가 아니라 무디스moody-변덕이 심한라는 말을 듣는 것 같습니다."

사와노의 농담에 일동은 쓴웃음을 지었다.

"저쪽에서는 언제쯤 결론을 내겠다고 하던가?"

"한 달 정도면 나올 것 같습니다."

"한 달이라⋯⋯."

"어쨌건 이렇게 된 이상 다른 회사와도 연계해 등급이 내려가지 않도록 전력을 다해야 한다고 생각합니다."

경영기획부장이 말했다.

"그래, 그렇게 해주게. 필요하다면 나도 움직일 테니까. 뭐든 사양 말고 말하게."

사장이 말했다.

"그리고 재무성에도 보고해두는 편이 좋겠군. 무슨 일이라도 생기면 힘이 되어줄지도 모르니까."

사장의 말에 부장과 사와노가 고개를 끄덕였다.

다음 주―

와이셔츠 차림에 플라스틱으로 만든 ID 카드를 목에 건 이누이 신스케는 마셜스재팬이 있는 아타고 2번지의 고층 빌딩 2층에 있는 '스타벅스'에서 점심 후 커피를 마시고 있었다.

유리가 둘러쳐진 가게 안은 빌딩 내 여러 회사에서 일하는 샐러리맨들이 환담을 하거나 혼자 컴퓨터를 보거나 책을 읽거나 하고 있었다. 외자계 기업이 많이 입주해 있는 까닭에 손님은 젊은 층과 여성이 많았다.

"……일본 국채를 이렇게 계속 내려도 괜찮을까?"

둥근 원목 테이블에 앉아 니혼게이자이신문에 시선을 주면서 이누이가 말했다.

어제 마셜스는 일본 국채의 등급을 하향 조정하는 방향으로 검토하겠다고 정식으로 발표했다. 현재의 등급이 Aa3이므로 한 단계만 내려도 싱글 A로 추락하게 된다.

시오가와 마사주로塩川正十郎 재무상은 "유감이다. 경제의 펀더멘탈스 fundamentals-국제 경제 안정에 필요한 기초적인 조건들에서 보면 낮은 평가 아니냐"하고 말했고 후쿠다 야스오福田康夫 관방장관은 "일본의 저력을 너무 모르는 것 아닌가", 하야미 마사루 일본은행 총재는 "경상수지 흑자와 1400조 엔에 이르는 개인 금융 자산 등, 잠재적인 힘을 고려하면 간단히 등급을 떨어뜨리는 일은 이상하다"라고 말했다.

"나도 싱글 A까지 떨어뜨리는 건 좀 심하다고 생각해."

둥근 테이블 반대편에서 다리를 꼬고 커피를 마시던 남자가 말했다. 이누이와 거의 동년배에 1년쯤 전에 마셜스의 스트럭처드 파이낸스 그룹으로 이직해온 남자였다.

"소메타니 씨도 찝찝하게 생각하는 모양이지만 정부의 등급평가는 본사가 거의 전부 결정하니까 말이야."

녹색 로고가 들어간 머그컵을 입으로 가져가며 이누이가 말했다.

그때 가게의 유리벽 맞은편 통로에 깔끔하게 정장을 차려입은 비즈니스맨들이 엘리베이터 쪽으로 걸어가는 것이 보였다.

"아, 저 사람들 은행 아니면 생보사인가 본데?"

이누이가 손에 든 머그컵으로 네 사람을 가리켰다.

"아아, 저 녀석들 히비야생명이야."

조금 장발에 얼굴이 가느다란 동료가 말했다.

"제일 앞에서 걷는 녀석이 경영기획과 재무를 담당하는 부사장이지. 예전 회사에 있을 때 만난 적이 있어."

동료 남자는 예전 독일계 은행의 심사부에 근무했었다.

"요즘 생보사 녀석들이 매일같이 찾아오네. ……담당이 데이비드 손이지?"

이누이는 무테 안경을 쓴 각진 아시아계 얼굴을 떠올렸다.

"맞아, 일본에 온 지도 얼마 안 돼 아무것도 모를 텐데, 본사에서 일본 생보사 등급을 낮추라는 말을 들은 것 같아."

"흐음…… 그거 큰일이군. 일본의 '한자 생보' 녀석들은 천상천하 유아독존인 데다 서로 연락을 취해 떼로 달려들 텐데."

"손 밑에 있는 일본인 애널리스트도 요코하마은행 출신의 초보로 생보사에 대한 건 아무것도 모르는 모양이야."

"그런 인간들에게 등급평가를 맡기다니 처음부터 무리한 일이었어."

두 사람은 웃었다.

20분 후—

도쿄 타워가 보이는 마셜스 회의실에서 데이비드 손과 부하인 일본인 애널리스트는 받은 자료에 시선을 떨어뜨리고 있었다.

"……as you can see it, our fundamental profit has not changed for the last ten years(보시는 바와 같이 당사의 '기초 이익'은 과거 10년간 줄곧 변함이 없습니다)."

창을 등지고 앉은 히비야생명 쪽 네 사람 중 가장 끝에 앉은 사와노 간지가 말했다.

히비야생명의 올해 3월기 결산 전망은 기초 이익이 3780억 엔이었다. 그중 사차익과 비차익은 각각 4489억 엔과 1840억 엔의 흑자, 이차익은 2549억 엔 적자였다.

"다음 페이지의 자료는 당사의 자산 및 부채 내용상 닛케이 평균 주가가 제로가 되어도 하락 속도가 10년이라면 경영상 문제가 없다는 시산입니다."

사와노가 손에 든 자료를 보면서 설명했다.

"그리고 이차익의 적자 폭 말입니다만 별지에 있는 대로 매년 200억 엔에서 300억 엔씩 축소되고 있습니다. 따라서 우려하시는 역마진 문제도 방향성으로서는 해소되는 방향으로 가고 있습니다."

손의 옆에서 선이 가는 일본인 남자 애널리스트가 이야기를 들으며 메모를 하고 있었다.

"그래서 저희가 묻고 싶은 것은 이번 등급 하락의 트리거(방아쇠)는 대체 무엇인가라는 것입니다."

사와노는 마셜스의 두 사람을 응시했다.

옆에 나란히 앉은 부사장, 이사, 경영기획부 부장도 조용히 대답을 기다렸다.

다리를 꼬고 앉은 손은 뚱한 표정인 채 입을 열었다.

"저희로서는 일본의 인구가 감소하고 있고 보험 시장이 포화 상태에 이른 일을 우려하고 있습니다. 생보사 각사의 보험 계약고도 감소하고 있고요."

미국식 억양의 영어로 지난 번 했던 이야기를 반복했다.

보험 계약고라는 것은 개별 보험 계약에 따른 보상해야 할 보험 금액의 합으로 생보사의 수익성을 예상하는 지표이다. 히비야생명은 약 217조 엔으로 1년 전과 비교하면 3퍼센트 정도가 감소했다.

'그러니까 그것도 10년 전부터 그랬다니까!'

사와노는 짜증이 솟았다.

"버블 붕괴 이후 불필요한 보험을 해약하는 '보험 구조 조정'이 이루어지고 있는 것은 사실입니다."

은발에 안경을 쓴 부사장이 입을 열었고 사와노가 영어로 통역했다.

"저희들은 계약의 해약 및 실효를 줄이기 위해 계약 후에도 영업사원이 계약자를 찾아가기도 하고 고액 보장자에게는 전문 스태프를 배치해 계약의 보전 업무에 힘을 쏟고 있습니다. 이는 종래의 신규 계약을 중시하는 방법에서 크게 변한 것으로 성과도 올라가고 있습니다."

손은 흥미 없는 얼굴로 이야기를 들었다.

"그리고 인구가 감소 추세에 있다는 사실에 많이 신경을 쓰시는 것 같습니다만 평균 수명이 높아지고 있다는 것에도 주목을 해주셨으면 합니다. 수명이 늘어남으로써 사차익은 증가합니다."

"사차익에 많이 의존하는 것은 불건전하지 않습니까?"

"이차익을 개선하기 위한 노력도 열심히 하고 있습니다."

"부동산 가격이 내려가면서 자산이 열후되고 있는 것 아닌지요?"

"부동산은 경영에 영향을 줄 만큼 보유하고 있지 않습니다."

"거래 은행의 체력도 약해지고 있는 만큼 외부 지원도 그다지 기대할 수 없다고 생각합니다만."

"저희는 외부 지원을 필요로 하는 상태가 절대 아닙니다."

'왜 이런 신문 기사에 나오는 정도의 질문밖에 안 나오는 거지? 정말 세계 최고의 신용평가사가 맞는 건가?'

히비야생명은 미팅에 임하면서 자산과 부채의 포트폴리오는 이렇기 때문에 닛케이 평균 주가와 경제성장률이 이렇게 되면 손익은 이렇게 된다는 식의 심도 깊은 논의를 준비해왔다. 그러나 눈앞에서 행해지고 있는 논의는 전혀 그런 수준이 아니었다.

'이런 정도의 이해로 등급이 내려간다는 건 말도 안 돼!'

"귀사는 당사의 미래에 대해 어떤 시나리오를 그리고 있는지요? 당사는 당사 나름대로의 시나리오를 그리고 있습니다만."

사와노가 말했다. "양자의 시나리오를 대조해서 어디가 다른지를 논의하면 차이점이 분명해질 테니 논의의 초점이 맞춰지지 않겠습니까?"

사와노의 제안에 손은 아무런 대꾸도 없었다.

"다시 한 번 여쭙니다만 이번 네거티브 워치의 트리거는 대체 뭐였는지요? 저희들로서는 10년 전부터 있어 왔던 것들이 이유라니 납득이 되지 않습니다."

가무잡잡한 얼굴에 뚱뚱한 부장이 물었다.

"저기…… 그러니까 저희들 입장에서는 말입니다…….."

손에게 이야기할 마음이 없다는 것을 알아차린 일본인 애널리스트가 쭈뼛거리며 이야기를 시작했다.

"그러니까…… 일본의 인구가 늘지 않게 되면서 시장은 포화 상태에 이르고 운용에 역마진이 발생하는 것은 물론 은행의 체력도 떨어져 있으므로 외부 지원의 가능성이…….."

2주일 뒤—

사와노는 히비야생명 본사 회의실에서 일본계 신용평가회사의 애널리스트를 앞에 두고 설명을 하고 있었다.

마셜스의 움직임에 촉발된 일본계 신용평가회사가 "등급평가를 검토하고 싶다"고 말해왔던 것이다.

찾아온 것은 중년의 남자 애널리스트와 30대 중반의 여성 애널리스트였다.

"……이상과 같이 기초 이익은 충분하며 자산 및 부채상으로도 아무 문제가 없으므로 당사의 신용은 조금의 흔들림도 없습니다."

회의용 테이블 중앙에 앉은 와이셔츠 차림의 사와노가 애널리스트 두 사람을 날카롭게 노려보았다.

여전히 소귀에 경 읽기 식의 반응을 보이는 마셜스 측에 매일같이 자료를 들고 설명해온 만큼 피로와 짜증이 사와노의 눈 주위에 다크서클의 형태로 나타나 있었다.

"그렇지만 닛케이 평균 주가가 갑자기 제로가 되면 역시 위험한 것 아닌가요?"

여성 애널리스트가 물었다. 외모는 수수했지만 성실해 보이는 분위기의 여자였다.

"닛케이 평균이 갑자기 제로가 되다니 가능한 일인가요?! 그건 어디까지나 가상의 이야기잖습니까. 그렇게 되면 일본이라는 나라 자체가 파산입니다. 그렇게 되기 전에 그러니까 닛케이 평균이 5, 6천 엔인 단계에서 정부가 공적 자금으로 주식을 사겠죠. 말도 안 되는 말씀은 말아주십시오!"

사와노는 자신도 모르게 오른손으로 테이블을 쾅 하고 내리쳤다.

"윽……!"

애널리스트 두 사람은 사와노의 서슬 퍼런 모습에 얼굴이 경직되었다.

"무엇보다 마셜스가 네거티브 워치를 걸었다고 거기에 편승해서 등급을 검토하겠다니 당신네 회사의 등급평가는 그런 식으로 합니까?"

분노에 몸을 맡기고 다시 주먹으로 테이블을 내리쳤다.

원래부터 가무잡잡한 느낌의 얼굴이 피로로 한층 더 거칠어져 있었고 커다란 다크 서클까지 있는 까닭에 마치 가부키의 악역 같은 무서운 얼굴이었다.

"우리가 댁들에게 매년 비싼 돈을 지불하면서 등급평가를 의뢰하는 것은 우리를 정확하게 보고 다른 신용평가사가 말도 안 되는 등급을 매기더라도 올바른 의견을 말해주길 바라서입니다! 알고 계시는지요?!"

악귀처럼 무서운 얼굴을 한 사와노가 오른손으로 다시 한 번 테이블을 내리친다.

애널리스트 두 사람은 이미 말도 꺼내지 못 하는 상태였다.

"이렇게 나온다면 댁들의 등급평가는 필요 없습니다! 계약을 해제할 테니까 당장 나가주세요!"

사와노는 오른손을 높이 들어 올린 다음 힘껏 테이블을 내리쳤다.

쾅 하는 소리와 함께 테이블 위의 서류와 찻잔이 들썩였다.

'……아, 아얏—!'

사와노의 오른쪽 새끼손가락에서 격심한 통증이 느껴졌다.

사와노가 식은땀을 흘리며 고통을 참는 모습은 두 명의 애널리스트에게는 더욱 무섭게 보였고 더욱더 위축되었다.

15분 뒤—

사와노는 경영기획부가 있는 층의 화장실 세면대에서 수돗물로 오른손 새끼손가락을 식히고 있었다.

"으, 으윽, 아파라……."

울 것 같은 얼굴로 손바닥을 뒤집어가면서 새끼손가락에 수돗물을 계속 틀고 있었다.

'설마 뼈에 금이라도 간 건 아니겠지…….'

그때 화장실 문이 열리며 가무잡잡한 경영기획부 부장이 들어왔다.

"응? 사와노, 무슨 일이야?"

다가와 세면대 쪽을 쳐다보았다.

"조금 전 일본계 신용평가사 애널리스트가 등급평가를 재검토하고 싶다고 찾아왔길래 재검토 따위 필요 없다며 테이블을 힘껏 쳤더니 손이 아파서……."

"정말이야? 어디, 좀 보여줘 봐."

부장은 사와노의 오른손을 쥐고 새끼손가락 쪽을 눌렀다.

"아, 아얏!"

"다행히 타박상 같아. 금이 갔거나 부러졌다면 더 많이 부어오르고 못 견딜 만큼 아플 테니까."

"그, 그런가요?"

사와노의 눈에는 눈물 방울이 맺혀 있었다.

"괜찮아, 안심해. ……그런데 일본계 신용평가사 쪽은 어떻게 됐는데? 정말 우리 등급을 고칠 거래?"

"아니요, 소리를 지르며 테이블을 쳤더니 역시 고치지 않겠다면서 돌아갔습니다."

"뭐어? 그렇게 대충해도 되는 거야?"

부장은 눈을 동그랗게 떴다.

"등급평가라는 건 원래 그런 겁니다."

새끼손가락을 식히며 사와노가 쓴웃음을 지었다.

"그렇지만 마셜스 쪽은 곤란하게 됐어."

부장은 세면대 근처의 소변기 앞에 서서 바지의 지퍼를 내렸다.

"그쪽은 뭐 더 이상 어떻게 안 될 것 같습니다."

세면대 앞에 선 사와노가 곤혹스러운 표정을 지었다.

"이쪽에서 진지하게 논의를 하자고 해도 전혀 들을 생각이 없으니까요."

"그 데이비드 손이라는 녀석은 한국계 2세인 거야?"

"2세인지 3세인지는 모르지만 간략히 말하자면 뉴욕에서 온 지 얼마 안 되었고 일본에 좋은 인상은 없는 것 같습니다."

"흐음…… 뭐가 문제인지 말을 안 하니 어떻게 비벼볼 수가 없군."

"마셜스 본사 사람에게 맥아더의 방을 보여준 것도 효과가 없는 모양입니다."

황궁의 해자가 보이는 히비야생명의 구 본사 빌딩은 1938년에 준공된, 오래된 역사가 있는 고전 양식의 건축물로 제2차 세계대전 뒤에는 연합국 총사령부(GHQ)로 사용되었다. 현재도 6층에 총사령관 더글러스 맥아더 원수가 사용한 집무실이 보존되어 있었고 외국에서 중요한 고객이 왔을 때는 가장 먼저 구 본사에 안내한 다음 인접한 21층 신본사 빌딩으로 데려간다.

"마셜스 본사에서 온 사람이 영국인이었을 줄은 예상 밖이었어……."

볼일을 보면서 부장이 유감스러운 목소리로 말했다.

그 영국인은 맥아더라는 이름조차 몰랐으며 사와노의 설명도 듣는 둥 마는 둥 했다.

"그래서 그 녀석들은 언제 결론을 내겠대?"

볼일을 마친 부장이 사와노 옆 세면대에 와서 손을 씻었다.

"3월 초반이 될 모양입니다."

손가락을 식히며 사와노가 말했다.

"3월 초반이라……. 뭐어 처음부터 결론은 정해져 있는 느낌이지만 마지막의 마지막까지 저항을 하는 수밖에 없겠지."

부장의 말에 사와노가 고개를 끄덕였다.

3월 11일—

동경은 맑고 평년보다 4도나 기온이 높은 따뜻한 봄날이었다.

히비야생명 경영기획부 팩스기 앞에서 사와노는 한참을 기다렸고 드디어 윙 하는 소리와 함께 종이가 쏟아지기 시작했다.

A4 사이즈 팩스 왼쪽 위에는 하얀색 M자가 가로선이 쳐진 원 안에 들어가 있는 로고와 Marshall's Japan K.K.이라는 글자가 있었고 오른쪽 위에는 NEWS라는 커다란 글자가 적혀 있었다.

마셜스의 보도자료였다.

"마셜스, 일본 생명보험회사 8사의 신용등급을 하향 조정"

이라는 표제가 붙어 있었다.

"부장님, 왔습니다."

사와노가 조금 떨어진 자리에 앉은 경영기획부 부장에게 말하자 부장은 무거운 표정으로 고개를 끄덕였다.

"2002년 3월 11일, 도쿄의 마셜스인베스터스서비스는 일본의 생명보험회사 8개 사의 신용등급을 하향 조정했다. 등급평가의 전망은 모두 네거티브로 책정.

이번 등급의 하향 조정과 네거티브 전망은 각사의 재무 상황이 예상 이상으로 열화되어 있는 것과 업무 환경이 호전될 기미가 보이지 않는 것, 자본 보강책이 가지고 오는 효과가 한정적이라는 것, 외부 지원에 대한 불확실성이 높아져 있는 것 등의 요소를 반영한 것이다.

일본의 생명보험 업계는 시장의 포화 및 국가의 경제 상황의 악화로 인해 장기적인 부진이 이어지고 있다. 해약 및 실업율의 악화와 증가로 인해 업계 전체의 보유 계약고는 감소가 이어지고 있으며 역마진과 투자 포트폴리오 가치의 감소도 더해져 업계 각사의 짐이 되고 있다.

생명보험 각사는 주식회사화, 제휴 및 합병, 신상품 개발, 리스크성 자산의 삭감을 포함한 신계획과 비용 삭감책을 적극적으로 추진하고 있다. 그러나 마셜스는 이러한 일들이 사업의 부진과 업계 전체의 구조적 결함을 극복하기에는 불충분하다고 판단했다. 이러한 시책은 대부분의 경우 시간이 필요한 것인 동시에 효과는 한정적이다.(이하 생략)"

말미에 등급이 내려간 8개 사(2월 5일 검토 대상이 된 7개 사와 작년 10월 이후 대상이 된 야스다생명)의 등급 변경 내용이 적혀 있었다.

8개 사 중 5개 사가 세 단계라는 큰 폭의 변경이 있었고 스미노에생명은 Baa1에서 Ba1이라는 투기적 등급으로까지 떨어졌다. 또한 예전부터 Ba1이라는 투기적 등급이었던 미쓰이생명은 Ba3이 되었다.

히비야생명은 A3에서 Baa2로 두 단계 떨어져 다른 회사와 비교해 그나마 나은 편이었다.

"결국 이렇게 나오는군……."

보도자료를 손에 든 부장이 분노를 억누르는 표정으로 말했다.

"전망이 계속해서 네거티브인 만큼 또 떨어질 수도 있습니다."

옆에 선 사와노 역시 화가 난 표정이었다.

"이제 두 단계만 더 떨어지면 정크군. 그것만은 어떻게 해서라도 막아야 돼."

부장의 말에 사와노가 고개를 끄덕였다.

"그리고 등급 의뢰는 해약해야겠어. 천하의 히비야생명이 이렇게 심하게 당하고도 가만있을 줄 알고!"

<h1 style="text-align:center">2</h1>

4월 중순──

가스미가세키 3가의 사쿠라다 길에 접하고 있는 재무성 본청사 2층 대신실에서 '시오塩−소금이라는 뜻 할아버지' 즉 시오가와 마사주로 재무대신이 구로다 하루히코黑田東彥 재무관 등 주요 관료를 모아 분노를 터뜨리고 있었다.

대신실은 천장에서 형광등 빛이 환하게 쏟아지는 고풍스러운 사무실로 안쪽에 책장과 집무용 책상, 그 옆에 일장기와 관엽식물을 심어놓은 화분 등이 놓여 있었다.

벽에는 컬러 세계지도가 걸려 있었고 부대신, 차관, 재무관, 관방장, 각 국장, 국세청장 등 간부의 재실·부재중을 알리는 명찰 모양의 램프가 늘어서 있었다.

집무용 책상 앞에는 스무 명 정도가 앉을 수 있는 긴 회의용 테이블과 그것과 나란히 열다섯 명 정도가 앉을 수 있는 긴 소파 세트가 놓여 있었다.

"신용평가사는 장사 때문에 하는 건지 모르겠지만 이건 뭐 대충 써 놓은 것에 불과하지 않나!"

80세의 시오가와 재무상은 하얀 덮개가 덮인 소파 세트의 윗자리에서 무테 안경을 쓴 자그마한 얼굴을 분노로 붉게 물들이고 있었다.

분노의 직접적인 이유는 며칠 전 S&D가 일본의 엔 기반 및 외화 기반 장기채 등급을 더블 A에서 더블 A 마이너스로 한 단계 내리고 또 전망을 네거티브로 함으로써 하향 조정이 이어질 것을 시사했기 때문이었다.

"마셜스 쪽은 이제 곧 싱글 A로 내릴 거라고 했다며?"

시오 할아버지는 간부들을 둘러보았다.

"네에. 한 단계 내리면 A1이 되고 두 단계 내리면 A2가 됩니다."

간부 중 한 사람이 말했다.

"그렇게 되면 개발도상국 수준이지? 아닌가?"

"맞습니다……. A1이면 체코, 칠레, 헝가리, 보츠와나와 같고 A2가 되면 그리스, 폴란드, 이스라엘, 남아프리카와 같아지게 됩니다."

"보, 보츠와나……!"

시오 할아버지의 얼굴에 놀라움과 분노가 교차했다.

"그 나라들은 모두 일본이 경제적으로 원조를 하는 나라 아닌가! 왜 원조를 하는 나라가 원조를 받는 나라와 똑같거나 더 낮은 등급을 받아야 하는 거지?"

"옳으신 말씀이십니다."

"일본은 1조 3천억 달러의 채권을 해외에 보유하고 있고 4천억 달러 이상의 외화 준비금이 있는 세계 최고의 채권국 아닌가! 이런 사실을 마셜스와 S&D는 모르는 건가?!"

주름이 가득한 목에 핏대를 세우며 분노의 목소리를 토했다.

그 배경에는 발족한 지 1년이 되는 고이즈미 준이치로小泉純一郎 내각이 외국으로부터 '기대 이하'라는 평가를 받으면서 스트레스가 쌓인 사실도 있었다.

"자네들도 국채 보유자의 95퍼센트가 일본인이니 내려가도 상관없다고 생각하고 태평스럽게 있는 것 아냐?!"

"……."

"국채의 등급은 나라의 등급이라고! 도상국 수준으로 깎인 채 어떻게 G7에 나가라는 거야?"

선진 7개국 재무상 및 중앙은행 총재 회의Group of 7-G7는 이번 달 하순 미국 워싱턴에서 개최될 예정이었다.

"국가의 등급을 기분이나 감정으로 결정하는 것도 문제야. 수치를 가지고 설명하라고 신용평가사에 요구하도록 해. 이대로 내버려두면 녀석들이 뭘 할지 어떻게 알겠나."

"네, 알겠습니다."

자리에 있던 간부들이 고개를 숙였다.

4월 26일—

재무성은 마셜스, S&D, 피치 등 3개 신용평가사에 구로다 하루히코 재무관 이름으로 실질적으로는 항의문인 '의견서'를 송부했다.

일국의 정부가 신용평가사에 대해 이 같은 형태로 항의하는 것은 이례적인 일이었다.

'의견서'는 이하의 세 가지에 대한 신용평가회사의 생각을 '구체적이고 정량적(수치에 근거한)'으로 알려줄 것을 요구했다.

①일본과 미국 등 선진국의 자국 통화 기반 국채의 디폴트채무 불이행는 생각하기 어렵다. 만약 디폴트가 일어나면 어떤 사태가 발생할 것이라고 생각하는가?

②일본은 세계 최대의 저축 초과국, 경상수지 흑자국, 채권국이며 외화 준비금도 세계 최대라는 사실, 국채의 대부분이 국내에서 극히 낮은 금리로 소화되고 있는 사실 등을 어떻게 평가하고 있는가?

③1인당 GDP가 일본의 3분의 1 혹은 대규모 경상수지 적자국 중에도 일본보다 등급이 높은 국가가 있다. 일본 국채가 싱글 A로 떨어지면 일본보다 경제적인 제조건이 훨씬 떨어지는 신흥시장국과 같아진다. 각국 간의 등급에 객관성이 떨어지는 것 아닌가?

3

재무성의 '의견서'에 대해 피치는 5월 5일 회답을 했고 이어서 마셜스가 동월 14일, S&D가 동월 23일 회답을 했다.

3사는 일본 정부의 재정 적자는 국내 총생산GDP 비율로 G7 각국 중

최악으로 더 이상 늘어나면 거대한 자산이 있어도 신용 저하가 이어질 것이고 국채의 원리금 상환 연장과 지폐의 증쇄 같은 사태에 몰리게 될 위험성이 있다고 지적했다.

이에 재무성은 국채의 대부분은 국내 금융기관과 우체국 등에서 보유하고 있으며 장기 금리는 낮은 수준에서 안정적으로 움직이고 있다(따라서 원리금 지불에는 문제가 없다), 또한 경상 흑자, 대외 순자산, 외자 준비금 역시 높은 수준을 유지, 정부의 지불 능력은 높다고 반론을 펼쳤다.

그리고 "신용평가사의 설명은 정성적定性的이다(수치에 근거하고 있지 않다). 디폴트 리스크와 국제 비교에 대한 구체적이고 정량적(수치에 의한) 설명이 불충분하며 등급평가의 차이에 대한 객관적인 이유를 설명해야만 한다. 또한 정량 비교는 대부분 재정 적자에 관한 것뿐으로 다른 요소의 정량 비교가 이루어지지 않았다"라는 내용의 의견서를 다시 한 번 5월 하순 각사에 송부했다.

비슷한 무렵—

히비야생명의 사와노 간지는 경영기획부 부장과 함께 마셜스의 도쿄 타워가 보이는 회의실을 방문하고 있었다.

이날의 면담 상대는 등급평가 애널리스트가 아니라 업무추진부 부장(영업부장)이었다.

"……저희들은 당사의 기초 이익과 자산 포트폴리오(내용) 등 자세한 자료에 근거해 귀사에 몇 번이나 설명을 했습니다."

가무잡잡한 얼굴에 뚱뚱한 경영기획부장이 경직된 얼굴로 이야기를 하고 있었다.

"그러나 귀사의 데이비드 손 씨 등은 역마진에만 주목, 저희들 설명에 귀를 기울이지 않고 일방적으로 등급의 하향 조정을 결정했습니다. 저희들로서는 극히 유감으로 생각하고 있으며 앞으로 등급평가 의뢰를 하지 않기로 결정했습니다."

부장 옆에서는 양복 차림의 사와노가 날카로운 시선을 상대에게 보내고 있었다.

"등급평가 의뢰를 하지 않는다고요? ……호오, 그건 참 놀랄 만한 말씀이군요."

테이블 반대편에 앉은 50대 남자가 과장된 표정을 지어 보였다.

회색 머리카락에 얼굴은 골프를 많이 쳤는지 햇빛에 그을려 있었고 화려한 세로 무늬 양복을 입고 있었다.

"이미 계약한 안건을 귀사의 사정으로 일방적으로 취소하겠다는 겁니까? 그건 대체 무슨 뜻인지요?"

한눈에도 외자계 회사에서 일한다는 것을 알 수 있을 만큼 다리를 꼰 건방진 태도로 남자는 희미한 미소를 띠었다.

"이유는 방금 설명한 그대로입니다."

사와노가 말했다. "저희가 군이 등급평가를 의뢰해서 연간 500만 엔이나 지불하는 것은 단순히 A나 B 같은 알파벳 부호를 얻기 위한 것이 아닙니다. 오히려 부호를 붙이기 전의 굿 디스커션을 위한 것입니다."

상대는 한심하다는 표정으로 사와노의 이야기를 들었다.

"500만 엔이라고 하는 피fee-수수료는 적은 금액이 아닙니다. 그 돈을 지불하는 것은 귀사의 생각과 귀사의 배후에 있는 투자가의 생각을 알고 싶기 때문입니다. ……그럼에도 불구하고 이번에는 그런 목적을 달성할 수 없었고 지불하는 돈이 완전히 낭비라는 것을 알게 되었으므로 등급평가 의뢰를 취소하겠다는 겁니다."

"이런, 이런!"

버터 냄새 나는 남자는 얼버무리듯이 쓴웃음을 지었다.

"말씀은 정말 잘 들었습니다. ……의뢰를 취소하겠다는 의지는 확고한 것이겠죠?"

부장과 사와노는 고개를 끄덕였다.

"그렇군요. 뭐어 저희들로서는 더욱 의사 소통이 어려워지지 않을까 걱정이 됩니다만."

남의 일을 말하는 듯한 어조였다. 신용평가업계의 맹주인 탓에 가만히 있어도 일이 들어오기 때문이거나 혹은 말리면 권위에 상처를 입을지 모른다는 생각을 하는 것 같았다.

"그리고 한 말씀 드리고 싶습니다만……."

사와노가 불쾌감을 억누르는 표정으로 말했다.

"당신은 업무추진부 부장이면서도 본인이 고객을 찾아가지는 않으시죠?"

"……."

"오늘도 이렇게 돈을 지불하는 저희들 쪽이 댁을 찾아왔습니다. 일반적인 상거래 관행과는 많이 다른 것 같은 느낌이 드는데 이건 귀사의 업무 방식인 건가요?"

사와노의 힐문에 상대는 그저 희미하게 미소를 띨 뿐이었다.

비슷한 시각—

마셜스재팬의 다른 회의실에서는 스트럭처드 파이낸스 그룹이 부내 회의를 열고 있었다.

커다란 회의용 테이블에 약 서른 명의 애널리스트가 앉아 있었다.

증권화 안건이 많은 까닭에 최근 반년 동안 새로 채용된 애널리스트의 수만 해도 열 명을 넘었다.

"……그럼 니혼신판日本信販과 미즈호 안건에 대해서는 각각 한 명씩 서포트 스태프를 붙이는 것으로 하지."

주일대표이자 스트럭처드 파이낸스 그룹의 책임자인 소메타니가 말했다.

니혼신판은 카드 캐싱 채권을 원자산으로 하는 1143억 8000만 엔의 증권을, 미즈호코퍼레이션은행은 대부 채권을 원자산으로 하는 약 9998억 엔의 증권을 발행할 예정으로 등급평가 작업이 진행되고 있었다.

"그 외 다른 안건이 없으면 오늘 미팅은 이만 마치기로……."

뺨이 홀쭉한 얼굴에 안경을 쓴 소메타니가 그렇게 말한 순간 근처에 앉은 산조 세이이치로가 오른손을 들었다.

"소메타니 씨, 잠깐 괜찮을까요?"

애널리스트들의 시선이 머리를 단정히 가르고 무테 안경을 쓴 산조에게 집중되었다. 일본산업은행 시절 미국의 펜실바니아대학 와튼스 쿨에서 MBA경영학 석사를 받은, 빈틈이 보이지 않는 표정의 남자이다. 지난 4월 매니징 디렉터로 진급하여 명실 공히 그룹의 넘버 투가 되어 있었다.

"일본 국채 건으로 세상이 무척 시끄럽습니다만 정말 싱글 A로 내릴 건가요?"

"으음…… 지금의 정세로 가면 두 단계 정도 내릴 것 같은데."

소메타니가 말했다.

"소메타니 씨, 그거 위험하지 않을까요? 말려야 하는 것 아닌가요?"

산조가 말했다. "아무리 그래도 보츠와나 이하라는 것은 역시 지나치다고 생각합니다. 정치가와 재무성뿐 아니라 여론까지 적으로 돌리면 일본에서의 영업이 극히 어려워질 것 같습니다만."

"뭐어…… 그렇지만 본사 사이드의 생각이 거의 굳어져서 말이야."

소메타니는 마셜스재팬의 FIG금융기관 담당 그룹의 애널리스트와 함께 일본 국채에 관한 등급조정위원회의 멤버였다.

"그렇지만 지금까지의 논의를 살펴보면 GDP와 공적 채무 잔고를 단순히 비교하는 레시오 애널리시스ratio analysis—비율 분석만으로 등급을 내린다는 거잖습니까. 그렇게 간단한 나눗셈은 초등학생도 가능해요. 그런 식으로 등급이 내려가면 아무도 납득을 못 할 겁니다."

"……."

"일본 국채의 등급이 내려가도 국채의 소화에는 영향이 없을지 모르지만 '소브린 실링' 때문에 사업 회사의 등급이 낮아지거나 국채를 대량 보유하고 있는 금융기관의 등급이 내려가는 일은 충분히 예상할 수 있지 않습니까. 그렇게 되면 그들의 증권화 상품까지 등급이 내려가게 될 것이고 스트파이 비즈니스에도 영향을 미칠 겁니다."

"흐음……."

소메타니는 분명한 대답을 할 수 없었다. 증권화 상품의 등급평가에는 뛰어난 사람이었지만 장사는 뛰어난 편이 아니었다.

"얼마 전에 있었던 생보사의 등급 하향 조정도 역마진에만 주목해서 한 거였죠? 그래서야 생보사들이 납득을 못 할 겁니다."

빈틈없는 얼굴의 산조는 거침없이 이야기를 계속했다.

"마셜스의 권위가 신격화되어 있기 때문에 다소 비상식적인 일을 해도 권위에는 문제가 없다는 식의 교만함이 있는 게 아닐까요?"

테이블에 앉은 이누이 신스케 등은 조용히 이야기에 귀를 기울였다.

"애널리스트는 자신의 의견을 말하기만 할 뿐 의견을 굽히지 않는 것이 권위라고 생각합니다. 업무추진부 부장은 고객의 회사를 찾아가지 않고 불만을 품은 고객과 애널리스트의 가교 역할도 안 하고요. ……주주를 위해 이익을 추구해야만 하는 상장 기업의 태도라고는 도저히 생각하기 어렵습니다만."

"……."

"소메타니 씨, 마셜스는 더욱 고객의 목소리에 귀를 기울이고 더욱 어려운 길을 걸어야 합니다. 상아탑에서 변신을 해야만 합니다. 신용평가사는 관청이 아니니까요."

"어려운 길이라……."

"그렇습니다. 그러지 못하는 기업은 결국 망하니까요."

강한 어조에는 브랜드에 과도한 프라이드를 지닌 엘리트들에 의해 상아탑화한 일본산업은행이 어려운 길을 걸은 도시은행 세력에 밀려 무너진 일에 대한 분노가 서려 있었다.

약 1주일 후(5월 31일)—

마셜스는 일본 국채를 Aa3에서 A2로 내린다고 발표했다(외화 기반 채무의 신용등급은 Aa1으로 유지).

보도자료의 주요 부분은 다음과 같았다.

"이번 일본 정부의 엔 기반 채무의 등급 하락은 현재 및 앞으로 예상되는 정부의 경제 정책으로는 국내 채무의 지속적인 악화를 막기에는 충분하지 않다고 하는 마셜스의 결론에 근거한 것이다. 일본 정부의 채무는 어떤 지표를 보아도 전후 선진국들에게서 예를 볼 수 없는 '미답의 영역'에 들어가고 있다.

마셜스는 일본 정부의 채무 문제는 앞으로 몇 년간 계속 악화될 것이라 예상하고 있다. 그러나 문제의 악화가 예상의 범위 안에 머문다면 등급평가가 영향을 받을 일은 없을 것이다. 이 이유에 의해 A2라는 등급평가에 대한 전망을 '안정적'으로 했다.

국내 채무 문제가 앞으로도 악화될 것이라고 예상되는 반면, 일본 경제의 특징에 의해 중기적으로 정부의 자금 조달이 위기적 상황에 직면할 가능성은 낮다고 예상된다. 그 특징이란 ①가계 부문의 거액의 저축, ②은행 시스템의 높은 정부 채권 흡수 능력, ③국채의 해외 보유율이 낮은 점이다. 따라서 일본 정부에는 디폴트를 회피할 수 있는 적절한 정책을 검토할 여유가 있다.

이상의 이유에 따라 디폴트 시나리오가 실현될 가능성은 낮으며 2000년대 후반에는 효과적인 정책이 나올 것이라고 예상되므로, 일본의 엔 기반 정부 채무의 신용등급이 싱글 A보다 떨어지는 것은 적절하지 않다고 마셜스는 생각한다.

또한 일본의 높은 대외 지불 능력을 배경으로 일본 정부가 보증하는 외화 기반 채무에 대한 Aa1 등급 및 '안정적'으로 하는 전망을 유지시켰다. 이는 일본이 장래 국채에 대한 디폴트에 상당하는 선택지를 택하는 경우라도 외화 기반 채무를 수행할 능력과 의사에 영향을 주지는 않을 것이라고 생각할 수 있기 때문이다.

6월 12일 수요일―

지요다 구 나가타초의 국회 의사당에서 열린 제153회 통상 국회의 중의원 재무금융위원회에는 시오가와 마사주로 재무대신, 야나기사와 하쿠오柳澤伯夫 금융 담당 대신을 비롯한 약 50명의 국회의원이 참석하고 있었다.

의원들과 마주보는 위치에 있는 참고인석에는 재무성과 우정사업청의 간부들과 함께 지난 4월 1일 미즈호은행과 미즈호코퍼레이트은행의 발족과 동시에 대규모 시스템 장애를 일으킨 미즈호파이낸셜그룹의 마에다 테루노부前田晃伸 사장, 아오조라은행(구 일본채권신용은행)

의 대주주로 주식을 매각하는 것이 아닌가 하는 소문이 돌고 있는 소프트뱅크의 손정의 사장 등의 얼굴이 보였다.

원래는 적갈색 빌로드 천이었겠지만 닳아 하얗게 된 팔걸이가 있는 의자에 앉은 참고인 중에는 두 사람의 서구인이 섞여 있었다. 마셜스의 뉴욕 본사의 소브린sovereign-정부 등급평가 부문에서 일본을 담당하고 있는 미국인 폴 로버트슨과 마셜스재팬에서 소메타니와 함께 공동 대표로 있는 미국인이었다.

오전 10시 12분 위원장인 후쿠시마福島 현 출신의 대의원 사카모토 고지坂本剛二가 개회를 알렸고 참고인으로부터 사정 청취에 대한 이의가 없는 것을 확인한 다음, 최초의 발언자로 사이타마 현에서 뽑힌 자민당 의원을 지명했다.

마이크와 물잔이 놓인 질문자석에 선 자민당 의원은 로버트슨이 미국에서 와준 것에 대한 감사를 표한 다음 마음속의 불만을 토하듯 강한 어조로 질문을 시작했다.

"……일본 국채의 등급평가에 대해서는 마셜스사가 재무성의 질문에 어떻게 대답했는지를 주목했습니다만, 질문에 명확하게 대답하지 않고 지난 5월 31일 두 단계를 내린다는 결정이 이루어졌습니다. 이는 무척이나 문제라고 생각하는데 먼저 이 부분에 대한 생각을 듣고 싶습니다."

참고인석에서 장신인 로버트슨이 일어나 통역을 하는 중년 일본인 여성과 함께 회의장 거의 중앙에 있는 답변석으로 향했다.

"I'd like to answer the question(질문에 대답하겠습니다)."

머리가 벗겨지고 얼굴이 길쭉한 로버트슨은 섬세한 격자 무늬가 들어간 적갈색 넥타이를 매고 회색의 고급 양복을 입고 있었다. 침착한 모습이 마치 대학 교수 같은 느낌이 들었다.

"저희 마셜스는 자신의 의견과 방법론에 대해 가능한 한 투명성을 확보하려고 노력하고 있으며 그런 생각으로 재무성의 질문에도 대답을 했습니다. 그 안에 일본의 소브린 리스크국가의 신용도와 디폴트채무 불이행의 가능성에 대해서도 언급하고 있습니다."

로버트슨은 갈색 테의 안경을 코 위에 슬쩍 걸친 느낌으로 이야기했고 그것을 일본인 여성이 일본어로 통역했다.

"지금 일본에 대답은 했다고 말씀했지만 아주 불충분하다고 생각합니다."

안경을 쓴 작은 몸집의 66세 의원은 목소리를 높였다.

원래는 사이타마 현 가와고에川越 시에서 화과자점을 했던 사람으로 가와고에 시의원과 사이타마 현의원을 거쳐 중의원 의원이 되었다. 현재는 재무대신 정무관을 겸하고 있으며 재무성에서 많은 브리핑을 받고서 하는 질문이었다.

"귀사의 등급평가에 대해서는 많은 시장 관계자로부터도 의문이 쏟아지고 있습니다. 예를 들면 6월 10일자 골드만삭스사의 리포트, 이것을 자료로 여러분들에게 배포했습니다만 그 리포트에 따르면 마셜스의 판단은 단편적이며 합리성이 결여되어 있고, 상식적인 기준으로 볼 때 일본 국채는 최상급인 트리플 A가 타당하다고 적혀 있습니다."

골드만삭스는 그 이유로 다음과 같은 두 가지를 들었다. ①일본 국채의 95퍼센트는 국내 투자가가 구입하고 있으며 국내의 여유 자금에 의해 앞으로도 안정적으로 팔릴 것이다. ②마셜스는 도요타자동차(Aa1)나 도쿄전력(Aa2) 등 금융을 제외하고도 37개 민간 기업에 국채보다 높은 등급을 주고 있으나 국가보다 파산 확률이 낮은 기업이 이렇게 많을 리가 없다.

"방금의 질문에 답변하겠습니다."

답변석에 선 로버트슨은 당당하고 침착한 태도로 말했다.

"일본의 경제 정책이 여전히 불충분하며, 정부의 국내 채무가 전후의 선진국 중 미답의 영역에 달했다는 것이 저희들의 판단입니다. 앞으로 수년간 채무가 계속 증가하고 GDP에 대한 채무의 비율과 재정 상황이 악화될 거라고 예상됩니다. 단 이 문제는 최종적으로는 해결되리라 생각합니다. 그렇지만 금후 얼마나 채무가 증가할지 어느 정도 리스크가 발생할지 어떤 해결책이 세워질지 하는 문제는 현 시점에서는 모르기 때문에 중장기적인 관점에서 A2라고 하는 등급을 매긴 것입니다."

보도자료의 내용에서 한 걸음도 벗어나지 않은 대답이었다. 마셜스에서는 회사의 주장을 정확히 머릿속에 입력해 거기에 모순되는 발언을 절대 해서는 안 된다는 규정이 있다.

"지금 로버트슨 씨로부터 설명이 있었습니다만 지금과 같은 설명으로는 도무지 납득이 가지 않는다는 것을 우선 말씀드리고 싶습니다."

몸집이 작은 초로의 자민당 의원이 말했다.

"애당초 귀사의 등급에 대한 보도자료, 아까 여러분에게 배포했습니다만 그 안에 등급을 내린 이유에 대해서는 몇 줄밖에 적혀 있지 않습니다. 그 뒤에 채무 불이행의 리스크는 적다든가 언젠가 개혁은 이루어질 것이다라든가 전망은 안정적이다라든가 그런 이야기만 잔뜩 긴 문장으로 적혀 있더군요."

의원은 마셜스의 보도자료를 흔들어 보였다.

"이래서야 왜 등급이 내려갔는지 전혀 알 수가 없습니다. 어떤 근거로 등급을 내렸는가 하는 논리적인 문장이라기보다 무엇인가 정치적인 냄새를 풍기는 문장이니까요. 이에 대해 닛코日興솔로몬스미스바니 사의 리포트에는 마셜스사는 두 단계 내림으로써 자신의 주장을 정당화하고 전망을 '안정적'으로 함으로써 재무성과의 타협을 노렸다고 나와 있더군요. 그리고 BNP파리바(프랑스계 금융기관)의 리포트, 이쪽에도 의지를 관철하기 위해 두 단계 내렸고 소브린 문제에서 발을 빼기 위해 '안정적'으로 했다고 쓰여 있습니다. 그렇다면 결론을 먼저 내린 다음 이유는 나중에 만든 것 아닙니까? 엔론 건으로 큰 실패를 한 탓에 무리를 해서라도 자신들의 정당성을 과시하고 싶었던 것 아닌가 하는 생각이 드는 것입니다."

답변석의 로버트슨 옆에 앉은 여성 동시 통역사가 귓속말을 하듯 영어로 통역했고 로버트슨은 고개를 끄덕인 후 일어섰다.

"지금의 질문에 답하겠습니다. 각 금융기관의 리포트는 재무성 분들의 논의 속에서도 많이 인용된 까닭에 내용은 알고 있습니다. 저희들도 일본의 저축률이 높고 옵션의 세이빙(재외 예금 · 외화 준비금 등)이 충분히 있으므로 특별히 자금 조달을 할 필요가 없다는 점은 이해하고 있으며 그런 까닭에 외화 기반 채무에 대해서는 Aa1이라는 수준의 등급을 결정한 것입니다."

그러나 자국 통화 기반의 채무에 대해서는 정부가 충분한 재정적 책임을 지고 있지 않으며 IMF국제통화기금도 GDP국내 총생산의 14퍼센트 정도까지 증가할 것이라 예상하고 있다고 말했다.

"일본의 경제적 제조건이 안정적이라고 인정하시는 점에 대해서는 저도 동감입니다."

질문자인 자민당 의원이 말했다.

"그렇지만, 그럼 왜 A2로 내려갔는지 왜 A2인지를 전혀 알지 못하겠습니다."

그리고 의원은 종래 마셜스는 일본의 은행에 대한 등급평가는 국채의 등급평가와 연계되어 있었지만 앞으로는 그런 식의 평가는 하지 않을 것이라는 리포트를 이틀 전에 제출한 사실을 언급하며, 일본 국채에 대해서도 그런 정정을 하는 것이 시장에 대한 설명 책임을 다하는 것이 아니냐고 질문했다.

"지금의 질문에는 두 가지 말씀을 드리겠습니다."

로버트슨은 여전히 진지한 표정으로 이야기를 시작했다.

"반복이 됩니다만 저희들도 다양한 검토를 하고 그 검토에 근거하여 결론을 보도자료라는 형태로 발표하고 웹 사이트에도 공표합니다. 등급평가의 이유에 대해서도 구체적으로 설명하고 있습니다. 이 역시 반복이 됩니다만 채무라고 하는 것이 무척 중요한 의미를 가집니다. 다른 선진국의 등급 하락 예를 들어 이탈리아나 스웨덴의 경우에도……."

로버트슨은 자세히 설명했지만 반복과 등급평가의 기술적인 면에 대한 이야기가 많았고 시오가와 재무상 등 출석자들도 개운치 않은 표정으로 귀를 기울이고 있었다.

"방금 로버트슨 씨가 열심히 대답해주신 그 자세에 대해서는 감사하고 싶습니다. 그러나 그 내용은 전혀 맞지가 않습니다."

질문자인 자민당 의원이 말했다.

"아까부터 정부의 채무가 증가하고 있다는 이유를 들었을 뿐 왜 A2가 되는 것인지 다른 나라와 비교해 어떤가 하는 설명은 전혀 없었습니다. 귀사의 설명에 따르면 일본 정부가 국채에 대한 이자를 과세한다든가 자본 과징금을 부과한다거나 채무 변제의 연기를 반복한다든가 할 가능성을 아무래도 고려하는 느낌이 듭니다만 그렇다 하더라도 국채 중 95퍼센트는 일본 국민이 가지고 있습니다. 일본 정부가 국민에게 실질적인 증세를 시행한다든가 하는 그런 조치를 할 리가 없다는 것입니다. 그러므로 그런 의미에서 저는 A2라고 하는 등급에 대해, 왜 A2가 되었는가 하는 점에 대한 객관성을 알 수가 없다고 말씀드리는 것으로······."

의원의 질문도 반복이 많아졌다.

"방금 질문에는 마셜스의 디폴트 개념에 대한 언급이 있었습니다만 저희들의 디피니션definition-정의에 대해서는 일본적인 디폴트의 정의보다 조금 넓습니다."

로버트슨이 답변석에 서서 말했다.

"그 말의 의미는 저희들은 일방적으로 채무 계약이 변경되는 경우, 예를 들면 상환 구조가 달라지거나 혹은 국내의 현행 제도에 맞지 않는 형태로의 변경이 이루어지거나 혹은 재무성 증권 혹은 국채에 관해 어떠한 형태의 자본의 과세가 행해지는 경우를 포함하는 등 단순히 채무를 이행하지 않는 일만을 의미하지 않습니다. 그리고 그런 개념으로 생각하자면 일본이라는 국가는 무척 강력합니다. 높은 저축률을 자랑하고 있습니다. 그런 의미에서 디폴트의 리스크는 없을 것이라고 저희들은 생각하고 있습니다. 그렇지만 국가의 세입과 비교하거나 GDP에 비교해보면 채무가 악화될 것이라는 것을 예측할 수 있습니다. 저희들 역시 다양한 전제 조건을 고려합니다만 사내 등급조정위원회에서 몇 가지 가정과 시나리오를 설정하고 그 범위 내에서 검증한 결과, 중기적으로는 악화될 가능성이 높은 것으로 나타났습니다."

로버트슨은 피곤한 모습도 없이 여전히 길게 설명했다.

"좀처럼 논의의 초점이 맞지 않아 곤혹스럽습니다만……."

초로의 의원 표정에 피로와 당혹감이 배어나와 있었다. "지금 하셨던 말씀 중에서 국가의 채무라는 것은 로버트슨 씨, 장래의 일본의 세수로 변제되는 것으로 이 세수를 만들어내는 일본의 경제적 제조건, 예를 들자면 저축의 액수라든가 일본이 세계 최대의 채권국이라든가, 무역이 흑자라든가 하는 것과 또 외화 준비고가 높다든가 하는 그런 것들이 충분히 평가되어야 할 것입니다. 귀사의 자료를 보면 일본의 디폴트 리스크를 예를 들면 보츠와나라든가 이스라엘 같은 국가들과 비교하고 있습니다만, 한마디로 일본 정부의 적자가 금액적으로 이들 국가보다 크니까 리스크가 크다고 말하는 것에 불과하지 않습니까? 그러나 경제의 제조건의 차이라는 것은 재정 지표의 차이보다도

큰 경우가 분명 많을 것이고 하물며 세계에서 그런 의미에서의 제조
건 기반이 강한 일본 같은 경우에는 다른 나라와 비교하는 것은 조금
무리가 아닌가 하는 생각이 든다는 것입니다."

"그럼 답변하겠습니다."

로버트슨은 피곤한 모습도 초조한 모습도 없었으며 감정의 움직임
도 보이지 않았다.

"경제적 제조건 말입니다만 마셜스에서는 일본의 경제적 제조건 그
리고 공공의 채무 부담에 대해 철저히 분석을 했으며 보도자료에도
그 점은 명기하고 있습니다. 보츠와나 말입니다만 자국 통화 기반의
채무가 보츠와나는 거의 없습니다. 따라서 디폴트 리스크는 낮다고
할 수 있으며 그렇기에 A1이라는 등급평가는 적절하다고 생각합니
다. 이러한 조건에 경제의 제조건이라는 요소를 가미하여 일본의 외
화 기반 채무 등급인 Aa1보다 세 단계 낮은 A1이라는 등급으로 결정
한 것입니다."

"여러 질문을 했습니다만……."

자민당 의원의 얼굴에 당혹스러움이 떠올라 있었다.

"마지막으로 조직 운영상의 문제에 대해 여쭙고 싶습니다. 국가의
리스크를 판단할 때는 그 나라의 재정과 경제 상황 같은 것은 물론이
거니와 그 나라의 사회, 경제, 역사 등을 숙지할 필요가 당연히 있다고
생각합니다. 로버트 씨에게 이는 실례되는 질문인지 모르겠습니다만
일본 국채의 등급평가에 있어서 분석 책임자로 계시는데, 일본에 대해
서 어느 정도나 알고 있으신지요. 예를 들어 일본의 학교에서 공부를

한 적이 있다든가 일본에 거주한 경험이라든가 혹은 일본에서의 실무 경험이 있다면 알려주시면 좋겠습니다. 적어도 저희들은 마셜스의 등급조정위원회의 멤버가 어떤 분들이고 일본에 대해 어떤 지식을 가지고 있는지 꼭 알고 싶습니다. 이에 답변 주시면 감사하겠습니다."

초로의 의원은 눈앞에 있는 두 사람의 백인을 날카로운 시선으로 응시하며 착석했다.

"지금의 질문에는 제가 답변하겠습니다."

로버트슨을 대신해 일본에서 공동 대표를 맡고 있는 미국인 남성이 통역하는 일본인 여성과 함께 답변석 앞으로 나왔다.

금발에 은테 안경을 쓴 중년의 미국인은 보통 때는 업무다운 업무도 하지 않고 매일 밤 롯폰기나 니시아자부의 외국인 전용 바에서 놀았지만 이날만큼은 단정한 회색 양복을 입고 지극히 성실한 모습을 연출하고 있었다.

"소브린 등급평가에 관한 등급조정위원회의 구성 그리고 그 관계자의 구성에 대한 질문입니다만 현재 전 세계에서 열세 명의 상급 애널리스트, 일곱 명의 애널리스트, 스물한 명의 서브 애널리스트가 활동하고 있습니다."

시오가와 마사주로 재무상 등의 시선이 집중되었다. 로버트슨도 그렇고 이 남자도 그렇고 일본어를 전혀 모르는 만큼 일본에 대한 특별한 지식이나 경험이 있을 것 같지는 않았다.

"상급 애널리스트는 민간 은행과 국제기관에서 쌓은 풍부한 경험이 있습니다. 즉 세계은행, IMF국제통화기금, IIF The Institute of International Finance, Inc.-미국

워싱턴 DC에 있는 민간 국제금융원기관 등에서의 경험이 있는 사람들입니다."

금발의 미국인은 거리낌 없는 모습으로 이야기를 계속했다.

"소브린 등급평가 부문의 공동 책임자를 맡고 있는 마이클 클라크는 시카고대학과 하버드대학 대학원에서 경제학을 전공했습니다. 1970년대에 다양한 은행과 다양한 기관 그리고 대학에서 컨트리 리스크에 대한 컨설팅을 했습니다. 마셜스에 입사한 것은 1986년입니다만 그 직전에는 샌프란시스코의 웰스파고은행에서 외국 정부를 대상으로 하는 여신심사 부문에서 매니저를 했습니다. 또 예일대학과 뉴욕에서 경제학 교편을 잡았으며 1970년대 초에는 『비즈니스위크』지의 객원 집필진으로 있었습니다."

금발의 미국인은 가끔씩 앞에 있는 자료를 보면서 담담하게 이야기를 계속했다.

"소브린 등급평가 부문의 또 한 사람의 공동 책임자인 스티브 우드는 캐나다의 몬트리올에 있는 맥길대학과 워싱턴 DC에 있는 조지타운대학의 대학원에 있는 스쿨 오브 폴린 서비스로 학위를 받았습니다. 게다가 그 뒤 더블린의 트리니티대학 그리고 이탈리아의 페루자에 있는 스트라니에리대학에서 공부했습니다. 우드 씨는 소브린 리스크 애널리스트로서 25년간의 경험이 있으며 그 외에 FRB연방준비은행에서의 국제 은행 업무 경험도 가지고 있습니다. 마셜스에는 1992년 이적했고요."

금발의 미국인은 가지고 있는 자료를 넘겼다.

"두 사람의 공동 책임자 외의 멤버는 소브린 리스크 분석이나 특정 지역과 국가의 전문가가 포함되어 있습니다. 또한 마셜스재팬의 은행 애널리스트가 일본에 관련된 등급조정위원회 멤버에 포함되어 있습니다. 그 이유는 금융 시스템의 변화에 의해 발생하는 국가에 대한 잠재적 영향에 대해 은행 애널리스트가 이해하고 있기 때문입니다. 게다가 소브린 리스크 분석 전문가뿐 아니라 일본의 백업 애널리스트와 아시아 지역의 전문가도 있습니다. 이들 스태프는 국제적인 금융기관과 은행에서의 경험을 가지고 있습니다. 마이클 클라크는 일본 경제와 관련된 여론을 신문과 잡지에 발표하고 있습니다. 또 스티브 우드는 연금 문제로 미국 의회에서 증언을 하기도 했고 일본의 연금 문제에 대해 답변을 하기도 했습니다. 또한 하시모토 전 수상 그리고 월터 몬델 주일 미국 대사와도 함께 일을 한 적이 있습니다. 지금 이 자리에 있는 폴 로버트슨은 미시간대학에서 경제학을 전공했으며……."

끝없이 이어지는 경력 소개에 질린 의원 일부가 견디지 못하고 졸기 시작했다.

제10장 NINJA론

1

(2002년) 7월—

이누이 신스케는 뉴욕 출장 중이었으며 마셜스 본사에서 애널리스트 한 사람에게 RMBS_{residential mortgage backed securities-주택 부동산 담보 증권}의 등급평가 순서에 대한 설명을 듣고 있었다. 마셜스재팬에 등급 의뢰를 받기 위해 들어오는 CDO_{collateralized debt obligation-채무 담보 증권} 중에 미국의 RMBS가 포함된 경우가 있어 현지에서의 실태와 등급평가 방법에 대해 이해해야 할 필요가 있었던 것이다.

CDO는 대부 채권_{기업을 대상으로 하는 융자, 주택 론 채권 등}, 사채, CDS_{크레디트 디폴트 스왑-채무자의 채무 불이행에 의한 손해를 보전하는 일종의 보증}와 같은 '신용 리스크 자산'을 원자산으로 발행하는 증권이다.

하나의 CDO는 통상 수십에서 수천 개의 원자산에 근거해 발행되며 발행되는 증권은 변제 우선도가 높은 것부터 슈퍼 시니어, 시니어, 메자닌, 에퀴티 등 몇 종류의 '트란셰(부분)'로 나누어진다. 원자산 중에 채무 불이행이 발행하여 자산의 가치가 훼손된 경우 가장 먼저 에퀴티 트란셰의 증권이 영향을 받아 원금 상환액이 줄어든다. 채무 불이행이 많아져 에쿼티 부분이 전부 없어지면 메자닌 부분이 훼손되고 그 다음은 시니어, 슈퍼 시니어 순으로 영향이 미친다.

각 트란셰의 비율은 보통 슈퍼 시니어가 발행액 전체의 70~85퍼센트를 점하고 시니어와 메자닌이 각각 5~15퍼센트, 에쿼티가 3~5퍼센트이다.

당연한 말이지만 등급평가는 슈퍼 시니어가 가장 높으며 트리플 A가 부여된다. 시니어는 더블 A에서 싱글 A, 메자닌이 트리플 B에서 더블 B, 에쿼티는 싱글 B 정도의 등급을 받는다. 그러나 증권의 쿠폰(이자 수익)은 거꾸로 에쿼티가 가장 높고 슈퍼 시니어가 가장 낮다.

이와 같이 트랜칭(트란셰로 분할)하는 것은 투자가에 따라 구입하고 싶은 채권의 리스크와 수익률이 다르기 때문에 판매를 쉽게 하기 위해서였다. 슈퍼 시니어의 전형적인 매수자는 보험회사였고 시니어는 금융기관, 메자닌은 헤지펀드, 에쿼티는 원자산을 보유하고 있던 금융기관과 헤지펀드 등이었다.

그러나 앞에서 이야기한 네 가지 트랜칭은 어디까지나 하나의 예로 열 종류 이상으로 분할하는 경우도 드물지 않았다.

"……well, RMBS is a kind of CDO and therefore its rating process is similar to that of CDO(……RMBS는 CDO의 종류 중 하나이므로 등급평가 방법도 CDO와 비슷합니다)."

로우 맨해튼의 마천루군이 보이는 마셜스 본사의 소회의실에서 노트북을 두드리며 20대 후반의 미국인 남자가 말했다. 팀이라고 하는 이름의 RMBS 애널리스트였다.

벽의 하얀 스크린에 팀의 컴퓨터에서 열린 엑셀 스프레드 시트가 비쳐졌다.

"그렇군, CDO의 등급평가에 준하는 거구나……."

푸른 계통의 긴 와이셔츠에 노타이 차림의 이누이가 고개를 끄덕였다. 은행원 시절부터의 습관으로 머리카락은 단정히 정발제로 정리하고 있었다.

CDO의 등급평가, 즉 리스크 분석은 원계약과 증권화 계약서 등을 체크하는 '정성 분석'과 도산(손실)의 확률을 예상하는 '정량 분석' 두 가지 면에서 이루어진다.

정성 분석에서는 ①CDO를 구입한 투자가가 입는 손실은 주로 원자산의 열화에 의해 생기는 것으로 인식하므로 원자산 구매자의 신용도의 변화 등으로는 영향을 받지 않는 구조로 보고 있지만 ②신용력이 저하된 원자산을 교체하는 경우의 규칙이 적절한가 하는 점을 체크한다.

반면 정량 분석에서는 스프레드 시트로 된 컴퓨터 모델을 사용해 ①각 원자산의 등급평가로부터 가중 평균 등급을 산출하여 ②각 채무자의 업종 분류부터 원자산 전체의 분산 지수를 도출해 ③마셜스의 과거 디폴트 데이터(디폴트 스태디)에서 예상 디폴트율을 산출한 다음 등급마다 정해져 있는 스트레스 팩터(주로 개개의 원자산 상호의 상관계수)를 곱해 ④원자산의 채무 타입별로 디폴트한 경우의 회수율을 가미하고 ⑤장래의 금리 시나리오를 준비하여 ⑥그것들에 근거해 어떤 트란셰에 언제쯤 어느 정도의 손실이 발생할 것인가를 캐시 플로 모델로 산출한다.

"그러므로 이 RMBS의 경우는……."

팀이 벽에 비친 스프레드 시트에 시선을 돌리며 말했다.

시트는 붉은색, 푸른색, 노란색 등으로 보기 좋게 구별되어 있었고 다양한 데이터가 입력되어 있었다.

"원자산의 약 2할이 서브프라임론이라고 하는 종류의 주택론으로 구성되어 있습니다."

"서브프라임론?"

이누이에게는 처음 듣는 단어였다.

"쉽게 말해 저소득 계층을 위한 주택론으로 계약금이 필요 없다는 특징이 있죠."

"계약금이 필요 없다고?"

이누이는 의아한 표정을 지었다. 와쿄은행 시절 지점에서 주택론을 취급했지만 계약금이 없는 경우는 없었다. 하물며 변제 능력이 낮은 저소득자는 일반적인 경우보다도 많은 계약금을 지불해야만 했다.

"정말로 그런 론이 있는 건가?"

이누이는 놀라지 않을 수 없었다.

"빌 클린턴 정권 때 '커뮤니티 재투자법'이라는 법률이 강화되어 저소득자라도 은행과 저축대부조합에서 주택론을 빌릴 수 있도록 한 겁니다. ……뭐어 히스패닉계와 저소득 계층의 표를 노린 것이지만 저소득자 계층을 위한 융자를 늘리지 않은 금융기관에는 패널티가 부과되었죠."

"흐음…… 그렇지만 그럼 디폴트율이 꽤 높아질 텐데?"

"그래서 일단 일반적인 주택론보다는 디폴트율을 높게 예상한 모델을 만들었어요. ……단 디폴트한 경우라도 회수율은 꽤 높지만요."

팀은 미국의 부동산 가격은 1929년 세계 대공황 이후 일관되게 상승했으며 설사 채무자가 디폴트를 하더라도 주택을 처분하면 대충 채권을 회수할 수 있다고 설명했다.

"그렇지만…… 그래서야 일본의 버블 때와 같은 발상 같은데?"

"그런가요? ……그래도 지금 현재로서는 주택 가격이 내려갈 징후는 없으니까요."

"그럼 주택 가격이 계속 올라간다는 등급평가 모델을 만든 거야?"

"그렇습니다."

"흐음…… 그래도 되는 건가……?"

이누이는 석연치 않은 기분으로 팔짱을 꼈다.

"의아한 생각이 들지도 모르겠습니다만 그 점은 필요하다면 나중에 논의하는 것으로 하고…… 일단은 모델의 내용을 대략 설명하죠."

팀은 별일 아니라는 어조로 말했다.

"그리고 이것이 다음 입력 화면인데……."

노트북의 키보드를 조작, 벽의 스크린에 다른 화면을 비추었다.

"서브프라임론에도 몇 가지 종류가 있기 때문에 등급평가 모델도 원자산 중의 론의 특성이 반영되어 있습니다."

팀은 스프레드 시트의 셀 일부를 붉은 색으로 표시했다.

"이 붉게 한 부분이 '투 투웬티에이트(2와 28)'라는 타입의 서브프라임론의 디폴트 예측치입니다."

'투 투웬티에이트'라는 것은 기간이 30년인 주택론으로 처음 2년은 낮은 고정 금리로 빌릴 수 있고 그 뒤 28년 동안은 6개월 LIBOR런던은행 간의 단기 금리 플러스 6퍼센트 정도의 변동 금리가 된다.

"처음 2년 동안은 은행은 그다지 이익이 없다는 뜻?"

"그렇습니다. 그렇지만 대출과 동시에 증권화해서 판매하기 때문에 은행이 딱히 손해 볼 것도 없습니다."

"흐음……."

이누이는 개운치 않은 표정으로 고개를 끄덕였다. 17년이라는 기간 동안 금융계에서 살아온 인간에게는 본능적으로 혐오감이 느껴지는 불건전한 이야기였기 때문이다.

"그리고 이것이 적용되는 금리입니다만……."

붉게 표시된 셀에는 처음 2년간은 3~4퍼센트, 2년째 이후는 9~10퍼센트라는 숫자가 들어가 있었다.

달러화의 6개월 LIBOR은 현재 1.8퍼센트대였지만 마셜스는 앞으로 금리가 오를 가능성을 예상하고 다소 보수적인 숫자를 사용하고 있었다.

"처음 2년 동안은 3~4퍼센트이고 2년째 이후는 9~10퍼센트군……."

이누이는 숫자를 보며 생각에 잠겼다.

"그런데 이 서브프라임론의 주택 가격은 어느 정도지?"

이누이가 물었다.

"이 안건에서는 평균 한 채당 30만 달러 정도예요."

"그렇다는 것은 만약 금리가 3.5퍼센트라면 연간 1만 500달러, 월

875달러가 되는 거지?"

"그렇죠."

"그리고 그게 3년째부터는 만약 9퍼센트라고 하면 이자만 연간 2만 7천 달러를 지불해야 하는 거지? 게다가 원금 변제까지 합하면 더 커지는 거고."

"네에, 그렇죠."

"아까 얘기한 저소득자 계층은 보통 연간 수입이 어느 정도인 거야?"

이누이는 미국에서는 중류 가정이라도 연 수입은 4만 5천 달러 정도가 된다고 들은 적이 있었다.

"저소득자 계층이라고 하면 그러니까…… 제로에서 2만 달러 사이 아닐까요?"

팀은 이누이가 무슨 생각을 하는지 이해하고 떨떠름한 표정을 지었다.

"제로에서 2만 달러를 버는 사람이 매년 이자만 2만 7천 달러에서 3만 달러를 어떻게 낸다는 거지?"

"그러니까 그건 뭐…… 집을 팔아야 되겠죠."

"그렇겠지. 그것밖에 없으니까."

결국 서브프라임론이라는 것은 처음부터 주택 가격이 상승할 것을 전제로 한 구입이라는 것이다.

'이래서야 일본의 버블 경제 때의 센 마사오千昌夫라든가 다카하시 하루노리와 마찬가지잖아…….'

센 마사오는 '노래하는 복덕방'이라는 별명으로 불린 가수이고 다카하시 하루노리高橋治則는 골프장 개발과 부동산 개발을 무리하게 시도하다 파산한 버블기의 대표적인 기업 EIE인터내셔널의 사장이다.

"서브프라임론이 나온 것이 클린턴 시대였다고 했으니 이제 겨우 7년 정도 된 거지?"

"그렇죠."

"그럼 과거의 디폴트 데이터의 축적 같은 것은 거의 없겠군. 디폴트 확률을 산출하는 데에는 어떤 데이터를 넣은 거야?"

"그건…… 과거의 평범한 주택론의 디폴트 데이터에 다소의 스트레스를 더한 숫자를 사용했습니다."

'스트레스를 더했다'라는 말은 조금 더 엄격한 조건을 설정했다는 뜻이었다. 일반적인 주택론은 디폴트율이 3~4퍼센트 정도지만 서브프라임론의 경우는 6~7퍼센트로 생각하는 모양이었다.

"음…… 그렇지만 이야기를 들은 바로는 보통의 주택론과 서브프라임론은 리스크에서 상당한 차이가 있을 것 같은데."

"그건 아마…… 말씀대로일 겁니다."

금발에 갸름한 얼굴을 한 팀은 체념하는 듯한 표정을 지었다.

"사실은 저희도 모델을 사용하면서도 이 모델로 괜찮을까, 리스크를 전부 반영 못 한 것 아닐까, 하고 생각할 때가 있거든요. ……그치만 너무 바쁘고 사람 수가 부족해서 모델에 대해 깊은 토론을 할 시간이 없어서요. 모든 애널리스트가 하루 12시간 이상 일하고 있고 그렇게 해도 일이 끝나지 않아 휴일에도 출근해서 겨우겨우 기한 안에 마감을 하는 상태거든요."

스트럭처드 파이낸스 부문이 바쁜 것은 도쿄도 마찬가지다. 증권화, 특히 CDO 안건이 급증하여 애널리스트들은 밤낮을 가리지 않고 일하고 있었다.

마셜스의 스트럭처드 파이낸스 부문의 작년(2001년) 수수료 수입은 2억 7380만 달러로 전년 비 37퍼센트나 증가했다. 올해는 그보다 높은 전년 비 40퍼센트 증가 페이스로 진행되고 있었고, 현재 스트럭처드 파이낸스 부문의 책임자로 있는 알렉산더 리처드슨이 호시탐탐 CEO의 자리를 노릴 정도였다.

"지금 미국은 부동산이 붐이고 서브프라임론은 금리가 높으므로 이를 조합하면 등급에 비해 일드yield-수익가 높은 CDO를 만들 수 있거든요. 그래서 주택론회사는 계속 저소득자에게 돈을 빌려준 뒤 론을 투자은행에 팔고 있고, 투자은행은 그것을 묶어서 증권화하고 있는 거죠. 간략히 말하면 빌리는 사람도 주택론회사도 투자은행도 해피해피인 겁니다."

해피인 것은 등급평가 수수료가 계속 들어오는 신용평가사 역시 마찬가지다.

"저희도 이런 모델로 등급을 매겨도 괜찮은가 생각하면서도 뭐어미국의 주택 가격이 내리거나 금리가 오르지 않은 한 문제는 없을 테니, '이렇게 간단히 CDO를 만들 수 있다면 개나 원숭이도 하겠어'라든가 '시한 폭탄이 터지기 전에 모두 부자가 되어서 조기 은퇴하자' 하는 등의 이야기를 해요."

쓴웃음을 짓는 팀의 얼굴에 찜찜함이 묻어 나왔다.

며칠 뒤—

이누이는 M대 야구부 동기생으로 현재는 대형 은행의 로스앤젤리스 지점에서 차장으로 일하고 있는 남자가 운전하는 차를 타고 로스앤젤리스 시 외곽을 달리고 있었다. 일본에 돌아가는 길에 친구를 방문한 것이었다.

에어컨이 나오는 포드 세단의 조수석에서 이누이는 도로 양쪽에서 펼쳐지는 초여름 캘리포니아 주의 풍경을 바라보고 있었다.

보도에는 일정한 간격으로 야자나무가 서 있었고 3~4층 높이 빌딩은 연분홍빛이나 흰색 같은 밝은 색, 머리 위는 눈이 시릴 만큼 푸른 하늘이었다.

"……그러게, 개나 원숭이도 할 수 있겠어……."

핸들을 잡은 채 이누이의 친구가 쓴웃음을 지었다. M대 야구부에서는 외야수였던 남자로 근육질에 건장한 체격이었다.

"그렇지만 저소득자에게 계약금도 없이 빌려주고 게다가 3년째부터는 금리가 확 오르다니 상식을 벗어났다고밖에 생각이 안 돼."

초록색 체크 무늬 반팔 셔츠를 입은 이누이가 말했다.

"상식을 벗어난 정도가 아니라 미국의 주택 버블은 미쳤어. ……'NINJA론'이라는 말은 들어봤어?"

"닌자론? 뭔데 그게?"

이누이는 이상하기 짝이 없는 이름에 놀랐다.

"노 인컴 노 잡 앤드 애셋No income No Job No Asset─무수입·무직·무자산의 약자야. 그런 사람들에게 빌려주는 주택론을 'NINJA론'이라고 하지."

"정말이야?! 말도 안 돼."

"'NINJA론'은 물론이고 주택론을 받는 사람에게 일자리를 소개하겠다고 선전하는 주택론회사도 있고 많은 금액을 빌리면 5천 달러라는 현금을 주겠다는 세일즈맨도 있다니까."

"우와! 정말 말도 안 나오는군."

이누이는 어이없다는 표정을 지었다.

"서브프라임론의 이용이 많은 것은 오대호 주변의 주와 캘리포니아, 애리조나, 플로리다 등의 히스패닉계 인구가 많은 주라고 해."

"흐음, 그래?"

"5대호 주변은 GM이라든가 포드 같은 자동차산업이 부진하면서 백인 빈곤층이 많지. 반면 히스패닉은 원래 가난한 데다 영어로 된 계약서를 읽지 못하니까 뭐든 사인한다는 이야기가 있어."

"영어 계약서를 못 읽어 뭐든 사인을 한다고? ……블랙 조크로군."

이누이는 얼굴을 찌푸렸다.

편도 4차선짜리 넓은 길을 따라 햄버거 가게, 자동차 대리점, 부동산 중개소, 잡화점, 레스토랑, 영화관 등이 있는 복합 쇼핑 센터가 서 있었다. 멕시코와 국경을 끼고 있고 인구의 4분의 1이 히스패닉계인 탓인지 뾰족한 지붕에 갈색 벽이 둘러쳐진 스페인풍 건물이 여기저기 보였다.

"이 근처도 주택론회사의 세일즈맨이나 주택론 브로커를 자주 볼 수 있어."

핸들을 움직이며 친구가 말했다.

미국에서 주택론을 대출하는 곳은 상업은행과 저축대부조합_{Savings &} Loans Association-약칭 S&L 외에 주택론회사_{모기지뱅크}라고 하는 논뱅크이다. 미국 전체에 약 1700개 있는 주택론회사는 예금 기능 없이 대출한 주택론 을 파니메이_{연방주택저당금고}나 투자은행 등의 금융기관에 전매한다. 한편 주택론 브로커_{모기지 브로커}는 차입인에게 주택론을 소개하여 수수료를 챙 기는 방식이었다.

"주택론을 파는 세일즈맨과 브로커들은 꽤 돈을 버는 모양이지?"

이누이가 말했다.

"연간 수십만 달러는 우습고 많이 버는 인간은 1년에 100만 달러 (약 10억 6000만 원)를 쉽게 넘긴다고 해."

"100만 달러? 정말?!"

"겉모습도 좀 특이해. 핀 스트라이프 양복에 귀걸이라든가 커다란 금목걸이 같은 걸 차고 매 같은 눈으로 먹잇감을 노리는 느낌이랄까."

"흐음……."

"계약서에 연 수입이라든지 직업 같은 것도 세일즈맨이 적당히 써 놓고 사인을 하라고 하나 봐. 주택론회사 쪽도 대출한 론을 바로 전매 하니까 심사를 안 하는 거나 마찬가지인 상태인 모양이고."

"그런 게 CDO에 포함되어 멀쩡한 증권화 상품으로서 투자가에게 판매되는 거야?"

멀쩡한 증권화 상품이라는 보증서를 부여하는 것은 바로 신용평가 사다.

감색 포드 세단은 야자나무 가로수 맞은편으로, 새로 지은 주택들이 늘어선 지역으로 들어갔다.

"이 근처도 주택 붐으로 개발된 지역이지."

푸른 잔디 위로 스페인풍의 갈색 기와지붕과 하얀 벽으로 둘러싸인 2층집이 나란히 서 있어 그야말로 신흥 주택지라는 분위기가 느껴졌다. 주민은 백인, 히스패닉 등 다양한 것 같았다.

"오, 벌써 세일 간판이 나온 것도 있군. 야반도주라도 간 거려나? ……한번 볼래?"

친구는 세일이라고 쓰인 붉은색 간판이 붙은 한 채의 집 앞에 차를 세웠다.

두 사람은 차에서 내려 뜨겁고 건조한 공기 속을 걸어 빈집으로 다가갔다.

"……이건 심하군."

창문으로 집 안을 들여다보고 이누이가 얼굴을 찌푸렸다.

"틀림없이 야반도주를 한 것 같아."

옆에 서 있던 친구가 말했다.

마치 폭풍우가 집 안을 통과한 것처럼 내부는 어지러운 상태였다. 가지고 갈 수 있는 것은 모두 가져간 듯 천장의 전기 코드까지 뽑혀 있고 창문 유리와 문은 뜯겨져 있었다. 바닥과 벽에 검은 얼룩이 생겨 있었고 벽의 일부는 뜯겨나갈 것 같았다.

"야반도주를 한다 해도 보통 이렇게까지 하나?"

"NINJA무수입·무직·무자산이니까 그렇겠지. 살기 위해서는 뭐든 해야지."

친구가 집 안을 둘러보았다.

"이 집은 대략 50만 달러 정도 하겠지만 원래 상태로 되돌리는 것만 해도 15만 달러는 필요할 것 같군."

"15만 달러라……."

이누이는 며칠 전 마셜스 본사에서 팀이라고 하는 애널리스트로부터 받은 RMBS주택 부동산 담보 증권의 등급평가용 컴퓨터 모델을 떠올렸다.

모델에서는 디폴트한 물건으로부터의 채권 회수율을 70퍼센트라고 가정해 손실률을 계산하고 있었다.

'50만 달러짜리 물건을 원상 회복 비용에 15만 달러가 필요하다고 하면 확실히 회수율은 70퍼센트지만 혹시 물건 가격이 3분의 2나 반으로 떨어지면 어떻게 되는 거지……?'

가격이 3분의 2라면 판매 가격 33만 3천 달러에서 원상 회복 비용 15만 달러를 빼면 18만 달러밖에 회수할 수 없다. 회수율이 36.6퍼센트가 되는 것이다.

또 가격이 절반으로 떨어지면 회수율은 불과 20퍼센트밖에 되지 않는다.

'요는 회수율 70퍼센트라는 것도 주택 버블을 전제로 한 숫자라는 거군…….'

이누이는 불안해지는 마음으로 엉망이 된 집의 내부를 응시했다.

다음 주—

일본에 귀국한 이누이는 미나토 구 아타고 2번지의 마셜스재팬 회의실에서 미국의 상업은행계 증권회사 스태프들과 마주보고 있었다.

"······대체 마셜스는 무엇을 보고 등급을 평가하는 겁니까?! S&D 쪽은 그런 말은 하지 않는다고요! ABCP 시장이 사라질 리가 없지 않습니까?"

미국계 상업은행의 증권 자회사의 바이스 프레지던트인 일본인 남자가 분노하며 말했다.

원래는 우정성郵政省-현 총무성 출신으로 국비로 미국에 MBA 유학을 다녀온 후 미국계 상업은행의 도쿄 지점으로 이직, 지금은 증권 자회사의 증권화 부문에서 일하고 있었다. 작은 체구에 마른 신경질적인 느낌의 남자였다.

"그게 말입니다······."

하얀 반팔 셔츠에 노타이 차림의 이누이가 당혹스러운 표정으로 입을 열었다.

"ABCP 시장이 절대 사라질 리가 없다는 말은 틀릴 수도 있다고 생각합니다."

두 사람은 미국계 상업은행이 설립하는 SIVstructures investment vehicle-특별 투자 목적 회사의 신용등급을 두고 논의하고 있었다.

SIV는 금융기관(주로 은행)이 투자 목적으로 설립하는 페이퍼 컴퍼니로 회계 기준과 비교해 연결할 필요가 없는 범위에서 소액의 자본을 모회사인 금융기관이 출자, ABCPasset backed commercial paper-투자 담보 커머셜 페이퍼를 발행해 자금을 조달, CDO채무 담보 증권 등을 자산으로서 보유한다.

금융기관이 SIV를 사용하는 것은 주로 다음과 같은 이유 때문이었다. ①금융기관이 보유하는 금융 채권을 CDO로 만들어 연결될 필요가 없는 SIV로 매각하면 자산을 줄임으로써 자기 자본 비율을 올릴 수 있다. ②SIV에 금융기관에서 유동성 확보를 위한 융자를 제공하는 경우가 많은데 그런 경우 금융기관은 수수료를 얻을 수가 있다. ③ SIV가 존속 기간을 마치고 해소될 때 CDO 등의 자산에 투자해서 불린 이익은 금융기관 소유가 된다.

그리고 ABCP는 기간이 30일에서 90일로 기한이 올 때마다 재발행 롤 오버된다. 또 SIV를 설립 및 운용하는 금융기관을 '스폰서 금융기관(은행)'이라고 부른다.

"ABCP의 마켓이 사라진다니 지금까지 그런 일이 없지 않았습니까?!"

미국계 증권 자회사의 바이스 프레지던트가 노한 목소리로 말했다. 앞머리를 단정히 7대 3으로 나눈 어딘가 차가운 느낌이 드는 얼굴이 붉게 물들어 있었다.

"원자산이 열화하여 ABCP 발행이 안 된다고 하면 이해를 하겠지만 마켓 자체가 없어질지도 모른다는 생각 때문에 등급평가를 못 하겠다는 것은 도무지 이해가 안 됩니다!"

분개하는 남자의 옆에는 미국의 대형 보험회사인 AIG의 자회사이자, 런던에 있는 AIG파이낸셜 프로덕트에서 출장 온 영국인 남자가 앉아 있었다. 동사는 수 베이시스(100분의 몇 퍼센트) 정도의 수수료로 CDO나 CDS의 슈퍼 시니어 부분을 인수하거나 보증을 해주는 비즈니스를 하고 있었으며 총액으로 수조 엔이 이르는 리스크를 지고 있었다.

이번에 등급평가를 하는 SIV도 AIG가 슈퍼 시니어 부분을 보증하는 CDO를 자산으로서 보유할 예정이었다.

"그렇지만……."

이누이는 곤혹스러운 표정을 지으며 반론에 나섰다.

"과거 야마이치증권이라든가 장기신용은행이 파산할 때 마켓에 자금의 제공자가 사라져 패닉이 일어났었지요?"

"그건 머니 마켓 이야기잖습니까?"

상대가 바로 반론했다. "확실히 머니 마켓은 과거 드라이 업한 적이 몇 번인가 있었습니다만 ABCP 시장은 그런 적이 없습니다."

어두운 색깔의 양복에 넥타이를 맨 미은행계 증권 자회사 남자는 험악한 눈초리로 이누이를 노려보았다.

"그렇다면 말입니다……."

이누이는 마음속의 짜증을 억누르며 최대한 침착한 어조로 말했다.

"ABCP의 롤 오버가 불가능하게 되면 은행이 자금을 SIV에 융자하겠다는 조건을 계약서 안에 넣어도 문제가 없지 않겠습니까?"

마셜스 쪽은 ABCP의 매수자가 시장에서 사라지면 ABCP의 차환이 불가능해져 디폴트화될 것을 염려했고, 은행이 만일의 경우에 백업 라인(융자 보증)을 제공할 것을 요구하고 있었다.

"아니, 그러니까…… 그건 불가능합니다."

상대의 목소리에 당황스러움이 묻어 나왔다.

"왜 말입니까? ABCP 시장이 절대 사라지지 않을 거라는 자신이 있다면 융자 보증을 해줘도 아무 문제 없을 것 같은데 말입니다."

이누이는 한껏 비아냥거리며 말했다.

"그, 그러니까 그런 것은 은행 안에서 별도로 융자를 보증하자고 하는 품의서를 만들지 않으면 안 되고 저희는 그런 백업 라인 같은 것이 없어도 이번 SIV의 등급을 취득할 수 있을 거라 생각했기 때문에……. 그보다 ABCP 시장이 사라진다니 대체 어떤 사태를 걱정하고 있는 겁니까?"

"어떤 사태라기보다…… 뭐어 구체적으로 이렇게 될 것이다라는 특정의 사태는 바로 말씀드릴 수 없습니다만…… 굳이 말하자면 세계적인 금융 위기 정도겠죠."

"세계적인 금융 위기라는 것은 어떤 사태를 말씀하는 건지요? 대체 어떤 세계적인 금융 위기 때문에 ABCP 시장이 사라진다는 겁니까?"

'끈질기네, 이 녀석…….'

논의는 평행선을 그리고 있었다.

"마셜스 쪽은 사고에 유연성이 부족한 것 아닙니까? S&D라든가 피치는 훨씬 더 적극적인데……. 좋습니다, 그렇게 나오신다면 마셜스의 등급평가는 필요 없습니다."

상대는 도발하듯 말했다.

'그럼 마음대로 하셔! 나도 이런 안건의 등급평가는 하고 싶지 않거든!'

이누이는 목구멍까지 올라온 욕지거리를 간신히 참았다.

다음 날—

저녁 이누이는 회사 가까이에 있는 카페 겸 바의 창가 쪽 테이블에서 스트럭처드 파이낸스 그룹의 책임자이자 주일대표인 소메타니와 함께 해가 지는 거리를 바라보며 맥주를 마시고 있었다.

"……나도 그 안건은 거절하는 편이 좋다고 생각해."

뺨이 홀쭉한 얼굴에 무테 안경을 쓴 소메타니가 긴 손가락으로 반쯤 빈 맥주잔을 들어 살살 돌리며 말했다.

"진짜로 ABCP 시장이 사라지지 않을 거라 생각한다면 백업 라인을 붙였을 테니까 말이야."

"그렇습니다."

하얀 셔츠에 노타이 차림의 이누이가 고개를 끄덕였다.

"산조 씨에게 이야기를 하니 '등급평가도 비즈니스니까 최대한 고객의 요청을 들어주는 것이 중요하다. 다시 한 번 어떻게든 안 될지 검토하라'고 하시더군요."

이누이는 두 살 연하의 상사인 산조 세이이치로를 '산조 씨'라고 부르고 있었다.

"뭐어 산조는 장사제일주의니까 말이야. 나 같은 사람보다 그 녀석 쪽이 훨씬 대표다운 말을 잘하지."

소메타니는 쓴웃음을 지었다.

"그 미은행계 증권회사 남자는 원래 은행 출신이니까 ABCP 시장이 사라질 수도 있다는 리스크가 존재한다는 사실은 알고 있었을 거야."

"저도 그렇게 생각합니다. 백업 라인을 붙이는 일을 완강히 거부하는 것은 모회사인 은행이 그 리스크를 지고 싶어 하지 않기 때문일 것입니다."

소메타니는 고개를 끄덕이며 담배를 물었고 라이터로 불을 붙였다.

상당한 헤비 스모커로 지나친 흡연 때문에 오른손 집게손가락과 가운데손가락 끝이 담뱃진으로 누렇게 되어 있었다.

"그렇지만 그 CDO 말인데…… 그다지 성질이 좋은 CDO는 아닌 것 같아."

"맞습니다."

이누이도 께름칙한 얼굴로 고개를 끄덕인다.

그 미국 은행계 증권회사는 SIV의 등급평가와 동시에 SIV가 보유할 예정인 CDO의 등급평가도 의뢰했었다. CDO에 포함되는 것은 모회사인 미국 은행의 도쿄 지점이 보유하고 있는 기업을 대상으로 하는 융자와 채권 60건 정도였지만 업종을 살펴보면 건설, 부동산, 대형 슈퍼 등 현재 부여받은 등급치고는 고전하는 기업이 많았다.

"같은 싱글 A라도 사실은 트리플 A를 줘도 괜찮을 만큼 반짝거리는 싱글 A가 있고 사실은 트리플 B도 되지 않을 만큼 너덜거리는 싱글 A도 있거든."

"그렇죠."

예의 CDO에 들어갈 예정인 융자와 채권은 사실은 더 등급이 떨어져도 될 만한 회사의 것들만 모은 것이었다.

"그런 기업의 채무를 모으게 되면 등급에 비해 수익이 높은 CDO를 만들 수가 있으니까요."

"우리가 한 신용평가의 허점을 파고드는 거지."

CDO를 등급평가할 때 사용하는 정량 분석은 반짝거리는 싱글 A도 너덜거리는 싱글 A도 같은 싱글 A라고 입력되어 원자산의 가중 평균치가 산출된다.

"그 미국 은행계 증권회사는 그런 나쁜 안건만 계속 가져오거든요. ……그런 회사는 차라리 출입 금지를 시키는 게 낫지 않을까요?"

이누이는 짜증스럽게 말하며 맥주를 마셨다.

"기업에 대한 등급의 재검토가 아무래도 현실의 움직임을 따라가지 못하니까 그런 꼴을 당하는 거겠지. ……그 미국계 은행뿐 아니라 등급 하락에 대한 압력을 받는 것들만 유통 시장에서 모아오는 녀석들이 많아."

"정말이지 인베스트먼트 뱅커 녀석들은 돈에 영혼까지 팔 놈들이에요."

창문 너머 해가 지는 보도에서는 긴자 혹은 롯폰기에 식사를 하러 가는 듯 보이는 젊은 커플이 택시를 세우고 있었다.

"솔직히 난 SIV라는 것 자체가 이상하다고 생각해."

구부정한 모습으로 담배 연기를 뿜으며 소메타니가 말했다.

"자기네 밸런스 시트_{대차대조표}에 연결할 필요가 없는데 이익은 자신의 것이 되다니 그런 웃기는 이야기가 어디 있어?"

"정말 이상하죠. ……애당초 SIV라는 것은 엔론이 사용한 것이었죠?"

"맞아. 엔론 때는 SPE_{special purpose entity─특별목적회사}라고 불렀지만 실제로는 완전히 똑같은 거지."

작년(2001년) 12월 파산한 미국의 에너지 기업 엔론은 3500 이상의 SPE를 사용해 불량 자산을 밸런스 시트에서 제외하는 분식 회계를 했었다.

"그렇게 큰 소동이 벌어지고 CFO 앤드류 파스토우 등 체포된 사람

도 많고 의회에서 증인 소환까지 했잖습니까. 게다가 아서 앤더슨_{미국의}
_{컨설팅회사}까지 그 일로 날아갔는데 또 똑같은 짓을 하는군요."

"SIV는 원래 1988년 시티뱅크가 개발한 것이라더군. 그 이후 미국
계 은행과 영국계 은행, 또 UBS(스위스계)에서 적극적으로 사용했고."

"그렇군요."

"시티뱅크 같은 곳은 지금 SIV를 사용 못 하게 되면 새로 200억 달
러나 되는 자본을 조달하지 않으면 안 된다고 해. 그래서 필사적으로
로비 활동도 벌이는 것 같고. 그러니까 금융기관은 아마 이대로 계속
사용을 용인하겠지."

소메타니의 말에 이누이도 고개를 끄덕였다.

고개를 들자 부근의 맨션 상공은 아직 푸른 기가 남아 있었지만 지
상은 점차 밤의 어둠이 밀려들고 있었다. 마셜스가 있는 20층짜리 빌
딩의 거의 대부분의 창문에는 형광등 불빛이 밝게 켜 있었다.

"그렇지만 AIG라는 회사도 정말 대담한 짓을 하네요."

이누이가 담배를 문 채 긴 셔츠의 소매를 걷어 올리며 말했다.

"CDO와 CDS의 트리플 A짜리 트란셰를 몇조 엔이나 보증하는 것
말이야?"

"네에."

"하기야 트리플 A라면 일단 디폴트 가능성은 거의 없겠지만……."

그러나 트리플 A라고 해도 도산 확률이 제로는 아니다. 마셜스의
과거 데이터에 따르면 트리플 A인 사채(기업)가 5년 이내에 디폴트할
확률은 0.1퍼센트, 7년 이내는 0.25퍼센트 정도였다.

"은행이 굳이 수수료를 물면서까지 AIG의 보증을 받는 것은 트리플 A라고 해도 안심을 못 한다라는 뜻이잖아요."

"안심하고 안 하고의 문제라기보다 오히려 정도의 문제라고 할까, 혐오감을 느끼는가 안 느끼는가 하는 금융맨으로서의 본능적인 문제 쪽 아닐까?"

"네에, 그렇군요……."

"아무리 트리플 A라고 해도 몇조 엔이나 자신의 밸런스 시트에 기입하라고 하면 나도 무서울 거야. 양식이 있는 뱅커라면 싸게 리스크 헤지가 가능할 때 어떻게든 헤지하려는 생각이 들겠지."

"그것을 AIG가 인수한 거군요."

"맞아. ……정도의 문제라고 한 것은 언젠가 파국을 맞을 것 같은 예감이 들어서 한 말이지만."

소메타니는 어두운 얼굴로 얼마 남지 않은 맥주를 입으로 가져갔다.

"도를 지나친 문제라고 하니까 지난 주 미국에 갔을 때가 생각나는데, 저쪽의 주택 버블이 너무 심하던걸요. NINJA론이라는 것까지 있을 정도니까 상식을 벗어난 것 같더라고요."

"그런 모양이더군."

"저희 쪽 RMBS와 CDO의 등급 모델은 지금 이 상태로 괜찮은 걸까요? 본사 RMBS 쪽 애널리스트에게 설명을 듣긴 했지만 서브프라임론의 디폴트율이라든지 회수율 수치가 너무 느슨한 것 같아서 말입니다."

"그 부분은 나도 계속 신경이 쓰였어……."

소메타니가 한숨을 쉬며 담배 연기를 내뿜었다.

"주택론의 디폴트율이라든가 회수율뿐 아니라 아까 이야기한 반짝거리는 트리플 A도 너덜거리는 트리플 A도 같은 트리플 A로 디폴트 확률을 입력하니까 말이야."

이누이가 고개를 끄덕였다.

"게다가 CDO가 만기될 때까지 같은 디폴트 확률을 사용하지?"

"그런 모양입니다."

CDO는 기간이 10년짜리가 많다.

"그렇지만 세계적으로 경기가 안 좋아지면 틀림없이 디폴트율이 대폭 상승할 테니 지금의 방법은 등급이 너무 높게 나와 있는 건지도 몰라."

소메타니는 짧아진 담배를 재떨이에 비벼 끄고 새 담배를 입에 물었다.

"그리고 코리레이션상관 관계 값도 너무 낮은 느낌이 들어."

코리레이션이란 RMBS나 CDO에 포함되어 있는 자산의 상관 관계(특정 자산이 디폴트했을 때 다른 자산도 디폴트할 확률)로 일정한 값을 등급평가 모델에 입력하여 자산 전체의 디폴트 확률을 계산한다.

"그 말씀은?"

"지금은 캘리포니아의 주택론 디폴트 확률과 펜실바니아의 주택론 디폴트 확률이 지리적으로 멀기 때문에 코리레이션이 낮을 거라든가, 화학업계와 통신업계는 관계가 별로 없으니까 코리에이션이 낮을 거라는 이야기를 하고 있지만, 만약 미국의 부동산 가격이 하락을 시작하면 아마 주에 관계없이 나라 전체적으로 내려갈 거고, 화학업계와 통신업계가 관계없다고 해도 결국 유저나 소비자에게 제품과 서비스를 파는 거니까 경기 전체가 나빠지면 같이 나빠질 거야. 즉 코리에이션이 급격히 높아지겠지."

"네에……그러네요."

"결국 우리가 모델을 사용해서 하고 있는 스트파이 등급평가도 비현실적인 디폴트 확률이나 코리에이션을 사용해 RMBS와 CDO를 과대 평가하고 있는 것 같아."

소메타니는 고민하는 듯한 표정으로 담배 연기를 뿜고는 잔에 남아 있던 맥주를 비웠다.

"월 가의 투자은행도 조용히 우리와 비슷한 평가 수법을 사용한 다음 투자가에게 추천하는 것이겠지만 결국 그들은 RMBS와 CDO를 과대 평가해서 투자가에게 비싸게 파는 것뿐이잖아."

신용평가회사와 투자은행이 CDO의 가치를 평가하기 위해 사용하는 것은 '가우시안 코플라'라고 불리는 확률 분석 모델이다. 이것은 로열뱅크오브캐나다에 근무하던 중국인 데이비드 션 리가 처음 사용하면서 널리 보급된 것이었다.

"흐음…… 말씀을 듣고 보니 그럴 것 같네요."

이누이의 뇌리에 5년 전 일본계 신용평가사 면접을 보면서 호리카와 다케시에게 들은 말이 떠올랐다.

"어레인저(투자은행 등)에게 있어 가장 중요한 것은 1엔이라도 많이 수수료를 버는 일이지. 그리고 발행체를 만족시킴으로써 다음 비즈니스에 연계하는 일이고. 그러기 위해 그들은 복잡한 금융 기술을 이용해 투자가를 판단 불능으로 만들고 다른 하나는 리스크와 리턴의 관계를 카무플라주하는 거야."

'결국 우린 투자은행의 하수인인 셈인가…….'

2

일본 국채의 등급평가를 둘러싼 마셜스와 일본 정부의 논쟁은 결국 아무런 소득도 없이 끝났고 얼마 뒤 '국채가 NTT보다 등급이 낮은 모순'(『선택』 7월호), '상처받은 일본 국채의 권위'(『관계』 9월호) 등과 같은 기사가 잡지에 등장했다.

그러나 여름부터 미국의 경기 감속에 의한 수출의 부진과 은행의 자금 회수에 의한 경기 부진이 우려되면서, 사람들의 관심은 경기와 주가의 동향으로 옮아갔다.

그리고 2002년 하반기부터 경기 부진이 현저하게 눈에 띄게 되었다. 주택 착공은 전년 비 1.9퍼센트 줄어 2년 연속 감소했고, 자동차 판매는 전년 비 2.3퍼센트 감소, 백화점 및 슈퍼의 매상도 6년 연속으로 전년보다 낮았다. 실업률은 연간 평균 5.4퍼센트로 전년 비 0.4퍼센트 악화되었고 2년 연속으로 과거 최고치를 경신했다(실업자 수는 331만 명).

닛케이 평균 주가는 11월 14일 버블 붕괴 이후 최저가인 8303엔을 기록, 은행의 경영에 직격탄을 날렸다. 11월 29일에는 다케나카 헤이조竹中平蔵 금융 · 경제재정정책 담당 대신이 불량 채권의 빠른 처리를 골자로 하는 '금융 재생 프로그램'의 공정표를 발표하고 메가 뱅크들은 국유화를 피하기 위해 급히 증자의 길을 달리기 시작했다.

해가 바뀐 2003년 1월 중순—

황궁의 해자가 내려다보이는 히비야생명 본사의 사장실을 미즈호홀딩스의 사장 이하 수뇌진과 기획 부문의 간부들이 방문했다.

히비야생명 측은 사장, 경영기획·재무 담당 부사장, 이사, 경영기획부장 등이 맞이하였고 경영기획부 과장이자 등급 담당인 사와노 간지도 말석에서 함께했다.

"……네에? 1조 엔요?! 그건 정말 대단한 금액이군요."

벗겨진 머리에 덩치가 좋은 히비야생명의 사장이 놀라는 표정을 지었다.

"기말 불량 채권 처리액을 당초 예정했던 1조 400억 엔에서 2조 200억 엔으로 늘려 불량 채권 문제를 완전히 마무리하고 싶습니다."

작은 체구에 하얀 피부의 미즈호 사장이 살짝 긴장한 얼굴로 말했다.

도쿄대 법학부를 졸업하고 구 후지은행의 엘리트 길을 걸었던 인물이지만 외모는 소박한 지방 지점장 같았다. 단정하게 7대 3 가르마를 탄 머리는 희끗희끗했고 눈썹은 여덟 팔(八)자 모양. 키는 166센티미터에 체중 61킬로그램이었다.

"불량 채권 처리 액수를 큰 폭으로 늘리기 위해 1조 엔을 목표로 우선주의 발행과 제3자 할당 증자를 하려고 합니다."

미즈호 사장은 은테 안경을 쓴 양쪽 눈을 깜빡거리며 말했다.

이번 회기에 처리할 불량 채권 중 규모가 큰 것은 하자마와 세이부西武 백화점에의 금융 지원에 의한 것과 하우스텐보스의 파산 처리 건 등이 있다고 했다.

"그렇지만 1조 엔이라고 하면 무척이나 큰 금액입니다만…… 어떻게 모으려고 생각하시는지요?"

히비야생명의 사장은 놀라움이 가시지 않은 표정으로 물었다.

"저희 거래처에 부탁하려고 생각합니다. 지금 현재로서는 1000개사 정도에 부탁을 드리려고 합니다. 대기업 쪽에는 가능한 한 큰 액수를 부탁드리려고 하고요."

미즈호파이낸셜그룹의 거래처에는 히다치日立제작소, 후지쓰富士通, JFE, 닛산자동차, 고베제강神戸製鋼, 야스다생명, 이토추상사, 마루베니丸紅, 도쿄전력 등 유명한 기업이 많다. 이 기업들 거의 모두에게 증자 인수를 부탁할 예정이라고 했다.

"3월 말 결산은 어떻게 될 것 같습니까?"

히비야생명의 부사장이 물었다. 은발에 안경을 쓴 장신 남자다.

"이번 기는 저번 기와 연결해 최종 적자가 1조 9500억 엔 정도가 될 것 같습니다. 당초는 2200억 엔 정도의 적자를 예상했습니다만 이번 기에 모든 시름을 자르려고 합니다."

"1조 엔을 증자하여도 자기 자본 비율이 유지되는 건가요?"

"그렇습니다. 닛케이 평균 주가가 7200억 엔이 되어도 8퍼센트라는 자기 자본 비율을 유지할 수 있습니다."

지방 지점장풍의 미즈호 사장이 말했다.

현재의 닛케이 평균 주가는 8600엔이었다.

"그 외에도 보유 주식의 매각, 이연 세금 자산의 압축, 임원 수 삭감 등의 구조 조정을 행해 모든 주주님들이 납득할 수 있는 업적을 올리도록 노력할 생각입니다."

"공적 자금은 포함되지 않는 거군요."

"그렇습니다. 자력으로 하고 싶습니다."

공적 자금이 투입되면 경영진의 교체와 경영에 대한 정부의 개입이 따르므로 현 경영진으로서는 당연한 방침이었다. 특히 미즈호 사장의 경우 작년 10월 28일 다케나카 헤이조 대신과 면담하면서 정부의 불량 채권 처리 방침에 이의를 제기했다가 대신을 격노시켰고 "당신은 고이즈미 수상의 정책에 반대하는 것인가? 그럼 그렇다고 전하겠다" 라는 말까지 들었다. 공적 자금이 투입되면 사임이 확실했다.

"그래서…… 저희들에게는 어느 정도의 금액을 생각하시는지요?"

히비야생명의 사장이 무척 긴장한 표정으로 물었다.

히비야생명은 미즈호파이낸셜그룹의 보통주를 이미 450억 엔 상당 (38만 주) 보유하고 있는 것 외에도 열후 론을 1500억 엔이나 공여하고 있었다.

또 미즈호홀딩스 역시 히비야생명에 약 300억 엔의 기금을 갹출하는 등 자본을 공유하는 관계였다.

"지금 공여 중인 1500억 엔 상당의 열후 론의 최저 절반, 가능하면 전액을 우선주로 바꿀 수 있을까요?"

미즈호 사장이 읍소하는 듯한 눈초리로 말했다.

우선주란 의결권은 제한받는 반면 배당 이익이 높으며 회사가 해산되는 경우에도 잔여 재산에서 우선적으로 배분을 받을 수 있는 주식을 말한다. 일반주보다 구매자가 많고 자금을 모으기도 쉽다.

바젤 Ⅱ(제2차 BIS 규제)에서는 자본금(우선주 포함), 법정 준비금, 잉여금은 'Tier Ⅰ 자본(기본적 자기 자본)', 열후 론 등은 'Tier Ⅱ 자본(보완적 자기 자본)'으로 분류되는데 'Tier Ⅱ 자본'은 'Tier Ⅰ 자본'과 동액同額까지 자기 자본으로 도입할 수 있다.

따라서 열후 론을 우선주로 바꿔 Tier Ⅰ 자본을 늘릴 수 있으면 이와 같은 액수까지 Tier Ⅱ 자본을 자기 자본으로 도입 가능해지므로 자기 자본 비율을 올릴 수 있다.

"1500억 엔의 최저 절반, 가능하면 전액을 우선주로 말이군요……."

히비야생명의 사장이 복창하듯 중얼거렸다.

"저희들 입장에서는 필두 주주이신 히비야생명이 가장 먼저 인수를 표명해주셔서 다른 곳에서의 움직임에도 탄력을 받게 해주셨으면 합니다."

히비야생명은 미즈호홀딩스의 주식 4퍼센트를 보유한 필두 주주였다.

"아마 다른 곳에서도 필두 주주인 귀사가 전향적으로 움직인다면 많은 용기를 얻을 것이라고 생각합니다. ……반대로 귀사가 적극적으로 나서주시지 않는다면 전체의 움직임에도 마이너스적인 영향을 미칠 거라 생각합니다. 그러므로 꼭 저희 쪽 사정을 이해해주시고 전향적으로 검토 부탁드리겠습니다."

검은 가죽으로 만든 소파에 앉은 미즈호의 사장이 깊게 머리를 숙였고 다른 수뇌진과 기획부 간부들도 따라했다.

'그렇다는 건 우리의 결정이 성패의 열쇠가 된다는 말? ……제발 이러지 좀 말아주지.'

머리를 숙인 양복 입은 남자들의 모습을 보며 사와노는 속이 쓰려오는 것이 느껴졌다.

"하신 말씀의 뜻은 알겠습니다. 저희들의 메인 뱅크이기도 한 귀사의 무척 중요한 증자라는 것은 이해하고 있으며 당연히 전향적으로 검토해보도록 하겠습니다."

히비야생명의 사장이 말했다.

"그렇지만 금융청이 생보사와 은행의 '더블 기어링Double Gearing'을 바람직하지 않다고 생각하는 것은 알고 계시리라 생각합니다."

'더블 기어링'이란 주식을 나누어 가지는 것을 말한다. 한쪽이 파산하면 다른 쪽도 파산하는 연쇄 파산의 리스크가 큰 까닭에 BIS국제결제은행과 금융청이 문제시하고 있었다.

미국계 신용평가사 S&D의 조사에 따르면 작년 3월 말 시점에 일본의 주요 7개 은행 그룹과 대형 생보사 7개 사 사이에는, 은행 그룹이 생보사 측에 약 1.8조 엔의 자본을 제공하고 있었으며 한편 생보사 측은 주요 은행 그룹의 보통주, 우선주, 우선증권을 약 1.9조 엔 보유하고 있고 열후 론, 열후 채권을 약 3.5조 엔을 공여하고 있었다.

"그리고 저희가 인수를 한 경우 배당 수익의 문제 등이 있습니다. 그런 사무적인 일은 실무자가 하는 것으로 하고 최종적으로 어떤 형태로 어느 정도를 인수할지 저희 쪽에서도 검토하고 싶습니다."

"꼭 부탁드리겠습니다. 저희 쪽에서는 히비야생명이 이번 증자 건 성공의 열쇠라고 생각합니다. 거듭 말씀드리게 되어 죄송합니다만 가능한 한 빨리, 최대한 많은 금액의 지원을 표명해주신다면 저희들로서는 정말 감사하겠습니다."

미즈호의 남자들은 다시 머리를 숙였다.

다음 날—

히비야생명의 사장실 소파에서는 전날 미즈호홀딩스를 만난 다섯 명이 이마를 맞대고 서류를 보며 곤혹스러운 표정을 지었다.

"……흐음, 미즈호의 주가가 내려가면 역시 우리한테도 상당한 임팩트가 있군."

넉넉한 체구를 흰 와이셔츠로 감싸고 파란 실크 넥타이를 맨 벗겨진 머리의 사장이 눈앞에 있는 자료에 시선을 떨어뜨리며 말했다.

자료는 사와노가 만든 것으로 증자 인수에 동반되는 리스크와 리턴, 미즈호파이낸셜그룹의 신용도 등에 대해 정리한 것이었다. 리턴에 대해서는 인수액, 미즈호홀딩스의 주가, 닛케이 평균 주가에 대해 몇 가지 케이스를 예상, 손익 시뮬레이션을 한 것이었다.

"최악의 경우는 돈을 낸 후 파산하는 경우로 저희들도 같이 파산한다는 결말이군요……."

어두운 색 양복을 입은 은발 부사장이 입을 열었다.

"사와노, 어떻게 생각하나? 미즈호는 1조 엔을 모으면 버틸 수 있을까?"

"1조 엔을 모을 수만 있다면 버틸 것이라고 생각합니다. 반대로 1조 엔을 모으지 못하면 뜬소문 때문에라도 파산할 가능성이 있을 거고요."

날씬한 몸매에 시대극에 나오는 젊은 무사 같은 얼굴의 사와노가 말했다.

마음속으로는 은행이 불량 채권을 어느 정도 안고 있는지는 자산 조사를 고의적으로 허술하게 하거나 교묘한 수법으로 제외해버리면 외부에서는 알기 어려운 만큼, 아무리 고민한들 소용이 없다는 생각을 했다.

물론 미즈호의 기획 부문도 바보는 아니므로 금융청에서 어느 정도의 반대는 있으리라는 것을 감안하고 1조 엔이라는 금액을 산출한 것일 터이다. 그런 만큼 반대로 1조 엔을 모으지 못하면 시중의 소문 때문에 마켓에서 자금을 구할 수 없게 되어 파산할 가능성도 있었다.

사장의 질문에 대한 대답은 한마디로 사와노의 감이었다.

'이런 이야기는 감으로 대답하는 수밖에…….'

"1조 엔을 모으지 못하면 파산이라……."

사장들은 사와노의 말을 그대로 받아들이고 무거운 표정을 지었다.

"미즈호가 파산하면 우리는 물론이지만 일본 전체가 대혼란에 빠지지 않을까요?"

이사의 말에 사장이 고개를 끄덕였다.

"만약 필두 주주인 우리가 거절하면 다른 회사도 도미노가 쓰러지듯 거절할 테고 미즈호는 파산할 겁니다."

가무잡잡하고 뚱뚱한 경영기획부장이 말하자 그 자리의 공기는 더욱 무거워졌다.

"그렇다고 무작정 리스크를 짊어졌다가 회수하지 못한다면 계약자에 대한 책임 방기가 될 가능성도 있습니다."

미즈호의 요청은 열후 론을 우선주로 바꾸고 싶다는 것이므로 여신액은 증가하지 않는다. 그러나 은행이 파산하는 경우 회수하지 못할 가능성은 훨씬 높아진다. 또 론이라면 자산 가치는 기본적으로 변하지 않지만 우선주인 경우는 주가 변동에 따라 히비야생명의 결산에도 영향을 미친다.

"미즈호는 야스다생명 쪽에도 부탁하러 가겠지?"

부사장이 말했다.

야스다생명은 미즈호홀딩스의 제4위 주주로 출자 비율은 약 2퍼센트였다.

"오늘 그쪽 기획부장과 이야기를 했는데 당연히 갈 거라고 합니다."

경영기획부장이 말했다.

그룹 전체 인원이 5만 명이 넘는 미즈호FG 사원의 생명보험 계약 획득을 둘러싸고, 히비야생명과 야스다생명은 격렬한 쟁탈전을 벌이고 있었다. 야스다생명의 영업직원이 미즈호의 사무실 안으로 들어가면 히비야생명의 영업직원은 출입문 밖에서 지키고 있을 만큼 히비야생명은 야스다생명의 우위를 무너뜨리기 위해 혈안이 되어 있었다.

"야스다는 해줄 생각인 건가?"

사장이 물었다.

"아직 모르겠습니다. ……오늘내일 중에 그쪽 기획부 쪽에 물어보겠습니다."

"그렇군……. 어쨌거나 앞으로 2, 3일 동안은 다른 회사의 동향을 파악하는 데 노력해주게. 미즈호에게는 전향적으로 검토하겠다고 했지만 간단히 결정할 문제가 아니니까. 거절하는 것도 감안해서 신중히 검토해야 돼."

 이틀 후—

 아침, 니혼바시카키가라초의 자택 맨션에서 눈을 뜬 사와노는 얼굴을 씻은 다음 현관 우편함에 꽂힌 니혼게이자이신문을 뽑아 거실 테이블에 앉았다.

 옆에 있는 부엌에서는 아내가 아침 준비를 하고 있었다. 프라이팬에 햄을 굽는 좋은 냄새가 났다.

 "자력 갱생을 위한 증자 러시"

 파자마 차림으로 테이블에서 신문의 3면을 펼치자 큼직한 제목이 튀어 나왔다.

 메가 뱅크 3사의 증자 계획에 대한 기사였다.

 미즈호는 공전의 1조 엔 증자, 미쓰이스미노에는 골드만삭스에 의한 1500억 엔의 우선주 인수, UFJ는 메릴린치가 1천억 엔어치의 우선주를 인수한다고 한다.

 다음 순간 바로 밑에 있는 기사 제목에 시선이 고정되었다.

 "미즈호, 1000개 사에 출자 요청. 히비야생명은 열후 론을 변환"

 '뭐뭐뭐, 뭐야, 이건?!'
 사와노는 깜짝 놀라 기사 본문을 읽기 시작했다.

"히비야생명보험은 미즈호그룹으로부터의 증자 요청에 응할 방침을 굳혔다. 미즈호에게 융자하고 있는 열후 론 1500억 엔 중 전액 혹은 일부를 우선주로 바꿀 계획이다. 히비야생명은 미즈호의 필두 주주로 증자에 응할 자세를 밝힌 것은 처음. 미즈호는 증자 실현을 위한 첫 걸음을 떼었다."

'누가 이런 말을 한 거야?!'

사와노는 급히 신문을 접고 양복에 베이지색 트렌치 코트를 걸치고 나서 아침도 먹지 않고 현관을 나섰다.

"여보, 쓰레기는─?! 좀 해놓고 가─!"

뒤에서 아내가 소리쳤다.

겨울의 밝은 아침 햇살을 받으며 스이텐구마에水天宮前 역을 향해 빠른 걸음으로 걷고 있을 때 휴대전화가 울렸다.

발신자 이름을 보니 손보재팬의 기획부문 과장이었다.

"네, 사와노입니다."

서류 가방을 한 손으로 들고 걸으면서 휴대전화를 귀에 대었다.

"사와노 씨, 아침 일찍부터 죄송합니다. 오늘 아침 니혼게이자이신문에 귀사에서 미즈호의 1500억 엔 상당의 열후 론을 우선주로 바꾼다고 나왔더라고요. 벌써 결정된 건가요?"

"아닙니다, 아직 아무것도 결정되지 않았습니다. 저도 그 기사를 보고 깜짝 놀랐습니다."

"아, 그렇군요. ……그럼 누군가 발설을 한 거군요."

"아니, 그건 잘 모르겠습니다. ……미즈호 쪽일 수도 있고요."

포장 도로를 뚜벅뚜벅 소리를 내고 걸으면서 흔들리는 목소리로 대답했다.

"미즈호 쪽에 아직 확인은 안 하신 거죠?"

"물론이죠. ……전향적으로 검토하겠다고 말은 했지만 할지 안 할지는 리스크와 발행 조건 등등을 종합적으로 살펴보고 결정하는 것으로 했습니다. 요는 부정적으로 검토하지는 않겠다는 것뿐이었습니다."

사와노는 단호한 목소리로 말했다.

"그렇군요. 알겠습니다. ……혹시 귀사에서 뭔가 결단을 내리게 되면 알려주시면 감사하겠습니다."

"알겠습니다."

전화를 끊고 휴대전화를 서류 가방에 넣으려고 하는 순간 다시 전화가 울렸다.

발신자를 보니 후코쿠富国생명 종합기획실 담당자였다.

"네에, 사와노입니다."

난감한 심정으로 휴대전화를 귀에 대었다.

"사와노 씨, 오늘 아침 니혼게이자이에 나온 기사 사실인가요?"

상대는 놀라움과 호기심이 섞인 목소리였다.

"아니요. 그건 오보입니다. 저희는 아직 아무것도 결정한 게 없습니다."

"네에? 그런가요? 정말요?"

"제가 왜 거짓말을 합니까?"

역을 향해 걸으며 대답했다.

바로 옆을 자전거를 탄 OL풍 젊은 여성이 도심을 향해 스치고 지나 갔다. 아침 일찍부터 열린 슈퍼에서는 가게 앞에 비닐 봉지에 든 귤과 시금치, 고구마 등을 진열하고 있었다.

"무엇보다 미즈호에서 저희 쪽에 이야기를 처음 한 게 엊그제였으 니까요. ……잘못하면 망할지도 모르는 은행에 몇백억 엔이나 지원하 는 이야기를 하루 이틀에 어떻게 결정합니까."

"그야 그렇겠네요."

상대는 이해하고 전화를 끊었다.

다른 생손보 담당자로부터도 전화가 걸려올 것 같아 사와노는 휴대 전화의 전원을 끊고 가방 속에 넣었다.

회사에 도착하자 사와노의 책상 위에 황색 포트스잇이 몇 장이나 덕 지덕지 붙어 있었다.

미즈호FG와 거래하는 다른 회사에서 연락을 해달라는 전언이었다.

'휴우— 뭐야, 여기가 무슨 미즈호 증자 문제 상담소도 아니고…….'

양복 상의를 벗어 의자 등받이에 걸치고 앉은 순간 책상 위 전화가 울렸다.

"저기, 죄송합니다. 미즈호의 증자 건 담당자신가요?"

귀에 댄 수화기로부터 들은 적이 없는 중년 남자의 목소리가 들렸다.

"네에, 그렇습니다만."

"바쁘실 텐데 죄송합니다. 저는 도마쓰東松건설 본사에서 미즈호 증 자 건을 담당하는 사람입니다만, 꼭 필두 주주이신 귀사의 방침을 들고 싶어서…….”

미나토 구 도라노몬에 본사가 있는 도쿄 증시 1부 상장 회사인 도마쓰건설은 구 후지은행이 메인 뱅크로 미즈호FG와 친한 거래처였다.

“미즈호 건에 대해서는 저희도 아직 결정된 것이 전혀 없습니다.”

사와노가 말했다.

“그렇습니까, 저기 지금 검토 중이시라 생각합니다만…… 미즈호처럼 도산이나 국유화 가능성이 있는 회사의 증자를 받아들이면 법률적으로 배임 행위가 되지는 않는지요?”

“저기, 그런 걸 저한테 물어보셔도…….”

‘그런 건 당신네 변호사한테 물어보라고…….’

“혹시 귀사가 미즈호의 증자를 인수하는 경우 말입니다만, 어떤 논리로 투자가들이나 계약자들에게 설명하실지 궁금합니다.”

“아니, 저희는 아직 그렇게까지 구체적으로 이야기가 정리된 것이 아니라…….”

“이야기가 정리 안 되었다는 것은 긍정적이지 않으시다는 뜻인가요? 만약 최대 주주인 귀사가 부정적인 판단을 내린다면 저희처럼 힘이 약한 회사는…….”

“아뇨, 부정적인 건 아닙니다만.”

“미즈호의 리스크는 어떻게 보고 계십니까?”

상대는 끈질긴 성격으로 하나를 대답하면 바로 다른 두세 개의 질문을 해대서 사와노를 곤란하게 했다.

그동안에도 주위의 전화기는 계속 울렸고 사와노 앞 책상 위에 “O

×생명—전화 부탁함", "△ㅁ전력 기획부에서 미즈호 증자와 관련해 히비야생명의 방침을 알고 싶어 합니다" 등이 적힌 포스트잇을 계속해서 붙였다.

'망할 니혼게이자이 녀석들, 확인도 없이 기사를 쓰다니······.'

겨우 도마쓰건설 담당자를 격퇴하고 수화기를 들었을 때, 경영기획 부장이 출근해 자신의 자리에 앉았다.

"이봐, 사와노!"

부장의 목소리에 사와노는 일어서서 부장의 자리로 급히 갔다.

"오늘 아침 니혼게이자이 기사 봤지?"

"봤습니다. 깜짝 놀랐습니다."

"자네가 얘기한 건 아니지?"

검은 얼굴에 뚱뚱한 부장이 사와노를 빤히 쳐다보았다.

"그럼요, 제가 말할 리가 없잖습니까."

"그렇지. ······틀림없이 미즈호 쪽에서 흘린 거겠지."

"기정사실화할 생각으로 말인가요?"

"그래······ 어차피 저쪽은 궁지에 몰린 짐승이나 마찬가지니까 무슨 짓이라도 하겠지."

미즈호에서는 지점마다 증자 할당량이 주어졌다. 전국 지점장 회의에서는 "거래처와의 관계가 평소 좋았으면 분명히 받아줄 것이다. 못받는 자는 지점장 실격이다!"라는 호통이 떨어졌고 관계가 별로 없는 미쓰비시그룹의 기업까지 타진해 빈축을 샀다고 한다.

"천 개는 물론이고 1만 개 사 정도에 이야기를 하는 모양이야."

"흐음…… 그렇게 한다 해도 이상하지는 않네요."

메가 뱅크 3사는 현재 남의 눈은 아랑곳하지 않는 '자본의 거지'가 되어 있었다.

"어쨌거나 가능한 한 빨리 방향성을 정해야겠어. ……오늘 오후 시간 돼?"

사와노가 부장과 오후 미팅 시간을 정하고 자리에 돌아오자 또 새로운 전언이 붙어 있었다.

"S&D의 미즈노 씨가 전화를 부탁했습니다. 전화번호는……."

'S&D…… 무슨 일이지?'

불길한 느낌이 들었다.

S&D로부터는 5년 전 싱글 A 등급을 획득했지만 그 뒤 한 단계 내려가 현재는 A 마이너스였다.

마셜스는 작년 히비야생명 측의 설명도 듣지 않고 일방적으로 등급을 내린 탓에 의뢰 평가 계약을 해지했지만, 생보사 일만큼은 S&D에는 대화 능력이 있었고 양호한 관계를 유지하고 있었다.

사와노는 미즈노 료코의 직통 번호로 전화를 걸었다.

"금융기관 그룹의 시니어 애널리스트 미즈노입니다."

수화기에서 지성을 느낄 수 있는 상큼한 목소리가 흘러나왔다. 처음으로 이야기하는 사람이다.

"사실은 귀사의 등급에 크레디트 워치를 지정할까 합니다."

"네에? 크레디트 워치요?!"

사와노는 수화기를 든 채 하늘을 쳐다보았다. 예상은 했지만 이렇게 빨리 유탄을 맞을 줄은 상상도 못 했다.

"크레디트 워치라고 하셔도…… 등급을 상향 조정할 생각은 아니신 거죠?"

"네에…… 유감입니다만."

"역시 미즈호 증자 건이 이유인가요?"

"그렇습니다. 방금 보도자료를 저희 회사 사이트에 올렸습니다."

"그렇군요…… 당사의 상황에 대해 설명을 드리고 또 S&D 쪽의 생각을 들을 수 있는 자리를 되도록 빨리 만들어주셨으면 합니다만?"

"그럼요, 그렇게 해주시면 감사하겠습니다."

사와노는 1주일 뒤 미팅을 하기로 약속하고 수화기를 놓았다.

컴퓨터 키보드를 두드려 S&D 사이트를 열었다.

화면 가장 위쪽은 선명한 붉은색이었고 그 아래쪽 짙은 회색 배너에 STANDARD & DILLON'S라는 사명이 적혀 있었다.

사명의 바로 옆에 '최신 보도자료 일람'이라는 항목이 있었고 거기를 클릭하자 페이지가 바뀌면서 가장 위에 "히비야생명에 '크레디트 워치'를 지정"이라는 제목이 파란색으로 적혀 있었다.

"스탠더드&딜론스는 현재 싱글 A인 히비야생명의 장기 카운터파티 등급과 보험 재무 능력 등급을 하향 조정 가능성이 있다고 보고 '크레디트 워치'를 지정했다.

이는 미즈호파이낸셜그룹이 얼마 전 발표한 1조 엔 규모의 증자 계획에 따라 히비야생명에 출자 요청을 한 사실에서 기인한 것이다.

히비야생명은 미즈호그룹의 최대 주주로 작년 9월 말 시점에 주식의 4.0퍼센트를 보유하고 있다. 동사는 이미 미즈호그룹에 대해 열후론을 포함, 자기 자본 수준에 비해서 거액의 익스포저exposure를 보유하고 있다. 동사의 미즈호그룹에 대한 이와 같은 집중 리스크는 현재의 등급에 포함되어 있지만 새로운 출자 조건에 따라서는 등급의 하향 조정을 부를 가능성이 있다."

다음 주—

S&D의 세 사람이 히비야생명을 방문해 경영기획부장과 사와노를 만났다.

찾아온 사람은 미즈노 료코와 보험회사 담당의 서른쯤 되는 일본인 여성 애널리스트, 뉴욕 본사에서 보험회사를 담당하는 마흔 정도의 미국인 남성이었다.

"……so, Mizuho has requested Hibiya to convert at least half of the subordinated loan to preferred stock(……미즈호 측은 히비야생명에게 열후 론의 최저 절반을 우선주로 바꿔달라고 요청한 것이군요)."

미즈노 료코가 영어로 말했다.

"That's right(그렇습니다)."

사와노가 고개를 끄덕였다.

"But, you haven't decided if you were going to accommodate it or not(그렇지만 히비야생명 측에서는 어떻게 할지 아직 정하지 않

은 것이고요)."

마흔 살 정도의 머리가 벗겨진 미국인 남자가 물었고 사와노는 다시 고개를 끄덕였다.

"What are your thoughts now(지금 히비야생명에서는 어떻게 생각하십니까)?"

일본인 여성 애널리스트가 물었다. 무테 안경을 쓴 똑똑해 보이는 얼굴에 날씬한 여성이었다.

"well, for us to maintain the credit rating is the most important(저희들에게 있어서는 신용등급의 유지가 가장 중요합니다). 오히려 어떻게 대응을 하면 등급이 내려가지 않을까 가르쳐주셨으면 싶을 정도입니다."

사와노가 미소를 띠며 말하자 S&D의 세 사람도 웃었다.

"저희들이 일본의 생보사 일로 가장 걱정하는 것은 더블 기어링 문제입니다."

단정한 회색 정장을 입은 미즈노 료코가 영어로 말했다.

'중학교 교감 선생님 같네……'

엄격한 분위기를 풍기는 47세의 미즈노를 보며 사와노는 생각했다.

"일본의 생보사가 거래처인 은행으로부터 기금에 대한 출자 등의 형태로 자본을 조달하더라도 같은 은행에 열후 론을 공여하거나 증자를 인수한다면 자본 조달 효과는 제로가 되는 건 아니지만 현저히 약해지니까요."

작년 7월 BIS국제결제은행은 연차 보고서 안에서 일본의 생보사와 은행의 자본의 공유가 금융 위기의 연쇄 리스크를 증대시키고 있다고 경고했다. 그 뒤 9월에서 11월에 걸쳐 S&D는 히비야생명, 스미노에생명, 야스다생명 등 생보사 6사의 등급을 1~2 단계 내렸다.

"더블 기어링 문제로 저희가 우려하는 쪽은 사실 생보사입니다. ……은행의 경우는 밸런스 시트가 워낙 큰 탓에 리스크의 집중이 상당 부분 완화되니까요."

미즈호FG는 연결 총자산이 130조 엔, 주주 자본이 3조 엔가량이다. 반면 히비야생명은 각각 30조 엔과 9천억 엔 정도로 미즈호의 4분의 1 규모에 지나지 않았다.

"귀사의 경우 작년 9월 말 기금, 잉여금, 토지 및 주식의 평가익 등을 합한 자본이 9300억 엔 정도였습니다. 그런데 미즈호파이낸셜그룹에 대한 여신이 보통주와 열후 론을 합쳐 1950억 엔이므로 자본의 20퍼센트에 해당하죠."

1개 회사에 대한 여신액이 자기 자본의 20퍼센트라는 것은 세계적인 금융 상식으로는 완전히 위험한 영역에 들어가 있는 것이었다.

"올해 3월 말 결산은 어떨 것 같으신지요?"

"주가가 이런 상황이니까 주식의 평가익이 천오육백억 줄면 당기 이익과 합쳐도 자본은 8천억 엔 정도로 줄지 않을까 생각합니다."

작년(2002년) 3월 말 닛케이 평균 주가는 1만 1025엔이었지만 현재는 8300엔 정도였다.

"이것이 주가와 업적의 시뮬레이션입니다."

사와노가 한 장의 자료를 내밀었다.

증자 인수액과 미즈호의 주가에 따라 히비야생명의 손익이 어떻게 영향을 받는지를 몇 가지 케이스로 나눠 시뮬레이션한 표였다.

"그렇군요. 이렇게 되는군요……."

미즈노 일행이 고개를 끄덕이며 자료를 읽었다.

"S&D 쪽에서는 어떻게 생각하고 계신지요?"

경영기획부장이 물었다.

"솔직히 말씀드리면 오늘은 주로 히비야생명의 상황을 듣기 위해 온 까닭에, 얼마 정도까지 인수하면 괜찮을까라든가 어떤 형태로 하는 편이 좋을까라고 하는 기준은 준비하지 못했습니다."

부장과 사와노가 고개를 끄덕였다.

"게다가 등급을 판단하는 데에는 귀사의 인수액이나 형식뿐 아니라 미즈호파이낸셜그룹의 신용 상태도 관계가 있으므로 그쪽의 리스크 분석도 하지 않으면 안 되고요."

"미즈호 쪽에서의 요청은 최소 1500억 엔의 절반을 우선주로 바꿔 달라고 하는 것이었습니다만, 만약 750억 엔을 한다고 치면 어떨 것 같습니까?"

"흐음…… 이 자리에서 분명히 말씀드리기는 어렵지만……. 개인적으로는 조금 많은 느낌이 드는군요."

미즈노 료코가 곤혹스러운 표정으로 말하자 옆에 앉아 있던 본사에서 온 미국인 남자도 고개를 끄덕였다.

3

2월 중순─

사와노 간지는 경영기획·재무 담당 부사장과 함께 맨해튼 미드타운의 렉싱턴 가를 걷고 있었다.

S&D의 뉴욕 본사를 방문해 히비야생명의 현재 상황과 미즈호FG의 증자 인수에 관련해 설명을 한 뒤, 미드타운의 아메리카 가(6번가)에 오피스가 있는 히비야생명의 현지 법인 히비야라이프인터내셔널에 인사를 위해 들렀다 호텔로 돌아오는 길이었다.

조금 전까지 비가 내린 탓에 마천루에 양쪽을 잘린 머리 위 하늘은 지금이라도 빗방울이 떨어질 듯한 회색 구름이 드리워져 있었다. 가로수 잎이 적어 아직 겨울이 끝나지 않은 느낌이었다.

북에서 남으로 가는 넓은 일방통행로를 헤드라이트를 켠 자동차들이 쌔앵 하는 소리를 내며 달렸다. 여기저기 하얀 수증기가 솟아오르는 보도에는 수염을 기른 터키 남자가 하는 포장마차가 세워져 있었고 중남미계 남자들이 차에서 내린 FEDEX 화물이며 식료품 등을 가게로 운반하고 있었다.

공기는 차가웠고 걷고 있자니 포장마차의 소시지와 햄버거 냄새며 커피 냄새 등이 흘러들어 왔다. 거리에는 스타벅스, 넥타이 가게, 핸드백 가게 등이 늘어서 있었다. 물품이 풍부한 것이 경기가 좋은 것을 금세 알 수 있었다. 은행의 지점도 많았다. 뱅크오브아메리카, 노스포크뱅크, 와코비아, HSBC, 시티뱅크 등의 점포가 화려한 선전물을 점내에 설치해놓고 있었다.

"……S&D에서 납득해줄까?"

장신에 은발인 경영기획·재무 담당 부사장이 혼잣말하듯 말했다. 감색 캐시미어 코트를 입고 검은 가죽 서류 가방을 들고 있었다.

"꽤 이해는 하는 것 같았습니다만……."

두 사람은 2시간 정도 전에 맨해튼의 동남부 워터 가에 있는 S&D 뉴욕 본사를 방문해 히비야생명은 일본 생보사 중에서는 더블 기어링 수준이 낮다는 자료를 근거로 역설하고 왔다.

"자본의 공유 같은 건 정말이지 더 이상 하고 싶지 않지만…… 미즈호와 세금 징수원은 이길 수가 없으니 말이야."

은발 부사장의 말에 사와노도 고개를 끄덕였다.

"사와노, 자네 혹시 '벚꽃놀이 술'이라는 걸 아나?"

"네? 만담 제목인가요?"

"곰과 용이 벚꽃놀이를 온 사람들에게 술을 팔려고 술통을 메고 옮기는 이야기지. 곰이 술을 너무 마시고 싶어 용에게 10전을 주고 한 잔을 마셨어. 그것을 보자 용도 마시고 싶어졌고 곰에게서 받은 10전을 주고 한 잔을 마셨다네. 그렇게 반복하다 보니 술이 다 떨어졌다는 이야기야. ……더블 기어링도 이와 마찬가지가 아닐까란 생각이 들어."

부사장이 쓸쓸하게 웃자 사와노도 따라 웃었다. 그러나 사와노의 뺨은 홀쭉해져 있었고 머리카락과 피부는 윤기가 사라진 상태였다.

미즈호 수뇌진의 방문 이후 사와노는 임원들과 함께 사장실을 매일 찾아가 증자에 어떻게 대처해야 할 것인가, 이 방법은 안 된다, 저 방법도 안 된다 등을 의논하며 머리를 쥐어뜯고 있었다. 히비야생명 측의 가장 큰 관심은 보험 영업에 큰 영향을 주는 등급 하락을 어떻게 피할 것인가 하는 것이었다. 사와노는 S&D의 도쿄 사무실에 매주 한두 번 찾아가 어느 정도면 좋을까, 이렇게 하면 등급은 어떻게 될 것인가 등 상담을 해왔다. 미즈호FG와도 협의를 거듭했고 얼마나 인수하면 만족할지 절충점을 찾는 날이 계속되었다.

증자를 요청한 미즈호그룹과 거래가 있는 회사로부터는 여전히 "히비야생명은 어떻게 할 것인가?" 하고 하루에도 몇 번씩 전화가 왔다.

"미즈호에게 요청을 받은 회사들은 모두 저희가 어떻게 나오는지를 보고 있잖습니까."

"그래, 우리가 어떻게 하는가에 따라 도미노 현상이 벌어질 거야. 그렇게 되면 미증유의 금융 위기가 벌어지겠지. ……정말이지 당혹스러운 입장이 되어 버렸어."

"핵 미사일 발사 단추에 손을 올리고 있는 미국이나 러시아 대통령 같은 입장이네요."

"뭐 엉망이 되는 건 일본뿐이니까, 기껏해야 북한 김정일 정도 아닐까?"

부사장이 힘없이 웃었다.

교차점에서는 하얀 커버가 붙은 제모를 쓰고 멕시코계로 추정되는 뚱뚱한 남자 교통 경찰이 하얀 장갑을 낀 양손을 열심히 휘두르며 교통 정리를 하고 있었다.

"그렇지만 스미노에생명과 미쓰이생명도 큰일이겠어."

걸으며 부사장이 갑자기 떠오른 듯 말했다. 니시와키 가즈후미 사장이 이끄는 미쓰이스미노에 은행은 1주일쯤 전 골드만삭스가 인수하는 조건으로 1500억 엔의 증자를 했지만 그것과는 별도로 새롭게 3000억 엔의 증자를 계획하고 있었다. 당연히 스미노에생명과 미쓰이생명 등에도 인수 요청은 했을 것이었다.

"스미노에생명과 미쓰이생명은 니시와키 가즈후미 때문에 계속 증자를 인수해야 하니 순자산에 대한 더블 기어링 비율은 우리의 두 배 정도 될걸?"

부사장의 말에 사와노는 고개를 끄덕였다.

며칠 뒤(2월 16일, 일요일)—

도쿄는 오전부터 비가 내리기 시작해 저녁 무렵의 기온이 영상 3도 전후까지 떨어지는 쌀쌀한 날이었다.

오테 가의 히비야 길과 에이타이 길이 교차하는 곳에 세워진 구 스미노에은행 도쿄 본부 12층 회의실에서 미쓰이스미노에FG의 임원 여덟 명이 테이블을 둘러싸고 있었다.

총액 3천억 엔이 넘는 두 번째 증자를 결의하기 위해 사장인 니시와키 가즈후미가 소집한 임시 이사회였다.

실내 공기는 무겁고 긴장되어 있었으며 여덟 명은 모두 굳은 표정이었다.

"……니시와키 사장님, 골드만의 조건이 너무 나쁩니다. 이래서야 주주에게도 JP모건과 도이치증권에게도 설명하기가 어렵습니다."

테이블 중앙에 앉은 니시와키에게 스미노에은행 출신으로 니시와키의 측근 중의 측근이라 불리는 상무가 얼굴에 초조함을 감추지 못하며 말했다. 머리는 백발을 올백으로 넘겼고 테의 위쪽이 은색으로 된 안경을 쓴 덩치가 좋은 인물이었다.

"그런 건 알아!"

백발을 가지런히 정리하고 고급 양복을 입은 니시와키는 날카로운 표정으로 상대를 호통 쳤다.

"그렇지만 저쪽이 무척 강하게 나오고 있지 않나. 잘못하면 앞으로의 관계뿐 아니라 첫 번째 증자의 납입에도 영향을 줄지 모른다고. 안 그래?!"

작년 4월 그룹을 초월해 스미노에은행과 구 미쓰이은행 계열의 도시은행을 합병시킨 실력자 니시와키는 자신이 가진 뛰어난 실력을 발휘해 군림해왔다. 최근에는 미쓰이스미노에은행 산하의 제2 지방은행으로 미쓰이스미노에은행의 200분의 1 정도의 규모밖에 안 되는 와카시오은행(본점 도쿄)에 미쓰이스미노에은행을 흡수시켜 미쓰이스미노에은행의 3조 엔에 이르는 자기 자본 중 2조 엔을 합병 차익으로 만듦으로써 미실현 손실 처리를 위한 자금을 염출해내는 기책을 발휘했다. 불과 1주일쯤 전인 2월 8일에는 주간사인 골드만삭스에 86억 엔이라는 거액의 수수료를 지불하여 1500억 엔의 우선주를 발행하기도 했다.

"만약 골드만삭스가 납입을 하지 않는다면 계약 위반이지 않습니까. 저희가 그런 어이없는 방법에 굴복당할 필요는 없지 않습니까?"

상무의 말에는 분노가 섞여 있었다. 원래 두 번째 증자 이야기는 주간사를 JP모건으로 하기로 거의 결정되어 있었다. 그 사실을 골드만이 알고 주간사 자리를 달라고 달려든 것이었다.

"자네는 골드만을 고소할 수도 있다는 거야?"

"저쪽이 나오는 방법에 따라서는 소송도 가능하다고 생각합니다."

"무슨 바보 같은 소릴 하는 거야?!"

니시와키는 입에서 침을 튀기며 호통을 쳤다.

"그런 소송을 일으켜본들 첫 번째 구두 변론이 시작되기 전에 3월 말이 올 것이고, 우리는 자기 자본 비율 8퍼센트를 유지할 수 없어. 현실을 생각해야지, 현실을!"

입을 굳게 다물고 전국 시대 무장 같은 얼굴로 상무를 노려본다.

"그렇지만…… 적어도 JP모건이나 도이치증권의 제안도 이사회에 상정해 골드만의 제안과 비교하는 것이 상장 기업으로서 바람직한 행동 아닐까요? 지난번 증자 결정 건 때도 금융청에서 저희 쪽의 거버넌스가 제대로 기능하지 않는 것 아닌가 심각하게 우려했다고 들었습니다."

백발의 상무는 매회 일방적으로 주간사를 골드만으로 결정하는 니시와키의 행동에 불만을 품고 있었다. 첫 번째 1500억 엔의 증자도 니시와키가 혼자 골드만과 이야기를 해 결정한 것이었다. 발행되는 우선주는, 미즈호의 우선주도 배당률이 2퍼센트 정도인데 배 이상 높은 4.5퍼센트였고 2년 뒤부터 가능한 보통주로의 전환은 주가가 하락한 경우 33퍼센트를 한도로 전환 가격을 내릴 수 있는 것으로 했다.

거기에다 골드만의 새로운 투융자에 대해 미쓰이스미노에FG는 최대 21억 2500만 달러(약 2조 2800억 원) 채무 보증을 제공하고 그중 13억 5천만 달러(약 1조 4500억 원)에 대해서는 골드만이 발행하는 채권을 미쓰이스미노에FG가 구입하여 그것을 담보로 골드만에 차입한다는 이례적인 조건이 붙어 있었다. 그러므로 증자로 조달한 1500억 엔 전액이 골드만의 투융자에 대한 보증으로 유출되는 셈이었다.

게다가 미쓰이스미노에FG의 불량 채권 처리에서 골드만삭스에 퍼스트 룩(우선권)까지 부여한다는 조건도 딸려 있었다.

"닥쳐! CEO최고 경영 책임자는 바로 나야! CEO가 종합적으로 판단해서 결정한 일에 반대한다면 네놈은 해고다!"

니시와키는 노인 특유의 검버섯이 핀 얼굴을 붉히며 최측근인 상무를 규탄하듯 삿대질했다.

6년 전 스미노에은행의 총재로 취임한 이후 은행을 옭아매고 있던 불량 채권 처리를 위해 각 영업점에 전년 대비 20퍼센트의 노르마를 부여하고 전국 지점장 회의에서 "무조건 열심히 하라!" 하고 다그쳐 왔다. 그러나 최근 '니시와키교'라는 야유를 받을 만큼 부하들에게 충성심을 요구하는 독재자로 변하면서 간언하는 측근들을 차례차례 숙청하고 있었다.

그런 반면 외부인인 골드만삭스 일본 법인 사장 모치다 마사노리持田昌典는 무척이나 마음에 들었는지 모든 일을 그와 의논하고 있었다. 모치다 및 그 측근들과 이시아자부의 프랑스 요리점에서 와인을 손에 들고 담소하는 모습도 자주 목격되고는 했다.

아타카산업과 이토만 때부터 시작하여 지금까지 무수히 많은 제2회사에 '바꿔치기' 하고 있는 구 스미노에은행의 불량 채권은 2조 엔이 넘는다는 말이 있었다. 그것을 처리하기 위한 자금을 손에 넣기 위해 미친 듯이 증자를 하는 니시와키의 모습은 아수라 그 자체였다. 입사한 지 15년 째(1975년) 되던 해, 아타카산업 문제를 처리하기 위해 신설된 융자 제3부 차장으로 취임한 이후 4반세기 이상 진흙탕 싸움을 강요해 온 불량 채권은 니시와키에게 달라붙은 채 떨어지지 않는 마녀였다.

"골드만은 당행과 예전부터 관계가 깊은 거래처야. 우리를 가장 잘 이해해주는 투자은행이 골드만 외에 어디 있나? 첫 번째 증자 때도 골드만이니까 리스크를 부담한 거고. 우리를 신뢰해주는 자세에 대해 경의를 품는 것은 당연한 일 아닌가?!"

니시와키는 혼자 소리를 쳤고 테이블을 둘러싼 일곱 명의 임원들은 얼어붙은 표정으로 고독한 독재자를 응시할 뿐이었다.

창밖으로 보이는 오테 가는 이미 완전히 어두웠고 여전히 비가 계속 내리고 있었다.

"외자계 투자은행의 도쿄 지점 중 골드만에 가장 우수한 인재들이 배치되어 있지. 그들에게 맡기는 것이 가장 좋은 방법이라고 CEO인 나는 판단한 거야!"

니시와키는 입을 굳게 다물고 협박하는 듯한 날카로운 눈빛으로 자리에 있는 임원들을 둘러보았다.

다음 주—

사와노 간지는 경영기획부장과 함께 지하철 지요다 선의 전철을 타고 있었다.

"……흐음, 히타치와 돗판△版인쇄라…….”

손잡이를 잡은 가무잡잡한 얼굴의 경영기획부장이 중얼거렸다.

"히타치는 미즈호 쪽에 정보시스템 장사를 하고 있는 만큼 딱히 망설일 여지도 없었고 결국 100억 엔을 인수하는 모양입니다.”

손잡이를 잡은 사와노가 말했다. 감색 양복에 서류 가방을 들고 있었다.

"돗판인쇄는 왜지? 사내지라든가 전표 인쇄 때문인가?”

"복권 인쇄 때문인 모양입니다.”

"아아, 복권. 그렇군.”

다이이치간교가 통합 3행 중 하나였던 만큼 미즈호은행은 복권도 취급하고 있었다.

"그리고 이시카와지마하리마石川島播磨중공업이 30억 엔 정도를 검토 중인 모양입니다.”

"흐음.”

"거기는 이미 미즈호 주식을 가지고 있고 증자 실패로 주식이 내려가면 결산에 나쁜 영향을 줄 것이라 생각한 것 같습니다.”

가무잡잡한 얼굴의 부장이 고개를 끄덕였다.

"그리고 텟켄鉄建건설이 10억 남짓, 이토추와 마루베니가 100억 엔씩 인수할 모양입니다.”

텟켄건설은 도쿄 지요다 구에 본사를 둔 철도, 도로, 맨션 건설을 주력으로 하는 건설회사로 미즈호은행의 다섯 번째로 큰 융자처다.

"텟켄은 업적이 별로라 메인 뱅크의 지원이 필요할 테고 종합상사 야 항상 자금이 필요하니까……."

"결국 은행보다 입장이 약한 곳이 부담을 강요받게 되는군요."

요즘은 주식 시장이 부진한 만큼 에쿼티 파이낸스equity finance—주식이나 신주 인 수권이 포함된 사채 발행에 의한 자금 조달가 어려운 까닭에 은행 융자가 더욱 어려웠다.

"시오 할아버지(시오가와 마사주로 재무상)는 '융자처에 증자를 인 수시키는 일은 문어가 자신의 다리를 먹는 것과 마찬가지'라고 말했다 더군요."

부장이 고개를 끄덕였을 때 전철이 지하철 오테 가 역에 도착했다.

"뭐 어차피 우리도 슬슬 결단을 내리지 않으면 안 되겠지. ……기껏 인수를 해도 타이밍이 늦어 감사받지 못하게 되면 의미가 없으니까."

사와노의 얼굴에 피로감이 묻어났다. 눈 아래 다크 서클은 한층 더 검게 변해 있었다.

히비야생명은 여전히 신용평가사와 미즈호FG 사이에 끼어 절충점 을 찾고 있었고 사와노와 부장은 매일같이 사장실에 불려가 다른 사 람과 함께 고민을 거듭했다.

두 사람은 개찰구를 빠져나와 지하 통로에서 지상으로 이어지는 계 단을 올랐다.

그때 휴대전화가 울렸다.

"부장님, 잠깐만 죄송합니다."

사와노가 계단을 오르며 휴대전화를 귀에 대었다.

"사와노 씨인가요? 미즈호 건을 슬슬 결정할 때가 아닌가 생각해

전화를 걸었습니다만."

상대는 신문 기자였다.

"아니요, 아직 아무 결정도 하지 않았습니다."

"정말인가요? 정말 아무 결정도 하지 않은 건가요?"

"정말 아무 결정도 하지 않았습니다."

'끈질기네 정말!'

"역시 신용등급이 걱정이신 거죠? S&D는 뭐라고 하던가요?"

"그야 뭐어 익스포저가 너무 한 군데 집중되는 것은 바람직하지 않다고 하죠."

"다른 생보사의 움직임은 어떻습니까?"

"아뇨, 그건…… 좀. 지금 미팅을 가는 중이라 나중에 부탁드리겠습니다."

상대의 대답을 기다리지 않고 전화를 끊었다.

"방금은 신문 기자야?"

"니혼게이자이입니다. ……니혼게이자이뿐 아니라 다양한 신문사와 잡지사로부터 매일 계속 전화가 걸려옵니다."

"그렇군…… 어쨌든 잘못된 기사가 나가면 곤란하니까 신경 써서 대답해주도록 해."

두 사람은 지하철 출구에서 지상으로 나왔다.

오테초는 봄의 따뜻한 햇살이 비쳤고 와이셔츠에 ID 카드를 목에 걸고 다니는 사람들도 보였다.

두 사람은 S&D의 사무실이 있는 방향으로 걷기 시작했다. 오늘도 미즈호 증자 건으로 의논할 예정이었다.

"으, 으윽⋯⋯!"

갑자기 사와노가 배를 붙잡으며 몸을 움츠렸다.

"사와노, 왜 그래? 괜찮은 거야?"

부장이 놀라 얼굴을 들여다보았다.

"배, 배가⋯⋯."

사와노는 상반신을 굽힌 채 얼굴을 찌푸렸다. 창백해진 얼굴에는 식은땀이 배어나와 있었다.

"배? 배가 아픈 거야?"

사와노가 살며시 고개를 끄덕였다.

"뭔가 안 좋은 거라도 먹었어?"

"아니요, 음식이 아니라⋯⋯."

"음식이 아니라고? 그럼 뭔데?"

"저, 저겁니다. ⋯⋯요즘은 저것만 보면 배가⋯⋯."

얼굴을 찌푸린 채 앞쪽을 손가락으로 가리켰다.

부장이 고개를 돌리자 근처 빌딩에 푸른 바탕에 하얀색 글자가 쓰여진 미즈호은행의 간판이 보였다.

2월 하순―

사와노는 히비야생명 사장실에서 사장에게 설명을 하고 있었다.

"⋯⋯S&D는 등급을 내리지 않겠다는 언질을 주지 않았습니다. 그러나 미즈호FG에 대한 총여신액이 줄어든다면 큰 플러스 요인이 될 거라는 말은 했습니다."

낮은 테이블을 사이에 두고 소파에 사장과 마주 앉은 사와노가 말했다.

"큰 플러스 요인이라……."

벗겨진 머리에 덩치가 좋은 사장이 사와노의 말을 곱씹었다.

"우선주로 전환되는 열후 론의 액수는 450억 엔으로 해도 미즈호 쪽은 OK 하겠지?"

"네에, 저쪽 실무진은 수락했습니다."

옆에서 경영기획 · 재무 담당 부사장, 이사, 경영기획부장이 두 사람의 대화를 지켜보고 있었다.

"거기에 열후 론을 150억 엔 더 줄여 총여신액을 1800억 엔으로 만드는 건가……."

사장이 들고 있던 자료를 보며 중얼거렸다.

히비야생명의 현재 미즈호FG에 대한 여신은 보통주 450억 엔, 열후 론 1500억 엔 등 총액 1950억 엔이었다. 이를 보통주 450억 엔, 우선주 450억 엔, 열후 론 900억 엔으로 총 1800억 엔으로 만들려는 것이었다. 론에서 주식이 되는 만큼 리스크의 질은 악화되지만 총여신액은 줄어든다.

한편 미즈호 쪽 입장으로는 우선주로 전환되는 450억 엔 및 Tier Ⅱ 자본에서 오는 같은 액수의 자본 산입에 의해 BIS상의 자기 자본을 900억 엔 늘릴 수 있다.

"열후 론을 줄이는 것은 150억 엔이 한계인가?"

사장이 물었다.

"네에, 300억 엔 정도를 줄일 수 있다면 등급을 낮추지 않겠다고 S&D 쪽에서도 말했습니다만 미즈호 쪽의 반응을 보면 그 정도가 최대라고 생각합니다."

사와노는 미즈호FG쪽 실무진으로부터 150억 엔이라면 그쪽의 최고 책임자도 받아들일 것이라는 말을 들었다.

"그렇다면 사와노, 그 정도로 하면 신용등급이 어떻게 될 거라 생각하나? 자세 생각을 말해보게."

"저는 떨어지지 않을 거라고 확신합니다."

사와노는 사장의 눈을 응시하면서 말했다. 그런 사와노의 뺨은 홀쭉해져 있었고 피부는 푸석푸석했다. 한 달 전 미즈호 증자 문제가 발생한 이후 체중이 4킬로그램이나 줄었다.

"그렇군, 자네는 확신한단 말이지 ."

사장은 납득한 표정으로 두세 번 작게 고개를 끄덕였다.

"다른 사람들은 어떻게 생각하나?"

소파에 앉은 일동을 둘러보았다.

"저도 그 정도면 괜찮지 않나 싶습니다."

은발에 안경을 쓴 날씬한 부사장이 말했다. "저희와 미즈호의 관계상 인수를 하지 않을 수는 없고 인수해서 총여신액이 줄어든다면 소프트 랜딩이라고 생각합니다."

다른 이사와 경영기획부장도 고개를 끄덕였다.

"그렇군. 그럼 이 선으로 내일까지 저쪽에 정식으로 이야기를 하자고."

이틀 후—

히비야생명의 사장, 부사장, 경영기획부장 등 세 사람은 마루노우치 1번지 에이타이 길과 소토보리 길의 교차점 근처에 있는 마루노우치센터 빌딩으로 미즈호FG의 수뇌진을 방문했다.

히비야생명 측이 열후 론 450억 엔을 우선주로 대체하는 대신 총여신액을 150억 엔 줄인다는 조건으로 증자 인수를 제의했고 미즈호 측은 이를 받아들였다.

4

3월 13일 목요일—

아침, 히비야생명 경영기획부 부장 자리에서 부장과 사와노가 이야기를 하고 있었다.

부장 자리 뒤쪽 창문으로 보이는 황궁의 해자와 울창한 녹음 위로는 구름 낀 하늘이 보였다.

2천 그루의 흑송이 심어져 있는 황궁 외원의 잔디는 아직 갈색으로 마치 그림과도 같은 풍경이었다.

"처음 1조 엔이라는 얘기를 들었을 때는 말도 안 된다고 생각했는데 말이야."

"정말로 그게 가능하네요."

"1조 830억 엔이라……."

부장의 책상 위에는 그날 조간이 펼쳐져 있었다.

"미즈호FG, 1조 830억 엔의 자본 증강. 인수처는 히비야생명 등"

어제 미즈호FG에서는 증자 인수처가 결정되었고 이번 달 29일 1조 830억 3천만 엔의 자본 증강을 실시한다고 발표했다.

인수 기업은 약 3500여 개 사로 최대 인수처는 히비야생명(450억 엔)이었고 그 뒤를 야스다생명(330억 엔), 손보재팬(315억 엔), 후코쿠생명(200억 엔) 등이었다. 또 100억 엔을 인수한 기업은 이토추상사, 마루베니, 시미즈건설, 젠닛쿠全日空, 신닛테쓰新日鐵, 시세이도資生堂 등 12개 사였다.

"그렇지만 이런 식으로 우월한 지위를 이용해 거래처로부터 증자를 인수시키다니 정말 말도 안 되지 않아? 서양이라면 절대 있을 수 없는 일이잖아."

자리에 앉은 부장이 옆에 있는 사와노를 쳐다보았다.

"그렇지만 저희로서는 다행이잖습니까. 증자에 실패해 망하기라도 하면 큰일이니까요."

부장이 고개를 끄덕였다.

"이제 남은 건 신용등급이군……."

S&D로부터는 히비야생명의 등급을 어떻게 하겠다는 연락이 아직 없었다.

히비야생명은 우선주의 인수액을 450억 엔으로 하고 총여신을 150억 엔 줄이면 등급은 떨어지지 않을 것이라 예상하고 행동에 나선 것이었지만 그것은 그저 사와노가 그렇게 생각한 것에 불과했다. 사와노는 불과 서른일곱 살밖에 되지 않은 자신의 감을 토대로 일본 경제

에 엄청난 영향을 줄 수 있는 결단이 내려진 것에 대해 시대가 정상적
이지 않다는 생각이 들었다.

부장과 이야기를 마치고 자기 자리로 돌아오자 노란색 포스트잇이
책상 위에 붙어 있었다.

"S&D의 미즈노 료코 씨로부터 전화를 부탁받았습니다. 전화 번호
는—"

'윽, 왔군!'

사와노의 얼굴이 긴장되었다.

체중은 조금 돌아왔지만 아직도 미즈호은행의 간판을 보거나 S&D
라는 말을 들으면 속이 아파왔다.

전화를 걸자 미즈노는 히비야생명에 대해 등급을 내리는 방향으로
설정된 크레디트 워치를 계속 유지하겠다는 보도자료를 발표했다고
말했다. 최종적으로 어떤 결론이 내려질지는 미즈호FG의 증자 완료
를 살펴본 후에 등급조정위원회를 열기로 했다는 것이다.

'등급을 내리는 방향으로'라는 말에 사와노는 암담한 기분이 들었지
만 컴퓨터로 S&D의 홈페이지를 열었다.

'최신 보도자료 일람'의 가장 위에 "히비야생명에 하향 조정 가능성
을 염두에 둔 크레디트 워치 지정 유지"라고 하는 파란색 제목이 보였
고 이유도 설명되어 있었다.

"3월 12일 미즈호파이낸셜그룹의 발표로 히비야생명이 인수하는
우선주는 당초의 예상보다 적은 450억 엔이라고 전해졌다. 이는 히

비야생명 경영진이 미즈호에 대해 익스포저 관리에 대한 강한 의사를 표현한 것이라 할 수 있다. 또한 이번 우선주 인수는 열후 론을 축소하는 것을 조건으로 실행될 가능성이 높다.

스탠더드&딜론스는 이번 증자 인수에 동반되는 리스크의 경감책에 대해 보다 자세한 정보 및 증자의 실행이 히비야생명의 자기 자본에 끼치는 영향을 확인한 다음 동사의 신용등급을 결정할 예정이다."

해 질 무렵—

이누이 신스케는 모포에 감싸인 채 자는 하나를 안고 자택 현관으로 들어갔다.

"나 왔어—!"

감색 스웨터 차림의 이누이가 슬립온 구두를 벗고 복도로 올라서자 "어서 와—"라는 소리가 들리고 가오리가 모습을 드러냈다.

"상태는 어때?"

가오리가 걱정스러운 표정으로 하나를 들여다보았다. 젊었을 때와 마찬가지로 앞머리를 옆으로 넘긴 보브 스타일보다 조금 긴 머리카락이 모스그린색 터틀넥에 흘러내렸다.

하나는 몸 상태가 안 좋아 며칠간 입원을 했다.

"겨우 나아지긴 했는데 며칠간은 집에서 쉬게 하는 편이 좋겠대."

이누이의 말에 가오리가 고개를 끄덕였다.

이누이는 계단을 올라 하나의 방으로 들어가서 침대에 딸을 눕히고 이불을 덮었다.

하나는 이제 곧 열 살이 되지만 몸은 초등학교 1, 2학년 정도의 체구밖에 되지 않았고 팔다리는 가늘고 희다.

"요즘 몸이 안 좋아지는 일이 조금 많네."

덧니가 있는 입을 벌린 채 자는 하나를 보며 가오리가 걱정스러운 목소리로 말했다.

"그러게, 최대한 영양을 잘 섭취하고 피곤하지 않도록 조심하는 수밖에."

실내는 공부용 책상, 노란색 기린 인형, 여행 때 가족이 찍은 사진 외에 휠체어와 파란색 튜브가 달린 인공호흡기 등이 놓여 있었다.

두 사람은 방의 불을 끄고 계단 아래 거실로 갔다.

"오늘은 어땠어?"

식탁에 앉아 캔 맥주를 딴 이누이가 유리잔에 맥주를 부으며 물었다.

낮에 가오리는 장애아를 가진 부모를 대상으로 하는 심포지엄에 갔었다.

일본에서는 장애아에 대한 행정 지원이 충분하지 않은 까닭에 부모들이 협력하여 다양한 활동을 했고 가오리도 적극적으로 참가하고 있었다.

"우리 집은 그래도 나은 편인 것 같아."

가오리가 진지한 표정으로 말했다.

"오늘 심포지엄은 어떻게 하면 방문 간호 제도를 충실하게 만들 수 있을까가 테마였는데 24시간 간호가 필요한 아이를 가진 부모들이 많이 왔었어."

"그렇구나……."

이누이가 착잡한 표정으로 고개를 끄덕이며 맥주를 입으로 가져갔다.

"발표를 한 엄마 한 사람은 태어나기 직전 탯줄이 끊어져 뇌의 기능을 대부분 상실한 두 살짜리 여자 아이가 있는데, 스스로 배변을 할 수 없으니까 배를 만져 배변을 시키고 가래를 제거하기 위해 남편과 교대로 밤새 붙어서 살핀대. 그렇지만 도우미가 와주는 건 최대 두 시간이고 그것도 유아인 장애아는 인지증 노인과 비교할 때 사고가 훨씬 많아 일을 하려는 도우미 자체가 적다고 해."

그 모친은 20대 후반이었지만 고생을 많이 한 탓인지 마흔 살 정도로 보였다고 했다.

"그런 아이들과 비교하면 하나는 자유롭지는 못해도 말도 하고 주위에서 무슨 일이 일어나는지도 거의 알잖아. 바다에 데려가면 좋아해주고…… 우리 집은 꽤 축복받은 편이라는 생각이 들었어."

가오리가 절절한 표정으로 말했다.

이누이는 문득 생각난 듯이 주머니에서 예금 통장을 꺼내 가오리에게 건넸다.

어느 메가 뱅크의 외화 정기 예금 통장이었다.

"아, 또 넣은 거야? ……꽤 많이 모였네."

가오리가 통장을 펼쳐보고 미소를 지었다.

3년 전쯤 하나에게 가능한 한 많은 돈을 남기기 위해 돈을 벌겠다고 마셜스로 이직한 이후, 이누이는 열심히 돈을 저축했다. 번 돈은 외화 예금, 투신, 주식, 정기 예금 등으로 분산 투자하고 있었다.

가오리도 꽃집에서 아르바이트를 하고 있기에 자택 주택론을 다 갚았음에도 불구하고 결혼한 이후 두 사람의 저축액은 지금까지 5천만 엔 이상 모였다. 가끔씩 이누이는 자산을 모두 확인하며 앞으로 몇 년 일하면 얼마나 모을 수 있나를 계산하면서 가오리와 서로를 격려하고는 했다.

밖은 이제 완전히 어두워져 거실 창문으로 불을 켠 부근의 집들이 보였다.

"어라? 당신도 저 책을 읽는 거야?"

이누이가 TV 앞에 있는 커피 테이블을 가리켰다.

유리 바닥 위에 잡지며 신문과 함께 한 권의 문고본이 놓여 있었다.

노란색 커버에 검은 고양이 마크가 있고 야마토운수의 창업자 오구라 마사오小倉昌男가 부드러운 표정으로 팔짱을 낀 채 벽에 기댄 사진이 붙어 있었다. 오구라의 자서전으로 『경영은 로망이다! 나의 이력서経営はロマンだ! 私の履歴書』라는 220페이지쯤 되는 책이었다.

"당신이 전에 니혼게이자이신문에서 오구라 씨의 '나의 이력서'를 읽고 많은 생각을 했다기에 나도 읽어봐야겠다는 생각이 들었어."

이누이는 니혼게이자이신문에 연재되었던 오구라 마사오의 『나의 이력서』를 읽고, 70세의 나이에 야마토운수의 모든 직함을 버린 오구라가 사재를 털어 장애자의 고용을 지원하기 위한 복지재단을 만들었고 '스완베이커리'라고 하는 빵집을 열어 성공시킨 사실을 알았다.

오구라의 특이한 점은 장애인이라고 1만 엔의 월급밖에 주지 않는 일은 경영에 문제에 있다고 판단, 장애인 고용 사업을 하면서 장애인에게 10만 엔의 월급을 준 것이었다. 예전 양호학교에서 "장래 직업을 가지더라도 아침부터 밤늦게까지 빈 캔을 발로 밟아 찌그러뜨리는 일을 할 것이다. 월급은 3천 엔이고 그것도 시설에 매월 1만 5천 엔을 기부해야 한다"는 말을 듣고 쇼크를 받았던 이누이는 오구라의 자서전을 읽고 깜짝 놀랐다.

자서전에는 "(장애인 고용하는) 회사는 많지만 주운 캔을 발로 밟아 팔거나 사용한 우유 팩을 펼쳐 재생하거나 튀김용 기름으로 비누를 만드는 정도였다. 리사이클 사업이라고 하면 듣기는 좋지만 이런 일만으로는 제대로 급료를 지불할 수 있을 리가 없다. 왜 리사이클 사업이냐고 물으니 '다른 회사에서도 하고 있으니까'라는 대답이 돌아왔다. 한마디로 어떤 일을 시키면 좋을지 모르니까 남 흉내를 내고 있었다. 이래서는 안 되겠다고 생각했다. 복지 문제가 아닌 경영의 문제라고 직감했다"라고 쓰여 있었다.

게다가 오구라는 사재의 대부분(약 46억 엔)을 재단에 기부, 자신은 자택을 다른 사람에게 빌려주고 임대 맨션에서 살며 임대료 차액으로 검소하게 살았다.

또 스완베이커리라는 빵집 이름을 지은 사람도 오구라였는데, 못생긴 오리 새끼라고 생각했지만 사실은 스완(백조)이었다는 내용의 안데르센의 동화에서 따온 것이었다.

"당신이 오구라 씨의 『나의 이력서』를 읽고 '내가 소승 불교에 빠져 있었나 봐'라고 말한 게 기억이 나서 나도 읽어보고 싶어졌어."

소승 불교는 개인의 구원(해탈)을 위해 수행에 매진하는 불교로 타이나 미얀마 등에서 많이 믿고 있었다. 이에 비해 대승 불교는 서민에게 신앙을 전파하고 많은 대중을 구원하려는 개혁 운동의 성격이 강한 것으로 중국, 한국, 일본의 불교는 이쪽 흐름을 따른다. 단어의 적확성은 차치하더라도 이누이는 오구라의 자서전을 읽고 지금까지 자신의 일밖에 생각하지 않았다고 반성했다.

"이 한 권에는 오구라 씨의 삶이 녹아 있거든……."

가오리로부터 문고본을 받아들고 팔락팔락 페이지를 넘기는 이누이의 눈에는 부드러운 빛이 감돌았다. 오구라 마사오라는 존재가 마음의 버팀목처럼 느껴졌다.

"오구라 씨의 어머니 이름도 '하나'였대."

제1장 '성장' 편에 오구라의 어머니 하나 씨가 기모노를 입은 사진이 게재되어 있었다. 군마 현 다테바야시館林 시 출신으로 검소하고 성실한 여성이었다고 적혀 있었다. 다테바야시는 이누이의 출신지인 기류 시로부터 25킬로미터 정도 떨어진 곳에 있는 마을이었다.

다음 주 주말—

이누이와 가오리는 놀러온 가오리의 어머니에게 하나를 맡기고 기타北 구 주조十条에 있는 스완베이커리를 찾았다.

JR 주조 역은 이케부쿠로池袋에서 사이쿄埼京 선을 타면 두 번째 역이었다. 전철을 내려 역의 북쪽 출구 로터리로 나오자 택시 세 대가 손님을 기다리고 있었다. 도심에 가까운 것치고는 어딘가 소박한 느낌으로, 북쪽 출구 왼편에 있는 상점가에는 만화 카페, 중화 요리점, 파칭코 가게 등이 어지럽게 서 있었다.

지도를 보며 길을 건너고 선로 옆 공터를 지나자 단독 주택이며 작은 아파트, 낡은 민가 등이 혼재하는 주택지가 나왔다.

'스완베이커리 주조점'은 건널목 옆 갈색 맨션 1층에 있었다.

폭이 3미터 정도 되는 작은 가게로 깨끗이 닦은 유리 문을 들어서자 길이 5미터 정도 내는 가게 안 선반에는 빵이 진열되어 있었다.

"꽤 종류가 많네."

감색 카디건을 입은 가오리가 말했다.

"연구를 많이 하고 열심히 노력한 느낌이 들어."

식빵, 팥빵, 멜론빵, 크림빵 등 흔히 보는 상품 외에 갖은 채소가 들어간 채소카레빵, 밤이 통째 들어간 밤빵 등 신기한 종류의 빵도 있었다. 가격은 하나에 20엔부터 200엔 정도였다.

"저기, 저쪽 카페에서 먹을 수 있나요?"

트레이에 채소카레빵(130엔)과 밤빵(200엔)을 놓고 이누이가 계산대의 여성에게 물었다.

좁은 길 맞은편에 있는 맨션 1층에 '스완 카페'가 있었다.

"네에, 저쪽에서도 드실 수 있으니 트레이째 들고 가시면 돼요."

마흔 정도의 계산 담당 중년 여성이 말했다. 보기로는 장애가 없는 것처럼 보였다.

'카페 스완'은 입구에 가게 이름을 하얗게 인쇄한 파란색 차양이 있는 카페였다. 가게 앞에 유기농 커피콩을 사용하다는 작은 입간판이 서 있었다.

두 사람은 유리 문으로 들어가 카운터에서 커피를 주문했다.

계산대 안쪽이 빵 공장으로 되어 있는 구조로 커다란 목제 작업대가 놓여 있었다. 작업은 아침에 하는지 점심때가 지난 지금은 아무도 없었다.

햇빛이 충분히 들어오는 밝고 청결한 가게 안에는 테이블 자리가 세 개 있었다. 대학생으로 보이는 젊은 여성 두 사람이 이야기를 하면서 차를 마시고 있었다.

"아, 이 커피 정말 맛있다!"

자리로 가져온 커피를 한 모금 마시고 가오리가 말했다.

"정말이네. 향기도 좋고. 금방 갈은 모양이야. ……이게 180엔이라면 싸군."

유리창 건너편으로 사이쿄 선의 건널목이 있어 가끔 차단기 신호가 붉게 반짝이며 열차가 통과했다.

가게 한쪽의 선반에는 수제 키홀더며 지갑 등이 판매용으로 진열되어 있었다. 키홀더에는 '아스카 제2작업소 키홀더'라고 적혀 있었다.

"장애인 같은 사람은 안 보이는걸."

가오리가 가게 안을 둘러보며 말했다.

"이 카페는 사회복지법인이 스완베이커리로부터 위탁을 받아 경영한다고 홈페이지에 적혀 있었으니까 장애를 가진 사람은 빵을 만드는 작업이나 배달을 하는 거 아닐까?"

오구라 마사오의 자서전에는 스완베이커리 주조점은 원래부터 입지가 나빠 가게에서의 매상을 크게 기대할 수 없으므로 개인의 집, 구청, 병원, 학교, 소방서, 경찰서 등으로 배달을 한다고 적혀 있었다.

"이렇게 예쁜 가게에서 일하면 장애인도 삶의 보람을 가질 수 있을 것 같아."

"그래. ……하나의 경우는 몸도 불편하니까 조금 어려울지 모르지만."

처진 눈썹을 가진 이누이의 얼굴에 약간 쓸쓸한 표정이 감돌았다.

"그렇지만 오구라 씨가 이런 사업을 펼치고 있다는 것만으로 우리도 많은 용기를 얻을 수 있잖아."

가오리의 말에 이누이도 고개를 끄덕였다.

4월 1일 화요일—

도쿄는 살짝 구름이 낀 따뜻한 날씨였고 가끔 불어오는 봄바람이 아스팔트 도로의 먼지를 일으키고 있었다.

황궁의 벚꽃이 만개하여 해자의 수면이 진한 분홍색으로 물들 것만 같았다.

나흘 전인 3월 28일 미즈호FG가 우선주 발행에 앞서 거래처 약 3500개 사로부터 1조 819억 3000만 엔의 자금 납입이 완료됐다고 발표했다(당초 응모액은 1조 830억 3000만 엔이었지만 나중에 16개 사가 포기).

3월기 말의 닛케이 평균 주가는 8천 엔이 안 되는 7972엔으로 3월 말 숫자로는 21년 만의 최저치였다.

하락의 주역은 '3월 위기'는 겨우 넘겼지만 불량 채권 의혹을 불식시키지 못한 4대 은행 그룹이었다. 그중에서도 미즈호FG의 하락률이 가장 높았다. 전년 3월 말에는 30만 2천 엔이었던 것이 3분의 1인 9만 6800엔까지 떨어졌다. 증자를 인수받은 생보사 각사는 분기가 바뀌는 것과 동시에 상승할 것 같지 않은 은행주의 처분을 시작했다.

한편 대량 파괴 병기 보유를 이유로 3월 20일 아침 일찍 이라크를 공습한 미군은 같은 날 밤 육상 부대가 침공을 개시했다. 남부 움카스르와 루메이라 유전을 공략하고 유프라테스 강을 따라 북상해 수도 바그다드로부터 수십 킬로미터 떨어진 지점까지 진격했다. 외국환 시장에서는 전쟁의 조기 종결 기대와 장기화 우려가 교차하며 불투명한 시세 전개를 보이고 있었다.

"네에……. 아, 그렇군요……."

넓은 창문에서 밝은 햇살이 들어오는 히비야생명 본사 20층 경영기획부에서는 와이셔츠 차림의 사와노 간지가 긴장한 표정으로 수화기를 귀에 대고 있었다.

"아, 그렇습니까?! ……네에, 네."

상대의 말을 들으며 볼펜을 쥔 오른손으로 메모지 위에 메모를 했다.

"……네에, 귀사의 사이트는 매일 보고 있으니까 하하하. ……그럼 그렇게 위에 보고하도록 하겠습니다. 그럼 이만."

이야기를 마치고 수화기를 살짝 내려놓은 다음 사와노는 크게 한숨을 한 번 내쉬고 몸을 의자 등받이에 힘없이 기대었다.

잠시 방심한 것처럼 허공을 쳐다보다가 천천히 일어서서 책상 위 메모지를 들고 부장 자리로 걸어갔다.

"응? 사와노, 무슨 일이야?"

다른 부하와 이야기를 하고 있던 뚱뚱한 경영기획부장이 멍한 표정으로 다가온 사와노 쪽을 쳐다보았다.

"부장님, 방금 S&D로부터 연락이 와서……."

"뭐, S&D로부터?!"

가무잡잡한 얼굴에 긴장감이 흘렀다.

"역시 등급이 내려가는 건가?"

"아니요, 내리지 않겠다고 합니다."

"뭐어, 정말이야?!"

부자의 얼굴에 놀라움과 기쁨이 교차한다.

"조금 전 미즈노 씨로부터 전화가 와서 이제 곧 사이트에 보도자료를 올리겠다고 했습니다."

"그, 그렇군……."

부장이 꿀꺽 침을 삼켰다.

"그렇지만 그게 정말, 정말인 거야?"

"네에…… 사실일 겁니다."

사와노 자신도 반신반의하는 상태였다.

"사와노, 오늘이 4월 1일인 거 알지?"

"네에…… 그렇지만 미즈노 씨가 농담 같은 걸 하려고요?"

성실의 화신이라 할 수 있는 미즈노 료코의 모습이 머릿속에 떠올랐다.

"어, 어쨌거나 사이트에서 보도자료를 확인하자고. 사장님 보고는 그 뒤에 하고. 뭔가 오해나 착오가 있으면 안 되니까."

5분 뒤—

두 사람은 S&D 사이트의 '최신 보도자료 일람'이 있는 페이지를 쭈뼛거리며 접속했다.

"진짜 올라와 있군!"

가장 위 보도자료의 제목이 눈에 들어왔다.

"히비야생명의 신용등급을 유지하고 크레디트 워치를 해제"

두 사람은 힘없이 그 자리에 주저앉을 뻔했다.

부장이 파란색 글자를 클릭하자 본문이 나타났다.

"스탠더드&딜론스는 오늘 히비야생명보험의 장기 카운터파티 등급과 보험 재무력 등급을 현행 등급인 싱글 A 마이너스로 유지하고 크레디트 워치를 해제하기로 했다. 이는 히비야생명이 미즈호파이낸셜그룹의 요청에 의해 우선주 450억 엔을 인수했지만 기존의 열후 론을 줄임으로써 자금 갹출의 총액이 감소하고 자산의 집중 리스크가 높아지는 것을 피했기 때문이다.

한편 동사의 장기 카운터파티 등급의 아웃룩(전망)은 네거티브이다. 이는 다른 대형 생보사와 마찬가지로 경쟁의 격화와 보험 수요의 저하로 사업 환경이 더욱 어려워지고 있는 가운데 주가 하락에 의해 동사의 자기 자본에 대한 압력이 계속 높아지고 있다는 사실을 반영한 것이다."

부장과 사와노는 보도자료를 일독하고 안도의 한숨을 내쉬었다.

"어쨌거나 이젠 사장님께 좋은 소식을 보고할 수 있겠네요."

"그래, 나도 내심 어렵다고 생각했는데……."

가무잡잡한 얼굴에 기쁨이 넘쳤다.

"그렇지만 아웃룩이 네거티브인 만큼 역시 자기 자본을 강화하지 않으면 안 되겠네요."

"그러게. ……그게 다음 과제가 되겠지."

제11장 CDO 버블

1

그해(2003년) 가을—

미나토 구 아타고 2번지 고층 빌딩 20층에 있는 마셜스재팬 회의실에서 스트럭처드 파이낸스 그룹이 간부 회의를 하고 있었다.

넓은 창문으로는 붉은색과 흰색 라이트가 칸칸이 켜진 도쿄 타워가 가깝게 보였고 바로 아래쪽 시바 공원의 낙엽수는 노란색, 갈색 등으로 물들어 상록수의 푸른색과 선명한 대조를 보이고 있었다.

테이블을 둘러싸고 있는 사람은 매니징 디렉터와 바이스 프레지던트 등 약 스무 명의 일본인으로 대다수가 남자였다.

"……저는 수익을 위해 등급평가의 질을 떨어뜨리라고 말하는 게 절대 아닙니다."

스트럭처드 파이낸스 그룹의 넘버 투인 동시에 매니징 디렉터인 산조 세이이치로가 열정적으로 이야기하고 있었다. 일본산업은행 출신으로 마흔 살이다.

"그렇지만 마셜스재팬은 스트파이 이외는 적자이지 않습니까. 이래서야 본사에 대해 말하고 싶은 것이 있어도 말을 못 합니다."

"으음…… 뭐어 그럴지도 모르지."

테이블 중앙에 앉은 주일대표이자 스트럭처드 파이낸스 그룹의 최고 책임자인 소메타니의 무테 안경을 쓴 얼굴이 흐려졌다.

"바젤Ⅱ로 외부의 등급평가를 이용할 수 있게 되었으니 비즈니스 찬스가 늘어날 거라고 단순히 기뻐만 해서는 안 된다고 생각합니다. 이대로 가면 저희는 다른 회사보다 엄청나게 뒤처질 겁니다."

2007년 3월기 말부터 도입되는 바젤Ⅱ(제2차 BIS 규제)에서는 은행이 외부의 등급평가를 이용해 자산의 리스크 웨이트를 산출할 수 있게 된다. 대략적으로 더블 A 이상이 리스크 웨이트 20퍼센트, 싱글 A가 50퍼센트, 트리플 B와 더블 B는 100퍼센트, 더블 B 미만은 150퍼센트 하는 식이다.

어느 신용평가사의 등급평가를 사용할 수 있는지는 금융청에서 결정하지만 마셜스, S&D, 피치, 일본등급평가연구소JCR, 등급평가투자정보센터R&I 등 5개 사는 인정될 것이 거의 분명했다. 그러나 사용하는 것은 의뢰 평가뿐으로 무의뢰 평가는 사용할 수 없었다.

"우리가 담당하는 금융기관이나 코퍼레이트(사업회사)에 대한 등급평가는 무의뢰 평가가 너무 많습니다. 그러므로 일본 법인의 채산도 맞출 수 없고 바젤Ⅱ로 다른 회사와 경쟁이 벌어지면 집니다. 고객인 발행체를 소중히 여기고 의뢰 평가를 늘리지 않으면 먹고살기 힘들 거라는 이야기입니다."

전직 엘리트 산은맨산은-일본산업은행 약칭답게 머리를 단정하게 빗은 산조의 무테 안경을 낀 두 눈에는 위기감이 가득했다.

"게다가 국가가 재정적으로 지방을 지원할 여유가 없게 된 만큼, 가까운 장래 많은 지자체가 스스로 등급을 평가해서 채권을 발행하게 되겠죠. 틀림없이 커다란 마켓이 될 겁니다 지방은."

산조는 몰아붙이듯 계속 말했다.

"그런데도 우리는 이 분야에서도 완전히 뒤처지고 있어요. S&D는 적극적으로 요코하마 시에 어프로치를 하는 중이고 R&I는 4년 전부터 지자체의 등급평가를 하고 있죠. 그런데 우리는 지방채 담당 애널리스트조차 없습니다. 이래서야 싸우기 전부터 진 거라는 거죠."

"그래서 등급을 올리자는 건가?"

구부정한 등에 뺨이 홀쭉한 소메타니가 내키지 않는 표정으로 물었다.

산조는 평소에도 "비즈니스를 하기 위해서는 가능한 한 높게 등급평가를 해야 된다. 마셜스와 S&D의 등급평가가 다른 경우 발행체는 당연히 높은 등급을 주는 쪽에 의뢰한다"라고 주장했다. 그리고 이 주장은 거의 사실이기도 했다.

"돈 때문에 올리자는 것이 아닙니다."

산조는 즉시 반론에 나섰다.

"일본 기업에 대한 저희 쪽 등급평가가 애초에 너무 낮은 겁니다. 등급평가에 대한 수준을 정정할 필요가 있다는 거죠."

산조의 말을 들으며 이누이 신스케는 가지고 있는 자료를 들여다보았다.

그것은 산조가 만들어 배포한 것으로 마셜스가 1990년 이후 등급평가를 한 일본 기업의 5년 이내 디폴트율을 세계 전체의 디폴트율과 비교한 표였다.

표는 세계 전체에서는 더블 B의 디폴트율이 9.3퍼센트, 싱글 B가 31.8퍼센트인 데 비해 일본 기업은 거의 제로를 나타내고 있었다. 마셜스가 등급평가한 일본 기업의 사채 중 디폴트한 것은 2001년 마이카루_{일본의 소매기업}밖에 없었다.

"지금까지 저희가 해왔던 코퍼레이트(사업회사)의 등급평가는 은행이 채권을 포기하고 기업을 지원하는 일본적 관행을 무시하고 서구의 기준으로 했던 것이 잘못이었습니다. 잘못은 수정되어야 되고요."

"흐음…… 하긴 그럴지도 모르지."

소메타니는 여전히 떨떠름한 표정이었다.

"무엇보다 일본 국채가 A2라니 말이 안 되지 않습니까."

산조는 불쾌감을 드러내며 말했다.

"본사의 학자 같은 애널리스트들이 그렇게 낮은 등급을 매겨놔서 지자체며 정부계 금융기관의 등급도 A2 이상을 못 주게 된 거 아닙니까. 일본 국채의 등급이 저희에게 최대의 걸림돌인 거죠."

산조는 흥분한 표정으로 말했다.

그날 저녁 무렵—

이누이는 회사 근처 카페 겸 바의 창가 테이블에서 소메타니와 맥주를 마시고 있었다.

"……뭐 산조의 말이 정론이기는 하지. 그 녀석다운 합리적인 사고방식이라고 할까."

담배를 여유롭게 피우면서 소메타니가 말했다. 노란색과 갈색으로 물든 가로수의 잎이 가끔씩 밤바람에 흔들리고 있었다.

"그렇지만 스트파이 회의에서 그런 회사 전체적인 이야기를 하는 건 이상하지 않습니까? 산조 씨는 항상 그렇더라고요."

잔에 든 버드와이저를 마시며 이누이가 말했다.

"산조는 산은맨 출신인 만큼 국가 전략 같은 걸 이야기하는 게 좋은 거겠지."

소메타니가 쓴웃음을 지었다.

"그런데 말이야 이누이, 이제 곧 마셜스재팬은 산조가 운영하게 될 거야."

재떨이에 담배를 비벼 끄며 소메타니가 말했다.

"네에? 그게 무슨 말씀이신가요?"

이누이는 깜짝 놀라지 않을 수 없었다. 청천벽력이었다.

"사실 난 대학원에서 교편을 잡아달라는 요청을 받고 있거든."

소메타니는 몇 년 전 직장인을 대상으로 하는 비즈니스 스쿨을 개설한 간사이의 유명 사립대 이름을 대었다.

"교수님이 되는 건가요?"

이누이의 질문에 소메타니가 고개를 끄덕였다.

"자네도 알고 있겠지만 난 따지자면 뭔가를 연구하는 스타일이지 조직을 경영하는 스타일은 아니지 않나."

"……."

"2000년 상장된 뒤로 마셜스의 컬처가 많이 바뀐 건 자네도 알지?

영업과 수익을 중시하게 되면서 나 스스로도 못 쫓아가는 부분이 꽤 있어."

소메타니의 얼굴에 내심을 토로하는 듯한 그림자가 스쳤다.

"언제 그만두시는 건가요?"

"연초쯤 되겠지."

"그리고 산조 씨가 후임이 되고요?"

"그 녀석밖에 없지 않나."

소메타니가 즉시 대답했다.

"마셜스재팬에서 돈을 버는 곳은 스트파이고 산조는 자타가 인정하는 넘버 투지. ……그 녀석은 리처드슨과도 친하고 말이야."

스트럭처드 파이낸스 부문의 최고 책임자인 알렉산더 리처드슨은 차기 CEO 후보로 이름이 높았다.

2

다음 해(2004년) 2월—

사와노와 경영기획부장은 히비야생명 본사 응접실에서 메릴린치재팬의 일본인 두 사람과 이야기를 하고 있었다.

작년 8월 히비야생명은 더블 기어링에 관련된 신용평가사와 계약자들의 우려를 불식시키기 위해 일본의 생보사로서는 처음으로 300억 엔 규모의 열후채를 국내 공모로 발행했다. 그뿐 아니라 자기 자본을 강화하기 위해 가까운 시일 내 미국에서 5억 달러(약 5365억 원)의 열후채를 발행할 예정으로 있었다. 주간사에는 메릴린치와 골드만삭스가 내정되어 있었다.

"……네에? 마셜스의 등급평가를 받지 않는 건가요?!"

소파에 앉은 메릴린치재팬의 투자은행 본부 매니징 디렉터가 놀라는 표정을 지었다. 야마이치증권 출신의 50대 남자로 머리카락은 백발이 섞여 있고 둥근 얼굴에는 무테 안경을 쓴 지적이고 성실해 보이는 외모의 인물이었다.

"저희는 마셜스한테 등급평가를 받을 생각은 전혀 없습니다."

얼굴이 검고 뚱뚱한 부장이 단호한 목소리로 말했다.

"아니, 그래도……."

메릴린치의 매니징 디렉터는 당황하는 표정을 지었다. "일본의 생보사가 달러 기반 열후채를 발행하는 것은 사상 처음 있는 일이니 지금은 견실하게 마셜스와 S&D 양쪽에 등급평가를 받는 것을 저희들로서는 권하고 싶습니다만……."

옆에 앉은 30대 주반의 바이스 프레지던트 남자도 고개를 끄덕였다.

"마셜스는 말이죠, 2년 전 저희 등급을 내릴 때 대응이 정말 형편없었습니다."

사와노가 불쾌감을 드러내며 말했다.

한국계 미국인 데이비드 손은 아무리 설명을 해도 들어주지 않았고 일방적으로 등급을 내렸다.

"……그렇군요. 그런 일이 있었군요."

사와노의 이야기를 듣고 메릴린치의 두 사람이 고개를 끄덕였다.

"그렇지만 마셜스는 최근 산조라고 하는 산은 출신의 인물이 주일 대표가 되면서 발행처에 대한 대응이 많이 바뀌었다고 들었습니다."

"네에, 하긴 다소 바뀌었을지도 모르지요."

실제 산조 세이이치로는 소메타니의 후임으로 대표로 취임하자마자 히비야생명에 인사차 찾아와 "현재는 무의뢰 평가라는 형식으로 되어 있습니다만 무의뢰 평가라고 해도 최선을 다하겠으니 잘 부탁드립니다"라고 머리를 숙였다. 예전에는 업무추진부장조차 오지 않았기에 사와노 등은 깜짝 놀란 적이 있었다.

"그렇지만 다소 바뀌었다고 해도 그런 어이없는 대응을 한 회사는 도무지 용서가 되지 않습니다."

"네에…… 그렇지만 딜을 성공시키기 위해서라도 지금은 실리를 취하는 선택을 해주시면 안 되겠습니까?"

무테 안경을 쓴 매니징 디렉터는 히비야생명 담당 두 사람의 얼굴을 살폈다.

"죄송합니다만 저희들에게 딜의 성공이란 마셜스의 등급평가 없이 발행하는 일을 말합니다."

부장이 타협의 여지가 없다는 어조로 말했다.

"그렇지만…… 미국의 기관투자가는 마셜스의 등급평가를 가장 신뢰합니다."

30대 중반의 바이스 프레지던트가 말했다. 햇볕에 탄 사각형 얼굴에 탄탄한 체격의 남성이었다.

"그런 까닭에 마셜스의 등급평가가 없는 경우, 발행 시 스프레드(가산 금리)가 통상보다 커집니다."

"커져도 상관없습니다."

사와노 역시 단호했다.

"흐음…… 그래도 말입니다, 기관투자가 중에는 마셜스의 등급평가가 있는 것을 투자 조건으로 하는 곳이 꽤 많이 있어서요."

매니징 디렉터는 곤혹스러운 표정이었다.

"마셜스의 등급평가가 없으면 구매해줄 투자가의 수가 상당히 줄어들 겁니다."

"……."

"불쾌한 기억이 있으신 것은 잘 알겠습니다만 어떻게 그 부분은 양해해주시고 마셜스의 등급평가를 받아주실 수 없으신지요?"

"그럴 생각은 없습니다."

사와노가 분연히 외쳤다.

"아니, 그래도…… 그렇게 되면 전대미문의 발행이……."

"절대 없다고 말씀드렸습니다!"

가부키에 등장하는 악역 같은 얼굴로 사와노가 소파의 팔걸이를 주먹으로 힘껏 내려치자, 메릴린치의 두 사람은 놀라서 입을 다물었다.

3월 2일 화요일―

히비야생명이 발행을 예정하고 있는 5억 달러 규모의 열후채에 대해 피치가 A 마이너스 등급을 부여한 것과 동시에 S&D가 트리플 B 플러스 등급을 부여했다.

"S&D, 히비야생명의 기한부 열후채를 BBB+로 평가"

라고 하는 타이틀의 보도자료 본문은 다음과 같았다.

"S&D는 오늘 히비야생명보험이 발행하는 미국 달러 기반 기한부 열후채(기간 10년)에 트리플 B 플러스 등급을 부여했다. 또 동시에 외화 기반 장기 카운터파티 등급을 싱글 A 마이너스로 부여했다. 장기 등급의 전망은 네거티브이다.

기한부 열후채의 등급은 우선 채권자(보험 계약자 그 외의 우선 채권자)에 대한 열후성과 이자 지급의 순연順延 조항이 포함되어 있지 않은 점을 반영하여 장기 카운터파티 등급을 한 단계 낮추는 것으로 했다. 또한 본 채무에 대한 등급평가는 가계약서를 근거로 한 것이므로 최종 계약 내용의 확인이 조건이 된다."

같은 시각—

미나토 구 아타고 2번지의 고층 빌딩 20층에 있는 마셜스재팬에서는 새로운 대표가 된 산조 세이이치로가 자신의 사무실에 업무추진부장과 생보사를 담당하는 일본인 애널리스트를 불러놓고 호통을 치고 있었다.

"대체 이게 어떻게 된 일이죠? 히비야생명이 우리 쪽 등급평가 없이 미국에서 열후채를 발행한다니 말이 안 되지 않습니까?!"

소파에 앉아 피치와 S&D의 보도자료를 손에 든 산조의 얼굴은 분노로 경직되어 있었다.

"아니, 저기 이건 2년 전 등급평가 때의 일 때문에……."

업무추진부장이 말했다.

회색 머리카락에 얼굴은 햇볕으로 그을려 있고 화려한 세로 무늬 양복을 입은 50대 남자였다. 그렇지만 이번에는 다리는 꼬고 있지 않았다.

"과거의 등급평가 일에 대해서는 들었어요. 과거의 일은 어쩔 수 없는 부분이 있죠. ……그렇지만 왜 이런 중요한 안건이 나한테는 사전에 보고되지 않은 겁니까?"

검은색 고급 양복을 입은 산조가 상대를 노려보았다.

"먼저 알기만 했더라도 내가 부탁하러 가거나 여러 가지 방법이 있었을 거 아닙니까?"

"……."

"당신은 업무추진부장으로서 매일 뭘 하는 거죠?"

분노에 찬 시선을 상대에게 보냈다.

"매일 뭘 하느냐고 물으시면…… 뭐 다양한 발행체로부터 의뢰 평가를 획득하기 위해 이야기를 하고 있습니다."

외자계 회사에 일하는 것을 누구나 알 수 있을 만큼 버터 냄새가 짙게 나는 50대 남자는 퉁명스러움과 당혹스러움이 섞인 표정으로 대답했다.

"다양한 발행체로부터 의뢰 평가를 획득하기 위해 이야기를 하고 있다고? ……농담하시는 겁니까? 이런 중대한 누락이 있는 것은 실제로는 일을 하고 있지 않다는 거 아닙니까?"

"아니…… 일을 하지 않는다는 등의 말씀은 좀 너무하십니다."

"뭐가 너무하다는 거야?!"

산조가 분노하며 외쳤다.

"중요한 안건을 획득하지 못하고 게다가 그런 안건이 있다는 사실을 보고조차 하지 않았는데, 이래놓고도 뻔뻔스럽게 일을 했다고? 일도 안 하는 인간을 마셜스는 계속 고용할 생각은 없어!"

업무추진부장의 얼굴이 경직되었다.

"그리고 등급평가에 대해서도 이젠 좀 시각을 달리해주게."

산조가 30대 중반 정도의 일본인 애널리스트에게 고개를 돌렸다.

"얼마 전 히비야생명에 갔을 때 그쪽 사람들이 마셜스는 자신들 이야기는 전혀 듣지 않고 일방적으로 등급을 내렸다고 엄청 투덜거리더군."

데이비드 손 밑에서 일하는 요코하마은행 출신의 선이 가는 일본인 남자 애널리스트는 위축된 듯이 소파에 몸을 경직시키고 있었다.

"혹시 그런 일이 있었다고 하면 정말 중요한 문제야."

무테 안경을 쓴 날카로운 눈으로 일본인 애널리스트를 보았다.

"혹시 그런 일이 없었다 하더라도 우리 고객인 히비야생명이 그런 불만을 가지고 있는 것 자체가 문제야. ……이 점은 이해하나?"

그렇게 말하고 상대의 얼굴을 들여다보았다.

"등급을 내리는 경우라도 고객과 논의를 충분히 해서 납득시키려는 노력을 하지 않으면 안 돼."

일본인 애널리스트는 긴장한 얼굴로 고개를 끄덕였다.

"그런데 히비야생명 외에 열후채 발행을 계획 중인 생보사는 없습니까?"

시선을 다시 업무추진부장으로 돌렸다.

"아…… 저기……."

버터 냄새가 나는 50대 남자는 곤혹스러운 표정을 지었다.

"있는지 없는지 묻고 있는 거잖소! 대답을 해! 아니면 파악을 안 한 거야?"

노성이 쩌렁쩌렁 울려 퍼졌다.

"히비야생명 외에는…… 후코쿠생명이 계획 중이라고 들었습니다."

업무추진부장이 주눅 든 목소리로 말했다.

"등급평가는 어디에서 하지?"

"……."

"대답해! 후코쿠생명은 어디에서 등급평가를 받을 예정인 거야?"

분노로 가득한 눈빛으로 업무추진부장을 노려보았다.

"S&D와 그리고…… 피치라고 들었습니다."

업무추진부장이 체념한 목소리로 대답했다.

"뭐, 뭐라고—?!"

산조의 얼굴이 분노로 붉게 달아올랐다.

다음 주—

사와노는 히비야생명의 사장과 부사장급 재무부장과 함께 미국 서해안에 있는 샌프란시스코를 방문했다. 5억 달러 규모의 열후채 발행을 위한 로드쇼(투자가 설명회) 때문으로 그 뒤 시카고와 뉴욕도 방문할 예정이었다.

회장은 시내 다운타운의 비즈니스 가에 있는 오성급 호텔의 회의실에서 열렸다.

극장의 조명 같은 빛이 천장에서 비치고 테이블 위의 화병에는 진홍색 안수리움이, 바닥에는 연갈색 부드러운 카펫이 깔려 있었다.

"꽤 많이 모였네요."

설명회 개시 직전 정면 자리에 앉은 사와노가 옆에 앉은 메릴린치의 매니징 디렉터에게 말했다.

나무로 만든 천장이 높은 회의실에는 약 30명의 손님들이 자리를 메우고 있었다. 캘퍼스CalPERS-캘리포니아공무원연금와 대형 채권회사인 핌코 Pacific Investment Mananement Co.의 운용 담당자, 투자운용서비스회사 웰링턴매니지먼트의 애널리스트, 스탠포드대학의 투자 담당자, 헤지펀드의 펀드매니저 등이었다.

"지금 일본 금융기관의 채권이 인기가 높으니까 발행 환경으로서는 이상적이라 할 수 있을 겁니다."

동그란 얼굴에 무테 안경을 쓴 메릴린치의 일본인 매니징 디렉터가 미소를 지었다.

"닛케이 평균 주가도 버티고 있어 일본에 대한 퍼셉션(인상)이 좋아졌습니다."

작년(2003년)의 일본 경제는 설비 투자의 증가와 수출의 반등으로 2.7퍼센트 성장을 달성했고, 닛케이 평균 주가는 동년 3월 말 7972엔에서 현재는 1만 1천 엔대까지 회복했다.

"리소나와 아시카가은행의 국유화로 인해 해외 투자가들이 고이즈미 정권은 불량 채권 처리에 성실히 임할 의사가 있다고 생각하게 된 것도 컸죠."

리소나그룹과 아시카가은행은 양쪽 모두 순연 세금 자산의 자본금 산입액을 감사 법인으로부터 거부당하면서 자기 자본 비율 4퍼센트를 유지할 수 없게 되었고(아시카가은행은 채무 초과), 각각 작년 5월과 11월 국유화되었다. 과거 '아시카가은행의 천황'으로 군림했던 무카에 히사오는 6년 전 은행을 떠나 도쿄 세타가야 구의 자택에 칩거하고 있었다.

"미즈호의 이슈(발행)도 굉장히 많이 팔린 모양이더군요."

"지금은 스프레드(차익금)가 꽤 되니까요."

2001년쯤 시작된 금융 위기로 일본 금융기관의 열후채 대비 미국채 스프레드는 종전의 200베이시스(2퍼센트)에서 400베이시즈 정도까지 확대(채권 가격 하락)되었고 큰 손실을 입은 서구의 기관투자가들은 잠시 일본의 금융기관 채권을 싫어했다.

그러나 작년 여름 UFJ은행이 12억 5천만 달러 · 기간 10년짜리 열후채를 발행한 것을 계기로 다시 구입 의욕을 나타내기 시작했다. 비슷한 등급인 미국의 금융기관 열후채보다 30~40베이시스(0.3~0.4퍼센트) 더 스프레드를 얻을 수 있기 때문이었다. 지난 2월 27일 발행된 미즈호FG의 24억 달러 규모의 달러 및 유로 기반 열후채도 응모가 100억 달러를 넘을 만큼 대인기였다.

"저희도 꼭 성공했으면 좋겠습니다."

"뭐 괜찮을 겁니다. 저희도 노력할 거고요."

두 사람이 고개를 끄덕일 틈도 없이 설명회가 시작되었다. 메릴린치에서 출석자와 발행 계획의 소개를 한 다음 히비야생명 사장이 회사의 업적이며 경영 방침에 관한 설명을 스크린 영상과 함께 하기 시작했다.

출석자 거의 전원이 동시 통역용 헤드폰을 머리에 끼고 있었다. 통역은 히비야생명 경영기획부에서 근무하는 일본인 여성으로 귀국자녀 출신이었다.

사장의 설명이 끝나자 질의 응답 시간으로 들어갔다.

히비야생명 측과 마주앉은 출석자 중에서 몇 명인가 손이 올라갔다.

"Japanese life insurance companies have been criticized for their closed attitude(일본의 생보사들은 외부에 대해 폐쇄적이라고 비판을 받아왔습니다만). 열린 경영을 하기 위해 어떤 방책을 생각하고 있습니까?"

대형 투자고문회사의 백인 남자 애널리스트가 물었다.

일본의 생보사는 주식의 발행 없이 계약자 전원이 회사의 구성원(사원)이 되는 '상호회사'의 형태다. 이는 보험이 상호부조의 구조로 존재하며 이익은 사원인 계약자에게 환원하는 것이 마땅하다는 사상에 그 뿌리를 두고 있었다. 임원진의 선임 등을 결의하는 최고의사 결정기관은 계약자의 대표가 모이는 총대회이지만 누구를 대표로 할지는 회사의 의향으로 결정되므로 외부로부터의 감시가 없다는 비평이 강하게 있어왔다. 참고로 1902년에 창립된 히비야생명은 일본에서 가장 오래된 상호회사였다.

"답변드리겠습니다."

동시 통역용 헤드폰을 낀 벗겨진 머리의 사장이 말했다.

"저희들은 재작년 8월 기관투자가로부터 기금(주식회사의 자본금에 해당)을 800억 엔 모은 것을 계기로 국내에서도 300억 엔의 열후채를 발행하는 등, 외부로부터의 자금 조달을 추진해왔습니다. 이번 열후채의 발행도 그 일환입니다."

발언은 영어로 동시 통역되었고 참가자들은 헤드폰으로 들었다.

"이러한 외부 조달과 함께 신용평가사에 대한 정보 제공, 투자가와 애널리스트에 대한 설명회 등을 정기적으로 실시하고 있으며 이런 것들을 통해 경영의 투명성이 한층 더 향상되었다고 생각하고 있습니다. 또 올해부터 대표를 선출하는 선고위원회는 사무국장과 운영 서포트 스태프를 포함해 외부로부터 초청, 공정하게 대표를 선출할 수 있는 체제로 만들었습니다. 그리고 대표의 수를 종래 150명에서 200명으로 늘려 사원의 의견을 보다 넓게 경영에 반영할 수 있도록 했습니다."

"주식회사로의 전환은 생각하고 있습니까? 주식회사로 하면 경영의 투명성을 보다 확보할 수 있을 거라 생각합니다만."

이미 다이도생명, 다이요생명 등 중견 이하의 생보사 중 많은 수가 주식회사로 전환했고 미쓰이생명도 다음 달 주식회사화한다.

"당사에서는 경영 과제로 주식회사화를 의논한 적은 없습니다."

뚱뚱한 몸을 검은색 양복으로 감싼 사장이 말했다.

"그러나 개인적으로는 주식회사화에 의해 경영의 투명성이 높아지고 외부로부터의 자금 조달 및 성장 전략으로서의 M&A도 쉽게 할 수 있는 이점은 인식하고 있으며 미래의 선택지로서 배제해서는 안 된다고 생각합니다."

다음으로 지명된 사람은 앞쪽 자리에서 손을 들고 있던 지역 연금기금운용 담당자인 여성이었다.

"I wonder why Hibiya Mutual Life is still selling loss-making products(왜 히비야생명이 적자 상품을 계속 파는지 이해가 되지 않습니다)."

금발에 뚱뚱한 체형의 여성이 물었다.

"적자 상품이란 무엇을 말하는 것입니까?"

사장이 의아한 표정을 지으며 물었다.

"계약자에 대한 보증 이율이 운용 이율을 넘는 상품을 말합니다."

사와노는 여성이 들고 있는 자료 쪽으로 눈을 돌렸다. 가로선이 들어간 푸른색 원 안에 하얀 M자가 들어간 디자인의 로고가 있는 자료를 들고 있었다.

'마셜스의 리포트를 읽고 하는 질문인가……? 마셜스는 아직도 생보사의 삼이원 방식을 이해하지 못한 모양이군.'

"답변드리겠습니다. 방금의 질문은 삼이원의 하나인 이차익과 관련된 것이라 생각됩니다만, 저희들의 기초 이익은 그 외에도 비차익과 사차익으로 구성되어 있으며……."

사장은 이차익은 적자지만 비차익과 사차익으로 적자를 흡수하고 있으며 이번 달 말의 연도 결산에서는 약 3900억 엔의 기초 이익이 예상된다고 설명했다.

다음으로 지명된 것은 와이셔츠에 노란색 넥타이를 한 투자은행의 애널리스트였다.

"왜 이번 이슈(발행)에서는 마셜스의 등급평가를 받지 않은 것입니까? 이런 종류의 이슈에 마셜스의 등급평가가 없는 것은 기이한 인상을 받습니다만."

갸름한 얼굴에 안경을 낀 남자 애널리스트가 정면 자리의 사장을 응시했다.

"사장님, 제가 대답해도 되겠습니까?"

사와노가 눈을 반짝이며 묻자 사장이 고개를 끄덕였다.

"방금의 질문에 대해서는 제가 대답하겠습니다."

헤드폰을 머리에 쓴 사와노가 말했다.

사와노는 자신이 신용등급의 실무 담당자라고 자기소개를 했다.

"마셜스의 도쿄 사무실에는 생보사를 담당하는 리드 애널리스트(주임 애널리스트)가 없습니다. 주로 은행을 담당하는 애널리스트가 부가적으로 생보사를 보고 있을 뿐입니다. 따라서 마셜스는 당사를 비롯해 일본의 생보사를 정확하게 이해하는 능력을 가지고 있지 못합니다."

사와노의 강한 어조에 투자은행 애널리스트 남자는 놀란 표정을 지었다.

"또 마셜스는 발행체와의 대화 능력도 부족합니다. 동사는 약 2년 전 당사의 등급을 내렸습니다만 그때도 당사에서는 업적과 경영에 대해 다양한 자료를 작성하여 부사장 이하가 매주 마셜스를 방문해 설명했습니다. 그럼에도 불구하고 그들은 그런 설명에 거의 귀를 기울이지 않았고 일방적으로 등급의 하향 조정을 통보한 적이 있었습니다."

사와노는 이때다라는 듯 목소리를 높였다. 2년을 기다린 끝에 찾아온 복수의 기회였다.

"당시 마셜스에서 생보사를 담당한 사람은 데이비드 손이라고 일본에 막 부임한 분이었습니다만, 저희들이 열심히 설명해도 거의 듣지 않고 회의실 밖 도쿄 타워를 쳐다보던 모습이 무척 인상적이었습니다."

회장에서 실소가 터졌다.

"그와 같이 극히 언프로페셔널한 대응을 받은 까닭에 저희들은 동사와의 계약을 해지했습니다. 왜냐하면 발행체가 높은 피(수수료)를 지불하는 것은 단순히 A나 B 같은 부호 때문이 아니라, 신용평가사와 그 배후에 있는 투자가와의 굿 디스커션을 위한 것이기 때문입니다."

몇 사람이 고개를 끄덕였다.

"마셜스와 비교하면 S&D 도쿄에는 생보사를 전문으로 하는 애널리스트가 있고 발행체와의 대화 능력도 뛰어납니다. 1년 전 미즈호파이낸셜그룹의 증자 때에도 적극적으로 의견 교환을 했습니다."

확신에 찬 큰 목소리가 마이크를 통해 회장을 울렸다.

"따라서 당사의 사정을 투자가 여러분께 올바르게 전하기 위해서는 마셜스를 배제해야 한다는 결론에 이르렀던 것입니다."

강한 어조로 마무리하자 회장 안은 물을 끼얹은 듯 조용해졌다.

3

3월 하순—

업무를 마치고 집으로 돌아가던 길에 사와노는 경영기획부장과 니혼바시 무라마치村町 4번지에 '호쿠리쿠오北陸王'라는 가게를 방문했다.

신바시 · 긴자에서 간다神田 방면으로 뻗은 중앙로에서 고덴바초小田馬町 방향으로 꺾으면 보이는 오른쪽 빌딩 1층에 있는 가게로 후쿠이福井 현 등의 제철 식재료를 사용한 요리를 내는 일본 음식점이었다.

"어쨌거나 무사히 끝나서 다행이야. 자, 한잔하자고."

와이셔츠 차림의 얼굴이 검은 경영기획부장이 뜨거운 술이 든 술병을 기울였다.

"감사합니다."

팔걸이가 있는 좌식 의자에 양반다리를 하고 앉은 사와노가 두 손으로 술잔을 내밀었다.

대궐처럼 넓은 홀에는 나무로 만든 밥상이 나란히 놓여 있었고 손님은 팔걸이가 있는 좌식 의자에 앉아 옛날 호쿠리쿠 지방의 무사라도 된 기분을 느끼며 술과 밥을 먹을 수 있는 곳이었다.

벽에는 호랑이 그림과 산수화 족자가 걸려 있고 행등이 켜져 있었으며, 손님의 대부분은 일을 마치고 돌아가는 샐러리맨이었다.

히비야생명의 5억 달러 규모의 열후채는 지난 3월 12일 쿠폰 5.73퍼센트, 발행 가격 99.955, 미국채와의 스프레드는 약 200베이시스(2퍼센트)라는 좋은 이율로 론칭되었고, 100억 달러라고 하는 20배의 응모를 모으는 성황 끝에 지난 주 무사히 납입이 완료되었다.

"사장님이 마셜스 이야기가 나올 때마다 사와노가 욕을 해대서 무서웠다고 웃으시던걸."

부장이 유쾌하게 말하며 술잔의 술을 입으로 가져갔다.

"뭐어 기회가 그때밖에 없었으니까요."

사와노도 웃으며 술잔을 기울였다.

"그렇지만 마셜스의 변모도 정말 놀라워."

부장이 고등어 절임에 젓가락을 가져가며 놀랐다는 표정을 지었다.

"정말 그렇더군요."

며칠 전 마셜스의 일본인 애널리스트가 오랜만에 히비야생명을 방문해 업적 등에 대해 이야기를 나눴지만 그 이틀 후에 대표인 산조 세이이치로가 찾아와서 "저희 애널리스트와의 디스커션은 어땠습니까? 이야기는 잘 듣던가요? 뭔가 부족하거나 개선할 점은 없으시던가요?" 하고 비굴할 정도로 허리를 숙이며 물었던 것이다.

"그때는 정말 퇴폐업소에서 놀고 가게를 나올 때 같은 기분이던걸."

"네에? 퇴폐업소요? 부장님은 그 나이에 아직도 그런 곳에 다니시나요?"

"아, 아니야 ……저, 젊었을 때 말이야. 젊었을 때."

당황한 표정으로 술잔의 뜨거운 술을 입으로 가져갔다.

"그러고 보니 그 버터 냄새 나던 업무추진부장도 잘렸다고 하더군요."

"정말이야?! ……어쨌건 변하려고 하면 변하는군. 대체 무슨 일이 있었던 거지?"

"틀림없이 혁명이 있었을 겁니다."

사와노가 웃었다.

가까이에 있는 샐러리맨 네 사람 팀 자리에서는 마 이파리 무늬가 들어간 전통 복장에 앞치마를 두른 젊은 여성이 밥상 위에 작은 술병을 놓고 있었다.

"그런데 미국 경기의 버블이 장난이 아니던데요."

사와노가 단새우 회를 젓가락으로 집어 입으로 가져갔다.

"월 가에는 포르쉐를 몰고 출근하는 젊은 트레이더가 채일 만큼 많고, 리먼브라더스의 리처드 폴드 회장은 1천만 달러(약 107억 3000만 원)에서 2천만 달러나 하는 호화 저택을 네 채나 맨해튼과 플로리다에 가지고 있답니다. 거기다 미술품 컬렉션은 전부 합치면 2억 달러나 된다고 합니다."

"2억 달러?! 우와―!"

말린 오징어를 씹으며 부장이 눈을 동그랗게 떴다.

"그렇지만 왜 그렇게 경기가 좋은 거지?"

"가장 큰 이유는 주택론과 CDO채무 담보 증권의 버블 때문이랍니다."

"흐음."

"수입도 없는 사람이 계약금이 없는 서브프라임론인가 하는 종류의 주택론을 빌려 집을 몇 채나 가지고 있기도 하더라고요."

"수입도 없는 사람이 말인가……."

부장이 눈썹을 찌푸렸다.

"또 다른 쪽에서는 투자은행이 그런 주택론이며 사채, CDS크레디트 디폴트 스왑을 묶은 CDO를 신나게 만들고 그것을 신용평가사들은 신나게 등급을 매기고 신나게 팔아치운다 합니다. 하면 할수록 돈을 버니까 모두들 눈에 불을 켜고 달려드는 모양입니다."

1990년대 후반 새로운 금융 상품으로 등장한 CDO는 2000년을 경계로 급증하여 현재는 전 세계적으로 1조 달러(약 1073조 원)에 이르는 발행 잔고가 있다는 말도 있었다.

"그렇지만 어떻게 그렇게 CDO가 팔리는 거지?"

"같은 등급의 사채보다 이율이 훨씬 낫다고 합니다."

"흐음…… 그렇지만 그런 일이 정말 가능한 걸까?"

"글쎄요…… 앞으로 어떻게 되는 걸까요?"

"뭐어 우리나 미즈호의 열후채도 서양 금융기관의 열후채와 비교하면 비슷한 것이겠지만. ……그래도 주택론, 사채, CDS가 몇십 개 혹은 몇백 개 들어간 CDO 같은 건 대체 어떻게 등급을 매기는 거지?"

"그러게요…… 컴퓨터로 하는 것 같긴 하던데 말입니다."

"히비야생명 한 회사의 등급평가만으로도 이렇게 싸우는데 그런 잡탕 같은 것에 제대로 등급을 매길 수 있을까?"

"흐음…… 정말 큰 의문이네요. 요즘은 복수의 CDO를 묶은 'CDO 스퀘어드'라는 이상한 것도 있다고 하던데."

스퀘어드란 2승이라는 의미다.

"'CDO 스퀘어드'? 정말 미쳤다는 생각밖에 안 드는군."

"그렇죠?"

두 사람은 술잔을 손에 들고 고개를 갸웃거렸다.

2개월 후—

황궁 외원이 보이는 히비야생명 본사 20층 경영기획부 창문으로 초여름 햇빛이 들어오고 있었다.

과장인 사와노 간지와 경영기획부장은 한 장의 보도자료를 물끄러미 쳐다보고 있었다.

"대체 이게 어떻게 된 거야?"

자리에 앉은 부장이 의아함과 불신감이 섞인 표정으로 물었다.

"보도자료를 발표했다고 해서 틀림없이 등급 하락 소식인 줄 알았는데……."

두 사람이 응시하고 있는 것은 그날 마셜스가 발표한 보도자료였다.

"마셜스, 생명보험사 7개 사의 전망을 네거티브에서 안정적으로 변경"

푸른색 원 안에 하얀 M자가 있는 로고가 붙은 보도자료는 히비야생명 이하 스미노에생명, 다이도생명, 후코쿠생명 등 7개 사의 전망을 네거티브에서 안정적으로 변경하는 내용이었다.

"이번 변경은 일본 경제의 회복 기대, 주식 시세의 상승, 생보 각사의 경영 개선 노력 등에 의해 생명보험업계를 둘러싼 환경이 안정적으로 변할 것이라는 전망을 반영한 것이다. 생보사 각사는 일본 주식의 보유 잔고의 축소, 생명보험에 대한 수요 감소에 대응한 영업 수법의 변경, 경비의 삭감 등을 행하고 있다.

마셜스는 업계 환경 변화에 대처하려고 하는 생보사 각사의 노력은 각사의 존립 기반을 장기적으로 내다봤을 때 안정적인 것으로 만들 가능성이 있다고 믿는다. 또한 마셜스는 각사가 자본의 충실에 주력하고 있는 점도 평가하고 있다.

전체적으로 마셜스는 일본 생명보험회사의 경영은 안정되어 가고 있다고 생각한다. 각사가 올해 3월기 결산을 발표하고 경영 전략에 대한 최신 정보를 개시하는 경우에는 각사의 등급과 전망을 재평가할 예정이다."

두 사람은 고개를 갸웃거리며 일독했다.

"확실히 자본은 조달했지만 이렇게 빨리 반응할 줄은 생각지도 못했는데."

부장은 여전히 석연치 않다는 표정이었다.

"대표가 찾아와 굽신거리지를 않나…… 이 회사 정말 알 수가 없네요."

그로부터 약 1개월 뒤인 6월 29일, 사와노는 더욱 놀랄 수밖에 없었다.

마셜스에 대항하기라도 하듯 이번에는 S&D가 히비야생명, 후코쿠생명 등 4개 사의 장기 카운터파티 등급과 보험 재무력 등급의 전망을 네거티브에서 안정적으로 올리고, 스미노에생명에 대해서는 네거티브에서 포지티브로 변경한 것이었다.

4

12월—

미나토 구 아타고의 마셜스재팬 회의실에서는 코퍼레이트 파이낸스 그룹사업회사 등급평가 부문의 애널리스트 10여 명이 모여 화이트 보드를 보며 논의하고 있었다.

"……일본 기업은 미국 회사와 비교해 레버리지자기 자본에 대한 차입 비율가 높지만 롤 오버기한 연장만 할 수 있으면 문제는 없으니까 그 부분은 조금 웨이트가 낮아도 괜찮지 않을까?"

푸른색 와이셔츠에 넥타이를 한 중년 남자가 말했다. 자동차회사 등을 담당하는 바이스 프레지던트였다.

"다른 분들의 의견은 어떻습니까?"

검은 매직펜을 들고 화이트 보드 앞에 선 30대 중반 남자 애널리스트가 묻자 출석자들은 고개를 끄덕이기도 하고 "그 정도면 되지 않나?" 하고 대답하기도 했다.

"그럼 여기는 조금 웨이트를 내리도록 하겠습니다."

매직으로 사각형 표의 '레버리지'라는 항목 옆에 화살표를 아래쪽으로 그려 넣었다.

표에는 자기 자본 비율, 매상 대비 영업 이익률, 유동 비율 등의 재무 지표 외에 상품 개발력, 경영자의 자질 등 정성적인 항목 등이 적혀 있었다.

"매크로 경제적인 팩터를 조금 더 넣는 편이 낫지 않을까요?"

화장품업계 등을 담당하는 여성 애널리스트의 말이었다.

"경제성장률과 인플레율뿐 아니라 예를 들면 외환 레이트의 변화에 대한 매출의 대응도 같은 것도 필요하다고 생각합니다만."

"그렇군, 확실히 그건 필요하겠군."

유통업계를 담당하는 시니어 바이스 프레지던트 남자가 말했다.

"그렇지만 어떻게 수치화하지? 예를 들어 엔이 싸지면 매출이 많아지는 회사도 있을 테고 해외 생산이 많은 기업은 반대로 코스트가 늘어나 이익이 줄어들 텐데."

"흐음…… 어떻게 하면 모델에 넣을 수 있을까요?"

창문 건너편에는 회색 겨울 하늘 아래 도쿄 타워가 보였고 거리에는 찬바람이 불고 있었다.

애널리스트들이 논의하는 것은 어떤 요소를 어느 정도의 웨이트를 붙여 등급평가를 위한 컴퓨터 모델에 입력하는가 하는 문제였다.

마셜스는 사업회사의 등급평가를 자동적으로 산출하는 컴퓨터 모델을 만들려고 하고 있었다. 이는 등급평가의 '모델화' 혹은 '코모디티 commodity화'로 불리는 새로운 움직임이었다.

원래 스트럭처드 파이낸스 부문은 컴퓨터 모델로 등급평가를 산출했다. 그리고 스트럭처드 파이낸스 부문이 사내에서 우세해지면서 사업회사와 금융기관의 등급평가도 모델화해야 한다는 주장이 나오기 시작했고 엔론 사건으로 등급평가 프로세스의 투명성이 요구되면서 그 주장은 더욱 순풍을 맞았다.

이에 비해 사업회사와 금융기관을 담당하는 전통적 등급평가 부문에서는 기업의 신용리스크는 정성면에서의 분석도 중요하기 때문에 모델화할 수 없다는 반대의 목소리가 일었고, 사내에서 권력 투쟁적인 싸움이 발발했다. 그러나 최종적으로 논의를 제압한 것은 사내에서 가장 돈을 많이 벌고 CEO와 COO(알렉산더 리처드슨)이라고 하는 두 개의 중요 포인트를 쥐고 있는 스트럭처드 파이낸스 부문이었다.

"……잠깐 이쯤에서 쉴까?"

논의가 시작된 지 한 시간 반쯤 지났을 때 사업회사 등급평가 부문의 책임자인 매니징 디렉터 남자가 말했다.

일동은 기지개를 켜기도 하고 일단 자신의 자리로 돌아가기도 하고 휴게실 자판기에서 커피를 가져오기도 했다.

"그런데 이 '모델화' 작업은 우리 애널리스트에게 있어선 자기 손으로 자기 목을 조르는 거 아닌가?"

창가 쪽에서 도쿄 타워를 바라보며 플라스틱 컵에 든 커피를 마시던 나이가 있는 남자 애널리스트가 말했다.

"하긴 그렇죠. 모델을 만들면 경험이 없는 사람이라도 등급평가를 할 수 있을 테니까요."

옆에 선 다른 애널리스트 남자가 고개를 끄덕였다.

"리처드슨은 '돈을 못 버는 전통적 등급평가 부문은 코스트를 낮춰야 한다'라고 항상 주장하니까 급여가 비싼 베테랑 애널리스트의 목을 자르고 싼 신입들을 넣으려고 할지도 모르겠네요."

알렉산더 리처드슨은 산조가 주일대표로 취임한 것과 거의 같은 무렵에 COO최고집행책임자로 취임, 차기 CEO 자리를 거의 확실히 했다.

"정말 상장한 뒤로 우리 회사가 변했어."

연배가 있는 애널리스트가 한숨을 쉬며 말했다.

"내가 입사했을 때는 피터 서덜랜드가 있어서 '우리 고객은 투자가다. 망설여질 때나 의심이 들 때는 투자가를 위한 것인지 아닌지로 판단하라'라는 말을 들었는데."

"지금은 '발행체가 납득할 수 있게 설명을 못할 때는 발행체가 하는 말을 들어라'라고 하는 판이네요."

"리처드슨과 산조 콤비가 탄생한 뒤로 더욱 노골적이 되었어."

두 사람의 콤비가 탄생한 뒤 갑자기 일본 기업의 등급 올리기 러시가 시작되었다. 2001년부터 2003년까지 3년 동안 마셜스가 등급을 올린 일본 기업은 21개밖에 없었지만 올해(2004년)는 1년 동안 무려 115개 사나 등급이 올랐다.

비슷한 무렵—

마루노우치 1번지의 고층 빌딩에 위치한 미국계 상업은행 증권 자회사의 소회의실에서는 세 사람의 스태프가 전화 회의를 하고 있었다.

"……일드이율는 그 정도로 부탁드릴 수 있을까요? 약간 허들이 높을지도 모릅니다만."

회흑색 회의용 전화기를 통해 대기업 전자기기 메이커에서 자산 운용을 담당하는 남자의 목소리가 흘러나왔다.

"걱정 말고 맡겨주십시오."

증권 자회사의 바이스 프레지던트가 밝은 목소리로 말했다. 작은 체구에 여윈 일본인 남자였다. 원래는 우정성현 총무성에서 일했던 공무원으로 미국에서 MBA를 딴 사람이다.

"아까도 말씀드렸지만 저희는 3, 6, 9, 12월에 지불이 많으니까 CDO 상환도 거기에 맞출 수 있는지요?"

전자기기 메이커의 남자가 말했다.

"알겠습니다. 그렇게 만들어보겠습니다."

바이스 프레지던트와 함께 어시스턴트 바이스 프레지던트인 30대 여성과 입사 2년째의 퀀츠(금융 상품 개발 스태프) 남자가 대화를 듣고 있었다.

"그리고 등급평가는 가능하면 마셜스와 S&D 양쪽, 최소한 한쪽은 해주시면 좋겠습니다."

"알겠습니다. ……그럼 텀시트Term Sheet-주요 조건의 제안서를 2, 3일 내에 만들어 보내겠습니다."

바이스 프레지던트 남자는 회의용 전화기의 스위치를 끊었다.

"어때? 지금의 일드로 만들 수 있겠어?"

퀀츠인 젊은 남자를 응시했다.

"괜찮을 겁니다. 마켓에서 부족한 분은 개별적으로 CDS를 만들 수밖에 없겠지만요."

CDS는 사내 트레이더trader로부터 프라이스price를 받아 자유롭게 만들 수 있다.

"OK, 그럼 부탁하지."

소회의실 유리 문을 열고 세 사람이 밖으로 나오자 눈앞으로 넓은 트레이딩 플로어가 펼쳐져 있었다. 컴퓨터 모니터를 각각 6~8개씩 붙인 데스크가 쭈욱 플로어 끝까지 늘어서 있었고 천장에서는 뉴스 속보와 시세 동향을 알리는 전광판의 문자와 숫자가 번쩍이고 있었다. 거래를 하는 세일즈맨과 트레이더들의 목소리가 여기저기에서 들려와 시장의 고동이 전해진다.

무테 안경을 쓴 작은 체구의 퀀츠 남자는 자신의 자리에 앉아 컴퓨터 키보드를 두들겨 시장에 유통되는 채권을 찾기 시작했다. 일드가 높은 CDO를 만드는 데에는 등급평가에 비해 이윤이 높은 채권이 필요했다.

스크린에 업종별, 발행체명, 등급, 쿠폰, 만기일, 매도와 매수의 가격 등이 빽빽하게 나타났고 퀀츠 남자는 얼굴을 들이대고 깨알 같은 문자와 숫자를 읽기 시작했다.

2주일 뒤—

마셜스의 회의실에서 이누이와 산조가 이야기를 나누고 있었다.

"산조 씨, 제가 보기에 이건 아무래도 좀 이상하다고 생각합니다만."

와이셔츠에 넥타이를 멘 이누이가 어두운 표정으로 손에 든 서류를 들어보였다.

미국계 상업은행의 증권 자회사가 등급평가를 의뢰하며 가져온 자료였다.

"CDO의 내용물 중 절반이 GM, 포드, 크라이슬러, 소니, 산요전자라니…… 하향 조정 드라이브가 강렬하게 걸려 있는 사명뿐이잖습니까?"

"뭐어 일드가 높은 CDO를 만들고 싶은 거겠죠."

이누이가 두 살 위인 까닭에 산조는 평소 존댓말을 쓰고 있었다. 물론 화가 났을 때는 별도였지만.

"이 증권사뿐 아니라 요즘 들어오는 안건 대부분에 GM과 포드가 들어 있잖습니까."

GM제너럴모터스의 장기 등급평가는 현재 마셜스가 Baa2, S&D가 BBB-(트리플 B 마이너스)였다. 그러나 금융 시장에서는 파산에 가까운 상태로 보고 있었고 동사의 채무 불이행을 커버하는 CDS 가격(연율 보증료)은 260베이시스(2.6퍼센트)를 넘는 상태였다. 이는 통상적인 트리플 B의 채권이나 CDS보다 100베이시스 이상 높은 이율로, 포드나 크라이슬러 역시 비슷한 상황이었다.

"우리가 매긴 GM이나 포드의 등급을 그대로 넣어서 이 CDO의 등급을 평가하는 것은 문제가 있을 것 같습니다만."

"그럼 어떻게 하는 게 좋을까요?"

"현재의 등급보다 두 단계 정도 낮은 등급을 사용하면 어떨까요?"

"말도 안 되는 소리! 그런 게 가능할 리가 없잖아! 마셜스의 등급평가를 스스로 부정하는 일이라고!"

스트럭처 파이낸스의 등급평가 프로세스는 투명한 까닭에 안건을 가져온 증권사 측은 신용평가사가 데이터를 어떻게 처리했는지 알 수 있었다.

"그보다 뭔가 안 좋은 일이라도 벌어질 거라 생각하는 겁니까?"

"아뇨, 그러니까…… GM이나 포드에 대한 시장의 시각이 더욱 악화되어 CDS의 프라이스가 높아지면 CDO의 가격이 내려가 투자가가 손실을 입을 수도 있지 않겠습니까?"

팔면 판매손, 팔지 않아도 평가손이 발생하는 것이다.

"게다가 헤지펀드 같은 것은 몇십 배나 레버리지가 높은 만큼 손해도 몇십 배로 증폭되어 단숨에 자본이 날아갈 위험성이 있습니다."

"CDO 가격이 어떻게 되든 우리가 알 바 아닙니다. 하물며 레버리지 결과는 투자가의 자기 책임이고요."

산조는 차갑게 말했다.

"신용등급이라는 것은 만기까지 보유하는 투자가에 대해 만기 시의 원금과 그동안의 금리를 확보할 수 있는 확률이잖습니까. 등급을 가격의 지표로 사용하는 것은 잘못된 거죠."

"그렇지만 현실적으로 투자가는 신용등급을 하나의 가격 지표로 보고 있습니다. CDO 같은 건 투자가는 등급만을 보고 사고 있고요."

"그러니까 그건 사용법이 틀린 거라니까!"

산조는 짜증스러운 목소리로 말했다.

"등급평가는 어디까지나 하나의 의견에 지나지 않아. 우리는 과거의 디폴트율을 통계적으로 샘플링해서 그것을 모델로 만들어 등급이라는 결과를 내고 있지. 단지 그것뿐이야. 보증도 아니고 보험도 아니라고."

"그렇지만 그래서는 투자가가……."

"이누이 씨, 미안하지만 나는 당신과 의견이 달라."

산조가 말을 끊었다.

"당신은 당신의 신념에 따라 등급조정위원회에서 보팅voting-투표하도록 해. 나는 내 신념에 따라 보팅할 테니."

등급조정위원회에서는 사내에서의 지위에 관계없이 1인 1표제로 투표한다.

"마셜스에서는 등급평가에 대한 신뢰를 지키기 위해 애널리스트의 중립성과 독립성을 보장하고 있잖나. 그러니 신념에 따라 투표하면 되는 거야."

산조는 내뱉듯 말하고는 발걸음을 돌려 회의실에서 나갔다.

'정말 그래도 괜찮은 걸까……'

검은 양복을 입은 뒷모습을 보며 이누이의 머릿속에서는 호리카와 다케시의 목소리가 메아리쳤다.

"한 가지 잊지 말았으면 하는 것은 투자가를 배신해서는 안 된다는 거야. 투자가에게 있어 신용평가는 마지막 보루니까. 알지? 우리가 시장에서의 정의를 지키는 마지막 방파제라는 사실을."

다음 주—

바로 그 미국계 상업은행의 증권 자회사가 들고 온 CDO가 등급조정위원회에 회부되었다.

스트럭처드 파이낸스 안건의 등급평가는 사업회사와 금융기관의 등급평가와는 달리 도쿄 사무소의 등급조정위원회만으로 결정할 수 있었다. 열 명가량의 출석자는 각 트란셰별로 자신이 적절하다고 생각하는 등급을 구두로 말하고 투표를 한다.

이누이는 각 트란셰에 대해 산조가 이야기한 등급보다 1~3 단계 낮게 투표했다.

그러나 다른 애널리스트들은 수익을 중시하는 회사의 자세와 산조의 권력을 민감하게 파악했고 결국 이누이의 의견은 각하되었다.

며칠 뒤—

이누이가 사무실에서 일을 하고 있을 때, 일본계 신용평가사에서 상사였던 호리카와 다케시로부터 전화가 걸려왔다.

"이누이, 자네는 대체 뭘 보고 등급을 평가하는 건가?"

제대로 된 인사도 없이 호리카와는 분노한 목소리로 말했다.

예의 미국계 상업은행 증권 자회사에서 가져온 CDO 건이었다. 등급평가는 이미 보도자료로 공표되어 있었다.

"자산의 절반 이상이 GM, 포드, 크라이슬러, 소니, 산요전자? 한마디로 쓰레기와 잔반 찌꺼기를 모은 것으로 투자가들을 속이려는 짓 아닌가? 자넨 그렇게 등급평가를 하고 부끄럽지도 않나?"

수화기에서 책상을 내려치는 듯한 소리가 쾅쾅 들려왔다.

"저기…… 저도 그렇게 생각했습니다. 그래서 등급조정위원회에서는 다른 사람보다 1~3 단계 낮게 보팅을 했고요. 그렇지만 저희가 그들 회사에 준 코퍼레이트(사채)의 등급을 사용해 모델을 돌리면 그런 결과가 나와 버립니다."

"그럼 사채의 등급 아니면 증권화 상품의 등급평가 모델 중 어느 하나, 혹은 둘 다 잘못되어 있다는 뜻이잖나? 잘못되어 있다면 고쳐야지!"

"그건 그렇지만……."

사채의 등급평가가 현실의 움직임을 따라가지 못하는 것은 옛날부터 있는 일이었다. 돈이 되지 않는 사채 등급평가 부문은 만성적인 인원 부족에 시달리는 만큼, 돈이 되지 않는 등급 재검토 작업은 뒤로 밀릴 수밖에 없다. 또한 높은 등급을 산출해 수익을 내는 증권화 상품의 등급평가 모델에 수정을 가하는 인센티브(동기)가 사내에 있을 리

없었다.

"이누이, 난 자네에게 분명 말했어. 투자가를 배신하면 안 된다고. 그런데도 마셜스의 스트파이는 점점 심해지더군."

"네에……."

"신용평가사는 신뢰가 목숨이지 않나. 마셜스는 자기 손으로 자기 목을 조이고 있는 거야. 애당초 산조 세이이치로 같은 돈에 영혼을 파는 인간이 대표로 했으니 그렇게 될 수밖에 없었겠지."

호리카와는 노골적으로 분노를 드러내며 일방적으로 말을 쏟아냈다.

수화기를 귀에 대고 있던 이누이의 뇌리에도 확실히 이대로 가서는 안 되겠다는 초조감과 혼자서는 아무것도 할 수 없다는 무력감이 교차했다.

"그런데 호리카와 씨……."

호리카와의 이야기가 일단락되었을 때 이누이가 입을 열었다.

"요즘 회사는 어떤가요? 스트파이 비즈니스가 줄었다고 들었습니다만……."

최대한 상대를 배려하며 말했다.

호리카와는 등급평가에 엄격한 까닭에 안건을 가지고 오는 투자은행이나 증권사와 싸우는 일이 많았다. 예전에는 이누이가 호리카와와 투자은행 혹은 회사 상층부 사이의 쿠션 역할을 했지만 지금은 그런 사람도 없고 호리카와는 조직 안에서 고립되어 있었다.

"걱정할 필요 없어. 나도 나 나름대로 다 생각하며 일을 하고 있으니까."

호리카와는 허세를 부리는 목소리로 말했다.

"얼마 전 아카사카의 빌딩 안건 역시, 자네 회사의 산조가 끼어드는 바람에 실적을 위해 어쩔 수 없이 내가 울며 양보했지."

그 이야기는 아카사카미쓰케赤坂見附 역 근처에 있는 고층 빌딩의 증권화로 총액 180억짜리 안건이었다.

등급평가를 의뢰받은 호리카와는 최상급 더블 A의 트란셰는 15억 엔이 한도라며 빌딩의 오너에게 전했다. 그때 마셜스의 산조가 등장하여 "우리는 더블 A의 트란셰를 20억 엔으로 책정합니다" 하고 바람을 넣는 바람에 오너 측에서 호리카와에게 20억 엔으로 늘려달라고 말해왔다. 호리카와는 "더블 A 트란셰를 늘리기 위해서는 물건 가격을 높여야 한다. 빌딩의 가동률을 높여 물건 가격을 올려보라" 하고 저항했다. 그러나 한 달 정도 기간으로 가동률이 올라갈 리는 없었다. 결국 오너 측에서 상무인 시마즈에게 "더블 A인 트란셰를 20억 엔으로 해줄 수 없다면 마셜스에게 의뢰하겠다"라는 최후 통첩이 날아왔고 시마즈가 호리카와에게 "등급평가도 비즈니스인 만큼 다소의 타협은 어쩔 수 없다"라고 설득했다. 결국 본의는 아니지만 호리카와도 타협을 한 것이었다.

"자네 회사 산조는 빌딩의 오너에게 가서 손가락을 두 개 세우며 '우리는 20억으로 해드리겠습니다'라고 말한 모양이더군. 마셜스는 언제부터 가부키초의 호객꾼을 대표로 삼은 거야?"

호리카와가 내뱉듯이 말했다.

제12장 일본판 서브프라임

1

2005년 4월 중순―

S&D의 미즈노 료코는 도쿄 사무실에서 같이 금융기관을 담당하는 30대 중반의 일본인 남자 애널리스트와 함께 교토 시내에 있는 지방은행 본점을 방문하고 있었다. 신규로 등급을 책정하는 만큼 1주일쯤 전에 A 마이너스가 될 것이라고 전했으며 상대방도 납득한 상태였다.

응접실 창문으로는 긴카쿠지金閣寺와 신록으로 푸른 다이몬지산大文字山 방면을 볼 수 있었는데 고도古都 여기저기에 벚꽃이 피어 있었다.

"……사실은 마셜스의 산조 씨가 엊그제 찾아와서 A2를 커밋하겠다고 말해서 말입니다."

날씬하고 키가 큰 50대 중반의 남자가 곤혹스러운 표정으로 말했다. 지방은행의 기획 담당 임원으로 융자 출신답게 견실한 성격이었다.

"네에? A2를 커밋했다고요?"

소파에 앉은 료코와 남자 애널리스트는 깜짝 놀랐다.

마셜스의 A2는 S&D의 A 플랫에 해당한다. 게다가 대표가 직접 찾아와서 등급조정위원회에서 결정해야 할 신용등급을 커밋(확약)한 것이었다.

"산조 씨가 직접 찾아와서 그런 말을 했다는 말씀이시죠?"

"네에, 이렇게 집게손가락을 세우며 말하더군요."

기획 담당 집행 임원은 오른손 집게손가락을 세워 보였다.

"그렇지만…… 대체 어떤 이유로 그런 일을 약속할 수 있었던 걸까요?"

정장 차림의 료코로서는 영문을 알 수 없어 물었다.

"간단히 말해 미쓰이스미노에은행에 대한 마셜스의 등급평가가 A1
으로 S&D보다 한 단계 좋으니까 자회사인 우리의 등급도 S&D보다
한 단계 좋게 해줄 수 있다는 것이었습니다."

이 교토의 지방은행은 미쓰이스미노에은행의 자회사로 주식의 약 7할
을 미쓰이스미노에은행 산하의 기업(은행, 신용카드사, 리스회사, 종합
연구소 등)이 가지고 있었다.

료코는 미쓰이스미노에은행보다 한 단계 낮게 책정한다는 의미에서
A 마이너스 등급을 제시했었다.

"S&D 쪽으로는 등급 획득과 관련해 반년 이상 여러 가지로 많이 배
웠고 받는 등급에 대해서도 논리정연하게 설명을 들었지만…… 이렇
게 되니 사내에서 S&D를 미는 것은 조금 어렵게 되었습니다."

날씬하고 키가 큰 집행 임원이 안타깝다는 표정으로 말했다.

저녁 무렵—

료코와 일본인 애널리스트는 교토 역을 오후 6시 16분에 출발하는
'노조미 42호'를 탔다. 도쿄 역 도착은 저녁 8시 33분 예정으로 자리

를 메운 승객의 대부분이 비즈니스맨이었다.

료코 일행은 자유석이었던 탓에 앉을 수 있었던 것은 나고야부터였다.

"……참나 마셜스의 산조 씨는 정말 못 당하겠군요."

료코 옆에 앉은 일본인 남자 애널리스트가 한 잔에 300엔인 차내 판매 커피를 마시며 말했다.

"주일대표가 직접 찾아와서 A2를 커밋할 테니 자신들에게 달라고 했다니 정말 너무한다는 느낌이 들어."

열차 진동 때문에 커피가 쏟아지지 않도록 한 손으로 종이컵을 쥐고 있던 료코가 한숨을 쉬며 말했다.

"산조 씨가 원래 산은맨 출신인 만큼 도시은행 때문에 산은이 망했을 때의 분한 마음을 원동력 삼아 물불을 안 가리는 것 같습니다."

"그리고 아시아 · 퍼시픽 총괄 아래에 있던 마셜스재팬이 최근 뉴욕 직할이 된 모양이야. 그러니 코퍼레이트의 등급평가에도 일본 법인의 의향이 상당히 반영이 되겠지."

마셜스재팬은 야나세 지로가 대표로 있던 시절 무의뢰 평가라든가 일본 국채의 등급을 내리면서 회사의 지명도는 높아졌지만 수익으로는 연결되지 않았다. 산조는 경영 수법을 실제로 돈을 벌 수 있는 쪽으로 완전히 전향시키고 있었다.

"산조 씨는 COO인 알렉산더 리차드슨의 쌍둥이 동생이라고도 불릴 정도니까요. 리처드슨도 산조 씨를 신뢰해 공동대표였던 미국인을 귀국시키고 전권을 맡겼다고 합니다."

"어느 쪽이든 그 교토 지방은행의 일을 맡는 건 어렵게 됐네."

료코의 말에 남자 애널리스트도 떨떠름한 얼굴로 고개를 끄덕였다.

"저희 영업부가 1년 이상 자주 들락거리며 좋은 관계를 만들었다고 생각했는데…… 겨우 한 단계 차이로 쉽게 갈아타 버리니 정말 무정하다고밖에 말할 수가 없네요."

열차는 하마마쓰浜松를 통과했고 창밖으로 해가 진 밭과 민가의 어두운 풍경이 스치고 지나쳤다.

료코는 서류 가방에서 읽던 자료를 꺼내 다시 보기 시작했다.

"아……!"

휴대전화를 들고 화면으로 뉴스를 보고 있던 남자 애널리스트가 작게 탄성을 질렀다.

료코는 자료에서 고개를 들어 옆에 앉은 남자 애널리스트에게 시선을 돌렸다.

"미즈노 씨, GM의 CDS 스프레드가 852베이시스(8퍼센트)라고 합니다."

CDS크레디트 디폴트 스왑은 회사가 채무 불이행에 이를 리스크를 커버하는 보험과 유사한 계약으로 스프레드는 연율 보증료를 말한다.

"뭐, 852베이시스?! 그거 대단하네."

"시장은 정크(투자 부적격)로까지 등급 하락이 가까워졌다고 보는 모양입니다."

작년 12월 260베이시스였던 GM의 CDS 스프레드는 3월부터 급상승을 보이기 시작하더니 3월 말에는 590베이시스까지 달했고 4월 들어서는 700베이시스를 돌파했다. 계기는 3월, GM의 1분기 결산에서 큰 폭의 적자를 예상한 마셜스, S&D, 피치 등 대형 신용평가사 3사가 GM을 네거티브 워치로 지정하고 전망을 네거티브로 했기 때문이었다. 3사의 GM에 대한 신용등급은 각각 Baa2, BBB 마이너스(S&D와 피치)로 거의 투자 적격 레벨의 하한선이었다.

"포드도 지금 672베이시스예요."

남자 애널리스트가 휴대전화 뉴스를 보면서 말했다.

"672베이시스…… 이젠 트리플 B의 프라이스도 아니네."

"실제로 등급이 떨어지면 1000베이시스를 돌파하는 거 아닐까요?"

"그러게……."

료코는 생각에 잠겼다.

"그럴 경우 CDO 시장에도 상당한 영향이 미칠 텐데."

스트럭처드 파이낸스 부문의 동료로부터 최근의 CDO는 GM과 포드가 들어간 것이 압도적으로 많다고 들었다.

"스프레드가 260베이시스에서 1000베이시스로 오르면 5년짜리는 원금의 3할이 날아가겠네요."

동료 애널리스트가 심각한 목소리로 말했다.

"만약 레버리지가 3.3배 이상 걸려 있으면 전손全損이고요."

헤지펀드나 투자은행은 3.3배는커녕 레버리지가 수십 배인 경우도 많이 있다.

'게다가 전 세계에 막대한 양의 CDO가 범람하고 있으니…….'

2000년대에 들어온 뒤 CDO 붐으로 전 세계에는 거액의 발행 잔고가 있다. 그것들이 GM과 포드의 등급 하락으로 눈사태처럼 가격이 떨어지면 금융 시장 전체에 엄청난 영향을 미칠 것이었다.

'그러고 보니 전 세계의 CDO를 합하면 1조 3천억 달러가 된다고 했어. 1조 3천억 달러…… 우습게 볼 숫자가 아니야.'

료코는 등줄기가 오싹해지는 것 같았다.

'어쩌면 LTCM 위기 때의 소동은 아무것도 아닐지도…….'

솔로몬브라더스의 부회장이었던 존 메리웨더가 이끄는 헤지펀드 LTCMLong-Term Capital Management이 위기에 처하자 월 가의 이름 있는 금융기관 15개 사가 당황해서 37억 5천만 달러를 투입하여 금융계의 도미노 현상을 막은 것이 7년 전(1998년)이었다.

'그때 LTCM이 안고 있던 딜리버티브의 추정 원금이 분명 1조 달러였어…….'

게다가 현재 존재하는 CDO의 1조 3천억 달러라고 하는 숫자 중 CDS가 차지하는 원금의 추정액은 기껏해야 절반 정도다. 나머지는 채권과 론 등 '실탄(현실의 자산)'이다. 이것들이 큰 폭으로 가격이 떨어지거나 디폴트하게 되면 피해는 상상을 초월할 정도가 된다.

2

5월 5일 목요일—

미국계 신용평가사 S&D는 네거티브 워치를 지정하는 일 없이 BBB-였던 GM의 장기 신용등급을 BB라는 투기적 등급으로 두 단계 내렸고, 똑같이 BBB-였던 포드의 등급을 BB+로 한 단계 내렸다. 미국의 대형 자동차회사가 정크(투기적 등급)로 내려간 것은 사상 처음 있는 일이었다.

등급 하락의 이유로 S&D는 "양사의 수익원인 중대형 다목적 스포츠카(SUV)의 판매 대수가 급감하고 있으며 신차 수요도 확실하게 정체 기미에 있다"고 설명하면서 가솔린 가격이 오르면서 연료 효율이 나쁜 두 회사의 자동차가 소비자로부터 외면 받고 있는 사실을 지적했다.

S&D는 또한 양사의 금융 자회사인 GMAC_{General Motors Acceptance Corporation}와 포드모터크레디트컴퍼니 역시 투기적 등급으로 조정했다.

이 등급 조정으로 뉴욕의 다우 지수는 한 때 100달러 이상의 하락을 연출했고 닛케이 평균 주가도 1주일 만에 300엔 이상이 떨어졌다. 주된 원인은 GM과 포드의 CDS와 채권이 포함된 CDO의 에쿼티 부분을 보유했다가 거액의 손실을 입은 헤지펀드 쪽에서 손실을 보전하기 위해 가지고 있던 주식을 매각했기 때문이었다. 일본에서도 GMAC가 2000년에 발행한 4년짜리 단기 사무라이채(엔 기반 외채)가 1할 이상 가격이 떨어져 다수의 개인과 기관투자가가 손실을 입었다.

헤지펀드 외에도 기관투자가며 금융기관 또한 CDS와 CDO의 매각에 나섬에 따라 가격 하락에 박차가 가해졌고 JP모건체이스와 도이치은행 등 많은 은행이 손실을 입었다.

이들 금융기관은 신용평가사와 투자은행으로부터 제공받은 '가우시안 코플라'라 불리는 확률 분석 모델에 의해 CDO의 자산 가치를 평가하고 있었지만 당황해서 다른 분석 모델을 찾기도 하고 기존의 모델에 수정을 가하기도 했다. 그러나 '가우시안 코플라'를 대신할 수 있는 유력한 컴퓨터 모델이 없는 탓에 계속 사용하는 수밖에 없었다.

한편 GM과 포드가 정크로 하락하면서 CDO 시장에 미친 영향은 당초 생각했던 것보다 경미했다. CDO의 운용 매니저가 GM과 포드를 다른 자산에 바꿔 넣거나 개별 CDO의 포트폴리오(구성 자산)가 100개 종목 정도로 분산된 경우가 많았기 때문이었다. 전 세계적으로 돌고 있는 GM과 포드의 CDS는 최소한 100억 달러(약 10조 7300억 원) 이상일 것으로 예상되었고 유럽에서 조성된 CDO의 85퍼센트에는 GM이, 마찬가지로 80퍼센트에는 포드가 포함되어 있었다. 그러나 유럽의 561개 CDO의 745개 트란셰 중 S&D가 등급을 내린 것은 열 개의 트란셰에 지나지 않았다.

한때는 큰 폭의 하락을 연출한 뉴욕 다우도 그 뒤 1만~1만 1천 달러 사이에서 안정을 찾았으며 이윽고 CDO 시장도 안정을 되찾았다.

그러나 미즈노 료코 등 관계자의 머릿속에는 이번 등급 하락 패닉은 미래에 찾아올 더욱 큰 위기의 징후가 아닐까 하는 경계심을 버릴 수가 없었다.

5월 말—

초여름의 따뜻한 햇살이 비치는 히비야생명 본사 빌딩 20층 경영기획부에서는 가무잡잡한 얼굴의 경영기획부장과 사와노 간지가 한 장의 종이를 눈앞에 두고 아연실색한 표정을 짓고 있었다.

A4 사이즈 종이 왼쪽 위에는 가로선이 들어간 원 안에 하얀 M자가 적힌 마셜스의 로고가 찍혀 있었다.

"마셜스, 히비야생명을 Baa2에서 A3으로 등급을 상향 조정, 전망은 안정적"

불과 한 줄의 표제였지만 부장과 사와노에게는 하늘에서 떨어진 노스트라다무스의 대예언이나 마찬가지였다.

"이, 이게 사실일까요?"

사와노가 더듬거리며 물었다.

"이건 뭐랄까…… 기쁘다기보다 뭔가 함정이 아닐까 하는 공포심이 생기는군."

자리에 앉은 부장이 신음하듯 말했다.

"2005년 5월 27일, 도쿄 마셜스인베스터스서비스는 히비야생명의 보험 재무 등급을 Baa2에서 A3으로 올렸다. 등급평가의 전망은 '안정적'이다. 이는 올해 2월 18일 이후 해왔던 재검토 작업의 결과이다.

이번 등급 조정은 어려운 업무 환경에서 보여준 동사의 리스크 관리 능력과 재무 면의 안정성을 반영한 것이다. 히비야생명은 항상 리스크 자산의 저감을 꾀했고 이익을 유보하여 자본의 강화를 위해 노력해왔다. 마셜스는 동사의 이러한 방침이 환경의 변화에 대응할 수 있는 능력을 높여줄 것이라 믿는다.

마셜스는 또 히비야생명이 세계 제2위 보험 시장인 일본에서 굴지의 생명보험회사라는 이점을 계속 살릴 것이라고 예상한다. 동사는 고객의 니즈 변화에 대응할 수 있는 유연한 경영 방침과 다양한 경영자원을 가지고 있다."

"그렇지만 여전히 추상적인 말들만 사용하는군."

보도자료에서 얼굴을 들며 부장이 말했다.

"구체적인 사실을 적었다가 나중에 틀리게 되면 창피할 테니 그렇겠죠."

"그렇군. ……마셜스에 전화로 확인은 했지?"

"할 것도 없이 대표인 산조 씨가 전화를 해서 '이번에 귀사의 등급을 올리게 되었습니다. 앞으로도 잘 부탁드립니다'라고 정중하게 인사를 하더라고요."

"정말이야? 여전히 약삭빠른 장사치 같은 짓을 하는군."

"'표변豹變'이라는 말은 정말이지 마셜스재팬을 위해 있는 것 같습니다."

두 사람은 쓴웃음을 지었다.

"오늘 사장님은 출장 중이니까 이 건은 메일로 관계 각 부서에 연락해주게."

"알겠습니다."

사와노는 자리로 돌아가 자신의 컴퓨터로 사장 이하 임원진과 재무, 영업 등 관계자에게 등급 상향 조정 건을 동시에 알렸다.

그러자마자 메일의 답장이며 확인 전화가 불이 나게 들어왔다.

"정말인가?!"

"왜 갑자기 등급을 올리는 거야?!"

"착각이라고 하면 그냥은 안 넘어가!"

메일을 받은 사람들도 믿기지 않는 모습이었다.

'정말 이게 착각은 아니겠지……?'

눈앞에 있는 보도자료를 응시하며 사와노는 식은땀이 나는 것만 같았다.

3

3개월 뒤(8월 말)—

사와노 간지는 아내와 함께 쓰쿠다지마佃島에 있는 본가를 방문했다.

스미다가와隅田川 강을 끼고 추오 구 신카와 맞은편에 있는 쓰쿠다지마는 1590년 8월 도쿠가와 이에야스가 간토関東로 내려올 때, 셋쓰摂津의 쓰쿠다 마을(현재의 오사카 시 니시요도가와西淀川 구 근처)의 어부 33명이 에도江戸로 따라와 1645년 토지를 메우고 정착한 곳으로 그들의 고향 이름을 따 쓰쿠다지마라고 이름을 지었다.

얼마 전에는 이시카와지마하리마중공업의 조선소 부지가 재개발되어 지상 35층에서 50층 사이의 초고층 맨션이 서 있지만 관동 대지진과 전쟁의 피해를 면한 지상에는 오래된 목조 과자점이며 정육점, 화과자점, 지장보살을 모신 사당, 신사 등 쇼와 초기의 향기를 머금고 있는 거리가 남아 있었다.

사와노의 본가는 목조 2층 주택으로 1층은 쓰쿠다니佃煮-생선, 조개, 해초 등으로 만든 조림의 일종를 파는 가게였고 뒤쪽에는 그것을 만드는 공장이 있었다.

"……간지, 너도 슬슬 가업을 잇는 건 어떠냐?"

다다미가 깔린 거실에서 잠방이를 입고 밥상 앞에 앉아 소면을 안주 삼아 일본주를 마시던 부친이 말했다. 나이는 60대 중반이었지만 키가 훌쩍 크고 비곗살도 적어 지금이라도 미코시(神輿-제례 때 신위를 모시는 가마)를 멜 수 있을 만큼 건강했다.

시간은 이제 곧 오후 7시가 되려 했지만 밖은 아직도 꽤 밝았다.

"흐음, 그러게요."

사와노는 생각하는 표정으로 소면을 후루룩 먹었다. 맥주로 얼굴이 살짝 붉어진 상태였다.

오래된 벽걸이 시계가 시간을 알리고 젊은 여성의 얼굴을 그린 쇼와 30년대 화장품 포스터가 벽에 붙어 있었다.

"너도 올해 마흔이 됐지? 조리사 면허도 따야 되니 기억력이 좋은 젊었을 때 시작하는 게 좋아."

본가의 조림 가게를 잇기 위해서는 반년 정도 학교를 다녀 조리사 면허를 취득하지 않으면 안 된다.

"조림의 준비라든가 식재료 구입이라든가 외국인의 노무 관리라든가 많은 걸 배워야 되거든. 어차피 이을 거라면 빨리 하는 편이 좋지 않을까?"

쓰쿠다니 공장에서는 아르바이트 여성을 중심으로 15명 정도의 종업원이 있었고 난민 자격으로 일본에 온 캄보디아 사람과 일본계 브라질 사람도 있었다. 쓰쿠다니용 양념은 간장, 설탕, 물엿 등을 섞어 만든다. 재료의 일부는 수입품으로 식료품상사를 통해 사고 있었는데 바지락은 인도네시아, 대구알은 뉴질랜드, 장어와 빙어는 중국, 호두는 캘리포니아산이었다.

"그러게요…… 회사 일도 대충 일단락을 지었으니 한두 해 내로 가업을 이을까나."

독자인 까닭에 어렸을 때부터 가업을 잇는 일은 머릿속에 있었다. 성격적으로도 조직의 톱니바퀴로 인생을 끝내는 것보다 자신의 사업을 하는 쪽이 맞을 것 같은 기분이 들었다.

"지금도 아직 그거, 등급 담당인지 뭔지를 하는 거야?"

"네에, 벌써 8년이나 했네요."

경영기획부장에게 등급 담당을 하라는 말을 들은 것은 1997년 4월 닛산생명이 파산하면서 히비야생명도 등급이 필요해졌을 때였다.

"일단락을 지었다는 건 뭔데?"

뜨겁게 데운 술을 맛있게 마시며 부친이 물었다.

"얼마 전 마셜스가 히비야생명의 등급을 올렸거든요. 담당이 된 뒤 계속 내리는 이야기만 있었는데 드디어 시대가 바뀌었다는 느낌이 들어서요."

"흐음, 그렇군……. 등급이 오르면 좋은 거지?"

"뭐어 그렇죠."

사와노는 고개를 끄덕이며 새우 튀김을 입으로 가져갔다.

어머니와 아내는 두 사람의 이야기를 들으며 옆에서 TV를 보고 있었다.

마침 뉴스 시간으로 공시된 지 얼마 안 된 제44회 중의원 총선거 관련 뉴스가 나오고 있었다. 우정민영화 법안에 반대하는 의원에게 고

이즈미 준이치로 수상이 '자객'을 보낸 일이 최고의 화제였는데, 재무
성을 사직하고 시즈오카 7구에서 입후보한 '자객' 키지마 유카리가 머
리에 '필승'이라고 쓴 띠를 두르고 연설회장 단상에서 무릎을 꿇은 채
호소하는 모습도 나오고 있었다.

"이 키지마 유카리라는 여자는 재무성 관리였던 모양이군."

부친이 화면을 바라보며 말했다.

"도쿄대 법학과를 나와 여자로선 처음으로 주계관이라든가 국제국
과장 등을 했었어요. 부동산 증권화를 위한 법률도 저 여자가 만들었
을걸요."

"호오, 대단한 여자로군."

"그렇지만 민간 기업에는 엄청 교만한 여자로 금융기관과 신용평가
사 간부급을 불러 노예처럼 부려먹었대요."

"호오, 그래? 그런 여자가 저렇게 주부나 노인에게 무릎을 꿇다니
조금 웃기군."

"대학교 때는 공부를 하지 않고도 시험에서 좋은 점수를 받았다나,
어쨌든 머리가 엄청 좋은 사람이었던 모양이에요. ……뭐어 다른 사
람에게 머리를 숙이는 일은 안 맞는 것 같지만."

사와노는 쓴웃음을 지으며 잔에 든 맥주를 입으로 가져갔다.

"그런데 간지, 넌 이거 어떻게 생각하니?"

부친이 스테이플러로 찍은 A4 사이즈의 종이 몇 장을 내밀었다.

하늘색 세로 무늬가 든 반팔 셔츠를 입은 사와노는 밥상 위로 팔을
뻗어 그것을 받았다.

"중소기업의 여러분에게 사모채私募債 발행의 안내~도쿄 채권 시장 구상에 근거한 새로운 자금 조달 방법"

큰 글씨의 제목이 달린 설명서는 미즈호은행이 작성한 것이었다.

"이런 것을 사용할 수 있으니 꼭 돈을 빌려가라고 미즈호은행 영업부 사람들이 말하더군."

설명서에는 각각의 중소기업이 사모채를 발행하면 그것을 'CBO 올재팬'이라는 이름의 CBO로 만들어 투자가들에게 판매하겠다고 적혀 있었다.

CBOcollateralized bond obligation는 CDO채무 담보 증권의 일종으로 복수의 채권bond을 묶은 것이다. 반면 융자 채권을 묶은 CDO를 CLOcollateralized loan obligation라고 한다.

"흐음, 'CBO 올재팬'이라 이런 걸 다 시작하네……."

사와노는 맥주잔을 손에 들고 안내서 글자를 좇았다.

이시하라 신타로石原愼太郎 도지사의 아이디어로 시작된 '도쿄 채권 시장 구상'은 증권화를 통해 리스크를 분산함으로써 단독으로는 사채를 발행할 수 없는 중소기업이라도 무담보·무보증으로 자본 시장에서 자금을 조달할 수 있게 하는 것이었다.

이번 CBO는 도쿄 도 외 오사카 부, 오사카 시, 요코하마 시, 시즈오카 시 등 일곱 개의 지자체 중소기업을 대상으로 실시한다고 되어 있었다.

"이걸 하면 평범하게 은행에서 빌리는 것보다 뭔가 이득이 있는 거예요?"

안내서에서 얼굴을 고개를 들고 사와노가 물었다.

"아니, 그게 문제인데 말이야."

잠방이 차림의 부친은 중요한 이야기라도 꺼내는 듯이 홀짝 술잔의 뜨거운 술을 비웠다.

"평범하게 빌리는 경우에는 자금의 사용처가 어디냐는 등 사업 계획은 어떠냐는 등 이런저런 것들을 많이 물어보지만 이건 간단히 신청만 하면 된다고 하더구나."

"흐음. ……정말 그렇대요?"

"그래, 그렇게 말했어."

부친은 크게 고개를 끄덕였다.

"그렇게 하면 미즈호은행이 채무자의 재무 자료 같은 것을 정리해서 신용평가사에 제출하기만 하면 된다더구나. 신용평가회사가 그 CBO인가 뭔가에 등급을 정해주면 미즈호증권이 투자가에게 팔면 되니까 은행은 하나하나 세세한 건 안 물어봐도 되나봐."

"흐음…… 그렇구나."

사와노는 어디에선가 들은 이야기라는 생각이 들었다.

'무슨 이야기였더라…….'

머릿속에서 기억을 더듬었다.

'아, 미국의 서브프라임론이잖아!'

며칠 전 금융 관계 파티에서 마셜스재팬의 스트럭처드 파이낸스 부문의 바이스 프레지던트인 이누이 신스케라고 하는 남자와 우연히 이야기를 나눴을 때 이누이가 "미국의 서브프라임론은 증권화를 전제로 융자를 하고 있기 때문에 금융기관 측은 거의 무심사로 NINJA(무수입·무직·무자산인 사람)이나 영어 계약서를 읽지 못하는 사람까지 무차별적으로 빌려주고 있어요"라는 말을 했었다.

"간지, 이건 꽤 괜찮은 이야기 같은데 뭔가 함정은 없는 거니?"

부친이 물었다.

"함정은 없을 거예요. 돈이 필요하다면 이걸로 빌리는 것도 괜찮겠네요. 저쪽에서 빌려주고 싶어 하는 거죠?"

"그래, 꼭 부탁한다면서 연신 머리를 굽신거리더구나."

"하긴 미즈호은행은 수수료만 받고 리스크는 없는 셈이니까 저쪽으로서도 괜찮은 이야기인 거죠."

'결국 무슨 일이 생기면 손해를 보는 건 투자가가 되겠지만⋯⋯.'

사와노는 혀를 차고 싶은 기분으로 안내서를 일독하고 부친에게 돌려주었다.

저녁을 다 먹었을 즈음에는 해는 완전히 기울었고 바깥에서 나막신 소리며 자전거 벨 소리 등이 들려왔다.

어머니와 아내가 설거지를 하고 아버지는 밥상 앞에 앉아 뜨거운 술을 홀짝인다.

사와노는 다다미 위에 엎드려 니혼게이자이신문을 읽기 시작했다. 평소는 바빠 천천히 읽을 시간이 없는 까닭에 술도 깰 겸 열심히 지면을 훑었다.

16면 '내외 시황內外市況'이라는 란의 아래쪽에 있는 '해외 금리' 안내에 시선이 간 순간 사와노는 깜짝 놀라 눈을 부릅떴다.

'뭐야 이건……?'

달러의 6개월간 금리가 4.0625퍼센트라는 생각지도 않은 고수준이었던 것이다.

'어느 사이에 이렇게 올랐지? 작년 3월 열후채를 발행했을 때는 1퍼센트 정도였는데.'

다음 순간 파티에서 만난 이누이 신스케의 말이 떠올랐다.

"사와노 씨, 서브프라임론이라는 것은 일종의 시한 폭탄이라고 생각합니다. 당초 2, 3년은 낮은 고정 금리로 빌릴 수 있겠지만 그 뒤 27, 28년간은 6개월 LIBOR런던 은행 간 단기 금리 플러스 6퍼센트 정도의 변동 금리니까요. 금리가 오르면 아무도 갚을 수가 없게 될 것이고 미국 전역에서 시한 폭탄이 폭발할 겁니다."

사와노의 뇌리에 눈썹이 처지고 눈물점이 있는 이누이의 심각한 얼굴이 떠올랐다.

'LIBOR 플러스 6퍼센트라고 하면 지금은 10퍼센트 이상의 금리인 거잖아. 설마 이건 시한 폭탄의 도화선에 불이 붙었다는 건가……?'

벌떡 일어나 앉아 손에 든 니혼게이자이신문의 해외 금리 숫자를 멍하니 응시했다.

이누이는 또한 "CDO의 무서움은 뭐든지 증권으로 팔 수 있다는 점입니다. 서브프라임론뿐 아니라 프라이비트에쿼티미공개주 투자를 하는 회사가 기업 매수를 위한 차입이라든가 리스크가 높은 LBO의 융자 등도 포함됩니다. 간단히 말하면 CDO라는 것은 리스크가 극히 높고 장래 파산할지도 모르는 안건에 돈을 흘려보내는 도구라는 거죠. 어레인저인 금융기관은 '어차피 CDO로 팔 테니 괜찮습니다. 리스크 따위 관계없습니다'라는 말을 자주 하더군요" 하고 이야기를 했다.

신용평가사에서 일하는 사람이 이런 말을 해도 되나 싶어 사와노는 놀랐지만 와인에 취한 것인지 이누이라고 하는 남자는 평소의 울분을 토하듯 독설을 내뿜었다.

비슷한 무렵—

이누이 신스케는 도내의 대학병원 병실로 달려가고 있었다.

JR 이치가야 역 방향으로 뻗은 길을 내려다볼 수 있는 갈색 벽돌로 된 병동은 엘리베이터에서 내리자 눈앞에 너스 스테이션이 있었고 너스 스테이션을 끼듯 나 있는 두 개의 복도를 따라 병실이 있었다.

"……늦어져서 미안해. 빨리 퇴근하려고 했는데 회의가 길어졌어."

검은 양복에 노타이 차림으로 손에는 서류 가방을 든 이누이가 그렇게 말하자 침대 옆 철제 의자에 앉아 하나를 지켜보고 있던 가오리가 고개를 끄덕였다.

코에는 튜브를 꼽고 있었고 작은 손에 링거를 맞고 있는 하나는 덧니가 있는 입을 벌리고 자고 있었다.

"괜찮은 거야?"

"열은 많이 내렸어. 다행히 폐렴은 아니래."

갈색 반팔 폴로 셔츠에 청바지를 입은 가오리가 이누이 쪽을 보며 대답했다.

"그렇구나, 폐렴은 아니구나! 다행이야!"

하나는 이틀 전부터 열이 났고 이누이와 가오리는 폐렴이 아닐까 걱정했다.

장애가 있는 하나는 보통 아이보다 저항력이 약하고 음식이 기관에 들어가기 쉽다. 음식물이 기관에 들어가면 폐렴 때문에 호흡 부전을 일으킬 위험이 있었다.

"그렇지만 요즘 들어 상태가 안 좋네."

차가운 타월로 하나 이마의 땀을 닦는 가오리를 보며 이누이는 한숨을 쉬었다. 최근 2년 반 가까이 하나는 몸 상태가 안 좋은 일이 많았고 어렵게 들어간 양호학교도 자주 쉴 수밖에 없었다.

"면역력이 약해진 걸까?"

가오리도 어두운 표정으로 말했다.

"올해는 바다도 못 갔잖아."

하나가 바다를 좋아해서 시간과 하나의 체력이 허락하는 한 이누이와 가오리는 바다에 데려가고는 했다. 보통은 쇼난湘南이나 이즈 지방의 바다로 튜브를 두르고 물속에 넣어주면 하나는 기쁜 듯이 웃음을 터뜨렸다.

"또 셋이서 바다에 갈 수 있으면 좋겠는데……."

이누이의 목소리가 울먹이고 있었다. 하나가 너무 불쌍했다. 하나가 태어난 이후 어떤 어려움에도 지는 일 없이 자신을 추슬러왔지만 역시 가끔은 마음이 약해진다.

"여보, 초조해하지 마. 가끔은 내려놓는 것도 하나의 싸우는 방법이잖아."

가오리가 이누이를 쳐다보며 방긋 웃었다.

이누이는 한쪽 손으로 눈물을 훔치며 고개를 끄덕였다.

병실 밖은 이미 완전히 어두워져 있었다. 창문 저 멀리 이케부쿠로 부근의 고층 빌딩이 붉은 항공 장애등을 반쪽이며 밤하늘에 거대한 모습으로 우뚝 서 있었다.

4

12월 하순—

연말 아침 햇살이 들어오는 거실 식탁에서 와이셔츠 차림의 이누이는 혼자서 토스트를 먹으며 조간을 보고 있었다.

가오리는 1주일 정도 전 다시 상태가 나빠진 하나와 함께 병원에서 지내고 있었다. 이누이도 교대로 살피는 까닭에 수면 부족으로 눈 주위가 시커먼 험상궂은 얼굴이 되어 있었다.

하나의 몸 상태가 여전히 좋지 않아 이누이도 가오리도 매일 침울한 나날을 보냈다.

살짝 잉크 냄새가 나는 조간을 뒤적이자 "2005년 국내 10대 뉴스"라는 특집 기사가 있었다. 1위는 고이즈미 준이치로 수상이 우정민영화의 여부를 물었던 9월 중의원 선거에서 자민당이 역사적인 대승리를 거둔 일이었다. '자객'으로 시즈오카 7구에 보낸 키지마 유카리도 당선되었다. 2위는 4월 아마가사키尼崎에서 일어난 JR 서일본의 탈선 사고, 3위는 11월 발각된 건축사 아네하 히데지姉歯秀二의 내진 위조 사건, 4위가 10월에 성립된 우정민영화 관련 법안이었다. 폐지되는 우정공사를 대신해 설립되는 일본우정주식회사의 초대 사장에는 니시와키 가즈후미 미쓰이스미노에FG 전 사장이 내정되어 있었다.

구 스미노에은행 시절부터 합산해 8년간 톱으로서 군림해온 니시와키는 지난 6월 미쓰이스미노에FG 사장 자리에서 물러났다. 니시와키는 금융청에 순연 세금 자산을 5년분 적립하는 것을 인정받기 위해 2003년 2월과 3월 두 차례에 걸쳐 골드만삭스가 인수한 우선주에 관련된 거버넌스 결여를 문제 삼는 고미 히로후미五味広文 금융청 장관에게 자신의 퇴임을 조건으로 내민 것이다.

일본우정주식회사 사장 자리에 니시와키가 내정된 것은 다른 재계인 중 특별한 인재가 없었던 것과 다케나카 헤이조 총무상 겸 우정민영화 담당상과 친한 사이라는 것, 니시와키라는 거물 경제인에게 부활의 야심이 있었다는 것 등이 복합적으로 작용했다.

'불량 채권이라는 마녀와 춤을 계속 춘 남자 니시와키 가즈후미……. 과연 성공할 수 있을까?'

이누이는 커피를 마시며 페이지를 넘겼다.

11면 '회사 인사'를 보자 과거 일본계 신용평가사에서 상사였던 호리카와 다케시의 이름이 보였다. 도쿄에 본사가 있는 대형 기업 그룹에서 운용하는 씽크 탱크의 금융 컨설팅 본부장으로 취임했다는 기사였다. 정부와 금융기관에 대한 컨설팅과 연구를 하는 부문의 책임자다.

'호리카와 씨도 잘됐네…….'

돌이켜보면 호리카와와 일했던 무렵이 가장 충실하고 즐거웠다는 생각이 들었다.

　호리카와가 일본계 신용평가사를 그만둘 것이라는 것을 이누이가 알게 된 것은 마루노우치 노상에서 상무인 시마즈와 우연히 마주쳤을 때였다. 짧게 이야기를 나누던 중 시마즈는 호리카와의 투자가 보호 자세가 너무 강해 사내외에 알력이 생기는 만큼 호리카와 자신도 자신의 능력을 제대로 활용할 수 있는 길을 찾기 시작했다고 말했다. 그리고 많은 투자가와 업계 관계자로부터 강한 신뢰와 존경을 받는 만큼 다음 일도 금방 찾을 수 있을 것이라고도 덧붙였다.

　신문 기사를 보고 호리카와가 갈 곳이 정해진 사실에 안도하는 한편, 정론이 통하지 않게 된 신용평가업계에 대한 절망감을 다시 한 번 느꼈다.

　'나도 언젠가 이쪽 업계를 떠나야 할지도 모르지…….'

　같은 날—

　이누이는 마셜스재팬 회의실에서 'J-REIT(일본판 REIT)'의 하나인 뉴시티레지던스투자법인과 관련된 등급조정위원회에 출석하고 있었다.

　뉴시티레지던스투자법인은 미국의 부동산회사 시비리처드엘리스그룹이 설립한 부동산투자신탁으로 투자가로부터 약 390억 엔을 모은 것 외에도 일본 은행으로부터 255억 엔을 빌려 도심부를 중심으로 한 임대 주택 80건에 투자하고 있었다.

　마셜스에서는 뉴시티레지던스투자법인에 대한 발행체 등급평가를 하는 참이었다.

"……컴퓨터 모델에서는 싱글 A의 등급이 나올지 모르겠지만 REIT
는 단순히 부동산 가격만으로 판단해서는 안 된다고 생각합니다."

와이셔츠에 넥타이 차림의 이누이 신스케가 말했다.

회의용 테이블을 둘러싼 사람은 산조 세이이치로 이하 스트럭처드
파이낸스 그룹 소속의 여덟 명의 애널리스트였다.

"부동산은 자산을 유지·관리하는 역무 제공자 즉 스폰서의 질이
특히 중요하므로 애셋 파이낸스라고 하기보다 코퍼레이트 파이낸스
에 부동산 요소가 더해진 것이라고 생각해야 됩니다."

그것은 호리카와 다케시의 가르침이기도 했다.

"그럼 이누이 씨는 어느 정도의 등급이 적당하다고 생각하십니까?"

30대 중반의 안건 담당 애널리스트가 물었다.

"저는 Ba1이 적당하다고 생각합니다."

테이블 중앙에 앉은 산조 세이이치로의 뺨이 실룩 하고 움직였다.

"Ba1?! ……아니 아무리 그래도 그렇게 정크를 주면 의뢰 자체가
캔슬되고 맙니다."

담당 애널리스트가 불쾌감을 노골적으로 드러내었다.

"캔슬 운운하는 것보다 정확하게 등급을 평가하는 것이 저희들의
사명이지 않습니까."

이누이는 상대를 응시하며 말했다. "스폰서는 미국 기업으로 REIT
운영이 잘되지 않을 경우 일본의 대형 부동산회사처럼 지원을 할지
의문입니다. 또한 레버리지_{자기 자본에 대한 차입 비율}도 높습니다."

이누이의 뇌리에서는 "REIT가 차입을 하거나 채권을 발행해 레버리지를 높이는 방법은 차환 리스크가 동반되므로 건전하지 않다"라고 했던 호리카와의 말이 떠올랐다.

"다른 의견은?"

산조가 일동을 둘러보았다.

마흔을 넘은 바이스 프레지던트가 손을 들었다. 항상 산조의 얼굴색을 살피는 체제영합파 남자였다.

"저는 이 안건은 충분히 싱글 A에 해당한다고 생각합니다."

남자는 당당하게 말했다.

"시비리처드엘리스는 유명한 회사로 투자 기준과 사내에서의 절차가 잘 정비되어 있으므로 충분히 신뢰할 수 있습니다. 또한 물건의 평균 취득 가격은 약 13억 엔이고 평균 축년수도 3.8년에 불과합니다. 주택 타입도 싱글, 어반 패밀리, 패밀리, 프리미엄 등 특정 타입에 편중되지 않고 테넌트 수도 약 4천으로 잘 분산되어 있습니다."

그 말을 들으며 이누이는 부글부글 끓었다.

'그러니까 애셋만 봐선 안 된다는 거잖아! 무엇보다 미국의 회사인 만큼 여차하면 도망칠 거란 말이야!'

"죄송합니다, 지금 하신 말씀 말입니다만……."

이누이가 손을 들었다.

"잠깐 기다리게."

산조가 말을 끊었다.

"이미 이 안건에 대해서는 다섯 차례나 등급조정위원회를 열었고 논의도 많이 했다고 생각하네. 의견이 다르다는 것에 대해서는 각자 충분히 이해를 했을 테니 보팅을 했으면 좋겠군."

"아니 그래도……."

이누이가 비명 같은 소리를 질렀다.

"여러분들이 무슨 말씀을 하는가는 알겠습니다만 처음부터 투자 적격으로 정해놓고 형식상 논의를 하는 것 같습니다. 비즈니스도 중요하지만 저희들은 투자가에 대해 책임을 져야 하므로……."

"이누이 씨, 그건 당신 개인의 인상 아닌가요?"

무테 안경을 쓴 산조가 차가운 눈초리를 향했다.

"나는 형식상 논의를 하는 사람은 여기에는 없다고 생각합니다만."

몇 사람인가가 고개를 끄덕였고 이누이는 납득이 가지 않는다는 표정으로 입을 다물었다.

"그럼 보팅을 하도록 하죠."

산조가 안건 담당 애널리스트에게 시선을 던졌다.

"저는 A3이 적당하다고 생각합니다."

30대 중반의 담당 애널리스트가 말했다.

"저도 A3이 적당하다고 생각합니다."

옆에 앉은 여성 애널리스트의 말이었다.

"저도 A3입니다."

"A3입니다."

"저는 일단 Baa1로 하겠습니다."

"A3입니다."

"나도 A3이 적당하다고 생각하네."

산조는 그렇게 말하고 이누이 쪽을 쳐다보았다.

"Ba1입니다."

이누이는 허탈한 표정으로 대답했다.

결국 압도적 다수로 뉴시티레지던스투자법인의 발행체 등급은 A3이 되었고 다음 날 보도자료가 뿌려졌다.

5

다음 해(2006년) 3월—

밤늦도록 마셜스 사무실에서 일하던 이누이는 뉴욕 본사의 RMBS^{주택 부동산 담보 증권} 애널리스트와 전화로 이야기하고 있었다.

"……Have the house prices started to decline all over the United States?! Really(미국 전 지역의 주택 가격이 내리기 시작했다고? 정말이야)?"

서류가 산더미처럼 쌓여 있는 자리에서 수화기를 쥔 이누이의 손바닥에서 축축한 땀이 배어 나왔다.

"That looks the case(아무래도 그런 것 같아). 올해 여름까지 3퍼센트 정도 가격이 내리면 신축 주택의 판매 건수는 10퍼센트 정도 줄지 않을까 하는 예상이 나오고 있고."

수화기에서 들려오는 미국 동해안 악센트의 영어는 4년 전 RMBS 등급평가 모델의 기초를 알려준 팀이라고 하는 젊은 미국인 애널리스트의 대답이었다.

"이유는 뭔데?"

"금리 상승으로 서브프라임론의 채무자가 이자 지불과 변제를 못 하기 때문일 거야."

달러 금리는 한층 더 상승해 6개월 LIBOR은 5.0퍼센트 전후에 달해 있었다. 서브프라임론을 빌린 사람이 지불하지 않으면 안 되는 금리는 11퍼센트를 넘어 웬만한 사채 수준이었다. 팀의 말에 의하면 디폴트와 야반도주도 계속 늘어나고 있다고 했다.

"That's bad news(안 좋은 이야기네)."

이누이는 등줄기가 서늘해지는 것 같았다.

"금융기관은 어떻게 움직이고 있어?"

"JP모건이나 도이치은행 쪽은 주택 관련 익스포저를 줄이는 방향으로 키를 돌리고 있어. 리스크를 헤지하기 위해 시장에서 CDS를 팔고 있고."

"아직도 인수하는 곳이 있나?"

"아직 있어. 메릴린치며 리먼브라더스 같은 곳은 계속해서 CDS를 인수해 CDO로 만들어 팔고 있어. 아직 진행 중인 안건이며 남은 것도 꽤 많이 안고 있을 거야."

"으음, 그렇군……."

이누이는 고민스러운 표정을 지었다.

마셜스재팬에서 등급평가를 한 CDO에도 미국의 서브프라임론과 RMBS가 포함되어 있는 것도 있다.

"어쨌거나 앞으로 미국의 주택 관련 채권이 포함된 CDO를 평가할 때는 굉장히 조심해야 될 거야."

뉴욕 본사의 팀이 말했다.

"이제 와서 이런 말을 한들 소용없지만 모델에 들어간 코리레이션상관
관계의 숫자도 너무 낮았다는 생각이 들어."

팀의 말에는 후회가 배어 있었다.

코리레이션은 RMBS와 CDO에 포함된 특정 채권이 디폴트할 때 다
른 채권도 디폴트할 확률을 말한다.

전화를 끝내고 수화기를 놓은 이누이는 생각에 잠겼다.

'코리레이션 숫자도 틀렸을 수도 있고 1929년 세계 공황 이후 계
속 오르기만 했던 주택 가격을 전제로 모델을 만든 것도 문제였겠
지……. 최대의 문제는 그런 기술적인 것이 아니라 증권화를 전제로
한 엉성한 융자가 아닐까?'

이누이는 책상 위에 놓인 한 장의 보도자료에 눈길을 주었다.

"CBO올재팬 특정 목적 회사, 제1회 A~D호 특정 사채(발행 총액 881
억 엔, 2009년 최종 상환)"

이날 S&D가 CBO올재팬의 등급을 발표했다. CBO올재팬은 이시하
라 신타로 지사의 '도쿄 채권 시장 구상'을 바탕으로 하는 것이며, 도
쿄 도, 오사카 부, 오사카 시, 요코하마 시, 시즈오카 시 등 일곱 개의
지자체 중소기업이 무담보·무보증으로 발행한 사채를 묶어 만든 것

으로 어레인저는 미즈호은행이었다.

참가한 중소기업은 전부 1269개 사. 사채 발행 총액 914억 엔 중 881억 엔이 네 개의 트란셰에서 만들어진 CBO로 완성되었다. 등급 평가는 변제 최우선 순위가 가장 높은 A호 사채(슈퍼 시니어, 40억 엔)는 트리플 A, 그 다음 B호(제1시니어, 831억 엔)도 트리플 A, 세 번째인 C호(제2시니어, 7억 엔)는 더블 A, 네 번째 D호(메자닌, 3억 엔)는 싱글 A였다.

또 그 밑에는 일반 투자가에게는 판매되지 않는 열후 부분(에쿼티) 사채 33억 엔이 있어 이것이 쿠션이 되어 A~D호를 지탱하는 형태를 이루고 있었다. S&D가 컴퓨터 모델로 산출한 예상 디폴트율이 0.5퍼센트 이하였으므로 33억 엔의 쿠션(전체의 3.61퍼센트)으로 충분할 것이라는 계산이었다.

인수 및 판매 회사는 미즈호증권과 미즈호인베스터스증권 두 곳이었지만 등급이 높았고 "일본 최초 지자체 연계에 의한 광역 CBO"라는 캐치프레이즈가 먹혀들었는지 '순간 증발(순식간에 완매)'했다고 한다.

'정말 이렇게 높은 등급을 붙여도 되는 걸까……?'

이누이는 눈앞의 보도자료를 보면서 생각했다.

사채 발행을 권하며 돌아다닌 미즈호은행은 자신에게 리스크가 남지 않는 탓에 심사다운 심사를 하지 않을 것이라는 이야기가 있었다.

'이거야말로 일본판 서브프라임론이 아닐까…?'

다음 날—

사무실에서 일을 하던 이누이는 산조 세이이치로의 호출을 받았다.

'대체 무슨 일이지?'

딱히 불릴 만한 이유는 떠오르지 않았다.

산조와는 예전부터 사이가 그다지 좋지 않았으며 스트럭처드 파이낸스 그룹 안에서도 이누이의 존재는 붕 떠 있었다.

'설마 이렇게 갑자기 나가라고 하는 건 아니겠지…….'

왠지 좋지 않은 기분이 들었지만 주일대표실 문을 노크하고 들어가자 산조가 자리에서 일어나며 맞이해주었다.

"자, 앉으십시오."

단정히 정리한 머리에 무테 안경을 쓴 산조가 평소처럼 퉁명스러운 얼굴로 말했다.

벚나무의 꽃봉오리가 부풀어 오르는 계절인 만큼 창문으로는 밝은 햇빛이 비쳐들었다.

"사실은 이누이 씨에게 마셜스재팬의 새로운 도약을 위해 부탁드릴게 있어서 말입니다."

하얀 와이셔츠에 감색 페라가모 넥타이를 맨 산조는 미소를 띠었지만 두 눈은 웃지 않았다.

"그게 무슨 말씀이시죠?"

양복 차림의 이누이가 긴장한 표정으로 물었다.

"스트럭처드 파이낸스에서 비즈니스 디벨롭먼트로 부서 이동을 해주시면 어떨까 해서요."

"네에? BD로요?!"

비즈니스 디벨롭먼트(약칭 BD)는 발행체로부터의 의뢰를 받아내는 영업부의 업무였다.

마셜스재팬에서는 현재 약 120명의 사원이 있다. 그중 영업 부문(업무추진부)은 스무 명으로 그중 다섯 명이 BD이고 열다섯 명이 ISG 인베스터 서비스즈 그룹이다. 후자는 투자가를 상대로 마셜스의 등급평가 정보와 등급평가 모델을 판매하는 일을 한다.

"애널리스트를 그만두라는 말씀이신가요?"

'괴롭혀서 스스로 퇴직하게 만들 셈인가……?'

지금까지 애널리스트에서 영업으로 바뀐 케이스는 들은 적이 없어 진의를 파악하기 힘들었다.

"애널리스트를 그만둔다고 하기보다 영업에서 힘을 발휘해주길 바라는 겁니다."

산조가 미소를 띠며 말했다.

"우리는 지금까지 고객을 중시하는 영업을 못했지 않습니까. 수익을 더 올리기 위해 영업 부문을 강화하고 싶은 겁니다."

"그런가요……. 그런데 왜 다른 사람도 아닌 저인 겁니까?"

"이누이 씨가 도시은행 출신이고 고객에게 머리를 숙일 수 있는 정신적 터프함을 갖추고 있기 때문입니다."

"……."

"다른 애널리스트는 외자계 금융기관 출신이 많아 영업에는 적합하지가 않죠."

"그렇지만 저 외에도 도시은행 출신이 꽤 있는 것으로 아는데요."

스트럭처드 파이낸스 그룹에는 도시은행 출신자가 적지 않게 있었다.

"이누이 씨가 가장 인생의 경험도 풍부하고 고객에게 유연하게 대처할 수 있을 거라 생각해서죠."

"……."

"뭐어, 요즘은 스트파이의 다른 멤버와 의견이 다른 경우도 많은 것 같고 이쯤에서 새로운 포지션으로 옮겨 기분을 전환하는 것도 좋지 않겠습니까?"

산조의 목소리에는 비아냥거리는 느낌이 있었고 이누이는 역시 좌천이라는 생각이 들었다. 사실 신용평가사에서는 애널리스트가 가장 화려한 자리다.

"갑작스러운 이야기인 만큼 당혹스러울 거라는 것은 압니다. ……2, 3일 생각해보시고 결론을 내주시면 좋겠습니다."

그렇게 말하고 산조는 이야기를 마무리 지었다.

6

8월—

히비야생명 경영기획부 소회의실에서 얼굴이 가무잡잡한 경영기획부장과 사와노 간지가 마주보고 있었다.

"……그렇군, 드디어 가업을 잇는 건가?"

부장은 사와노의 사표를 손에 들고 있었다.

"네에, 정말 신세 많이 졌습니다."

의자에 앉은 채 사와노는 아쉬운 표정으로 고개를 숙였다.

"아버지도 조금 몸 상태가 좋지 않아 마음이 약해진 것 같고 슬슬 제가 계승해야 할 때가 온 것 같습니다."

"몸 상태가 좋지 않다니…… 뭔가 병이라도 걸리신 건가?"

부장은 암이나 뇌졸중 같은 것을 생각하는 표정이었다.

"아니요, 그냥 허리를 삐끗하는 바람에 들어 누우셨어요. 생선 통조림을 들어 올리다가 그런 것 같습니다."

사와노가 쓴웃음을 지었다.

"그렇지만 건강 하나만큼은 자신했던 분이시라 꽤 쇼크를 받은 것 같더라고요. 하긴 예전부터 뒤를 이으라는 이야기를 많이 들어서 이번 기회에 가업을 잇는 공부를 시작하려고요."

부장이 미소를 지으며 고개를 끄덕였다.

"뭐 등급평가 쪽도 일단락되었고 말이지."

부장의 말에 사와노도 고개를 끄덕였다.

며칠 전 마셜스가 히비야생명의 보험 재무 등급을 A3에서 A1으로 두 단계 올렸다. 닛케이 평균 주가가 1만 6천 엔대로 회복되었고 재무의 건전성이 높아진 것을 이유로 들었다.

한편 S&D 또한 지난 3월 히비야생명의 보험 재무 등급과 장기 카운터파티 등급을 A 마이너스에서 A 플랫으로, 2년 전에 발행한 5억 달러의 열후채에 대해서는 트리플 B 플러스에서 A 마이너스로 등급을 올렸다.

"그렇지만 마셜스의 A1은 놀랐습니다. 한 단계만 더 오르면 더블 A 잖습니까."

"정말 등급을 내렸을 때의 소동은 대체 뭐였는지 모르겠어."

부장이 씁쓸하게 웃었다.

"신용평가사의 애널리스트도 일본의 생보사에 대해 전혀 모르는 상태였고 이쪽은 이쪽대로 겨우 서른 먹은 경험 없는 담당이 맨땅에 헤딩을 하는 상태였던 거죠. 거기에 근거해 사장과 부사장이 우왕좌왕하며 여러 큰 결단을 내렸으니…… 정말이지 만화 같다고 할까 별난 상황이었죠."

"하하하, 그러게."

"어쨌거나 이번에 A1이 되면서 별난 상황도 끝난 것 같으니까 저도 이를 인생의 한 획을 긋는 계기로 삼고 싶습니다."

부장이 고개를 끄덕였다.

"단 미국의 서브프라임론이 슬슬 한계가 온 것 같으니까 앞으로 신용평가사에 대한 비판이 높아질 것 같습니다."

"맞아."

"저희를 엄청 괴롭혔던 마셜스에 어떤 심판이 떨어질지 조림을 만들며 여유롭게 구경하도록 하죠."

비슷한 무렵―

이누이 신스케는 산조 세이이치로의 사무실을 찾아가 사표를 제출했다.

영업 부문으로의 이동을 거절하면 바로 퇴직당하는 탓에 잠시 일을 했지만 특별한 일도 주어지지 않았고 그만두게 하기 위한 좌천임이 분명해졌기에 이직을 결정했다.

"······호오, 후지미등급사무소로 가는 건가요?"

사표를 받아든 산조가 흥미롭다는 표정을 지었다.

후지미등급사무소는 도쿄 이다바시에 있는 신용평가사다. 마셜스와 S&D가 일본에 상륙하고 일본등급평가연구소 등이 만들어졌을 때보다 10년도 더 전인 1975년부터 일본 기업의 등급평가를 한 전통 있는 곳이었다. 다른 신용평가회사와는 달리 발행체로부터 수수료를 받지 않았으며 수입은 투자가가 지불하는 등급평가 리포트 구독료(연간 구독료 63만 엔)뿐이었다. 그 때문에 이익 상반이 일어나지 않는 투명성을 가지고 있었다.

또한 증권화 상품의 등급평가는 하지 않고 사채의 등급평가만 하고 있었다. 발행체를 방문하거나 경영자와 인터뷰 같은 것도 하지 않았으며 유가증권 보고서를 중심으로 하는 공개된 정보를 근거로 기업을 분석했다. 그런 방법으로 마셜스와 S&D보다 훨씬 전에 일본채권은행을 투자 부적격으로 등급을 내린 실적도 있었다. 당시 문제시되던 부동산회사와 대형 슈퍼 등의 유가증권 보고서를 모아 각사의 은행별 차입 잔고에서 역산해 일본채권은행의 가상 포트폴리오를 작성, 동행의 부실한 자산 상태를 파악한 것이었다.

금융청이 지정하는 지정 신용평가기관도 아니고 종업원 수도 스무 명 정도인 작은 회사였지만 국내외의 투자가로부터 신뢰가 두텁고 업계에서도 독특한 존재감을 자랑하고 있었다.

"하긴 그곳이라면 이누이 씨가 싫어하는 이익 상반도 일어나지 않겠군요. ······당신은 호리카와 다케시 같은 투자가 제일주의니까요."

소파에 앉은 산조는 한심하다는 듯한 웃음을 띠었다.

"오랫동안 신세 졌습니다."

양복 차림의 이누이가 고개를 숙였다. 결국 마셜스에서는 7년 가까이 일했다.

"마지막으로 한 말씀 드려도 되겠습니까?"

이누이가 묻자 산조가 끄덕였다.

"작년 11월 A3로 한 뉴시티레지던스투자법인은 한시라도 빨리 등급을 재검토해야 한다고 생각합니다."

"이유는?"

산조는 흥미 없는 표정으로 물었다.

"그 등급은 컴퓨터 모델로 산출한 것입니다. 그러나 모델에 반영되지 않은 정성면의 평가가 부족했습니다. 예를 들어 차입을 리파이낸스하지 못할 가능성 같은 것 말입니다."

"말도 안 돼! 모델이 그런 결과를 낸 거야. 모델을 믿을 수 없다면 우리 회사의 다른 등급도 모두 믿지 못한다는 뜻이 되지 않나."

산조는 불쾌감을 노골적으로 드러내며 말했다.

"그런가요. ……우리는 끝까지 평행선을 달리는 것 같군요."

"그런 모양이군."

"저는 당신의 방식은 잘못되었다고 생각합니다. 언젠가 그것을 증명할 수 있을 때가 올 거라 생각합니다."

"그런가? 그럼 그날을 즐겁게 기다리도록 하지."

산조는 미소도 짓지 않고 말하고는 더 이상 이야기하고 싶지 않다는 듯 소파에서 일어섰다.

7

10월 말—

도쿄는 맑은 가을 하늘을 보이고 있었고 아침 기온이 17도나 되는 따뜻한 날이었다.

미즈노 료코가 일본계 은행과의 오전 미팅을 마치고 오테 가의 S&D 사무실로 돌아가자, 복도 저편에서 업무추진부의 디렉터(영업부장)가 빠른 걸음으로 다가왔다.

"아, 미즈노 씨. 마침 그쪽으로 찾아가려고 하던 참이었습니다."

장거리 스피드 스케이팅 선수 출신으로 대학선수권 대회에서도 입상한 적이 있는 스포츠맨 디렉터가 말했다.

"네? 무슨 일이라도 있나요?"

"이걸 좀 봐주십시오. 마셜스가 이런 짓을 시작했습니다."

40대 중반의 디렉터는 분개한 표정으로 스테이플러로 찍은 몇 장의 종이를 내밀었다.

받아들고 시선을 떨어뜨리자 마셜스재팬이 오늘 발표한 보도자료였다.

"마셜스, 일본의 8개 정부계 발행체 등급을 상향 조정"

'아, 재검토가 끝났나보네……'

마셜스는 2개월쯤 전 일본정책투자은행, 중소기업금융공고, 도시재생기구 등 8개 정부계 발행체의 등급을 재검토하겠다고 발표했다.

업무추진부 디렉터가 분개하는 이유를 알지 못한 채 내용을 눈으로 좇기 시작한 료코는 다음 순간 "엇?!" 하고 소리를 질렀다.

일본정책투자은행의 등급을 일본 국채와 같은 A2에서 단숨에 트리플 A(Aaa)로 올린다고 적혀 있었다.

놀라 종이에 얼굴을 들이대고 다른 정부계 기관의 등급을 보니 국제협력은행, 일본고속도로보유 · 채무변제기구, 공영기업금융공고, 중소기업금융공고, 상공조합중앙금고, 도시재생기구 등 여섯 개나 트리플 A였고 NTT는 Aa1(더블 A의 최상급)이 되어 있었다.

'이게 무슨 말이야······?'

페이지를 넘기니 마셜스가 발표한 지자체의 등급평가에 대한 리포트가 나타났다.

전국 47개 도도부현都道府県과 15개 정령政令 지정 도시를 신규로 평가하면 모두 더블 A가 될 것이라고 적혀 있었다.

"그죠? 말도 안 되죠?"

업무추진부 디렉터가 료코에게 물었다.

"이게 대체 어떻게 된 거지?"

료코는 어이 없는 표정으로 등급 조정의 이유에 대해 적힌 부분으로 눈길을 돌렸다.

"마셜스는 정부계 발행체를 일본 정부가 재무상의 지원을 제공하겠다는 의사를 나타낸 것으로 보고 종래 사용하던 정부 채권 등급을 '자국 통화 기반 예금 실링'이라는 새로운 기준을 사용하기로 했다. 이 기준의 변경은 근대 이후 일본의 신용 리스크에 대한 마셜스의 고찰에 근거한 것이다.

이번 변경은 장기 정책 목적을 위해 정부의 예산 외에 조달된 자금을 이용하는 재정투융자기관에 특히 많은 의미를 가진다. 그 결과 일곱 개 재투기관財投機關과 하나의 비재투계 발행체(NTT)의 등급을 상향 조정하기로 결론을 내렸다."

좀처럼 이해를 할 수 없는 문장에 료코는 미간을 찡그렸다.

"간단히 말하면 일본 국채의 원리금 상환은 정부의 예산에 묶여 있으므로 지금까지처럼 A2라는 겁니다."

업무추진부 디렉터가 말했다.

"반면 재투기관 등은 정부 예산과는 별개의 재정투융자에서 자금을 받을 수 있고 여차하는 경우는 일본은행이 구제해줄 거라는 거죠. 일본은행은 얼마든지 지폐를 찍어낼 수 있으니까 적어도 자국 통화에 관해서는 트리플 A라는 겁니다. 지자체에 대해서도 정부 또는 일본은행이 구제해줄 가능성이 있다고 하는 말인 거고요."

"정말로요? 방금 이야기는 두세 군데 엄청난 논리의 비약이 있는 것 같은데요?"

"그렇죠? 정말 말도 안 된다니까요!"

"왜 이런 엉뚱한 짓을 하는 거지?"

"그거야 뭐 영업을 위해서죠. 요코하마 시와 오미하치만近江八幡 시가 의뢰 평가를 받았고 도쿄 도는 2016년 올림픽 유치를 위해 등급을 받겠다고 입장을 밝혔습니다. 시즈오카 현도 전향적이고 앞으로 지방자치체가 등급 비즈니스의 전쟁터가 될 것을 마셜스도 저희도 알고 있으니까 필사적으로 지자체에 공을 들이는 거죠."

마셜스는 최근 농림중금총연에 공적 섹터(정부계 기관과 지자체)를 담당하던 연구원을 애널리스트로 채용했다고 한다.

"그렇다고 해도 47개 도도부현과 15개 정령 지정 도시 전부가 더블 A라니 대체 무슨 생각인지 모르겠네."

재정적으로 문제가 있는 지자체도 적지 않으므로 모두 더블 A라는 것은 미치지 않고서는 불가능한 일이었다.

"높은 등급평가를 미끼로 장사를 하려는 거죠. 아까 총무성 사람과 전화로 이야기를 했는데 '일본은행이 지자체에 융자하는 일은 절대 있을 수 없다. 지금 마셜스에 전화를 하려 한다'고 말하던걸요."

"그렇겠죠."

"미즈노 씨, 어쨌거나 이거 어떻게 좀 해주십시오. 장사건 아니건 이런 식으로 하면 등급평가업계 전체의 신용에 문제가 생긴다고요."

료코는 잠깐 생각에 잠겼다가 고개를 끄덕였다.

"알겠습니다. 저희는 반론하는 리포트를 내도록 하겠습니다."

그날 오후—

S&D는 "일본은행이 다른 법인을 구제할 가능성에 대하여"라는 여

섯 페이지짜리 리포트를 발표했다.

"일본은행에 의한 법인의 지원은 원칙적으로 유동성 공급이라는 형태뿐이다. 출자를 하는 일은 생각지 않고 있다. 따라서 일본은행의 지원은 시간적으로 집행 유예를 하는 것은 가능하지만 자본 부족을 해소할 수 있는 것이 아니다.

일본은행은 1994년 도쿄공동은행 설립 시 출자와 1996년 신금융안정화기금에 대한 출자 이후는 경영난에 빠진 법인에 출자를 한 적이 없다.

1994년 5월 14일 일본은행은 이른바 일본은행 특별 융자에 관한 원칙을 발표, 아래와 같은 취지를 밝혔다.

'마지막 대주貸主로서의 중앙은행의 기능은 일시적인 유동성의 공급을 행하는 것이다. 이는 이미 발생한 손실을 보전하는 자금과는 성격이 다르며 명백히 회수 불능인 케이스에 대한 손실 보전은 그 역할이 아니다. 일본은행은 지금까지 금융 시스템이 불안할 때마다 일시적인 유동성 공급뿐 아니라 임시적이고 이례적인 대응책으로서의 출자 등, 자본성 자금 공여도 해왔지만 이런 대응은 세이프티 네트가 충분히 정비되어 있지 않는 상황에서 실시한 것이다. 이러한 자금 공여는 기본적으로 중앙은행의 역할을 초월한 것으로 원래 예금 보험 제도 등 다른 형태의 틀로 대응해야만 한다.'"

리포트는 또 이하의 점을 지적했다.

①일본은행은 중앙은행으로서 자신의 재무 건전성을 확보하는 운영

을 할 필요가 있으며 신용 리스크를 질 만한 융자는 원칙적으로 하지 않는다. ②인터뱅크inter bank—은행 간 단기 자금 시장에 참가하는 금융기관 이외의 법인과 지자체가 일본은행의 지원을 받을 수 있을 가능성은 낮다. ③일본은행의 임직원은 선거로 선출되는 것이 아니며 정부로부터도 독립되어 있으므로 대중에 영합하는 지원에 나설 가능성이 낮다. ④ 중앙은행의 지폐 발행 권한이 이론상 무제한이라 하더라도 인플레나 통화 가치의 하락을 불러올 수 있는 통화의 발행에는 사실상 일정의 제약이 따르므로 자동적으로 트리플 A로 인정할 수 없다.

S&D 외에도 노무라증권 등이 마셜스의 기준 변경에 의문을 표하는 리포트를 발표했고 매스컴으로부터도 "국가로부터 보조금과 지방 교부세를 받는 지자체의 등급이 어떻게 국가보다 높을 수 있는가?", "일본은행에 계좌조차 없는 지자체에 일본은행이 융자를 해준다는 것은 일본은행이 기업에 직접 융자를 해주는 일과 마찬가지로 현실성이 떨어진다", "재무가 열악한 도시재생기구까지 트리플 A를 받은 이유를 모르겠다" 등등의 비판이 쏟아졌다. 시장 또한 마셜스의 등급 조정에 특별한 반응이 없었으며 재투기관채의 이율도 전혀 변화가 없었다.

8

미국에서는 서브프라임론 문제가 차츰 심각해지기 시작했다.

2005년 초에는 9퍼센트였던 연체율이 2006년 초에는 12퍼센트를 넘었고 동년 후반기에는 14퍼센트까지 상승했다. 고급 주택을 짓는 건설회사 톨브라더스(펜실베니아 주)의 주가는 연초에서 8월이 되는 동안 반으로 떨어졌고 대형 주택 건설로 최고익을 갱신했던 홈스(뉴저지 주)가 10월 파산법 적용을 신청했다.

JP모건체이스, 골드만삭스, 도이치은행, HSBC 등은 일찍이 시장의 변화를 읽어내고 부동산 관련 리스크 자산 잔고를 줄이기 시작했다.

한편 리먼브라더스, RBS(영국), UBS(스위스) 등은 여전히 서브프라임론 등을 포함한 CDO의 조성 및 판매에 열을 올렸고 메릴린치, 모건스탠리, 베어스턴스 등 3사는 오리지네이션(안건 발굴)을 강화하기 위해 2006년 여름부터 가을까지 중규모 주택론회사를 매수했다.

리먼브라더스에서는 글로벌 채무 부문의 책임자인 마이클 겔밴드가 "부동산 관련 인수 및 보유 자산을 줄여야 한다"고 리처드 폴드 CEO에게 진언했지만 폴드는 겔밴드의 우려를 이해하지 못하고 "왜 안 되는가에 대한 핑계는 듣고 싶지 않다. 더욱 창조적으로 어떻게 하면 가능할지를 생각하라"고 꾸짖었다.

증권화 붐을 탄 신용평가회사의 업적도 절정을 맞이해 2006년 12월기 마셜스의 매출은 20억 3700만 달러, 세후 이익은 7억 5400만 달러(약 8052억 7200만 원)에 달했다. 2000년 상장한 당시와 비교하면 매출은 3.4배, 세후 이익은 4.8배에 이르렀고 CEO의 보수는 820만 달러(약 87억 5760만 원), COO인 알렉산더 리처슨도 380만 달러의 보수를 받았다. 마셜스의 기업 문화를 '투자은행화' 해온 리처슨은 투자은행급 보수를 받게 된 셈이다.

연말 마셜스재팬은 롯폰기힐즈에 있는 최고급 호텔 '그랜드하이아트도쿄'의 대연회장에서 호화로운 크리스마스 파티를 열었고 제비뽑기로 반수 이상의 사원이 하와이 여행, 슬림형 TV, iPod, 네일 살롱 이용권 등을 받았다.

제13장 도미노 붕괴

1

2007년에 들어서자 서브프라임 문제는 더욱 심각해졌으며 실적에 들떠 있던 투자은행과 신용평가사 앞에도 어두운 그림자가 드리우기 시작했다. 변동 금리 서브프라임론뿐 아니라 고정 금리 서브프라임론과 서브프라임 외의 주택론의 연체율도 급격히 상승하기 시작한 것이다.

대출 시기별로 살펴보면 새로운 주택론일수록 연체율이 높았고 압류가 많은 것은 히스패닉계 인구, 주택 가격의 상승이 심했던 캘리포니아 주 주변, 그리고 자동차 산업의 부진으로 신음하는 오대호 주변의 미시간, 오하이오, 일리노이 주 등이었다.

2월 말—

이누이 신스케는 도쿄 이다바시 역 근처에 있는 후지미등급사무소 사무실에서 일을 하고 있었다.

후지미등급사무소는 종업원이 스무 명 정도밖에 안 되는 작은 회사이다. 공개된 정보만으로 사채의 평가를 하는 탓에 애널리스트는 발행체를 방문할 필요는 없지만 투자가에 대한 등급평가 리포트의 세일

즈도 함께 해야 한다. 단 오랜 기간 투자가를 위해 보수적으로 신용 분석을 해온 일이 높은 평가를 받아 고객 쪽에서 찾는 경우가 많았다.

사무실은 창 쪽에 파티션으로 구분되어진 애널리스트들 자리가 늘어서 있었고 그 자리들을 따라 통로 쪽 벽에 책과 잡지를 비치한 선반이며 고객과 발행체 자료가 들어 있는 강철제 캐비닛이 놓여 있었다.

가끔 전화로 이야기하는 소리와 복사를 하는 소리, 사람의 발소리가 들리는 것 외에는 조용한 공간이다.

이날 이누이는 후지미등급사무소의 리포트의 정기 구독자인 어느 독일계 생명보험사 펀드 매니저의 방문을 받고 일본 은행의 업적 등에 대해 설명한 뒤 자신의 자리에 돌아온 참이었다.

하얀 블라인드가 절반쯤 내려간 창문에서는 밝은 오후의 햇빛이 들어오고 있었다.

'……응? 뭐지 이건?'

책상의 컴퓨터로 영문으로 된 금융 정보 사이트를 체크하던 중 눈에 띄는 제목을 발견했다.

"Marshall's Announces Bank Rating Actions Resulting From Implementation of JDA Methodology(마셜스, JDA 수법 적용으로 은행 등급 변경을 발표)."

'JDA로 은행 등급을 바꾼다고?'

JDAJoint Default Analysis-복합 디폴트 분석는 원래 스트럭처드 파이낸스에서 사용했던 신용 리스크 분석 수법으로 채무자와 보증자(실질적 보증자를 포함) 양쪽이 동시에 디폴트할 확률을 산출하여 등급을 결정하는 방법이었다. 작년 10월에는 스트럭처드 파이낸스 이외의 안건에 처음으로 적용하여 '자국 통화 기반 예금 실링'이라는 새로운 기준을 만들어 냈으며 이를 통해 일본정책투자은행과 도시재생기구 등 여섯 개 정부계 금융기관의 등급을 트리플 A로 올렸고 도도부현과 정령 지정 도시의 등급은 모두 더블 A로 발표했다.

'또 무슨 말도 안 되는 등급평가를 하려는 걸까?'

이누이는 의심스러운 기분으로 제목을 클릭했다.

"오늘 마셜스는 JDA의 은행 등급 적용을 개시했다. 은행은 파산하는 경우라도 자주 정부로부터 지원을 받아 예금자가 경제적 손실을 받지 않게 되는 케이스가 있다. 은행의 JDA는 이하의 네 가지 변수를 모델에 입력, 등급을 산출하게 된다. (1) 해당 은행의 디폴트 확률(은행 재무 등급), (2) 정부(중앙은행)의 디폴트 확률, (3) 정부가 지원에 나설 확률, (4) 정부와 해당 은행의 디폴트 상호 관련성. 이번 JDA 적용으로 인해 등급이 변경된 은행은 다음과 같다……."

"이게 뭐야?!"

본문 아래의 은행 리스트를 보고 이누이는 자신도 모르게 소리를 질렀다.

그곳에는 이번에 등급이 바뀐 북유럽, 베네룩스, 중유럽 은행 23개

사가 기재되어 있었지만, 그중 15개 은행이 단숨에 트리플 A가 되어 있었다. ING(네덜란드), 데크시아(프랑스), 단스케(덴마크), 폴티스 (브라질 · 네덜란드), KBC(아일랜드) 같은 대형 은행과 함께 아이슬란드의 카우푸싱, 그리트닐, 란즈방키 등 세 개 은행이 4단계나 올라가 있었다.

'어떻게 정크 직전인 아이슬란드 은행이 트리플 A가 되는 거야?'

이누이는 자신도 모르게 눈을 비비고 있었다. 이들 세 개 아이슬란드 은행은 일본의 지방은행 정도의 규모밖에 되지 않았지만 고금리를 원하는 외국의 자금을 들여와 밸런스 시트를 부풀렸다. 그리하여 유럽과 인도의 증권회사 등을 매수하기도 하고 높은 리스크 상품에 투자하기도 하고 중국에 진출하기도 했던 것이다. 이누이는 예전 그들이 "우리는 북유럽의 골드만삭스다"라고 으스대는 내용이 든 기사를 읽고 눈살을 찌푸렸던 적이 있었다. 지금은 세 은행의 합한 자산 규모가 인구 32만 명인 아이슬란드 GDP의 약 열 배에 달하는 이상한 상황이 되어 있었다. 작년에는 세 곳의 신용 리스크에 대한 우려로 인해 미국 시장에서 채권의 차환이 되지 않는 사태까지 일어났었다.

아이슬란드라는 국가 자체에 대한 신용등급은 마셜스에서는 트리플 A를 주고 있었지만 S&D는 A 플러스에 지나지 않았다.

"……마셜스는 앞으로 90개 국, 약 1000개 은행의 등급을 재검토할 예정이지만 200개 정도가 트리플 A가 될 것이라 예상하고 있다."

'은행 200개가 트리플 A?! ……알렉스 리처드슨도 갈 데까지 갔군.'

이누이는 한숨을 쉬며 관련 영문 뉴스를 읽었다.

마셜스의 JDA 적용에 관해 애널리스트의 대부분이 부정적인 코멘트를 하고 있었다. 런던의 RBS로열뱅크오브스코틀랜드 소속 애널리스트는 "일련의 등급 조정은 '호러'라고밖에 표현할 말이 없다. 마셜스는 자기 자신을 쓸데없는 존재로 만들었다"라고 말했으며 BNP파리바(프랑스)의 애널리스트는 "마셜스는 과거 수십 년간 해왔던 자신들의 등급평가가 잘못되었다는 것을 인정한 셈이다. 앞으로 자본 시장은 마셜스를 무시해야만 한다"고 말했다. "JDA는 조크 디폴트 애널리시스의 약자"라는 비아냥도 있었다.

책상 위의 전화가 울렸다.

"네에, 이누이입니다."

"여보, 나야."

가오리의 긴박한 목소리가 들렸다.

"무슨 일이야? 하나에게 무슨 일이 생긴 거야?!"

하나가 어제부터 열이 심한 탓에 가오리는 신주쿠 구에 있는 대학병원에 하나와 함께 있었다.

"의사 선생님 말이 무척 위험한 상태라고 해."

가오리의 목소리가 떨리고 있었다.

"위, 위험한 상태?! 폐, 폐렴 같은 거야?!"

"응…… 그런가봐. 치료 방침을 설명하고 싶으니까 남편도 와줬으면 싶대."

"알았어, 바로 갈게."

전화를 끊고 허둥지둥 일어나 양복 위로 연갈색 스텐 칼라 코트를 입었다.

이누이는 후지미등급사무소 근처의 큰길에서 택시를 타고 대학병원 주소를 알려줬다.

'폐렴인가……?'

중증의 장애가 있는 하나는 면역력이 약하다. 그런 하나에게 폐렴은 말 그대로 치명적인 병이었다.

이누이는 서류 가방 안에서 전철 정기권을 꺼냈다. 얼마 전 하나의 몸 상태가 좋을 때 가오리와 셋이서 가나가와 현 시치리가마하七里ヶ浜에서 찍은 사진이 거기에 들어 있었다. 겨울치고는 따뜻한 날로 검은색 슈트를 입은 서퍼들이 납빛 파도치는 해면에서 파도타기를 하고 있었다. 세 사람은 해변을 산책한 뒤 가마쿠라鎌倉프린스호텔의 '시미즈'라는 일식 레스토랑에서 식사를 했다. 하나는 몸이 약해져 있는 탓에 그다지 식욕이 없었다. 바다를 좋아하는 하나를 위해 충분히 따뜻하게 입히고 데려왔지만 과연 잘한 일인가 하는 생각이 이누이 부부에게 들었다.

'벌써 14년이나 됐네…….'

하나가 태어난 날의 일들이 주마등처럼 뇌리를 스쳤다.

차창으로 보이는 도회의 풍경이 어딘가 현실감이 느껴지지 않는 것이 얇은 베일 저쪽에 있는 것 같았다.

대학병원 진찰실로 들어가자 50대로 보이는 갸름한 얼굴의 여성 의사와 가오리가 기다리고 있었다.

하나는 현재 무균실에서 집중 치료를 받고 있다고 했다.

"아빠인 이누이 신스케입니다. 잘 부탁드리겠습니다."

머리를 숙이고 의자에 앉았다.

화장기가 적은 실무가 같은 분위기가 느껴지는 여성 의사는 자기소개를 한 뒤 책상 옆 발광 패널에 끼워놓은 하나의 흉부 뢴트겐 사진에 대해 설명하기 시작했다. 염증을 일으킨 부분이 하얀 그림자처럼 넓은 범위에 퍼져 있었다.

"……폐렴이라고 해도 세균성 폐렴, 바이러스성 폐렴, 간질성 폐렴 등 여러 가지가 있습니다."

백의를 입은 의사가 두 사람의 눈을 보며 이야기했다.

"하나의 경우는 세균성 폐렴이 의심됩니다. 이런 경우 어려운 것은 열 종류 있는 폐렴의 세균 중 어느 것이 원인균인지 알아내고 그 균에 대한 감수성이 있는 항생물질을 적절하게 사용하지 않으면 안 되는 일입니다."

이누이와 가오리는 창백한 얼굴로 열심히 귀를 기울였다.

"감수성이 없는 항생물질을 사용하게 되면 폐렴은 좋아지지 않고 더욱 악화됩니다. 또 어중간한 감수성의 항생물질을 계속 사용하면 세균이 내성을 획득해 더욱 독성이 강해지고요."

여성 의사는 원인균을 알아내기 위해서는 가래를 이용한 배양 검사가 필요하지만 세균 배양에 2, 3일이 걸리고 또 항생물질의 감수성까지 명백하게 하기 위해서는 4, 5일 걸린다고 설명했다.

"4, 5일……."

이누이는 신음했다.

'과연 하나의 체력이 그때까지 견딜 수 있을까?'

"이런 상황인 경우 세균을 알아낼 때까지 두 종류의 약을 사용하는 것이 일반적입니다."

백의의 여성 의사는 두 사람의 얼굴을 똑바로 보며 말했다.

"하나에게는 항생물질에 저항성이 있는 MRSA메티실린 내성 황색포도상구균에 감수성을 가진 항생물질과 조금 더 넓은 범위에 작용하지만 효과는 조금 약한 약을 사용할까 합니다만 어떠신가요?"

이누이와 가오리는 순간 서로의 얼굴을 마주본 다음,

"알겠습니다. 잘 부탁드리겠습니다."

하고 머리를 숙였다.

진찰실을 나오며 이누이는 가오리의 어깨를 끌어안았다.

"여보, 괜찮아?"

"난 괜찮아."

가오리는 이누이의 어깨 쪽에 머리를 기대듯이 하며 말했다. 목소리가 희미하게 떨리고 있었다.

"당신은?"

가오리가 이누이를 쳐다보았다.

"응? 으응, 나도 괜찮아. ……지금은 마음을 굳게 먹고 하나를 응원하는 수밖에 없으니까."

"응······ 맞아."

이누이는 가오리의 머리를 한쪽 손으로 쓰다듬었다.

"여보, 회사로 돌아가. 무슨 일이 있으면 전화할 테니까."

"으응? 그래. 그럼 그렇게 할게."

이누이는 가오리로부터 몸을 일으켰다.

이틀 뒤 오전—

이누이는 시오도메汐留에 있는 TV 방송국 스튜디오에 있었다.

마셜스의 JDA에 대해 산조 세이이치로와 방송으로 토론을 벌이기 위해서였다.

반년 전 후지미등급사무소로 이직한 이후 이누이는 등급평가 문제에 대해 적극적으로 외부에 발언을 해왔고 이날은 처음으로 TV에 출연하는 날이었다.

경제 뉴스를 다루는 보도국은 높이 192미터 지상 31층짜리 고층 빌딩 5층에 있었다. 1100평방미터쯤 되는 넓은 공간에는 무수히 많은 TV 스크린, 카메라, 공조 설비, 조명 기구가 있었고 빛과 색채가 넘치는 가운데 정치부, 경제부, 사회부, 영상제작부 등 여덟 개 부서 300여 명의 기자와 스태프가 일하고 있었다. 각자의 데스크에는 자료와 서류가 산더미처럼 쌓여 있었고 한쪽 벽에 부착된 무수히 많은 TV 스크린에서는 다양한 방송이 나오고 있었다.

감색 양복을 입은 이누이는 플로어 한편에 있는 뉴스 스튜디오 데스크의 한쪽 구석에 긴장한 얼굴로 앉아 있었다.

그리고 중앙의 여성 캐스터를 끼고 맞은편에는 고급 양복을 입고 붉은색 페라가모 넥타이를 맨 산조가 침착한 표정으로 앉아 있었다. 가끔 왜 네가 있냐는 식의 깔보는 시선을 무테 안경 너머로 이누이에게 보내고 있었다.

눈앞 TV 카메라 옆에서 머리에 헤드폰을 낀 남성이 엉거주춤한 자세를 취하며 손에 든 두꺼운 종이로 만든 사인판으로 방송의 시작을 알리자 젊은 여성 캐스터가 말하기 시작했다.

"안녕하십니까. '경제 문제를 빨리 이해할 수 있는 토론' 시간입니다. 오늘은 게스트로 마셜스재팬의 산조 세이이치로 씨와 후지미등급사무소의 이누이 신스케 씨를 모셨습니다. 산조 씨, 이누이 씨, 잘 부탁드리겠습니다."

산조와 이누이 두 사람도 "잘 부탁드리겠습니다" 하고 고개를 숙였다.

"얼마 전 미국의 신용평가사 마셜스가 JDA 즉 복합 디폴트 분석이라는 새로운 수법을 사용하게 되면서 유럽의 23개 은행의 등급이 올랐습니다. 금후 일본의 은행도 더블 A 정도로 등급이 올라가지 않을까 하는 기대가 나오고 있습니다만, 이누이 씨는 어떻게 보시는지요?"

이누이는 살짝 긴장한 얼굴로 입을 열었다.

"솔직히 말해 저는 JDA라는 것에 무척 위화감을 느낍니다. 예를 들어 신용 불안이 우려되는 아이슬란드의 세 개 은행이 갑자기 트리플 A가 되었습니다. 이는 시장의 상식과는 현격하게 거리가 있는 등급평가입니다."

여성 캐스터가 고개를 끄덕이며 산조 세이이치로 쪽을 바라보았다.

"JDA는 엔론 사건 이후 등급평가의 투명성을 원하는 시장의 요청에 부응하기 위해 당사가 2004년 후반기부터 진행해온 '등급평가의 모델화'의 성과입니다."

산조는 주일대표다운 위엄을 풍기며 말했다.

"아이슬란드에 대한 이야기를 하자면 아이슬란드의 리테일 예금 중이 세 은행이 점하는 비율은 20퍼센트 이상입니다. 따라서 무슨 일이 있으면 정부의 지원이 예상됩니다. 근거 없이 트리플 A를 부여한 것이 아닙니다."

차갑고 자신만만한 눈빛을 무테 안경 너머로 이누이에게 향했다.

"산조 씨는 정말 아이슬란드의 은행 세 곳과 미국 정부의 디폴트 리스크가 같다고 생각하십니까? 시장의 애널리스트들은 전혀 동의할 수 없다고 코멘트하고 있습니다만."

이누이도 지지 않고 말했다.

"마셜스는 둘 중 어느 쪽이 위인가라는 식의 시각으로 보지 않습니다. 각각의 리스크를 평가하여 '신용력이 가장 높고 신용 리스크가 한정적'이라는 트리플 A의 정의에 들어맞는다고 결론을 내린 겁니다."

"그렇지만 정부가 은행을 구제할 가능성, 즉 '세이프티 네트'에 대한 신뢰도는 종래 마셜스가 등급을 평가할 때도 S&D, 피치가 등급을 평가할 때도 반영은 했습니다."

이누이가 반론했다. "그렇지만 S&D와 피치는 정부가 은행을 구제한 케이스의 데이터가 적기 때문에 그 가능성을 수치화하여 모델에 넣는 것은 불가능하다고 판단했습니다. 저는 마셜스가 그것을 무리하게 수치화하여 모델화했기 때문에 이상한 결과가 나온 것이라 생각합니다."

"지금 말씀은 오해거나 잘못된 추측입니다. 무리한 수치화는……."

퉁명스러운 얼굴로 산조가 대답을 한 순간 여성 캐스터가 끼어들었다.

"확실히 시장에서는 JDA를 의문시하는 목소리가 많은 것 같습니다만 마셜스는 현재처럼 JDA를 계속 사용할 생각인가요?"

"현재의 것을 계속 사용할 것인지 혹은 더욱 리파인먼트 즉 정확도를 높이기 위해 조정을 할 것인지는 현재 검토 중입니다."

'역시 변경할 가능성이 있는 건가…….'

소문으로는 마셜스는 시장의 불평에 위기감을 느끼고 JDA의 철회를 검토하고 있다고 했다.

"조금 전 '등급평가의 모델화'라는 이야기가 나왔습니다만 저는 그 부분에 대해서도 의문이 있습니다."

이누이가 도전하듯 말했다. "모든 경제 행동의 근저에는 복잡하게 얽힌 인간의 의도가 있으므로 그것을 수치화하는 것은 불가능하다고 생각하기 때문입니다."

일본계 신용평가사에 있을 무렵 오사카 지방은행의 남자에게 들은 "회사는 살아 있는 생물"이라는 말이 여전히 기억 속에 뚜렷이 남아 있었다.

"전부 수치화할 수 있다고는 저희도 말한 적이 없으며 정성적인 분석도 병용하고 있습니다."

"만약 그렇다고 해도 이번 JDA는 정부의 지원이라는 점에 너무 심

하게 중심을 두고 은행 개개의 펀더멘탈스 분석이 빈약하다고 느껴집
니다만."

"나온 결과가 당신의 생각과 다르다고 저희가 한 등급평가가 이상
하다고 하는 것은……."

산조의 얼굴이 불쾌감으로 붉게 물들었다.

30분 뒤―

이누이는 보도국 플로어의 스튜디오와 대각선 방향에 있는 대기실
소파에서 프로그램 담당 디렉터와 커피를 마시고 있었다.

산조 세이이치로는 일이 있다며 빨리 자리를 떴다.

"하하, 오늘 토론은 압도적인 이누이 씨의 우세였습니다."

젊은 남자 디렉터가 플라스틱 컵의 커피를 마시며 말했다.

"아마 마셜스도 JDA는 실패라고 생각하고 있을 겁니다."

이누이의 처진 눈썹 얼굴에 쓸쓸한 미소가 떠올랐다.

"그렇지만 왜 그런 '등급평가의 모델화' 같은 것을 추진하는 건가
요? 저희 같은 아마추어가 봐도 무리라는 생각이 드는데요."

"이거 때문이죠."

이누이가 엄지손가락과 집게손가락으로 동그라미(돈의 의미)를 만
들었다.

"등급평가 프로세스의 투명화라고 하면 듣기는 좋지만 모델화해버
리면 경험이 적은 젊은 애널리스트도 수치만 넣으면 가능하니까요."

"아, 그렇군요."

"결과적으로 급료가 높은 베테랑 애널리스트를 자를 수 있는 거죠."

디렉터가 고개를 끄덕였다.

"그런데 이 기사는 보셨나요? 이누이 씨와 같은 의견이던데요."

어느 경제지의 인터넷 사이트 기사를 내밀었다.

"마셜스는 JDA로 자신의 존재를 부정했다!"

비판적 논조의 기사는 대기업 씽크 탱크의 금융 컨설팅 본부장이 된 호리카와 다케시가 기고한 것이었다.

"이분은 예전에 제 상사였던 사람입니다."

"엥? 그런가요?"

"네에, 항상 투자가의 편에 서서 등급평가를 하셨죠. 등급평가가 점점 상업적인 색깔이 강해지자 결국 업계를 떠났지만……. 지금 돌아보면 호리카와 씨가 말한 것이 전부 옳았다는 생각이 듭니다."

이누이가 그리운 듯이 말했다.

그때 휴대전화가 울렸다.

"죄송합니다. 잠깐 실례하겠습니다."

서류 가방 안에서 휴대전화를 꺼내 발신자의 이름을 본 순간 이누이는 가슴이 철렁했다.

"여보세요, 나야. 무슨 일이라도 있어?"

초조한 마음을 억누르며 최대한 침착한 목소리로 물었다.

"여보…… 하나가…… 하나가 방금……."

가오리는 오열하며 더 이상 말을 잇지 못했다.

창백한 얼굴로 휴대전화를 귀에 대고 있던 이누이는 정신이 아득해

지며 몸이 바다 속에서 흔들리는 해초처럼 휘청거리는 것을 느꼈다.

2

3개월 뒤(5월 말)—

산조 세이이치로는 마셜스재팬의 주일대표실에서 아연한 얼굴로 책상의 컴퓨터 스크린을 노려보고 있었다.

이미 해는 져서 빌딩 바로 북쪽에 있는 조동종曹洞宗 세이쇼지靑松寺의 기와를 얹은 관음당이며 경내의 숲은 어둠에 잠겨 있었고 바로 옆에 있는 42층짜리 고층 맨션의 창문에는 흰색과 오렌지색 불빛이 들어와 있었다.

산조가 보고 있던 것은 미국 CNBC의 경제 뉴스였다.

"Marshall's is a simple story. It's no longer a rating agency, but a company for structured finance(마셜스를 공매하는 이유는 간단합니다. 그곳은 이미 신용평가사가 아니라 스트럭처드 파이낸스 회사이기 때문입니다)."

안경에 대학 교수 같은 분위기를 풍기며 인터뷰에 대답하는 남자는 월 가 굴지의 '공매꾼' 제임스 체이노스였다. 미시간 주 밀워키 태생으로 22년 전부터 '키니코스 어소시에이츠'라는 공매 전문 헤지펀드를 운영했고 6년 전에는 엔론 사태가 벌어지기 직전 팔아치워 일약 유명해졌다.

"마셜스는 2000년 상장한 뒤 기업 문화가 바뀌었습니다. 예전엔 중립적인 심판이었지만 지금은 양키스의 헬멧을 쓰고 자본 시장에서 직접 배트를 휘두르는 플레이어로 변한 거죠. 마셜스가 서브프라임론이 포함된 증권화 상품과 다른 CDO에 부여하는 등급은 너무 높습니다. 가까운 장래 그것들의 가격이 내리면 마셜스는 대량의 안건에 대해 등급을 내리지 않으면 안 될 것이고 시장에서의 신뢰는 틀림없이 실추될 것입니다.”

체이노스는 비음이 들어간 미국 동해안 지식층다운 영어로 이야기를 계속했다.

“마셜스의 최대의 주주는 워렌 버핏입니다만 이 부분은 어떻게 생각하시는지요?”

중년 여성 캐스터가 물었다. 버핏은 미국에서 두 번째로 큰 부호로 ‘오마하의 현인’이라 불리는 투자의 신이다.

“He too makes a mistake(그 역시 실수를 하죠).”

체이노스는 주저 없이 대답했다.

“젠장!”

산조는 분노하며 스크린의 볼륨을 껐다.

한 달 반 전 마셜스는 JDA를 실질적으로 철회하고 44개 은행의 등급을 1~3단계 내렸다. 아이슬란드의 세 개 은행도 트리플 A에서 Aaa3으로 세 단계 내렸다. 등급을 변경하는 보도자료 안에서 “우리는 정부 지원 웨이트를 내리고 각 은행 고유의 재무력 웨이트를 올림으로써 JDA를 보다 정밀하게 만들었다”라고 강한 척 코멘트를 했지만 누가 보아도 추태임은 분명했다.

'이대로 가다간 S&D와 피치에게 점유율을 계속 빼앗기겠어……. 아니 무엇보다 왜 내가 이누이 신스케 같은 와쿄은행 출신의 2류 애널리스트에게 그런 잔소리를 들어야 하는 거야?'

오랜 기간 엘리트라고 자부해온 산조의 머리에 불쾌감이 밀려들었다.

'이렇게 된 이상 어떻게 해서라도 일본 국채의 등급을 올리는 수밖에 없어. 국채의 등급을 올리면 JDA를 쓰지 않아도 다른 것들의 등급을 올리기 쉬워지니까…….'

3

7월 초—

주말 이누이와 가오리는 가나가와 현 시치리가하마의 해변 제방에 앉아 바다를 바라보고 있었다.

완만하게 곡선을 그리는 수평선은 강한 햇빛을 받아 물고기 비늘처럼 반짝였고 오른쪽 멀리 에노지마エ/島가 보였다. 눈앞의 바다에서는 몇십 명이나 되는 서퍼들이 파도타기를 즐기고 있었다.

바람이 꽤 강해 햇빛이 강한 것치고는 덥지 않았다.

"여보, 먹을래?"

콘크리트 제방 위에 양산을 쓰고 앉은 가오리가 비닐 봉지 안에서 주먹밥을 꺼냈다.

"응, 고마워."

검은색 반팔 폴로 셔츠 차림으로 얼굴에 강한 해풍을 맞고 있던 이누이가 주먹밥을 받았다.

하나가 죽은 지 4개월이 지났다. 슬픔으로 몇 킬로그램이나 빠졌던 두 사람의 체중도 겨우 돌아왔다.

49제가 지날 때까지는 두 사람 모두 아무것도 할 기력이 없어 시간이 있으면 잠만 잤다. 너무 슬픈 일이 있으면 신체가 정신에 미치는 대미지를 피하기 위해서인지 끊임없이 졸렸다.

"아무것도 변한 게 없네……."

주먹밥을 먹으며 이누이가 중얼거렸다.

가오리는 동그스름한 예쁜 코를 살짝 위로 올리고 페트병의 우롱차를 한 모금 마셨다.

"해가 뜨면 사람은 하루를 시작하고 다시 해는 지고……."

이누이가 수평선 쪽을 보며 혼잣말을 했다.

가오리는 하나를 양호학교에 보내고 데려오던 아침과 오후, 이누이는 하나에게 저녁을 먹였던 밤에, 하나가 없다는 슬픔을 또다시 느끼며 하루하루를 살아왔다. 하나가 죽은 신주쿠 구의 대학병원 근처를 자동차로 지날 때는 둘이 함께 울었고, 마음의 평온을 찾아 교회의 미사에 출석해 성서를 읽거나 아이를 잃은 부모들과 교류를 하기도 했다. 그 슬픔을 이누이는 후지미등급사무소의 일로 가오리는 꽃집 아르바이트로 지우기 위해 열심히 일했다. 지금은 최악의 상태에서 벗어나 슬픔과 조용히 공생하는 매일이었다.

단, 할 수 있는 일은 모두 다 했으므로 후회는 없었다. 자살한 아이의 부모가 "아이의 말에 더 귀를 기울여줄걸" 하는 것처럼 후회하는 마음은 두 사람에게 없었다.

"우리도 다시 예전처럼 살아가야겠지."

이누이가 말하자 모스그린색 반소매 폴로 셔츠에 청바지를 입은 가오리가 고개를 끄덕였다.

"그런데 그 돈은 어떻게 할 거야?"

하나를 위해 1엔이라도 많은 돈을 남기려고 마셜스에 이직한 이후 이누이와 가오리는 열심히 돈을 저축했다. 정기 예금, 외화 예금, 투신, 주식 등에 분산 투자했던 8천만 엔 가까이의 돈이 하나의 죽음으로 공중에 떴다.

"딱히 무리해서 사용하지 않아도 되지 않나? 앞으로 혹시 필요해질지도 모르니까."

"응……, 뭐 그렇겠네."

오구라 마사오의 『나의 이력서』를 읽은 뒤 자신의 일밖에 생각하지 않았다고 이누이는 반성했다. 하나의 유품과도 같은 돈을 자신들의 생활이나 노후를 위해 사용해도 되는 것일까 하고 요즘 자주 자문하고는 했다.

"커피라도 마시러 갈까?"

주먹밥을 다 먹은 이누이가 말했다.

가오리는 고개를 끄덕였고 두 사람은 콘크리트 제방에서 내려왔다.

뒤쪽 모래밭 너머로 국도 134호가 동서로 뻗어 있었고 길가에는 서핑숍, 레스토랑, 카페 등이 서 있었다.

두 사람은 모래밭에서 국도로 연결되는 사다리를 타고 오른 뒤 길을 건너 어느 카페로 들어갔다.

1층은 케이크 가게, 2층은 아틀리에, 3층은 티룸으로 된 예쁜 가게였다. 손님은 젊은 여성이 많았다.

두 사람은 커피를 주문하고 멍하니 창밖을 바라보았다.

파란 파도가 끝없이 펼쳐져 있어 대해원이라는 말과 딱 어울렸다. 먼 바다에는 하얀 요트가 몇 척 떠 있었고 하얀 구름이 피어 있었다.

커피를 젓는 가오리의 가느다란 손가락을 보며 이누이는 문득 며칠 전 니혼게이자이신문에 실린 기사를 떠올렸다.

"마셜스 대량의 등급 인하"라고 하는 충격적인 제목의 기사는 서브프라임론을 포함한 RMBS주택 부동산 담보 증권 131건의 등급을 마셜스가 일제히 내렸고 추가로 247건의 등급 인하를 예정하고 있다는 내용이었다. 그것들은 모두 작년에 발행된 RMBS로 마이그레이션의 관점에서 말하면 처음의 등급평가가 잘못되었다고밖에 할 수 없었다.

대량의 등급 인하에 의해 지금까지 1~2할의 원금 손실에 머물러 있던 서브프라임론의 RMBS의 시장 가격이 단숨에 4할의 원금 손실을 기록했다.

이누이는 기사를 읽은 날, 과거 RMBS의 등급평가 수법을 알려준 마셜스 본사의 애널리스트 팀에게 전화를 걸어 상황을 물었다. 팀의 말로는 준대형 투자은행인 베어스턴스 산하 헤지펀드가 열 배의 레버리지로 서브프라임론 시장에 대량 투자한 탓에 원금이 2할 이상 훼손되면서 거래 상대인 JP모건체이스, 메릴린치, 바클레이스캐피털 등으로부터 수억 달러의 담보 추가를 요구받게 되자 결국 펀드 중 하나에

베어스턴스가 32억 달러의 긴급 융자를 실시했고, 또 하나의 펀드는 청산되었다고 했다.

"어쨌거나 '베어 쇼크'는 회피했지만 증권화 상품의 가격 인하는 계속될 거고 앞으로 어떤 일이 일어날지 예상이 안 돼."

팀의 불안한 듯한 목소리가 이누이의 귀에 박혀 들었다.

'과연 일시적인 유동성 위기로 끝날까? 아니면······.'

커피를 입으로 가져가며 이누이는 유리창 너머 파란 대해원을 물끄러미 응시했다.

7월 중순—

"······ABCP자산 담보 커머셜 페이퍼를 발행할 수 없다고? 무슨 말도 안 되는!"

마루노우치 1번지의 고층 빌딩에 있는 미국계 상업은행의 증권 자회사 트레이딩 플로어에서 바이스 프레지던트 남자가 경악하는 표정을 짓고 있었다. 모회사인 은행에서 파견을 나온 공무원 출신의 남자였다.

"나도 오랜 시간 CP 트레이더를 해왔지만 이런 일은 처음이야."

체크 무늬 긴팔 셔츠를 입고 등받이가 높은 트레이더용 의자에 앉아 있던 일본인 남자가 피로한 얼굴로 말했다. 눈앞의 검은색 트레이더의 데스크에는 여섯 개의 모니터가 붙어 있었고 다양한 색깔의 숫자와 그래프가 시장의 동향을 상세히 전하고 있었다.

주위에서는 오픈 보이스 방식 전화기에서 외환 및 국채 브로커의 목소리가 라디오 방송처럼 흘러 나와 "30/35, 30/35, 5:10"이라든가

"뭐야, 또 실수한 거야? 멍하니 있으면 라인을 끊을 거야!"라는 목소리가 들렸다.

"ABCP 시장이 사라지다니 그런 일이 가능한 거야? 30일이나 90일짜리 짧은 거니까 다소 비싼 금리를 지불하면 살 사람은 얼마든지 찾을 수 있는 거 아냐?"

작은 체구에 마른 바이스 프레지던트 남자의 미간에는 신경질적으로 보이는 주름이 잡혀 있었다.

남자는 과거 마셜스에 자신들이 설립할 SIV특별 투자 목적 회사의 등급 안건을 들고 갔을 때 "ABCP 시장이 사라지는 일은 절대 없다!"고 강하게 주장했다. 그러나 주일대표였던 소메타니의 지지를 받은 이누이에게 등급평가를 거절당한 탓에 다른 신용평가사로부터 등급을 받은 적이 있었다.

"문제는 두 가지가 있어."

턱이 길고 콧대가 높을 듯한 풍모의 중년 일본인 트레이더가 말했다.

"하나는 ABCP 시장은 절대 리스크를 부담하지 않는 보수적인 사업 회사의 재무부와 연금 및 기금이 은행 예금 대신으로 여유 자금을 푸는 시장이라는 것. 또 다른 하나는 SIV가 ABCP로 조달한 금액을 정체를 알 수 없는 서브프라임이나 GM, 포드가 들어간 CDO에 투자한 것이지."

"……."

"마셜스와 S&D가 서브프라임이 포함된 CDO의 등급을 내리기 시작하니까 투자가 녀석들이 무서워서 지갑을 풀지 않는 거야. ……이렇게 되면 더 이상 이론적으로 움직이질 않지."

전 세계에 서브프라임 위기라고 하는 말이 빈번하게 들려왔다.

미국에서는 업계 제2위인 뉴센추리파이낸셜(캘리포니아 주)를 비롯한 십수 개 사의 서브프라임 주택론 회사가 파산했고, 부동산 관련 채권의 손실 보험을 인수했던 모노라인(채권 보증 전문 회사) MBIA와 앰백파이낸셜그룹의 주가가 폭락했다.

전 세계적으로 CDO에 투자했던 헤지펀드에 대한 우려가 높아졌고 외환 시장에서는 미국의 경기 후퇴에 대한 우려로 달러가 팔리고 있었다.

신용평가회사에 대해서는 "왜 더 빨리 등급을 내리지 않았는가?"라는 비판이 일제히 일었다. 등급이 내려가면 그 상품의 가력은 내려가고 투자가는 손실을 입는다. 외부로부터 융자를 받아 레버리지가 걸려 있는 경우는 추가 담보의 차입을 요구받게 되고 차입이 되지 않으면 손절매를 할 수밖에 없지만 그렇게 되면 더욱 가격의 하락을 부른다.

"그럼 우린 대체 어떡하면 되는 거지?"

트레이더 옆에 선 바이스 프레지던트 남자가 고뇌하는 표정으로 말했다.

"CP가 팔리지 않는 한 모은행의 융자를 기대하는 수밖에 없지. 그게 무리라면 SIV를 청산해서 모은행에 손실을 입히는 수밖에 없고."

트레이더 남자는 쌀쌀맞게 말하더니 더는 할 이야기가 없다는 듯 자신의 데스크로 몸을 돌렸다.

4

8월 9일 목요일—

시장에 드리워져 있던 위기가 단숨에 표면화되었다.

프랑스의 대형 은행 BNP파리바가 미국의 서브프라임론 시장 혼란을 이유로 산하 세 개 펀드의 가격 산출, 모집, 해약, 변제를 정지시킨 것이었다. 세 개의 펀드는 '파베스트 다이나믹 ABS', 'BNP파리바 ABS 유리보', 'BNP파리바 ABS 이오니아'로 최근 열흘 동안 합계 가격이 20억 7500만 유로에서 15억 9300만 유로(약 2조 1488억 원)로 격감했다. BNP파리바는 "미국 증권화 상품의 일부에서 유동성이 완전히 상실된 까닭에 일부 자산의 가치가 산출 불가능해졌다. 시장의 유동성이 회복되면 가격 산출을 재개하겠다"라고 설명했다.

'파리바 쇼크'는 투자가들에게 패닉을 초래했다. 프랑스의 TV가 해약을 요구하며 창구로 쇄도하는 사람들의 모습을 계속 방송한 까닭에 불안 심리는 더욱 증폭되었고 시장에서는 증권화 상품의 가격이 계속 떨어졌다.

비슷한 무렵 프랑크푸르트에 본점이 있는 독일연방은행독일의 중앙은행은, 미국의 주택 관련 RMBS로 거액의 손실을 입어 실질적으로는 파산한 독일산업은행IKB의 구제 패키지에 대해 논의하기 위해 관계자를 소집하고 있었다. 독일산업은행은 뒤셀도르프에 본점을 둔 중견 은행으로 국내 제조업에 대한 융자를 특화시킨 금융기관이었다. 그러나 두 개의 SIV를 만든 뒤 CP를 발행해 얻은 돈으로 200억 달러(약 21

조 2900억 원) 이상을 투자했으나 지난 달 CP의 롤 오버차환가 불가능해졌다.

같은 날 프랑크푸르트에 위치한 유럽중앙은행European Central Bank-ECB은 "은행이 필요로 하는 자금을 금리 4퍼센트로 공급할 용의가 있다"고 하는 이례적인 성명을 발표했고 그 두 시간 뒤에 유럽의 49개 은행이 통상 수요의 3배에 해당하는 940억 유로(약 127조 400억 6000만 원)의 자금을 수취했다. 미국의 서브프라임 관련 RMBS 및 증권화 상품에 투자를 하거나 산하 SIV가 CP를 차환할 수 없게 된 은행은 BNP파리바와 독일산업은행뿐 아니라 유럽 전체에 존재했던 것이다.

시장에서는 투자가들이 리스크가 높은 자산을 내다 팔았으며 고이율 사채high yield fund-하이일드 본드와 RMBS는 가격이 떨어졌고 자금의 도피처가 된 미국 국채와 금은 가격이 올랐으며 인터뱅크 시장은행 간 단기 금융 시장에서는 모두 리스크를 두려워해 대출을 꺼렸다.

다음 날인 8월 10일에도 유럽중앙은행은 611억 유로, FRB는 350억 달러라고 하는 대량의 자금 공급을 실시, 신용 수축에 브레이크를 걸려고 했다. 그러나 단기 금융 시장의 대출 회피는 진정되지 않았고 RMBS를 비롯한 증권화 상품의 가격 하락은 계속되어 서브프라임론의 디폴트율은 9월까지 16퍼센트에 달했다.

9월 13일 목요일이 되자 위기가 한층 더 심각해졌다.

그날 오후 8시 반, BBC 뉴스가 영국 제5위의 은행인 노던록이 잉

글랜드은행영국의 중앙은행에 긴급 융자를 요청한 사실을 알렸다. 동행은 영국 북부 도시 뉴캐슬에 본점을 두고 주로 주택론 융자를 하고 있었지만 주택론의 증권화와 CP 발행으로 대량의 자금을 조달했던 까닭에 시장의 유동성 고갈로 자금 운용이 불가능해졌던 것이었다. 그 결과 예금자들이 동행의 본점 및 지점을 찾아가 소동을 일으켰다. 결국 나흘 뒤 영국 정부는 예금을 전액 보호하고 필요한 자금을 공급하겠다고 발표하여 사태의 진정을 꾀했다.

이렇게 되자 대형 금융기관에서는 안고 있는 손실을 차례차례 발표하게 되었고 세계적 위기라는 것이 드러났다.

시티그룹은 기업을 대상으로 하는 채권과 주택론 채권으로 57억 달러의 평가손이 발생했고(나중에 110억 달러로 팽창할 가능성이 있다고 발표), 메릴린치는 신용 리스크 상품으로 55억 달러의 평가손이 나왔다고 발표했으며(후에 84억 달러로 조정), 스위스의 UBS는 RMBS로 34억 달러의 손실을 계상한다고 발표했다(후에 100억 달러로 조정). 팔다 남은 RMBS와 CDO, LBO와 관련된 하이일드 본드 등을 대량으로 안고 있던 리먼브라더스, 베어스턴스, 메릴린치, 모건스탠리 등은 그 처리에 고통 받을 수밖에 없게 되었다.

10월 11일—

미나토 구 아타고 2번지 마셜스재팬 회의실에서 열 명 정도의 신문 기자와 경제지 기자가 긴 테이블 주위에 모여 있었다.

한낮 기온이 24도까지 올라가는 맑은 가을 날로 도쿄 타워는 선명하게 파란 하늘을 배경으로 유난히 가깝게 보였고 지상의 시바 공원의 나뭇잎은 노란색을 띠기 시작했다.

긴 테이블 중앙에는 지난 8월 집행부사장 겸 공동 COOExecutive Vice President and Co-Chief Operating Officer에서 사장 겸 COOPresident and Co-Chief Operating Officer라는 실무에서는 최고 책임자 자리에 승진한 알렉산더 리처드슨이 앉아 있었고 좌우에 주일대표인 산조 세이이치로와 일본인 여성 통역, 홍보 담당자가 대기하고 있었다.

이날 마셜스가 일본 국채의 등급을 약 5년 5개월 만에 종래의 A2에서 A1으로 올리기로 발표함에 따라 산조의 기획으로 리처드슨이 일본을 방문한 것이었다. 이번 일본 국채의 등급 조정도 뉴욕 본사에 대한 산조의 지속적인 요청의 성과였다.

"……We believe the commitment by the new Japanese government of Prime Minister Fukuda to continue a policy of fiscal consolidation will lead to narrower general government budget deficit(저희들은 후쿠다 신 내각에 의한 재정 재건 지속 방침이 정부의 일반 재정 적자의 축소를 가져오리라 믿고 있습니다)."

검은 양복에 밝은 하늘색과 물색, 오렌지색 등 사각 무늬가 들어간 실크 넥타이를 멘 리처드슨이 말하자 옆에 있던 여성이 일본어로 통역했다. 가끔 테이블 주위에 선 카메라맨들이 셔터를 눌렀다.

"저희들은 일본 경제가 완만하지만 회복 기조에 있다고 평가하고 있습니다. 계속 재정을 개선하고 경제를 회복시키기 위해서는 금융 완화 정책을 유지하는 것이 필요하다고 생각합니다."

금발의 리처드슨의 볕에 그을린 얼굴에는 자존심이 세어 보이는 주름이 파여 있었고 턱선은 날렵했다.

테이블을 둘러싸고 있던 기자 중 한 사람이 손을 들었다.

"이번 등급 조정으로 일본도 드디어 보츠와나 수준이 된 것입니다만 앞으로도 일본 국채의 등급이 올라갈 가능성은 있는 겁니까?"

가시가 있는 말에 리처드슨은 표정을 바꾸지 않고 입을 열었다.

"저희들은 전망을 '안정적'이라고 보고 있습니다. 따라서 재정과 경제 상황이 더욱 개선되면 등급 또한 올라갈 것입니다."

"이번 도쿄 도 등 지자체의 등급평가도 동시에 올라갔습니다만 이는 일본 국채의 등급 조정과 관련이 있는 것인지요?"

이날 마셜스는 도쿄 도, 시즈오카 현, 후쿠오카 현, 하마마쓰 시, 교토 시, 오사카 시 등 여섯 개의 지자체를 Aa2에서 Aa1로 올렸다.

산조 세이이치로가 리처드슨과 잠깐 눈빛을 교환한 뒤 입을 열었다.

"말씀하신 그대로입니다."

사이드벤츠가 들어간 검은색 양복을 입은 산조가 기자들을 둘러보았다.

"지자체의 등급은 일본 국채의 등급과 관련이 있습니다. 일본 정부가 국채에 이자 과세라든가 상환 연장 같은 비전통적인 재정 수단을 발동하는 경우, 같은 정책이 지자체의 채무에도 적용될 가능성이 존재합니다. 이번 일본 국채의 등급 조정으로 그러한 리스크는 줄어들었다고 평가할 수 있습니다."

질문자가 고개를 끄덕이며 메모를 했다.

"등급평가 전반에 대해 묻고 싶습니다만……."

한 사람이 볼펜을 손에 쥔 오른손을 들었다. 금융 전문지의 베테랑 기자였다.

"서브프라임 문제로 촉발된 금융 위기가 세계 경제를 흔들고 있습니다만 등급평가가 금융 위기의 원인이 되었다고는 생각하지 않으시는지요?"

산조의 뺨이 신경질적으로 씰룩거렸지만 어려움에서 도망가지 않는다는 신조를 가진 리처드슨은 한 번 심호흡을 하고 입을 열었다.

"금융 위기는 서브프라임론을 원자산으로 하는 증권화 상품에서 당초 예상했던 것 이상으로 손실이 났고 그것이 CDO, SIV, 은행, 모노라인보증 업무를 전문으로 하는 보험회사 등 금융 전반에 전파된 것입니다만…… 분명 저희들 신용평가사가 문제의 단서가 된 것은 인식하고 있습니다."

솔직한 대답에 기자들은 살짝 놀라는 표정을 지었다.

"현재 마셜스, S&D, 피치 등은 증권화 상품의 등급을 대량으로 내리고 있습니다만 이와 같은 사태가 벌어지게 된 이유는 무엇일까요?"

금융 전문지 기자가 물었다.

"이유는 저희가 당초 예상한 것 이상으로 주택 가격이 내려가고 연체율이 올랐기 때문입니다."

"예상을 잘못했다고 말씀하시는 겁니까?"

"지금 생각하면 조금 더 엄격한 스트레스를 주는 것이 좋았다고 생각합니다. 한편 주택론회사가 채무자의 변제 능력과 신고 내용을 성실하게 체크하지 않은 부정에 가까운 케이스도 적지 않았습니다. 발행체가 성실히 정보를 제공하지 않는 경우 신용평가사는 조사 권한이 있는 것이 아니므로 손 쓸 방법이 없습니다."

발행체가 제대로 된 정보를 개시하지 않았기에 올바른 등급평가를 할 수 없다는 말은 엔론 사건 때에도 신용평가사가 사용한 변명이었다.

"마셜스가 트리플 A라든지 더블 A 같은 높은 등급을 부여한 증권화 상품도 2할 혹은 3할 정도 원금 손실이 생겼고 트리플 B의 경우에는 8할이 원금 손실을 기록하여 투자가들이 큰 손해를 입었습니다. 이 점에 대해서는 어떻게 생각하십니까?"

5월까지 서브프라임론의 RMBS 시장 가격은 액면가의 9할 정도였지만 그 이후는 내리막길을 굴러가는 것처럼 가격이 떨어져 7월이 되자 트리플 A 등급의 '슈퍼 시니어'까지 파급이 확산되었다.

"투자가가 매각하려고 해도 이번 사건으로 시장의 매수자가 격감했고 그 때문에 생각한 가격으로 팔 수 없어 손실을 입었다거나 평가손이 나왔다고 이해하고 있습니다."

리처드슨은 몸을 내밀 듯이 하며 기자를 응시했다.

"그렇지만 그들 투자가가 가지고 있는 트리플 A나 더블 A 증권화 상품의 대부분은 만기까지 보유하면 전액 상환되므로 손실이 날 일은 없습니다. 등급평가는 가격을 보증하는 존재가 아닙니다. 하물며 헤지펀드처럼 몇십 배의 레버리지를 걸었다가 그 결과 거액의 손실이나 추가 담보의 차입을 요구받는 일은 등급평가의 목적에서 벗어난 이야기입니다."

"그렇지만 서브프라임론으로 만든 RMBS 중 등급이 낮은 트란셰를 모아 만든 CDO까지 높은 등급을 주는 바람에 투자가가 안심하고 산 것도 사실이지 않습니까?"

"등급평가의 의미와 관련된 투자가 쪽의 오해에 대해서는 방금 말씀드린 대로입니다."

리처드슨은 일축했다.

"한편 그런 현실에 어떻게 대응해야 할 것인가는 저희도 검토하고 있습니다. 예를 들어 신용도의 높고 낮음과는 관계없이 유동성을 나타내는 등급이나 지표를 만드는 일 등입니다. 이 건에 대해서는 내년 전반 정도에 결론을 내리려고 생각하고 있습니다."

다른 기자가 손을 들었다.

"S&D의 사장은 이번 혼란에 책임을 지고 사임했습니다만 당신은 사임은 생각하고 있지 않으신가요?"

미국에서는 이번 금융 위기에 대해 신용평가사의 책임을 묻는 목소리가 의회와 매스컴 등에서 높았고 지난 8월 S&D의 여성 사장이 사임했다.

"현재로서는 사임은 생각하고 있지 않습니다. 사장으로서 해야 할 일이 많이 있으니까요."

리처드슨은 강인해 보이는 턱을 내밀며 도전하는 눈빛으로 말했다.

"마셜스의 스트럭처드 파이낸스는 당신이 오랜 기간 지휘해온 부문입니다. 책임이라는 의미에서는 많이 무겁다고 생각합니다만."

"현재 정부 당국과 신용평가사의 형태며 사무의 개선 방법에 대해 논의를 하고 있습니다. 그 일을 확실하게 마치는 것이 책임을 지는 행위라고 생각합니다. ……그만두는 것은 언제든지 가능하니까요."

리처드슨은 짜증스러운 기색으로 회견을 마쳤다.

5

새해(2008년) 1월 2일—

도쿄는 맑고 북서쪽에서 따뜻한 바람이 불고 있었다. 추오 구 쓰쿠다 1번지를 흐르는 스미다가와 강에서는 수면을 오가는 보트의 엔진 소리가 낮게 들리고 있었다.

사와노 간지의 본가는 1844년 창업한 전통 있는 가게였다. 제방 바로 근처 벽돌길 옆에 선 낡은 목조 2층짜리 가게 정면에는 점포 명을 금색으로 새겨 넣은 나무 간판이 걸려 있었다.

감색 포렴 아래 유리 미닫이문을 드르륵 하고 열면 달콤한 음식 냄새가 코를 찔렀다.

진열용 유리 선반에는 20종 이상의 쓰쿠다니가 사각형 나무 그릇에 장식되어 있었다. 장어, 명란, 바지락, 가다랑어, 가리비, 보리새우, 새우 등…….

선반 안쪽은 바닥보다 조금 높은 마룻방으로 되어 있고, 소매 있는 앞치마를 두른 여성 두 사람이 앉아서 가게를 지키고 있었다.

머리 위 벽에는 감실신주를 모시는 장이 있었고 벽에는 쓰쿠다지마 섬을 찍은 오래된 사진이 몇 장 붙어 있었다.

가게 뒤편에 있는 공장에서 머리 전체를 완전히 덮는 하얀 모자를 쓰고 하얀 작업복을 입은 사와노 간지가 칠기 그릇에 담긴 뱀장어 조림을 날라 왔을 때 정문 미닫이문을 열고 코트에 머플러를 한 남자 손님이 들어왔다.

"아, 사와노 씨. 오랜만입니다. 새해 복 많이 받으십시오."

둥근 얼굴에 무테 안경을 쓴 온화해 보이는 인물은 과거 히비야생명이 5억 달러 규모의 열후채를 발행했을 때 주간사였던 메릴린치재팬의 투자은행본부 MD매니징 디렉터였다.

"아아, 이게 누구십니까! 새해 복 많이 받으십시오."

사와노는 하얀 모자를 벗고 머리를 숙였다.

"가까이까지 온 김에 오랜만에 인사도 드리고 쓰쿠다니라도 살까 해서 들렀습니다."

50대 전반의 MD는 옛날과 변함없는 부드러운 미소를 지었다.

가족과 함께 오테 가에서 하코네箱根 역전 마라톤 출발을 보고 쓰키지에서 아침을 먹은 뒤 백화점에서 가족과 헤어진 다음 왔다고 했다.

"그러셨군요. 차라도 천천히 마시고 가십시오."

사와노는 석제 타일을 깐 바닥에 있는 나무 의자를 가리켰다.

"지금도 메릴린치에 계시는 건가요?"

마룻방에 정좌를 하고 사와노가 물었다.

"어떻게 안 잘리고 버티고 있습니다."

따뜻해 보이는 갈색 코트를 입은 MD가 쓴웃음을 지었다.

"그런데 솔직히 말씀드리면 회사는 아주 엉망입니다."

"그렇게 안 좋은가요?"

"베어스턴스나 리먼처럼 저희도 증권화에 너무 들이부었어요. 최대의 실패는 퍼스트프랭클린을 매수한 일이고요. 거기서 막대한 손해가 나고 있습니다."

퍼스트프랭클린은 2006년 12월 메릴린치가 13억 달러로 매수한 캘리포니아 주의 주택론 취급 회사로 연간 융자액만 300억 달러에 달했고 서브프라임론은 전미 10위였다.

"모두들 어떻게든 중지시키려고 스턴 오닐(회장 겸 CEO)을 말렸습니다만…… 결국 최고가로 낙찰되었죠."

유감스러운 표정이었다.

스턴 오닐은 지난 10월 업적 악화의 책임을 지고 퇴임했지만 작년 결산은 80억 달러를 넘는 큰 폭의 적자를 기록했다고 한다. 새로운 CEO는 골드만삭스 출신으로 뉴욕증권거래소의 CEO를 역임했던 존 테인이 취임했다.

"그런데 일본계 은행 쪽은 어떻습니까?"

사와노가 물었다.

"서브프라임 관련 손실은 현재 일본계 은행 전체로 6천억 엔 정도라고 하니까 유럽이나 미국의 금융기관과 비교하면 피해는 훨씬 덜 받는 편이죠. 저희나 시티, UBS 같은 곳은 한 곳당 1조 엔 규모니까요."

그러나 일본계 은행의 6천억 엔이라는 숫자는 서브프라임을 조금이라도 포함한 RMBS 외 CDO의 평가손의 합계로 서브프라임 외의 증권화 상품을 합하면 그 몇 배는 될 것이라고 한다.

"일본계 은행은 움직임이 둔한 덕분에 산 거군요."

"물론 그런 면도 있겠죠. ……단 시세가 내려가기 시작한 뒤로 미쓰비시UFJ가 로열뱅크오브스코틀랜드로부터 CDS를 3500억 엔 정도 사고 미즈호가 미국에서 부동산 관련 CDO 팀을 만들기도 하는 등 꽤나 창피한 짓을 했네요."

두 사람은 마주보고 웃었다.

"그러고 보면 저희도 미즈호은행이 'CBO 올재팬'이라는 것을 하니까 사모채를 내지 않겠느냐고 권유했던 적이 있네요. ……지금 엄청난 기세로 등급이 내려가고 있는 모양이지만요."

사와노가 차를 마셨다.

"'CBO 올재팬'! ……그건 드물게 보는 실패작이었죠."

메릴린치의 MD가 얼굴을 찌푸렸다.

이시하라 신타로 도지사가 제창한 '도쿄 채권 시장 구상'에 따라 미즈호은행이 어레인저가 되어 2006년 3월 발행한 총액 881억 엔 규모의 'CBO 올재팬'은 발행 후 불과 3개월 만에 최초의 디폴트가 발생했고 그 뒤로도 디폴트가 이어져 S&D는 등급을 계속해서 내리는 중이었다. 변제 우선 수위가 가장 높은 A호 사채(슈퍼 시니어, 40억 엔)만 여전히 트리플 A였지만, B호(제1시니어, 831억 엔)는 당초의 트리플 A에서 현재는 정크 등급인 더블 B 플러스였고, 세 번째인 C호(제2시니어, 7억 엔)는 더블 A였던 것이 싱글 B 플러스, 네 번째 D호(메자닌, 3억 엔)은 싱글 A였던 것이 싱글 B라고 하는 비참한 상태였다.

"C호와 D호는 상환액 제로인 휴지조각이 될 거라고 하고 1년 반 동안 10~11단계 내려갔으니 마이그레이션이니 뭐니 따질 상황이 아닌 모양입니다."

메릴린치의 MD가 다시 쓴웃음을 지었다.

"어쩌다 그렇게 된 건가요?"

"투자가에게는 사채를 발행한 중소기업이 경기 악화로 당초 예상 이상으로 디폴트율이 높다고 설명하는 모양이지만……. 그러나 그것만으로는 그렇게 높은 디폴트율을 기록할 리가 없죠."

"그럼 다른 요소가 있는 건가요?"

"어차피 CBO로 만들어 팔면 된다고 생각하고 대충 심사를 한 겁니다."

사와노는 고개를 끄덕였다. 부친으로부터 미즈호은행에서 간단히 신청만 해도 된다는 말을 들었을 때 위험하다는 생각을 한 기억이 남아 있었다.

"미즈호은행에서 'CBO 올재팬'을 담당하던 후지은행 출신의 부사장과 상무가 작년 10월 퇴임했다고 하니까 역시 뭔가 있었던 게 아니겠습니까."

"그렇군요……. 그런데 금융기관은 이것으로 일단락된 건가요? 저희도 선물용 조립 주문이 줄어 곤란한 형편이거든요."

"흐음…… 증권화 상품의 가격은 이미 바닥을 칠 만큼 쳤습니다만……."

메릴린치의 MD가 고개를 갸웃거렸다.

"단 투자은행 각사는 외부에 알리지 않은 채 어떻게든 수습하려는 자산이 꽤 남아 있을 테고 AIG 같은 곳은 일본 엔으로 46조 엔 정도의 CDS크레디트 디폴트 스왑을 인수했으니까요."

"46조 엔요?! 우와—!"

3월 중순—

메릴린치재팬 MD가 했던 우려는 현실이 되었다.

거액의 증권화 상품 손실을 안고 있던 준대형 투자은행인 베어스턴스가 자금 운용이 곤란해진 것이다. 동사는 RMBS의 유력 플레이어로 대량의 재고를 가지고 있었고 그 때문에 자금을 레포_{Repo-되사는 조건이 붙은 채권 매각}하거나 CP 같은 당기 금융 상품으로 조달하고 있었다. 그러나 증권화 상품의 가격이 떨어지고 동사의 신용 리스크를 우려하는 금융 기관이 거래에서 손을 떼기 시작하면서 자금 운용에 점점 압박을 받아왔다.

베어스턴스가 뉴욕연방준비은행_{FRB}의 티모시 가이트너 총재에게 어려움을 호소한 것은 3월 13일 목요일의 일이었다. 그날 밤 이번 금융 위기에서는 승자였던 JP모건체이스가 베어스턴스에 150명의 감사 팀을 보내 동사의 재무 내용을 조사하기 시작했다.

다음 날인 금요일 JP모건체이스는 뉴욕연방은행으로부터 공여받은 자금을 사용해 베어스턴스에 약 300억 달러의 융자를 실행했다.

주초에 세계 시장이 대혼란에 빠지는 것을 어떻게든 피하기 위해 FRB는 프라이머리딜러_{primary dealer-FRB와 직접 미국 국채를 거래할 수 있는 증권회사}를 대상으로 하는 융자 제도를 창설, 구제 매수를 후원한 탓에 300억 달러(약 31조 9050억 원)에 이르는 베어스턴스의 불량 자산을 사실상 살 수가 있었다.

결국 일요일 밤에 JP모건체이스가 베어스턴스를 1주당 2달러(후에 10달러로 변경)에 매수하는 것에 동의함으로써 '베어스턴스 쇼크'는 겨우 면할 수 있었다.

　　JP모건체이스가 베어스턴스 매수를 위해 마지막 교섭을 벌이고 있을 무렵, 이누이는 미나미이쿠타의 자택에서 저녁을 먹고 있었다.

　　하나의 1주년이 지난 달 있었다. 가끔 추억이 떠오르며 슬퍼지기는 했지만 정신적으로도 거의 보통 상태로 돌아와 이누이는 후지미등급 사무소에 가오리는 꽃집에서 일하고 있었다.

　　창밖은 완전히 어두워졌고 멀리 불을 밝힌 집이 실루엣처럼 보였다.

　　거실 테이블 위에는 가오리가 만든 돈가스와 샐러드가 놓여 있었고 이누이는 혼자 맥주를 마시며 신문을 읽고 있었다.

　　"자아, 오래 기다렸어."

　　갈색 터틀넥을 입은 가오리가 쟁반에 돼지고기를 넣은 된장국 그릇 두 개를 올리고 다가왔다.

　　"아, 땡큐."

　　이누이가 받아들어 테이블 위에 놓았다.

　　"나도 조금 먹을까?"

　　가오리가 잔을 내밀기에 이누이는 맥주를 따라주었다.

　　"아, 맛있네."

　　가오리는 한 모금 마시고 만족스러운 표정으로 말했다.

　　TV에서는 NHK의 대하 드라마 '아쓰히메篤姫'가 막 시작되고 있었다.

"미야자키 아오이宮崎あおい한테서 관록이 보이네."

가오리가 화면 속에서 아쓰히메를 연기하는 젊은 여배우 미야자키 아오이를 보며 말했다.

"대하 드라마 주연을 맡으면 저절로 자신감이 붙는 건가?"

이누이는 TV를 보며 돈가스를 입으로 가져갔다.

"여보, 그런데 말이야……."

가오리가 젓가락을 멈추고 말했다.

"나 빵집 하면 안 될까?"

"뭐어?!"

갑작스러운 말에 이누이는 젓가락과 국그릇을 든 채 눈을 동그랗게 떴다.

"갑자기 무슨 소리야? 뜬금없이."

"으응……."

가오리는 어떻게 말하면 좋을까 생각하는 표정이었다.

"그러니까…… 하나를 위해 모은 돈 있잖아."

이누이가 마셜스로 이직한 이후부터 둘이서 모은 8천만 엔 가까운 돈을 말한다.

"그 돈으로 빵집을 연다고? ……흠음."

이누이도 생각에 잠겼다.

"아니 어쩌다 빵집이라는 발상이 나온 건데?"

가오리는 일어서서 TV 앞 낮은 테이블 위에 쌓여 있던 책 중에서 한 권을 가져 왔다.

"이거야."

내민 책은 오구라 마사오의 『복지를 바꾸는 경영』이었다. 하얀 커버로 된 책으로 띠지에 백발의 오구라 마사오 사진이 들어가 있었다.

"이거? ……그러니까 스완베이커리를 하겠다는 거야?"

스완베이커리는 70세에 야마토운수를 떠난 오구라가 사재의 대부분을 털어 야마토복지재단을 만든 뒤 장애자를 고용하기 위해 시작한 빵집이었다.

"지금 스완은 직영점이 세 곳, 프랜차이즈 점포가 열아홉 곳 있어."

가오리가 말했다.

직영점은 긴자에 두 개 아카사카에 하나, 프랜차이즈 점포는 수도권을 중심으로 홋카이도에서 추고쿠, 시코쿠四国 지방까지 각지에 있었다.

"나도 프랜차이즈 점포를 해보고 싶어."

"흐음……."

"당신도 말했잖아. 우리가 너무 이기적이었다고. ……난 하나를 위해서라도 나를 위해서라도 해보고 싶어."

가오리는 꽃집 아르바이트를 계속해왔지만 가능하면 자기 스스로 무엇인가를 해보고 싶다고 계속 생각해왔다고 했다.

"하나를 돌보던 시간만큼 시간도 비고 8천만 엔이라는 돈이 남았잖아……. 이건 하나가 우리한테 뭔가 하라고 말하는 거 아닐까 하는 생각이 들어."

가오리가 진지한 눈빛으로 말했다.

며칠 뒤―

전 골드만삭스 CEO이자 현 재무장관 헨리 폴슨은 맨해튼의 고급 레스토랑에서 리먼브라더스의 회장 겸 CEO인 리처드 폴드와 저녁 식사를 함께 하고 있었다.

흰색을 기조로 꾸민 가게 안은 아치 모양의 기둥이 빙그르 둘러싸고 있는 아르데코 양식으로 벽에는 뉴욕답게 색채가 선명하고 모던한 인물화가 걸려 있었다. 높은 천장의 조명에서 떨어지는 휘황찬란한 빛 아래 테이블 자리에는 표정에 여유가 넘치고 잘 꾸민 사람들이 식사를 하고 있었다.

폴슨과 폴드는 각자 메인 디시인 블랙앵거스 스테이크와 램 촙 접시를 앞에 두고 있었다.

"…그런데 딕(리처드의 애칭), KDB한국산업은행과의 교섭은 어떤 상황인가?"

이제 곧 62세가 되는 재무장관은 어깨 폭이 넓고 우람한 체격으로 다트머스대학 시절 미식축구 전미 대표로 뽑혔을 때의 분위기가 남아 있었다.

"KDB? 왜 그런 걸 묻지?"

옅은 눈썹에 푹 들어간 눈, 콧날이 높은 맹금류 같은 풍모를 가진 폴드의 눈에 도발적인 빛이 감돌았다. 폴드는 항상 골드만삭스의 뒤를 좇으며 39년간 투자은행가로서 살아왔다.

폴슨보다 한 달 늦게 태어난 폴드는 1969년 컬럼비아대학을 졸업한 뒤 한때 파일럿으로 공군에서 근무했지만 상사와 치고받으며 싸운 뒤 사임하고 리먼브라더스에 입사했다. 가장 첫 업무는 CP커머셜 페이퍼 트레이더 일이었고 이후 리먼에서만 계속 일했으며 1994년 동사가 아메리칸익스프레스에서 분리 되었을 때 CEO로 취임했다. 그 뒤 회사는 성장을 거듭하여 1994년 1억 3000만 달러에 불과했던 세후 이익은 작년 42억 달러에 달했다.

"베어스턴스 건은 겨우 처리했지만 금융 시장은 아직 불안정해. 7개월 전부터 계속 제안을 하는 KDB의 성의를 생각하면 나쁜 이야기는 아니라고 생각하는데."

폴슨이 말했다.

리먼브라더스의 주식을 한국산업은행에서 한 주당 23달러로 매수하겠다는 제안이 있었던 것이다. 한편 시장에서는 베어스턴스 다음은 리먼이라는 이야기가 널리 퍼져 있었다. 리먼도 거액의 자금을 레포로 조달 중이었고 대량의 RMBS주택 부동산 담보 증권과 상업용 부동산을 끌어안고 있었기 때문이었다.

"행크(헨리의 애칭), 난 리먼이라고 하는 미국을 대표하는 브랜드를 한국인에게 팔아치울 만큼 어렵지는 않아. 베어스턴스와 리먼은 달라."

기하학적인 무늬가 들어간 붉은 실크 넥타이에 검은색 양복을 입은 폴드는 폴슨의 걱정을 일축하며 잔에 든 캘리포니아산 레드 와인을 입으로 가져갔다.

자신감인지 허세인지 알 수 없는 상대의 모습을 바라보며 폴슨은 괴로운 심정이었다.

1월 말 리먼은 배당을 13퍼센트로 늘려 1억 주까지 자사주를 구입하겠다고 발표함으로써 주가를 62달러 53센트까지 끌어올리는 데 성공했다. 그러나 그 뒤 베어스턴스 파산의 영향으로 주가는 30달러 선을 깨기 직전까지 떨어졌다.

유능한 트레이더가 차례차례 그만두었고 사내에서는 동요가 확산되었지만 폴드는 주택 관련 증권화 상품은 지금이 밑바닥 가격이라고 판단하고 더욱 비율을 늘렸다. 주위의 사람들은 이 일에 큰 의문을 가졌지만 14년간이나 회사의 톱으로 군림해온 '제왕'은 타인의 의견에 귀를 기울이지 않게 된 지 오래였다.

"나로서는 외부로부터의 출자를 받는 것이 가장 좋다고 생각하는데……. 최소한 레버리지만큼은 더 낮춰줬으면 해."

폴슨이 강한 의지를 담은 목소리로 말했다.

리먼은 RMBS와 상업용 부동산뿐 아니라 TXU(318억 달러), 아치스톤스미스(222억 달러), 퍼스트데이터(264억 달러) 등의 매수에 관여했기 때문에 거액의 LBO 자산이 남아 있었다.

"몇십 배나 레버리지가 걸려 있으면 시장이 1~2퍼센트만 움직여도 치명적인 대미지를 입지 않나. 시간 벌이만 하지 말고 과감한 대책을 세워야 해."

2월 말 시점에서 리먼의 자기 자본이 248억 달러였던 것에 비해 차입금은 그 31배인 7612억 달러로 팽창해 있었다. 이 외에도 연결되지 않은 펀드 등을 합하면 레버리지는 50배 정도 될 거라고 추측되었다.

7860억 달러라는 자산 가치가 1퍼센트만 떨어져도 78억 6천만 달러의 손실이 나오고 3퍼센트가 떨어지면 자기 자본은 거의 다 없어진다.

"시간 벌이? 딱히 그런 건 안 해."

폴드는 오만한 눈빛을 폴슨에게 향했다.

월 가에서 가장 오랫동안 CEO로 취임해온 남자는 오랜 시간 골드만삭스와 어깨를 견주어왔으며 골드만의 CEO에 뒤지지 않는 부자가 되는 일에 집념을 불태워왔다. 작년 연수^{年收}는 4500만 달러로 과거 8년분을 합하면 3억 달러(약 3194억 1000만 원)에 달했다.

"난 정확한 시세 전망을 근거로 경영 전략을 세우고 있어. 레버리지는 그 결과에 불과해."

"그렇지만 RMBS도 있고 다른 CDO도 있고 상업용 부동산도 있고 LBO도 있다는 것은 너무 위험하지 않은가? 하물며 지금은 부동산과 증권화 시장이 침체되어 있어. 좀 더 업무를 좁히고 차입을 줄여야 하지 않겠나?"

폴슨의 말에 폴드는 흥 하고 코웃음을 쳤다.

"여러모로 걱정해줘서 감사하기 그지없군."

맹금류를 닮은 얼굴에 빈정거리는 미소를 띠었다. 또한 그 얼굴에는 리먼은 덩치가 큰 만큼 정부가 절대로 파산을 방관하지 않을 거라는 자신감으로 가득 차 있었다.

"그렇지만 기업총수로서의 경력은 내 쪽이 자네보다 오래되었네. 나에게는 나만의 방법이 있어. 쓸데없는 참견은 하지 말아주게."

두 사람의 눈빛이 부딪치면서 불꽃이 일었다.

"리먼브라더스는 158년의 역사가 있는 월 가의 거대 투자은행이야. 거리의 벼락치기로 생긴 금융기관과는 달라."

"그렇군……. 그렇게까지 말한다면 더 이상 아무 말 않지."

폴스는 굳은 표정으로 말하고는 눈앞의 요리에 포크를 찔렀다.

'재무장관인 내가 이렇게까지 이야기하는데…… 어디 마음대로 해! 어떤 일이 있어도 납세자의 돈을 리먼에게는 사용하지 않을 테니까. ……나중에 우는 얼굴이나 하지 말라고!'

운동 선수 출신 재무장관은 내심 분노로 불타오르며 묵묵히 요리를 입으로 가져갔다.

6

4월—

이누이와 가오리는 주식회사 스완을 방문했다. 동사는 1998년 야마토복지재단과 야마토홀딩스(야마토운수의 지주회사)가 설립한 회사로 스완베이커리를 운영하고 있었다. 복지재단은 영리사업을 할 수 없는 까닭에 "세상에게 사람에게 필요한 사업은 절대 지속 번영한다", "동기가 선하다면 불가능은 없다"라는 오구라의 이념의 실행 부대로서 설립되었다.

장소는 긴자 뒤쪽으로 트럭과 승용차가 쉴 새 없이 교차하는 쇼와昭和가 근처에 있는 수수한 10층짜리 건물이었다. 1층은 스완베이커리 긴자점이었고 그 외에는 야마토기업연금, 야마토복지재단 등이 입주하고 있었다. 옆에 있는 건물은 야마토운수의 거대한 집배소였다.

8층 사무실 일부를 간소한 패널로 구분만 지은 회의실에 나타난 것은 승려처럼 머리를 빡빡 깎은 40대 후반의 사장이었다. 20대 중반 아르바이트생으로 야마토운수에 입사한 사람이며 산전수전 끝에 영업소장이 된 뒤에는 아침저녁 배달, 시간대가 정해진 배달·집하, 장점을 중점 평가하는 인사 고과 등 참신한 아이디어로 실적을 올렸으며 3년 전 스완의 사장으로 취임했다.

사장은 노트북 화면을 이누이와 가오리에게 보여주면서 설명을 시작했다. 화면에는 하얀 위생복을 입은 지적 장애인 남자가 빵 생지를 반죽하는 모습이 나와 있었다.

"스완은 장애자의 가게로 보이지 않는 점이 특징입니다만 문제가 발생하는 것은 일상다반사입니다. 사건이 없는 날이 없다고 해도 과언이 아닐 정도죠. 예를 들자면 자폐증을 가진 아이가 다른 사람을 물어뜯거나 벽을 차 구멍을 내기도 하죠. 잘할 수 있을 거라 자신감으로 차 있는 사람은 오래 버티지 못합니다. 이념으로 불타오르는 사람이 진두지휘를 하지 않으면 안 되는 거죠. 경영이라는 것은 아무나 할 수 있는 쉬운 일이 아니니까요."

차콜그레이색의 소박한 양복을 입은 사장은 에너지 넘치는 어조로 이야기했다.

"종업원의 구성은 극히 일반적으로 말하자면 일반인 셋, 장애인 셋입니다만 가게의 크기나 시프트에 따라 달라지기도 합니다."

일하는 장애인은 지적 장애인이 많았고 그 외 정신 장애인이며 신체 장애인도 있었다. 한정된 공간인 주방에서 일하지 않으면 안 되므로 휠체어를 탄 사람만으로는 일하기가 어렵다고 했다.

"가게를 내겠다고 희망하시는 분에게 바라는 것은 오직 하나입니다. 시장 경제는 경쟁입니다. 경영자는 사람의 선의에 기대지 않고 불굴의 의지를 불태우는 사람이 아니면 안 됩니다."

이누이와 가오리는 박력에 압도당하면서도 열심히 필기를 했다.

"예전에 정신 장애자 여성 중에 '예전 직장에서는 아무 때나 쉬어도 괜찮다고 했다'고 말하던 사람이 있었습니다만 저희는 그런 일을 인정하지 않습니다. 업무와 마감이 먼저고 나중에 장애인이 포함되는 겁니다. 일반적인 생각과는 순서가 거꾸로인 거죠."

"지금까지 열 명의 일반인으로 일해오던 집단에 한 사람의 장애자를 넣어 열한 사람으로 만들면 안 됩니다. 생산성이 떨어지니까요. 장애인을 한 사람 넣는다면 일반인은 아홉 명으로 해야 합니다. 그렇게 해야 생산성이 유지되니까요."

"잘 되지 않는 가게 중에는 이런 가게가 있었습니다. 일반인이 열심히 장애인의 몫까지 일하는 바람에 장애인들이 놀게 된 거죠. 장애인이 전혀 도움이 안 되는 거였습니다. 결국 그 가게의 경영자는 그만두게 했습니다. 다른 가게 중에서는 장애인이 한 일을 일반인이 더블 체크하는 곳이 있었습니다. 이 역시 금지시켰습니다. 인건비 낭비일뿐더러 장애인의 책임의식도 길러지지 않으니까요. 경영이 부진한 다른 가게에서는 흐물흐물한 빵을 만들더군요. 그런 게 팔릴 리가 없는 데 말입니다. 제대로 된 빵을 구울 수 있도록 3개월간 훈련을 다시 받게 했죠."

"저희들은 장애인이 진심을 담아 만들었다고는 절대 말하지 않습니다. 그렇게 생각하게 되면 조금 부족할지 모르지만 너그러이 봐달라는 어리광이 생기기 때문입니다. 전문 베이커리도 쉽지 않은 시대입니다. 10년 전이라면 몰라도 지금은 대형 슈퍼에서도 맛있는 빵을 만듭니다. 카페, 편의점, 스타벅스 등에 순수한 상품의 힘으로 대항할 수 있어야 합니다."

"스완에서는 장애인도 훌륭한 전력입니다. 그들은 일반인과는 달리 어떤 일을 요령 있게 잘하거나 뭐든 금방 배우거나 하지 못합니다. 그렇지만 반복 작업이나 잘못된 점 찾기는 일반인보다 뛰어난 능력이 있습니다. 일반인보다 더 많은 급료를 받는 바리스타 여성도 있고요."

"베이커리의 최대 리스크는 뭐라고 생각하십니까? 그것은 식중독입니다. 일반인들은 가르치자마자 게으름 필 생각을 해서 바쁘면 손도 안 씻고 작업장에 들어오곤 합니다. 그렇지만 장애인들은 그런 게으름이 없습니다."

"일반인과의 차이를 한 가지 더 말씀드리면 장애인은 면종복배面從腹背가 없습니다. 싫은 사람은 싫어하는 것이 분명히 드러납니다. 어떤 사람을 싫어하는지 보면 자신의 일만 생각하는 사람을 싫어하죠. 상대의 인간성이 착한지 아닌지 잘 살피죠."

"빵집 일은 중노동입니다. 아침 여섯 시부터 모두 필사적으로 일하지 않으면 안 됩니다. 장애인에 대해서도 '인정, 신뢰, 지지'해야 하고 채용한 지 4개월 이내에 최저 임금을 받을 만한 전력으로 만들어야만 합니다."

작은 체구의 사장은 입에서 정열의 화염을 뿜는 것처럼 계속 이야기했고 이누이와 가오리는 설법이라도 듣는 마음으로 계속 펜으로 필기를 했다.

"프랜차이즈 점포는 로열티를 지불할 필요가 없습니다. 가게를 내기 위해서는 내장이며 기재 구입 등으로 2천만 엔에서 4천만 엔이 들지만요. 가게의 레이아웃이나 설계에 대해서는 '안데르센'에서 지도합니다. 빵을 예쁘게 진열하여 통행인들에게 어필하는 방법이라든가 갓 구운 빵의 냄새를 거리로 내보내는 방법이라든가 여러 노하우가 있습니다."

'안데르센'은 스완을 지원하는 주식회사 타카키베이커리(본사 히로시마 시)가 전국적으로 전개하고 있는 직영 빵집이었다.

"가게를 내기 전 2개월간 스완 긴자점이나 아카사카점에 들어가 연수를 하게 됩니다. 개점 전후 한 달은 '안데르센'에서, 경우에 따라서는 스완 본부에서 지원을 하고요."

"죄송합니다만 한 가지 물어봐도 되겠습니까?"

양복에 넥타이 차림의 이누이가 말했다.

"저희들 같은 프렌차이즈 점포를 희망하는 사람은 먼저 뭘 해야 좋을까요?"

"제대로 된 이익 계획표를 만들어 가져와 주십시오."

사장이 즉시 대답했다.

"어디에 가게를 낼 것이며 누구에게 무엇을 얼마나 팔 것이며 경비는 어느 정도이고 이익은 어떻게 될 것이라는 계획표입니다. 판매처의 고유명사와 상품의 고유명사들도 들어간 제대로 된 계획표를 짜주십시오."

이누이와 가오리는 진지한 표정으로 고개를 끄덕였다.

5월 상순—

미나토 구 아타고 2번지 고층 빌딩 20층에 있는 마셜스재팬 주일대표실 소파에서는 산조 세이이치로가 인사총무부장과 이야기를 하고 있었다.

시간은 이미 저녁 8시를 지나 창밖은 어둡고 실내의 공기에는 피로와 권태감이 가라앉아 있었다.

"……그래서 어떤 이유로 그만두지 않겠다는 건데?"

와이셔츠에 넥타이 차림으로 소파에서 다리를 꼬고 앉은 산조가 짜증스러운 표정으로 자료에 시선을 떨어뜨린 채 물었다.

자료는 해고 예정자 리스트였다.

투자가가 증권화 상품을 두려워해 구입하지 않게 되고 등급평가에 대한 불신감이 높아지면서 일거리가 격감했다. 스트럭처드 파이낸스 안건은 작년의 3분의 1 정도로 줄었고 사업법인의 사채 등급평가도 3할이 줄었다.

마셜스재팬에서는 인원 감축이 시작되어 70여 명 있던 스트럭처드 파이낸스 그룹은 50명으로 줄었다. 본사에서 더 많은 인원 정리 명령이 올 것으로 예상한 산조는 사업법인과 금융기관 그룹을 중심으로 사람을 쳐내고 그곳에 자신이 키운 부하를 앉힐 계획을 세우고 있었다.

"꽤 분개하던걸요. 워낙 프라이드가 높은 여자라서."

40대 후반의 인사총무부장이 말했다.

두 사람이 이야기하는 것은 금융기관 그룹의 간부급 애널리스트 여성이었다.

산조는 그 여성을 그만두게 하기 위해 스트럭처드 파이낸스 그룹의 바이스 프레지던트를 매니징 디렉터로 승격시켜 금융기관 그룹의 책임자로 앉혔다.

"그래…… 꽤나 끈질긴 여자로군."

무테 안경을 쓴 산조의 얼굴이 무섭게 일그러졌다. 스트레스로 주량이 늘고 얼굴이 부어 있었다.

"퇴직금을 더 준다고 해도 싫대?"

"돈의 문제가 아니라고 합니다. ……일단은 지구전으로 끌고 가서 상대가 지쳐 포기하는 것을 기다리는 편이 좋을지도 모릅니다."

"변호사라도 끌고 오면 귀찮으니까 일단은 천천히 가야 하나. ……그럼 다음은?"

손에 든 리스트의 다음 이름으로 시선을 던졌다.

업무추진부의 ISG인베스터 서비시즈 그룹에서 기관투자가들에게 등급평가 정보와 등급평가 모델을 판매하는 일본인 남자 매니저였다. 산조가 영업 성적에 트집을 잡아 그만두게 하려고 하고 있었다.

경기의 파고에 따라 사원 수를 증감하는 노하우를 가진 투자은행과 달리 과거 10년 가까이 업무가 확대되고 사람을 채용하기만 했던 마셜스재팬에는 해고의 노하우가 없었다. 그 때문에 산조가 이런 저런 음흉한 방법을 동원해 정리하고 있었다. 그 결과 원망하며 그만두는 사원도 속출했지만 남은 사원들 사이에도 산조에 대한 반발이 강해지고 있었다.

"흐음— 이 사람은 다음 달 말에 그만두기로 하였습니다."

"호오, 그래? ……어딘가 갈 곳이 결정되었나?"

"직접 들은 것은 아닙니다만 일본계 신용평가사에서 영업직 자리가 있었던 모양입니다."

산조는 고개를 끄덕였다.

"그리고 다음은……."

리스트의 다음 이름은 사업법인 부문의 간부로 업계에 이름이 잘 알려진 거물 애널리스트였다.

"이 사람도 다음 달 말까지입니다. 저쪽에서 먼저 말했습니다."

"그렇군. 뭐어 원래 녀석은 회사의 방침과는 반대였으니까."

거물 애널리스트는 사업회사의 등급평가 모델화에 처음부터 회의적이었고 스트럭처드 파이낸스 그룹 중심의 경영에도 불쾌감을 안고 있었다.

"오케이, 그 다음은……."

산조는 피로 때문에 충혈된 눈으로 손에 든 리스트를 좇았다.

회의가 끝났을 때 시계 바늘은 오후 9시를 가리키고 있었다.

산조는 자신의 자리로 돌아와 안경을 벗었다. 큰 한숨을 한 번 쉬고 컴퓨터로 메일을 확인하기 시작했다. 재미도 없는 업무에 너무 쫓긴 나머지 눈의 피로가 가시지를 않았다.

산조는 코의 뿌리 부분을 손가락으로 누르며 메일을 확인했다.

본사에서 일본의 등급평가를 담당하는 폴 로버트슨으로부터 이번 달에서 다음 달 사이에 일본 국채의 등급을 올리는 방향으로 등급조정위원회를 열 예정이라는 연락이 들어와 있었다.

'이번에 올라가면 드디어 더블 A로군…….'

오랜만에 미소가 번졌다.

'스트파이 비즈니스 감소분을 회복하기 위해서는 지자체와 정부계 기관의 안건을 획득하는 수밖에 없어. ……국채가 더블 A가 되면 엄청난 지원군이 생기는 거야.'

S&D와 피치는 원래부터 일본 국채를 더블 A 이상으로 하고 있었다.

전화가 울렸다.

팔을 뻗어 수화기를 들었다.

"헬로, 세인(산조의 애칭). 이츠 알렉스."

굵고 힘찬 목소리는 사장인 알렉산더 리처드슨이었다.

산조는 긴장해 몸을 꼿꼿하게 폈다.

"굿 모닝! 오늘은 일찍 출근하셨군요."

시차가 13시간 있는 뉴욕은 아직 오전 8시 정도일 것이다.

"아니, 사실은 자택에서 전화하는 거야."

"예?"

뇌리를 불길한 예감이 스쳤다.

"세인, 나는 7월 말 사임하기로 했네. 방금 세퍼레이션 어그리먼트_{퇴직합의서}에 사인을 한 참이야."

목소리에 진한 허무함이 묻어 있었다.

"정말인가요?! 그렇지만 왜요? 회사가 당신을 가장 필요로 하는 시점에 왜?"

산조는 경악하며 물었다.

"그 말에는 감사하네. 나로서도 유감이야. ……그렇지만 여론이 납득을 하지 않는군. 특히 의회와 투자가가……."

"의회와 투자가……."

작년 말 리처드 셀비 상원 의원(앨라배마 주 의원으로 상원의 은행·주택·도시 문제 위원회의 멤버) 등은 "마셜스와 S&D는 각각 4할의 시장 점유율을 차지하고 있으며 무경쟁으로 고수익을 올리고 있다. 발행체로부터 수수료를 받는 비즈니스 모델은 이익 상반을 낳기 마련이다"라고 비판했다. 미국의 여론은 "신용평가사는 투자은행을 기쁘게 하기 위해 높은 등급을 주었고, 복잡한 증권화 상품의 구성에 적극적으로 관계했다"고 분노를 사고 있었다.

"내 목을 내놓지 않으면 의회로부터 공격이 더욱 강해질 거야. 투자가 역시 분노해 새로운 소송을 일으킬 거고."

리처드슨은 이미 몇 건인가의 손해 배상 청구 소송의 피고가 되어 있었다.

"……그렇군요."

수화기를 귀에 댄 채 산초는 침통한 표정을 지었다.

마셜스에 입사한 이래 9년 동안 리처드슨과 2인 3각으로 일본 시장을 개척해왔다. 문제를 정면으로 대하고 불굴의 정신으로 해결하는 리처드슨에게 깊은 존경심을 품고 형처럼 받들었다.

"상장 기업인 마셜스가 주주에게 조금이라도 많은 이익을 환원하고 주가를 올리고 발행체에도 어레인저에게도 투자가에게도 더 많은 기쁨을 주기 위해 등급평가 비즈니스를 개량해왔는데……. 솔직히 말해 요즘은 어디서부터 레일을 벗어났는지 자문하곤 해."

리처드슨의 말에는 회한이 깃들어 있었다.

"작별이군, 세인. 행운을 빌어."

다음 날—

마셜스는 리처드슨의 퇴임과 새로운 사장의 지명과 관련된 보도자료를 발표했다.

"Marshall's Investors Service Names Patric Newman as President(마셜스인베스터스서비스, 패트릭 뉴먼을 새로운 사장으로 지명)."

새로운 사장 겸 COO로 취임한 것은 미즈노 료코가 마셜스에 있던 무렵 FIG금융기관 담당 그룹에서 함께 일을 했던 미국인 패트릭 뉴먼이었다. 기업 분석이 취미인 장인적 애널리스트로 당시의 직위는 매니징 디렉터였다. 1996년 등급조정위원회의 회장이었던 피터 서덜랜드가 암 투병 때문에 퇴사하고 후임으로 미국계 은행의 심사 부문 출신이 취임하자 투자은행의 리스크 관리 부문으로 이직했었다. 작년 마셜스의 재건을 위해 다시 부름을 받고 집행 부사장 겸 COOExecutive Vice President and Co-Chief Operating Officer가 되었다.

보도자료 안에는 마셜스의 회장 겸 CEO의 "알렉스(리처드슨)가 마셜스에서의 오랜 경력 중 많은 공헌을 해준 일에 감사한다. 그렇지만 그의 사임 의사를 존중했으며 앞날의 행운을 빈다"라는 말이 들어 있었다.

리처드슨은 퇴직하면서 보너스로 47만 3024달러(약 5억 363만 원)를 받았다. 또한 58만 467달러(약 6억 1802만 원)의 기본급이 퇴직 후 1년 동안 지급된다. 그리고 마셜스의 주식 7만 834주를 보유하고 있었는데 이를 시가로 계산하면 282만 5천 달러(약 30억 778만 원)였다.

1년쯤 전 제임스 체이노스가 공매도 선언을 했을 때의 마셜스의 주가는 72달러 56센트였지만 현재는 거의 절반인 39달러 88센트까지 하락한 상태였다.

비슷한 무렵, 등급평가에서 정확성보다 이익을 우선하는 본질에 의문을 표시한 사원을 마셜스가 퇴직으로 몰고 가거나 증권화 상품에 높은 등급을 부여한 스트럭처드 파이낸스 부문의 간부를 특별 진급시켰다는 등의 이야기를 미국의 주요 일간지가 보도했다. 기사 중에는 마셜스의 현역 시니어 바이스 프레지던트가 실명으로 "마셜스의 문제는 2007년 시작된 것이 아니다. 2000년에 시작된 것이다. 학구적이고 보수적이었던 기업 문화는 비즈니스 프렌들리를 추구하는 딜메이커로 변모했다. 애널리스트들은 다른 신용평가사보다 높은 등급을 산출할 것을 요구받았고 간부들은 안건을 획득 못 해 쫓겨나는 것을 두려워했다. 알렉산더 리처드슨은 과거 마셜스에서는 상상도 하지 못했던 고액의 보수와 공포심으로 회사를 지배했다"라고 말한 것까지 있었다.

베어스탄스가 파산한 뒤 몇 주간은 주식 시세도 상승했고 위기가 확대되는 일은 피한 것처럼 보였다.

그러나 리먼브라더스의 사내에서는 암운이 더욱더 짙어지고 있었다.

대량의 해고가 이루어졌고 5월에 들어서자 주가는 40달러 아래로 떨어졌으며 계속 하향 추세를 보였다.

공매도를 특기로 하는 뉴욕의 헤지펀드 그린라이트캐피털의 사장 데이비드 아인혼은 과거 수년간 리먼이 낸 모든 이익의 3할에서 5할을 주택론 판매와 증권화 비즈니스가 차지했으며, 현재 레버리지는 44배에 달하고 있고 수십억 달러 규모의 손실을 은폐하고 있다고 지적했다.

6월 3일에는 리먼이 최대 40억 달러의 증자를 검토하고 있다고 매스컴이 보도하자, 시장에서는 "리먼이 FRB로부터 자금을 조달한 듯하다"라는 소문이 퍼지면서 주가는 단숨에 9.5퍼센트 하락한 30달러 61센트를 기록했다.

6월 5일에는 현실을 직시하지 않는 경영진에게 속을 끓이던 채권영업, 투자은행, 주식, 증권화 상품 등의 부문장 12명이 맨해튼의 회원제 클럽에서 저녁을 함께하면서 리처드 폴드 회장 겸 CEO나 조셉 그레고리 사장 겸 COO, 둘 중 한 사람을 퇴임시켜 회사의 생존을 위한 발판을 만들어야 한다고 의기투합했다.

나흘 뒤인 6월 9일 리먼브라더스는 제2사분기(3~5월, 이는 11월이 결산월이기 때문)의 최종 손실이 28억 달러(약 2조 9811억 6000만 원)에 이르며, 60억 달러의 긴급 증자를 실시한다고 발표했다. 지난 14년 동안 처음 발생한 적자 결산으로 주가는 30달러 벽을 무너뜨리고 29달러 48센트를 기록했다.

6월 11일, 리먼의 글로벌 채권 부문의 책임자인 매니징 디렉터 바트 맥데이드가 본사 31층의 폴드 회장 사무실을 방문하여 "현장은 경영진의 지도력 부족에 불만을 품고 있으며 살아남기 위해서는 경영진의 쇄신이 필요하다. 사장 겸 COO인 그레고리를 사퇴시켜주길 바란다"라고 요청했다. 예상치 않은 부문장들의 반란에 제왕 폴드는 격노했지만 자신에게 승산이 없다는 것을 알고 요청을 울며 겨자 먹기 식으로 받아들였다.

그날 오후 상급 간부회가 열렸고 그레고리와 CFO최고 재무 책임자인 에린 캘런이 사임하고 새로운 사장 겸 COO로 맥데이드가 취임했다.

맥데이드는 폴드 회장에게 리스크를 줄여야 한다고 간언했다가 퇴사당한 전 글로벌 채권 부문 책임자 마이클 겔밴드와 같은 부문의 매니징 디렉터 알렉스 커크를 불러들여 비상식적으로 팽창한 주택론 채권과 상업용 부동산 등 고(高)리스크 자산의 처분에 돌입했다. 그러나 실태를 알면 알수록 맥데이드 등은 절망감에 몸을 떨 수밖에 없었다.

7월 7일에는 리먼의 신용도를 불안하게 생각한 플래츠(석유와 석유 제품 거래 플랫폼)가 리먼의 참가 자격을 정지시키자 주가는 20달러 선을 깨기 직전인 20달러 14센트까지 떨어졌고 또 그로부터 나흘 후인 7월 11일에는 14달러 44센트라는 미증유의 가격을 기록했다.

7월 15일, SEC미증권거래위원회가 리먼 주식의 네이키드 쇼트셀링Naked Short Selling-무차입 공매도을 일시적으로 금지시킨 탓에 주가는 일단 18달러대까지 회복했으나 시장의 우려는 여전히 강했고 8월 8일 이후 다시 하락을 시작했다.

비슷한 시기, KDB한국산업은행과의 출자 교섭이 재개되었다.

KDB는 한 주당 22달러의 가격으로 25퍼센트를 출자하겠다고 제의했다. 그러나 KDB의 경영 참가와 리먼의 자산을 어떻게 평가하는가를 둘러싸고 교섭은 난항. 9월에 들어서자 KDB는 매수 가격을 한 주당 8달러로 내렸다.

9월 9일 한국금융위원회 김광우 위원장의 "KDB는 이미 리먼과 출자 교섭을 하고 있지 않다"라는 발언이 뉴스를 타자 주가는 전날 14달러 15센트에서 단숨에 절반인 7달러 75센트가 되었다.

같은 날, JP모건체이스가 리먼에 대해 융자 및 그 외의 거래 담보로 50억 달러를 현금으로 차입하라고 유구하며 요구가 충족되지 않을 경우에는 거래를 끊겠다고 통고했다.

9월 10일 리먼은 제3사분기(6~8월)의 손실이 39억 달러에 달한다고 발표. 그와 함께 산하 투자 고문 회사와 상업 부동산 매각을 발표했다. 주가는 7달러 25센트까지 떨어졌다.

9월 11일 뱅크오브아메리카와 바클레이스은행(영국)이 리먼의 매수 교섭을 개시. 주가는 더욱 떨어져 4달러 22센트가 되었다.

9월 12일 리먼의 폴드 회장은 뱅크오브아메리카의 케네스 루이스 CEO에게 전화를 걸어 교섭의 진전을 꾀했다. 그러나 루이스는 일반 고객을 중심으로 300만 개의 증권 거래 계좌를 가진 메릴린치를 매수하는 편이 낫다고 판단, 리먼과의 교섭을 거절했다.

같은 날 리먼의 주일대표인 가츠라기 아키오桂木明夫는 노무라증권 회장 고가 노부유키古賀信行를 방문, 리먼에 대한 출자를 타진했다. 고가는 지주회사 부사장인 시바타 다쿠미柴田拓美에게 이야기를 전달했지만, 리먼이 파산하기 전에 움직이는 것은 위험하다고 판단한 시바타는 "관심은 있지만 시간이 걸린다"고 완곡하게 거절했다.

비슷한 무렵, 바클레이스의 미국인 사장 로버트 다이아몬드는 일본계 은행의 회장에게 전화를 걸어 공동 출자를 타진했다.

그날 리먼의 주가는 3달러 65센트로 떨어졌다.

다음 날인 9월 13일은 토요일이었다.

오후 3시, 바클레이스은행의 다이아몬드는 한 주당 5달러에 리먼을 매수하겠다는 제안서를 손에 들고 뉴욕연방준비은행의 석조 빌딩으로 들어갔다. 매수 조건은 리먼으로부터 550억에서 600억 달러 상당의 불량 채권을 분리하는 것이었다.

9월 15일 월요일—
일본은 경로의 날로 휴일이었다.

그날 이누이 신스케와 가오리는 흐린 도쿄 거리를 아침부터 헤매고 있었다. 스완베이커리의 프랜차이즈 점포를 내는 데 적당한 임대 물건을 찾기 위해서였다.

두 사람은 4월 스완 사장의 설명을 들은 이후 물건 탐색을 계속해왔다. 지금까지 괜찮은 물건이 좀처럼 보이지 않았지만 이날 본 신주쿠구 학생의 거리에 있는 물건은 상당히 좋은 느낌이었다. 그것은 과거 이누이가 일했던 일본계 신용평가사의 상무였던 시마즈(지금은 상담역)가 소개해준 물건으로 하나가 힘겹게 투병 생활을 했고 이누이와 가오리가 기도를 계속했던 대학병원 바로 옆에 있는 탓에 운명의 인연을 느꼈던 것이다.

그날 밤 늦게 이누이와 가오리는 미나미이쿠타의 자택으로 돌아왔다.

거실의 TV를 켜자 긴박한 표정의 남자 아나운서가 뉴스를 읽고 있었다.

"……오늘 미국 시간으로 이른 아침, 뉴욕 지방 재판소에 파산법 적용을 신청하고 경영 파산했습니다. 리먼브라더스는 150년 이상의 역사를 가진 미국 제4위의 증권회사입니다. 종업원 수는 약 2만 9천 명. 세계 30개 국 이상에 거점을 가진……."

'뭐? 리먼이 파산법 적용을 신청?'

이누이는 금방 이해를 하지 못하고 멍한 얼굴로 화면을 응시했다.

"……그러나 인수처로 유력시되던 영국과 미국의 대형 금융기관과의 교섭이 결렬되었고 미국 정부로부터도 공적 지원을 이끌어내지 못하면서 자력 재건의 전망이 보이지 않게 되었습니다. 그리고 뱅크오브아메리카는 일본 엔으로 약 5조 3천억 엔으로 메릴린치를 매수하기로 합의……."

8

리먼브라더스 파산의 충격파는 전 세계를 덮쳤고 각국의 주식 시장은 대폭락했다.

일본 엔으로 환산해 46조 엔이나 되는 거액의 CDS를 인수하기도 하고 보증하기도 했던 미국의 보험회사 AIG는 리먼의 디폴트를 보증했던 CDS의 지급을 요구받게 되었고, 또 마셜스가 동사의 등급을 Aaa에서 A2로, S&D가 AA 마이너스에서 A 마이너스로 내린 탓에 리먼 이외의 무수히 많은 CDS 계약상의 '트리거 이벤트(발동 사유)'가 되어, 거래 상대로부터 추가 담보 차입을 요구받게 되면서 유동성 위기에 빠졌다.

AIG가 디폴트하면 영향이 광범위하게 미칠 것을 두려워한 미국 정부는 9월 16일 최대 850억 달러(약 90조 4995억 원)의 연결 융자를 동사에 실시하고 79.9퍼센트의 주식을 획득하여 실질적으로 국유화한다고 발표했다.

9월 18일에는 전 세계 인터뱅크 시장에서 신용 축소가 우려되는 것에 대처하기 위해 FRB, ECB유럽중앙은행, 일본은행 등 6개 국·지역 중앙은행이 시장에 1800억 달러를 공급한다고 발표했다.

9월 말에서 10월에 걸쳐서는 리먼브라더스의 해체와 다른 금융기관의 증자, 매수, 파산 등이 이어졌다. 리먼의 북미 사업은 바클레이스가 매수했고 아시아와 유럽의 사업은 노무라증권이 매수하기로 결정되었다. 미쓰비시UFJ파이낸셜그룹은 모건스탠리에 21퍼센트 출자

하는 일에 합의했고, 골드만삭스는 워렌 버핏의 투자회사 버크셔해서웨이를 인수처로 하는 50억 달러의 우선주를 발행했으며 또 공모 증자로 50억 달러를 조달한다고 발표했다. 미국의 대형 은행인 웰스파고는 거액의 주택론을 안고 위기에 빠진 대형 금융기관 와코비아(본점 노스캐롤라이나 주 샬롯)를 매수하기로 했다. 한편 리먼 도산에 의한 신용 불안으로 예금이 유출, 자주 재건이 어렵게 된 미저축대부조합S&L의 가장 큰손 워싱턴뮤추얼(본점 워시언 주 시애틀)이 파산, 영업자산은 JP모건체이스가 19억 달러로 매수했다.

영국에서는 로이스TBS은행이 경영 위기에 빠진 대형 금융기관 HBOS핼리팩스뱅크오브스코틀랜드를 매수했고 주택 금융기관 브래드포드앤드빙글리가 부분 국유화되었다. 벨기에, 네덜란드, 룩셈부르크 3국은 대형 금융기관인 포티스에 공적 자금을 투입한다고 발표했다.

1년 반 전 마셜스가 트리플 A 등급을 부여한 아이슬란드의 카우푸싱, 그리트닐, 란즈방키 등 3사는 차입으로 밸런스 시트를 확대했기 때문에 시세의 폭락과 신용 수축에 직격탄을 맞았다. 자금 운용이 어려워진 세 은행은 정부에 의해 국유화되었으며 등급은 모두 트리플 C(Caa1)로 떨어졌다. 그러나 세 은행의 차입액이 GDP의 다섯 배 이상으로 팽창한 탓에 아이슬란드 국가 전체가 파산 위기에 몰려 IMF국제통화기금에 21억 달러의 긴급 융자를 신청하게 되었고 내각은 총사직을 단행했다.

관계자들이 세계의 금융 시스템이 붕괴되지 않을까 공포심을 품은 것은 9월 29일 미 하원이 금융안정화 법안을 찬성 205표, 반대 228표로 부결했을 때였다. 그 법안은 최대 7천억 달러의 공적 자금을 사용해 금융기관으로부터 불량 채권을 살 수 있는 것이었지만 대통령 선거(11월)과 동시에 열리는 의회 선거를 앞에 둔 의원들 일부가 "세금으로 월 가를 구하려는 것인가"라고 반발하는 국민의 비판을 두려워해 반대로 돌아선 것이었다. 예상치 않았던 뉴스로 직격탄을 맞은 뉴욕 다우는 777달러가 내려가는 사상 최대의 하락을 기록했고 전 세계 주식 시장도 폭락했다.

당황한 정부는 의회와의 재조정을 서둘렀고 의회 측이 요구하는 예금 보호 및 중간 소득자에 대한 세금 우대 조치의 연장 등을 법안에 포함시켜 10월 3일 어렵게 법안 성립에 성공했다.

비슷한 무렵—

미나토 구 아타고 2번지의 고층 빌딩 20층에 있는 마셜스재팬의 대회의실에서는 새로 사장 겸 COO가 된 패트릭 뉴먼이 타운홀 미팅(전 사원이 직접 대화하는 집회)을 열고 있었다.

실내 정면 중앙에 양복을 입은 패트릭이 앉았고 그와 마주 보는 형태로 100명이 넘는 사원들이 앉아 있었다. 주일대표 산조 세이이치로는 패트릭과 조금 떨어진 대각선 방향 앞쪽에 사원들을 보며 앉아 있었다.

패트릭은 사장 취임의 포부와 이번 분기 업적 전망, 앞으로의 경영 방침 등을 이야기한 다음, 일본, 미국, 유럽의 금융 당국이 검토하고 있는 신용평가사에 대한 규제에 대해 이야기했다.

"……accordingly we will continue dialogue with regulatory authorities, but will endeavor to preserve the independence and neutrality of our opinions(……따라서 우리는 규제 당국과 계속 대화하겠지만 등급평가의 독립성과 중립성은 확보하도록 노력할 것입니다)."

옛날과 비교하면 얼굴의 주름은 많아졌지만 여전히 상큼한 얼굴의 패트릭은 마이크를 손에 쥐고 이야기했다.

"지난 6월 SEC미증권거래위원회가 신용평가사에 대한 새로운 규제를 채택했습니다. 이는 ①등급평가에 사용한 데이터와 계산 방법의 개시, ②등급평가 업무의 연차 보고서 제출, ③이익 상반 금지(애널리스트 부문과 영업 부문의 분리 등), ④과거 등급평가의 재검토 과정과 관련 데이터의 개시, ⑤증권화 상품과 다른 금융 상품의 등급 표기 구별 등의 내용입니다."

이야기를 들으며 산조는 도무지 진정을 못 하는 표정이었다.

원인은 어제 도쿄에 도착한 패트릭에게 사업법인과 금융기관의 등급평가 부문의 간부들이 면회를 요청, 호텔에서 이야기를 나누었다는 정보가 들어왔기 때문이었다.

알렉산더 리처드슨이 일본에 왔을 때는 항상 산조가 옆에 있으면서 다른 사원이 함부로 접촉하는 것을 허락지 않았다. 그러나 패트릭은 그럴 필요 없다고 거절했다.

"EU와 일본에서도 신용평가사에 대한 규제가 검토되고 있습니다만 내용은 대략 SEC와 동일한 것으로 등급평가 프로세스의 투명화와 이익 상반의 방지가 골자입니다. 이들 규제안은 등급평가에 대한 신뢰 회복을 위해 우리의 노력과 방향성이 일치하므로……."

산조는 눈앞에 앉은 100명이 넘는 사원들의 얼굴을 응시했다. 사업법인과 금융기관 그룹 간부들은 조용히 이야기에 귀를 기울이고 있었다. 한 사람 한 사람 얼굴을 보며 무엇인가 일어나는 것은 아닌가 하는 불길한 예감에 잡혀 있었다.

"……마셜스재팬에서는 다음 달부터 증권화 상품의 최대 예상 손실을 추가 정보로 발표하기로 되어 있지만 앞으로 다른 분야에서도 정보의 개시에 노력해주기 바랍니다. ……그리고 마지막으로 한 가지 부탁 드립니다만, 적시에 등급평가의 재검토가 이루어지지 않았기 때문에 등급평가가 조악한 CDO 구성에 이용당하거나 대폭적인 등급의 하향 조정 및 갑작스러운 디폴트의 발생 같은 문제가 나타나는 겁니다. 이에 대해서는 인원과 제도의 문제도 얽혀 있으므로 경영진으로서 개선의 노력을 하겠습니다. 현장에서도 기업 업적과 경제 동향에 항상 주의를 기울이고 적시에 재검토를 하는 노력을 해주었으면 합니다."

패트릭은 이야기를 마무리하고 산조 쪽을 보며 고개를 끄덕였다.

"Thank you Pat. Now we begin Q&A session(패트, 감사합니다. 그럼 질의 응답 세션으로 들어가겠습니다)."

산조가 말하자 회장에서 몇 사람이 손을 들었다. 그중 한 사람을 패트릭이 지명했다.

"We are concerned if there will be further downsizing in Tokyo office(도쿄 사무소의 인원 삭감은 계속되는 것입니까)?"

업무추진부 남자가 물었다.

"현재로서는 생각하고 있지 않습니다."

마이크를 손에 든 패트릭이 의자에 앉은 채 말했다.

"단 앞으로의 업적에 따라서는 있을 수도 있으므로 절대 없다고는 할 수 없겠군요. 저로서는 고용 보장은 최선을 다해 지키고 싶습니다."

질문자가 고개를 끄덕였다.

"사내 인사에 대해서입니다만……."

사업법인 부문의 애널리스트 여성이 말했다.

"최근 몇 년 회사 전체적으로도 일본 법인에서도 적재적소에 인사 배치가 이루어지지 않고 있다고 생각합니다."

빈틈없는 풍모의 여성은 패트릭을 똑바로 응시하며 말했다.

"예를 들어 본사 컴플라이언스 부장은 컴플라이언스 경험이 전혀 없는 부동산 증권화 애널리스트였던 인물입니다. 또 일본 법인에서도 그 분야의 등급평가 경험이 전혀 없는 사람이 부장 자리에 임명되는 경우가 여러 차례 있었습니다. 이런 문제를 사장으로서 어떻게 생각하십니까?"

산조의 얼굴에 불쾌감이 번졌다. 의심할 여지도 없이 사업법인부와 금융기관 그룹의 책임자 자리에 스트럭처드 파이낸스 부문 출신자가 있는 것을 가리키는 것이었다.

"본사의 컴플라이언스 부장에 대해서는 제가 취임하기 전의 일이므로 코멘트하기가 상당히 어려운 문제입니다만……."

패트릭은 잠깐 생각하는 표정을 지었다.

"단 일반적으로 말해서 최근 수년간 특정 부문의 사원이 우대되었다는 인상은 저도 가지고 있습니다. 또한 특정 포지션에 사람을 임명할 때는 그 분야의 경험자가 바람직하다는 것은 말할 필요도 없습니다. ……따라서 이미 이루어진 인사에 대해서는 퍼포먼스를 객관적으로 평가하겠으며 신규 임명에 대해서는 적재적소에 유능한 인물이 배치되도록 노력하겠습니다."

질문을 했던 여성이 고개를 끄덕였다. "특정 부문의 사원이 우대되었다"라는 말에 만족한 모양이었다.

금융기관 그룹의 간부 애널리스트 남자가 손을 들었다. 산조 반대파의 색깔이 가장 강하고 어제 호텔에서 패트릭과 면담을 한 몇 명에 포함되는 인물이었다.

"솔직히 여쭙겠습니다."

약간 장발에 갸름한 얼굴의 중년 남자는 결의에 찬 표정으로 입을 열었다.

"마셜스가 이렇게까지 신뢰를 잃은 것은 스트럭처드 파이낸스에 과도하게 집중했던 것이 그 원인이라 생각합니다. 그 부분에서 리처드슨 전 사장이 퇴임한 일은 회사에 있어 바람직한 결과라고 생각합니다. ……일본 법인에 대해서는 어떻게 하실 생각이십니까?"

'뭐, 뭐라고?! 저 녀석이……!'

산조는 분노에 찬 눈빛으로 질문자를 노려보았다.

"저 또한 마셜스재팬 역시 경영진의 쇄신이 반드시 필요하다고 생각합니다."

사업법인 부문의 간부 남자가 동조했다. 미국의 대학을 졸업하고 뉴욕 본사에서 채용된 인물이었다.

산조가 충혈된 눈으로 회장 중간쯤에 앉은 안경을 쓴 뚱뚱한 남자를 노려보았다.

"마셜스재팬은 본사 스트럭처드 파이낸스 부문의 별동대라고 해도 좋은 상태입니다. 이래서는 올바른 등급평가가 불가능합니다."

"Excuse me. Let me say some words(죄송합니다, 발언하게 해 주십시오)."

산조가 패트릭과 사원들을 바라보며 말했다. 무테 안경을 쓴 매끈한 얼굴이 굳어 있었다.

"제가 2004년 처음으로 주일대표에 취임한 뒤 가장 심혈을 기울였던 것은 애널리스트의 독립성과 중립성을 확보하는 일이었습니다. 이 점에 대해서는 한 치의 거리낌도 없습니다."

도전하는 듯한 표정으로 말했다.

"표면적으로는 그럴지도 모르죠."

사업법인 부문의 간부 남자가 바로 대꾸했다.

"그러나 결과적으로 당신이 원하는 높은 등급을 주는 인간은 승진하고 그렇지 못한 애널리스트는 좌천되거나 퇴직의 길로 몰렸습니다. 그런 일들은 등급 결정에 반드시 영향을 줍니다. 애널리스트도 인간이니까요."

"산조 씨, 당신이 해온 일은 알렉산더 리처드슨이 해온 일과 완전히 똑같아. 그야말로 당신은 리처드슨의 쌍둥이 동생이었던 셈이야."

회장의 다른 쪽에서 소리가 터져 나왔다. 도쿄의 스트럭처드 파이낸스 그룹에 세 사람 있는 매니징 디렉터 중 한 사람이었다.

발언자를 보고 산조는 깜짝 놀랐다. 자신의 충실한 심복이라고 생각했던 남자였기 때문이다. 산조는 그 남자를 애널리스트로서의 높은 분석 능력과 자신에 대한 충성심을 높게 평가해 간부로 승진시켰다.

'저, 저 녀석도 변심한 건가?!'

무테 안경을 쓴 얼굴이 분노와 놀라움으로 달아올랐다.

"저도 주일대표는 교체되어야 한다고 생각합니다."

업무추진부 부장이 말했다.

"일본의 투자가 사이에서도 등급평가에 대한 불신감이 높아져 있어 무척 비즈니스가 어렵습니다. 마셜스가 진심으로 신뢰 회복을 위해 노력한다는 것을 이해받기 위해서는 일본 법인의 상징인 주일대표를 바꾸는 것이 가장 좋은 방법입니다. 이것은 산조 씨의 성품이나 능력과는 관계없는 영업 사이드에서의 요청입니다."

패트릭은 격렬한 응수를 물끄러미 듣고 있었다.

"산조 씨는 계속 경기가 좋아지는 시기에 마셜스재팬을 경영했습니다."

다시 사업법인 부문의 간부 남자가 말했다.

"그러나 앞으로는 경비 삭감을 해야 할 어려운 시대입니다. 이런 시대는 최고 경영자가 그릇이 안 되면 사원은 따라가지 않습니다."

"저는 산조 씨의 영업 방식에 의문을 품고 있습니다. 주일대표 본인이 고객을 찾아가 등급조정위원회가 열리기도 전에 등급을 커밋하면 컴플라이언스상 문제가 있다고 생각합니다."

약간 장발에 얼굴이 가는 금융기관 그룹의 중년 간부가 말했다.

"NO, I have ever done such a thing(아니야, 나는 그런 일은 한

번도 한 적 없어)!”

산조가 소리치듯 말했다.

“그런가요? 적어도 금융기관의 등급평가에서는 그런 예가 두세 번 있었다고 생각합니다만. 구체적인 안건 명을 들면…….”

금융기관 그룹의 간부는 S&D와 경합했던 미쓰이스미노에은행 계열의 교토 쪽 지방은행 등의 예를 들었다.

“아니, 그건 단순한 예상이었어! 커밋 같은 건 하지 않았다고! 어느 정도 될 것인지 예상도 안 해주면 고객 역시 의뢰하기 어렵지 않은가?!”

산조는 황급히 반론했다.

“저는 주일대표가 직접 심부름꾼처럼 고객을 찾아가는 것은 등급평가의 권위를 떨어뜨리는 행동이라고 생각합니다.”

빈틈이 없어 보이는 외모의 사업법인 부문 여성 애널리스트가 말했다.

“과거의 마셜스는 학구적이고 보수적이었습니다. 등급평가에 권위가 있었습니다. 그러나 그 후 고객에 아첨하는 비즈니스 프렌들리가 이루어졌고 결국은 자신이 설 자리마저 위험하게 되었다고 생각합니다.”

“업계에서는 ‘마셜스는 여자를 안겨주고 장사를 한다’라는 말이 돌 정도입니다. 신용평가업은 신뢰를 파는 비즈니스로 이런 소문이 도는 것 자체가 치명적입니다.”

“여자를 안겨준다고……?”

업무추진부장의 말에 산조는 아연했다.

그런 소문까지 돌고 있을 줄은 솔직히 몰랐다.

눈썹을 찌푸린 패트릭이 차가운 눈빛으로 산조를 보고 있었다.

산조는 얼굴이 창백해졌고 눈앞에 있는 사원들의 모습이 점점 희미
해져 가는 것을 느꼈다.

다음 날—

산조 세이이치로는 마루노우치 1번지의 구 일본산업은행 본점 빌딩
앞에 서 있었다.

북쪽이 에이타이 가와 접하고 있는 14층짜리 건물은 거대한 군함을
연상시키는 독특한 디자인이었다. 준공은 1974년으로 검붉은 화강암
으로 만들어진 표면은 젖은 듯이 빛나고 있었다. 현재는 미즈호코퍼
레이트은행의 본점이 되어 있었다.

부근에 1916년 만들어진 붉은 벽돌로 된 도쿄은행협회 빌딩이며
고색창연한 일본공업구락부 등이 있는 등 전후 고도 성장기에는 일본
경제의 중추였던 곳이다. 그러나 지금은 주위를 오테초퍼스트스퀘어,
오테센터빌딩, 마루빌딩 등 21세기를 상징하는 고층 빌딩에 둘러싸여
있었고 도쿄은행협회 빌딩과 일본공업구락부 위로도 유리로 덮인 고
층 빌딩이 세워지고 있었다. 그 안에서 구 산은 빌딩만이 새로운 시대
의 파도에 저항하려는 듯 예전의 모습을 유지하고 있었다.

검은색 양복 차림의 산조는 강한 빌딩 바람을 맞으며 구 산은 빌딩
을 올려다보았다.

마루노우치 가에 면한 빌딩 정면에는 굵은 기둥이 둘러쳐져 있어 위
엄과 중후함을 드러내고 있었고, 기둥 사이의 창문으로는 하얀 형광
등이 켜져 있는 것이 보였다. 산조는 자신도 모르게 과거 자신이 일하

던 본점 영업부가 있는 3층을 눈으로 좇고 있었다. 버블이 절정이었던 1986년, 일본의 산업을 리드하고 싶다는 희망으로 불타 산은에 입행했고 본점 영업부와 산업조사부 등 중추 부문을 거치면서 해외 유학도 경험했다. 그러나 도시은행의 공세와 버블 붕괴에 의한 불량 채권의 중압으로 영광의 산은은 98년의 역사에 막을 내렸다.

재개발이 진행되는 마루노우치에 시대착오적인 분위기를 연출하는 팥색 빌딩은 '더 뱅크 오브 뱅크스(은행 중의 은행)'이라고 자타가 인정했던 시절의 노스탤지어를 붙잡고 있는 것처럼 무참한 모습이었다.

'나는… 과거에 연연하는 일만큼은 하지 않겠어.'

구 산은 빌딩을 쳐다보며 산조는 마음속으로 중얼거렸다.

어제 마셜스재팬의 사원들로부터 공개석상에서 공격을 받았을 때는 충격이었지만 차츰 냉정해지면서 지금 무엇인가가 변하려고 한다는 사실을 인정할 수 있는 마음 상태였다. 버블 경제 붕괴 후 일본의 금융업계가 재편성된 것처럼 증권화 버블이 붕괴되면서 마셜스에도 새로운 시대가 찾아오려는 것이었다.

'시대가 내게 종지부를 찍을 것을 요구하는 것인가……. 그렇지만 등급평가라는 존재는 과연 그것으로 변하는 것일까……?'

구 산은 빌딩의 3층 부근을 잠시 눈으로 좇은 다음 산조는 가슴속에 소용돌이치는 많은 생각을 끊어내려는 듯 일순 눈을 감았다가 시선을 지상으로 되돌렸다.

에이타이 가로 나와 택시를 타고 "아타고 2번지까지 갑시다" 하고 운전수에게 말했다.

산조는 뒷좌석에 몸을 맡기고 이제 곧 사장인 패트릭에게 쓸 영문 메일 문장을 다시 머릿속으로 생각했다.

'난 마셜스재팬 사장으로 취임한 후 내향적이었던 기업 문화를 외향적으로 바꾸었고 주주를 위해 업적을 향상시키려고 모든 노력을 다했어. 내가 한 경영에 잘못은 없다고 확신해…….'

택시는 오른쪽으로 보이는 황궁을 끼고 도심의 고층 빌딩가를 남쪽으로 달려 미나토 구의 상업 지역으로 들어갔다.
이윽고 앞쪽으로 아타고 2번지에 서 있는 고층 빌딩과 그 너머의 도쿄 타워가 보였다.

'그렇지만 회사가 새로운 시대를 맞이하는 만큼 일본 법인도 새로운 리더십하에 경영되는 게 맞겠지. 아무래도 주일대표를 사임해야겠어…….'

그날 마셜스가 A3 등급을 부여했던 J-REIT일본판 REIT(부동산 투자 신탁), 뉴시티레지던스투자법인이 자금 운영의 곤란으로 도쿄 지방 재판소에 민사재생법의 적용을 신청했다. 다른 REIT에 비교해도 높은 55퍼센트라는 차입금 비율이 파산의 원인이었다. 세계적인 신용 수축과 부동산 가격의 하락으로 차환이 어렵게 되었고 실질적인 스폰서인 미국의 부동산회사 시비리쳐드엘리스그룹으로부터도 지원을 받지 못했다. 그 결과 10월 17일 기한이 도래하는 45억 엔의 차입 변제에 실패하면서 구입 예정이었던 이케부쿠로의 초고층 맨션의 대금 약 277억 엔을 지불할 수 없게 되었다.

다음 날 마셜스는 동법인의 등급을 단번에 Ba1으로 내렸고 다음 해 2월에는 Caa1으로 수정했다. 4개월 만에 네 단계나 내린 것은 최근 몇 년간의 마셜스가 저지른 실태를 상징하는 듯했다.

에필로그

2009년 12월 상순—

겨울의 아침 햇살이 신주쿠 구 학생의 거리와 보도에 쏟아지고 있었다.

시각은 이제 곧 오전 7시 반이 되려 하고 있었다.

"……오케이, 준비는 다 됐어."

머리를 감색 두건으로 묶고 하얀색의 긴 와이셔츠에 하얀 세로 줄이 들어간 군청색 앞치마를 두른 이누이 신스케는 길가 쪽으로 있는 진열대 빵을 바라보며 처진 눈썹의 얼굴에 만족스러운 표정을 짓고 있었다.

점내의 조명과 유리창 너머로 들어오는 아침 햇살 속에 있는 막 구워낸 빵이 마치 보석처럼 보였다.

식욕을 자극하는 빵 냄새로 가득한 가게 중앙에도 진열대가 있어 하얀 설탕이 뿌려진 레이즌&크랜베리빵, 베이컨을 두른 밀 이삭 모양의 베이컨빵, 쑥을 빵 안에 넣은 쁘띠쑥빵, 크림치즈호두빵, 국내산 최고급 팥으로 만든 팥빵 등 40여 종 이상의 빵이 놓여 있었다.

삼나무를 사용한 내장재는 청결감이 느껴졌고 한쪽 벽 쪽에는 의자가 다섯 개 있는 'Eating Corner'가 마련되어 있었다.

정면 안쪽에는 계산대와 커피 카운터가 있으며 이누이와 같은 복장을 한 가오리가 스태프인 야마모토山本 씨라는 가벼운 정신 장애가 있는 여성과 함께 커피 메이커의 최종 점검을 하고 있었다. 새로운 생명을 잉태한 가오리의 배는 살짝 부풀어 있었다.

안쪽 주방에는 하얀 위생복으로 몸을 감싼 지적 장애자 우메모토梅本 군과 농아인 이시자키石崎 군이 아침 6시부터 열심히 일을 계속하고 있었다.

이누이와 가오리가 스완베이커리의 프랜차이즈 가게를 연 지 2주일이 지났다. 일본계 신용평가사의 상담역이 된 시마즈의 소개 덕분에 역에서도 가깝고 큰길에도 접해 있는 점포를 빌릴 수 있었다. 근처에 빵을 직접 굽는 프레시 베이커리가 없는 까닭에 샐러리맨과 학생들의 호평 속에 예상을 뛰어넘는 매출이 이어지고 있었다.

'이 정도라면 충분히 할 수 있어. ……하나가 지켜봐 주는 덕분이려나.'

커피 메이커 앞에서 이야기를 하는 가오리와 야마모토 씨를 보는 이누이의 얼굴에도 저절로 미소가 번졌다.

이누이는 이번 달 말로 후지미등급사무소를 그만두고 베이커리 경영에 전념하기로 했다. 생각지도 않게 후지미등급사무소를 그만두는 것은 동사가 올해를 마지막으로 폐업하기 때문이었다. 1975년부터 일본 기업의 등급평가를 실시했고 독특한 존재감을 자랑했던 전통 있는 신용평가사였지만 전 세계적으로 불어 닥친 등급평가 불신이라는 역풍을 맞아 수입이 줄면서 경영이 불가능하게 되었다. 일본계 대형 증권회사의 미국 법인을 퇴사한 뒤 후지미등급사무소를 일으킨 사장은 "이누이, 유감이지만 투자가들은 이미 등급평가를 필요로 하지 않게 되었네"라고 조용히 이야기하며 34년간의 역사가 막을 내렸음을 알려주었다.

리먼브라더스의 파산이 있은 지 1년 3개월이 지났고 세계 경제는 최악의 시기를 탈출했다는 평가였다. 대형 금융기관이 파산할 가능성은 거의 사라졌지만 이례적인 재정 개입으로 민간 리스크를 대신 짊어진 각국 정부의 재정 적자와 정부 채무가 새로운 걱정거리로 부상했다. 올해 실질적인 경제성장률은 미국이 마이너스 2.7퍼센트, 유로권이 마이너스 4.1퍼센트, 일본이 마이너스 5.4퍼센트 등 평균적으로 마이너스가 될 전망이었다.

지난 5월 마셜스는 다시 일본 국채의 등급을 올려 Aa2로 책정했다. 8월 30일 치러진 중의원 총선거에서는 민주당이 308석을 획득하며 압승을 거두었고 하토야마 유키오鳩山由紀夫 내각이 탄생했다. 그러나 미군의 후텐마普天間 기지 이전 문제와 얀바 댐 공사 건설 중지 문제는 여전히 풀리지 않았고 경기 후퇴 우려는 한층 더 높아졌다.

"그럼 문을 열겠습니다."

손목시계 바늘이 7시 30분을 가리키는 것을 확인하고 이누이가 말했다.

가게의 자동문을 나와 가게 앞에 놓아둔 준비 중이라는 입간판을 치우자 밖에서 문이 열리기를 기다리던 코트 차림의 여대생과 샐러리맨이 가게로 들어왔다.

"어서 오세요!"

"어서 오세요—!"

밝고 큰 목소리가 가게 안에 울려 퍼졌다.

그날 정오 무렵—

S&D의 금융기관 담당 매니징 디렉터가 된 미즈노 료코는 마셜스재팬이 입주한 미나토 구 아타고 2번지의 고층 빌딩 최상층(42층)에 있는 이탈리안 레스토랑에서 점심을 먹고 있었다.

맨해튼의 펜트하우스를 이미지화한 가게 안에는 진한 적갈색 클로스를 덮은 5, 6인용 둥근 테이블이 놓여 있었고 창가 쪽에는 2인용 테이블이 놓여 있었다.

지상 180미터에 있는 창문은 크고 붉은색과 흰색이 층층이 겹쳐져 있는 도쿄 타워가 가까이 보인다.

"……흐음, 이런 기사가 나왔네요. 꽤 재미있는데요."

숯불에 구운 스페인산 이베리코 돼지고기를 앞에 두고 양복 차림의 남자가 말했다. 해외 근무의 경험도 있는 메가 뱅크의 기획 부문 집행 임원으로 료코는 전에도 몇 번인가 만나 정보 교환을 했다.

남자가 손에 들고 있는 것은 미국의 '타임'지 특집으로 "25 People to blame for the Financial Crisis(금융 위기를 초래한 25인)"이라는 타이틀의 기사였다.

"이 기사, 금융 위기의 원인을 스물다섯 명의 인물로 보고 설명을 요약한 것이 꽤 재미있네요."

시푸드 리조또 접시를 앞에 둔 료코는 미소를 지었다. 어른스러운 오렌지색 정장 차림이었다.

"1위는 컨트리와이드의 안젤로 모질로, 2위는 상원 의원 필 그램, 3위는 앨런 그린스펀이군요…… 과연."

가느다란 안경을 쓴 길쭉한 얼굴의 집행 임원은 흥미진진하게 기사에 몰입했다.

전미 1위의 주택론회사 컨트리와이드(캘리포니아 주)의 창업주였던 안젤로 모질로는 리스크가 높은 주택론을 마구 팔아 막대한 보수를 얻었다. 그러나 회사는 경영이 파탄되었고 뱅크오브아메리카에 매수되었다. 텍사스 주 의원인 필 그램은 상원 은행위원회 위원장으로 글래스 스티걸법 폐지와 AIG 파탄의 원인이 된 CDS를 당국의 규제 밖으로 두는 법안을 지지했었다. 연방준비제도이사회 회장인 그린스펀은 금융기관의 자기 규제 능력을 과신, 저금리 정택으로 주택론 버블을 촉발시켰다.

"4위는 SEC의 콕스 위원장, 5위는 미국의 소비자, 6위는 폴슨 재무장관……."

이하 AIG의 딜리버티브 자회사 사장이었던 조 카사노, 주택건설회사 서비스홈스의 CEO, 파니메이연방주택저당금고의 CEO, 리먼브라더스의 폴드 회장, 리스크가 높은 주택론을 확산시킨 저축은행의 창업자 부부, 빌 클린턴, 조지 부시, 메릴린치의 CEO 스턴 오닐, 미국채를 대량으로 구입해 돈이 넘치는 상황을 만든 중국의 원자바오 수상, 전미부동산중개업자협회 대표 및 이코노미스트, 헤지펀드 '호라이즌스트러티지펀드'의 CEO, 거액의 펀드 사기꾼 버니 마도프, 1970년대부터 1980년대에 걸쳐 주택론 채권 시장을 길러낸 루이스 라니에리(솔로몬브라더스의 트레이더), 주택 버블을 부채질한 TV 사회자, RBS로열뱅크오브스코틀랜드의 CEO, 시티그룹의 CEO 샌디 와일, 아이슬란드의 수상, 베어스턴스 CEO 등이 나열되어 있었다.

"댁의 사장님도 10위에 들어가 있군요."

기사를 보며 메가 뱅크의 집행 임원이 쓴웃음을 지었다.

열 번째로 재작년 8월 취임한 S&D의 여성 사장이 올라와 있었다.

"원래 증권화 상품의 등급평가는 저희가 업계 톱이었으니까요."

료코는 당혹스러운 듯이 웃었다.

"뭐어 이 기사에서는 마셜스와 피치도 마찬가지였다고 쓰여 있네요."

메가 뱅크의 집행 위원은 씁쓸하게 웃으며 이베리코 돼지고기를 입으로 가져갔다.

"어쨌건 작년은 신용평가업계에 있어 격동의 한 해였습니다."

"네에, 스트파이(증권화 상품) 안건이 디폴트의 폭풍이었으니까요."

작년(2008년) 1년 동안 등급이 내려간 증권화 상품은 전체의 38퍼센트에 달했다. 2000년부터 2006년의 평균치 3.4퍼센트, 2007년의 10.8퍼센트와 비교해도 엄청난 수치였다. 또한 2008년 등급이 내려간 안건 중 41퍼센트가 10단계 이상 등급이 떨어졌다.

"2008년은 신용평가업계가 전쟁에 진 해였죠. 마치 도쿄가 불에 타 허허벌판이 된 1945년처럼 말입니다."

메가 뱅크의 집행 임원은 눈 아래에 펼쳐져 있는 도쿄 거리에 시선을 던졌다.

회청색 안개로 가려진 지상의 거리는 끝없이 펼쳐져 있었고 가끔씩 폐허 속에서 우뚝 솟은 탑처럼 고층 빌딩이 서 있는 것이 어딘가 다른 별을 보는 듯한 느낌이었다.

"도쿄의 거리를 상공에서 보면 도시 계획도 없이 세워진 어지러운 빌딩군이 시커멓게 불에 탄 간토 지방의 대지를 증식하는 아메바처럼 덮고 있는 것을 잘 알 수 있죠."

남자의 말에 료코는 고개를 끄덕였다.

"그런데 이번 금융 위기의 반성을 포함하는 의미에서 등급평가 제도의 개혁 같은 것은 진행되고 있습니까?"

메가 뱅크의 집행 임원이 물었다.

"그러게요. 미국에서는 SEC미증권거래위원회가 규제를 강화했다고 하고 일본에서도 금상법金商法-금융상품거래법의 약칭이 일부 개정되긴 했습니다만……."

SEC는 지난 4월 신용평가사에 대해 정보 개시, 이익 상반 행위 금지, 기록 보존의 충실 등을 요구하는 규제 강화를 행했고, 일본에서는 6월 '금융상품거래법 등의 일부를 개정하는 법률'이 국회에서 성립, 신용평가회사가 등록제가 되었고 당국의 규제 및 감독하에 놓이게 되었다.

"그렇지만 신용평가사가 주주의 이익을 추구하는 영리 기업이고 발행체로부터 수수료를 받는 기본적인 비즈니스 모델은 변하지 않았죠. 증권화 상품의 등급평가 모델도 정성적인 요소의 비중을 높이는 수정은 했습니다만, 그것도 부분적인 수정에 불과해서……."

"신용평가사의 업적과 주가도 점차 회복되어가는 모양이더군요."

"네에, 여전히 마셜스, S&D, 피치 등 3사가 독점하는 체제니까요.

증권 시장이 회복하면 가만히 있어도 장삿거리는 들어오죠."

"흐음…… 그런 상황이라면 '화장실 갈 때 마음과 올 때 마음 다르다'가 될지도 모르겠네요."

레스토랑의 입구에서 웨이터를 안내를 받으며 손님 세 사람이 들어왔다.

"여기가 말입니다 경치가 무척 좋거든요."

세 사람 중 하얀 피부에 마른 연배가 있는 남자가 여자처럼 가는 목소리로 말하자, 같이 있던 중년 남자가 맞장구를 쳤다.

남자 둘에 여자 한 사람 그룹은 료코 일행으로부터 조금 떨어진 자리에 앉았다. 하마마쓰초와 다마치田町의 빌딩군 너머로 도쿄 만에 걸린 푸른 기가 도는 은색 레인보우 브리지가 보이는 자리였다.

60세 정도의 양복 차림의 마른 남자는 외국인을 연상시키는 몸짓으로 가늘고 하얀 손가락 두 개를 세워 메뉴를 가져오게 했다.

"그런데 아까 이야기한 일본 국채의 등급 인상 건입니다만…… 뭐어 5월에 Aa2로 올랐지만 솔직히 말해 저는 딱히 별 감흥이 없어요."

마른 남자는 메뉴를 손에 든 채 은테 안경을 쓴 신경질적인 얼굴을 다른 한 사람의 남자에게 향하고는 나이에 어울리지 않는 높은 목소리로 말했다.

"그 말씀은 개인적으로는 그다지 찬성하지 않는다는 뜻이신가요?"

"이건 말입니다. 오프더레코드로 해주시면 좋겠습니다만……."

남자는 조금 목소리를 낮췄지만 높은 목소리는 여전히 잘 들렸다.

아무래도 동석한 중년 남자는 신문이나 잡지의 기자고 30대 후반으로 여겨지는 정장 차림의 여자는 홍보 담당자인 모양이었다.

"전 말입니다 일본 국채의 등급은 트리플 B가 적당하다고 생각합니다. 뭐 Baa3까지는 그렇지만 Baa1 정도이려나."

"Baa1?! ……그거 엄청 낮은 등급이군요."

기자로 보이는 남자가 놀란 목소리로 말했다.

"사실 정부의 공적 채무가 GDP의 180퍼센트에 달해 있지 않습니까. 이런 나라 선진국 중에는 없습니다. 미국도 영국도 프랑스도 대개 40퍼센트에서 70퍼센트 사이죠. 지금 그리스가 나쁘다 나쁘다 소리를 듣지만 그런 그리스조차 120퍼센트거든요. 가계에 비유하면 연수입이 370만 엔인 집에서 대출 변제를 포함해 매년 900만 엔의 지출을 하고 있고 대출 잔액은 9600만 엔 남은 꼴이죠. 이래서야 절대 파산할 수밖에요."

"사카키바라 에이스케榊原英資 씨 같은 사람은 개인 금융 자산이 1500조 엔 있으니까 괜찮다고 설명하던데요?"

카사키바라 에이스케는 전 대장성 재무관 출신의 와세다대 교수이다.

"개인 금융 자산에 대해서는 그냥 말로만 국채도 소화 가능한 포텐셜이 있다고 떠벌리는 겁니다. 예를 들어 당신에게 500만 엔의 자산이 있다고 합시다. 어느 날 정부가 '당신의 자산을 국채 변제에 사용하기 위해 몰수하겠습니다'라고 하면 이해해주겠습니까?"

"아니요."

기자로 여겨지는 남자가 씁쓸하게 웃으며 고개를 저었다.

"가스미가세키에 숨겨둔 돈이 100조 엔 있는 모양이지만 전부 사용할 수는 없습니다. 100조 엔 규모의 외화 준비금도 거의 미국채로 뉴욕의 FRB에 전자 등록 되어 있고 미국에 대한 정치적 배려를 해야 하니까 팔 수가 없죠. 숨겨둔 돈과 미국채를 다소 사용한다고 해도 960조나 되는 공적 채무에는 언 발에 오줌 누기인 겁니다."

스푼으로 수프를 뜨며 마른 남자는 속설을 계속했다. 머리 회전이 워낙 빨라 입이 거기에 따라가지 못하는 느낌이었다.

"저희들이 7년 전 일본 국채의 등급을 A2로 했을 때 어떻게 보츠와나보다 낮을 수 있느냐, 담당자를 국회에 참고인으로 불러라 등등 큰 소동이 일어났지만, 당시 일본이 지금보다 훨씬 낫습니다. 그때는 아직 공적 채무의 GDP 비율이 130퍼센트 정도였으니까요. 그보다 10년 전인 1992년에는 겨우 60퍼센트였고요. 그런데 왜 이렇게 되었는가 하면 일본인의 어리광 때문입니다. 불경기니 공공사업을 늘려라, 격차가 벌어졌으니까 보상해라 등등 제한도 없이 재정 지출을 반복해온 빚인 거죠."

료코도 메가 뱅크의 집행 임원도 남자의 이야기를 안 듣는 척하면서 듣고 있었다.

"저 사람은 마셜스 쪽 사람인가요?"

메가 뱅크의 집행 임원이 작은 목소리로 물었다.

"주일대표인 야나세 지로 씨예요."

"야나세 지로? 그러니까 예전에도 주일대표를 했던?"

"맞아요. 부인이 일본은행에 근무하는 것이 문제가 되어 10년 전에 뉴욕 본사로 돌아갔지만 최근 다시 주일대표로 복귀했다고 하더군요."

산조 세이이치로의 후임은 잠시 홍콩에 있는 아시아 퍼시픽 총괄 담당자가 겸임했지만 몇 달 전에 야나세 지로가 임명되었다.

"그럼 미즈노 씨도 같이 일한 적이 있겠군요?"

"있긴 하지만…… 사이는 안 좋았습니다."

료코는 쓴웃음을 지었다. "무의뢰 평가를 추진하는 야나세 씨의 방침에 반대하다 회사를 그만두게 되었거든요."

"네에? 아, 그런 일이 있었군요."

남자는 미안한 표정을 지었다.

"신경 안 쓰셔도 돼요."

료코가 미소를 지었다.

"마침 남편이 후소증권의 런던 법인에 있을 때라 따라갈까 망설였을 때였으니까 저한테도 타이밍은 나쁘지 않았어요. 회사 사정으로 나가는 거니까 퇴직금도 많이 받았고요."

"아아, 그랬군요. ……그런데 미즈노 씨, 지금 야나세 씨가 이야기하는 일본의 공적 채무와 재정 문제는 어떻게 생각하십니까?"

"사실은…… 솔직히 말하면 저도 같은 의견이에요. 이대로 가면 큰일이 벌어질 거라 생각합니다."

"그렇군요. 저도 최근 무척 신경이 쓰이더군요."

"요즘 월 가의 유력 헤지펀드가 투자가를 모아서는 '다음 타깃은 금융기관을 리먼 쇼크로부터 구제하는 데 대량의 재정 자금을 투입한 유럽의 소브린ΐΐΐΐ이다. 그리고 그 다음은 일본이다'라고 말한 모양이에요."

"다음이 유럽의 소브린이고 그 다음이 일본이라고요……."

메가 뱅크 집행 임원의 가는 안경을 쓴 긴 얼굴이 어두워졌다.

조금 떨어진 테이블에서는 야나세가 여전히 독설을 계속하고 있었다. 태양이 정확히 타워 꼭대기 위치에 있어 야나세 일행이 앉은 둥근 테이블에 강한 햇빛이 쏟아졌다.

"야나세 씨는 앞으로 일본 국채는 어떤 시나리오를 따를 것 같습니까?"

기자로 여겨지는 남자가 물었다.

마셜스는 등급을 검토할 때 발행체가 앞으로 어떤 상태가 될 것인가 몇 가지 시나리오를 세워 논의한다.

"2002년 저희가 일본 국채를 A2로 내렸을 때의 보도자료 글을 기억하십니까?"

야나세는 수프를 다 먹고 냅킨으로 입 주위를 닦았다.

"아니요…… 기억하지 못합니다만."

"그때 '마셜스는 일본 국채의 디폴트 시나리오가 실현될 가능성은 무척 낮으며 2000년대 후반에는 효과적인 정책이 나오리라고 예상한다'라고 쓰여 있었습니다. ……읽어도 무슨 소리인지 알 수 없는 사람이 대부분이겠지만요."

야나세가 유쾌한 듯이 웃었다.

"그 말의 의미는 말입니다. 일본인은 낙천적이니까 벽에 부딪칠 때까지 문제를 인식하려고 하지 않는다. 그러나 벽에 부딪치고 모든 게 불에 다 타버리면 모두들 진지해지고 힘을 모아 노력하는 민족이다라는 뜻입니다. 2000년대 후반이라는 시기는 마셜스가 여러 가지 시뮬레이션을 한 결과 이때쯤 국채의 차환이 불가능해져서 어떻게 손 쓸 도리도 없이 벽에 격돌할 거라고 예측한 시기입니다."

"그렇군요……. 그렇지만 아직 국채의 차환은 가능하잖습니까?"

"물론 가능합니다. 그러나 경기 침체와 소자화少子化, 고령화의 진전으로 저축금의 신장률은 둔화되고 있고 우정과 은행의 국채 인수 능력은 매년 떨어지고 있습니다. 뭐어 나머지는 시간 문제겠죠."

"어느 정도 걸릴까요?"

"제가 생각하는 현재 시나리오라면, 금후 7, 8년은 국내에서 차환을 할 수 있을 겁니다. 그리고 그 다음은 해외에서 발행하여 모면하겠죠. 그렇지만 12, 3년 후에는 해외에서도 국채를 발행할 수 없게 된다는 벽에 격돌하게 될 겁니다. 그리고 1976년 영국처럼 IMF가 개입할 것이고 엉덩이를 차여가며 재건을 위해 달린다……. 뭐 이런 느낌이겠죠."

"흐음…."

기자로 추정되는 남자는 심각한 표정으로 고개를 끄덕였고 료코와 메가 뱅크의 집행 임원도 씁쓸한 표정을 지었다.

야나세의 시나리오는 료코가 생각하는 시나리오와 거의 일치했다.

"일본인은 우수하고 성실한 민족이라고 생각합니다. 다만 불에 다 타버리지 않으면 안 되는 거죠. ……여기 도쿄는 다시 한 번 허허벌판이 되는 경험을 하게 될 겁니다."

야나세는 눈 아래 펼쳐진 거리를 내려다보며 가늘고 하얀 목을 드러내며 깔깔 웃었다.

료코의 귀에 그 신경질적이고 높은 웃음소리가 달라붙어 떨어지지 않았다.

해설

문예평론가

이케가미 다카유키 #家上隆幸

    학비도 생활비도 직접 내 손으로 해결해야 했기에 일단은 육체 노동이 먼저였고 공부는 그 다음 문제였던 대학 시절이었지만 그래도 일단은 전공인 법학과 정치학, 경제학 등의 맛은 살짝 보았다. 그러나 어떻게든 이론적으로만 이해하면 되는 아담 스미스나 칼 마르크스는 차치하더라도 도표와 수식이 등장하는 J. M. 케인스의 근대경제학부터는 완전히 손을 들 수밖에 없었다. 나는 내 자신을 시장과 투자, 통화와 저축 같은 것과는 연이 없는 중생이라며 포기하고 이후 몇십 년인가를 고도 성장이라든가, 전기전화공사 민영화로 신규 상장된 NTT의 주식이 바로 318만 엔으로 뛰는 일이라든가, 누구나 품었던 '주가와 지가는 영원히 오를 것이라는 환상' 같은 것과는 완전히 무관하게 도쿄의 한쪽 구석에서 살았다.

    그런 내가 '신용평가사'라는 회사의 존재를 알게 된 것은 1992년부터 시작된 버블 붕괴, 불량 채권 문제 및 주가 하락으로 연이어 파산하는 은행과 기업의 '등급'을 미국의 신용평가사가 내렸다고 하는 주간지의 기사 때문이었다고 기억한다. 그 뒤에도 계속해서 무디스는 일본의 국채와 기업의 '신용도'에 Aaa(최고 등급)니, Aa, A(투자 적격 등급), Baa(중간 정도의 리스크), Ba(투기적 요소 있음), B(투기적이며 신용 리스크가 높음) 등으로 '등급평가'를 했고(Aa 이하는 123이 더해짐), 스탠더드&푸어스S&P와 피치Fitch는 AAA(최고 등급), AA, A(투자 적격 등급), BBB(중간 정도의 리스크), BB(투기적 요소 있음), B(신용력에 문제 있음) 등으로 '등급평가'를 해왔다(AA 이하에는 +-가 더해짐). 그 결과 '일본의 국채는 이스라엘과 보츠와나와 똑같은 A2'라든가 'AA-'와 같은 선진국이라고는 볼 수 없는 최악의 '등급'도 받았으나, '등급평가'는 회화나 음악 콩쿠르에서의 채점과 마찬가지로 절대적인 것이 아니라 애널리스트의 주관과 가치관이 반영되기 마련이다. 그러나 "의견의 표명은 합중국 헌법 수정 제1조로 보호된다"라고 협박하는(그렇게밖에 생각되지 않는다) 민간 기업의 '의견의 표명'에 불과한 기호를 시장은 왜 맹신하고 권위에 춤을 추는 것일까? 그야말로 불사사의한 일이다.

어느 금융관계자가 "최근에는 신용평가사도 영업에 치중하면서 반드시 중립적인 등급평가를 하는 것도 아니다. 언젠가 금융 시장에 마이너스 영향을 끼칠 것이다"라는 말에 영감을 얻은 구로키 료가 3년의 집필 기간 끝에 2010년 출간한 『트리플 A 소설 신용평가사』(상하)는 1984년 버블기부터 이토만 사건, 야마이치증권의 바꿔치기부터 폐업까지의 과정, 닛산생명의 파산, 아시카가은행, 홋카이도타쿠쇼쿠은행, 일본채권은행의 파산 등등을 거쳐 2008년 리먼 쇼크에 이르기까지 일본 금융계의 동향을 그리고 있다.

"독이 든 자산에 마법의 가루를 뿌림으로써 말똥을 어리석은 자를 위한 황금으로 완성시켰다"는 폴 칸조르스키 미하원 자본시장소위원회 위원장의 말처럼 이 책은 자본 시장의 감시자 역할에서 이윤 추구에 혈안이 된 딜메이커로 변모해 '마성'의 기호로 금융 시장을 뒤흔들다 파국의 길을 걸은 신용평가사의 좌절을 그린 장대한 경제소설인 것이다.

저자의 치밀한 취재를 근거로 8할에서 9할은 실명으로 기록된 금융 업계의 다양한 사건을 재현하는 주요 인물은 주로 후소증권의 금융기관 담당 애널리스트에서 1985년 동료 남자와 결혼한 후 퇴직하여 미국의 신용평가사 마셜스의 일본 법인인 마셜스재팬으로 이직한 미즈노 료코. 같은 1985년 와쿄은행에 입행하여 엘리트 예비군인 '기업 거래 연수생'으로도 뽑혔지만 결혼 후 태어난 장녀 하나가 장애아였던 까닭에 1997년 34세에 은행을 퇴직하고 일본계 신용평가사로 이직한 이누이 신스케. 1988년 히비야생명에 입사하여 런던의 현지 법인에 파견되었다가 1995년 본사 조사부 계장으로 일본계 은행을 비롯한 일본 기업의 신용 분석을 담당하던 중 1997년 경영기획부로 옮겨 닛산생명의 파산 등 생명보험업계를 둘러싼 환경이 어려워지는 가운데 보험계약자의 신뢰를 회복하기 위해 등급을 취득하는 프로젝트의 책임자(담당)로 임명되는 사와노 간지 등이다.

세 사람은 "투자가를 배신해서는 안 된다. 투자가에 있어 등급평가는 마지막 보루이자 시장의 정의를 지키는 마지막 방파제다"라는 '등급평가'의 역사적 원점을 구현한다.

이에 대비되는 인물이 마셜스의 주일대표로 취임하는 산조 세이이치로와 과거 '귀국자녀'로 일본 학교에서 괴롭힘을 당하고 '노란 백인'이라고 놀림 받아 일본을 싫어하게 된 야나세 지로다. 두 사람은 "과거의 마셜스는 학구적이고 보수적이었으며 등급평가에 권위가 있었다. 그러나 그 후 고객에 아첨하는 비즈니스 프렌들리가 이루어졌고 결국은 자신이 설 자리마저 위험하게 되었다"고 비판받게 되는 ABS자산 담보 증권 담당 알렉산더 리처드슨과 맥락을 같이 한다.

당연히 이야기는 미즈노·이누이·사와노와 산조·야나세의 '등급평가'를 둘러싼 대립과 논쟁을 축으로 전개되지만, 산조와 야나세 그리고 리처드슨은 만지는 모든 것을 황금으로 바꾸는 그리스 신화의 '미다스 왕'이라도 된 것처럼 보인다. 신화의 미다스는 처음에는 음식이나 물이 모두 황금으로 바뀌는 것을 보고 좋아하지만 이윽고 그것이 파멸의 길이라는 것을 깨닫고 황금을 혐오하며 원래대로 돌아가고 싶다고 신에게 빈다. 그러나 '최첨단 금융학'이라는 이름의 수상한 연금술과 금으로 만든 간판을 이용해 '말똥을 어리석은 자의 황금으로 바꾸는' 현대의 미다스 왕들은 절대 후회 같은 것은 하지 않는다. 그들은 황금을 먹고 사는 것이다.

양호학교 수업을 참관한 뒤 하나의 진로가 어둡다는 것을 깨닫고 야마토운수의 창업자 오구라 마사오가 사재 46억 엔을 기부한 장애자 지원 복지단체가 경영하는 '스완베이커리'를 방문한 이누이 신스케는 2009년 "유감이지만 투자가는 더 이상 등급평가를 필요로 하지 않은 모양이다"라는 말과 함께 폐업하는 후지미등급사무소를 그만두고 하나를 위해 모은 8000만 엔으로 베이커리 경영에 전념하게 된다. 1500억 엔의 열후 론 중 최소 절반, 가능하면 전액을 우선주로 바꿔 달라는 미즈호홀딩스의 증자 계획을 검토하게 된 사와노 간지는 열후 론 450억 엔을 우선주로 교체하는 한편, 총여신액을 150억 엔 줄이는 조건으로 증자 제안에 찬성한다. 그리고 2004년 자기 자본 강화를 위해 열후채 발행을 계획하지만 마셜스로부터는 등급을 평가받지 않았고 다음 해 가업인 쓰쿠다니 가게를 계승하겠다고 선언, 사표를 제출한다.

깔끔하게 '미다스'의 세계와 작별한 두 사람과 달리 1995년 11년 재적한 마셜스를 퇴사한 미즈노 료코(47세)는 S&D사로 이직, 금융기관을 담당하는 시니어 애널리스트로서 은행 및 증권의 등급 조정을 신물이 올라오도록 계속하지만, NINJANo Income NO job and Assets–무수입, 무직, 무자산라 불리는 사람들까지 신용평가사가 훌륭한 증권화 상품이라고 보장을 한 주택론과 CDO채무 담보 증권가 판매된다. 이러한 버블은 2007년 십수 개 서브프라임 주택론 회사가 파산하는 것을 계기로 붕괴가 시작된다. CDO에 투자했던 헤지펀드에 대한 우려가 높아지고 외환 시장에서는 달러가 많이 팔렸다. 마셜스는 서브프라임론을 포함하는 RMBS 131건의 등급을 일제히 내렸고 이후 MBS, CDO의 등급 하락도 계속 이어졌다. "왜 더 빨리 등급을 내리지 않았는가?"라는 신용평가사에 대한 비판이 높아진 10월 마셜스는 일본 국채의 등급을 올렸다.

월 가 굴지의 '공매꾼' 제임스 체이노스는 다음과 같이 말했다. "마셜스를 공매하는 이유는 간단합니다. 그곳은 이미 신용평가사가 아니라 스트럭처드 파이낸스 회사이기 때문입니다. 마셜스는 2000년 상장한 뒤 기업 문화가 바뀌었습니다. 예전엔 중립적인 심판이었지만 지금은 양키스의 헬멧을 쓰고 자본 시장에서 직접 배트를 휘두르는 플레이어로 변한 거죠. 마셜스가 서브프라임론이 포함된 증권화 상품과 다른 CDO에 부여하는 등급은 너무 높습니다. 가까운 장래 그것들의 가격이 내리면 마셜스는 대량의 안건에 대해 등급을 내리지 않으면 안 될 것이고 시장에서의 신뢰는 틀림없이 실추될 것입니다.”

미즈노 료코가 읽은 『TIME』지(2009 · 7) 특집 '25 People to Blame for the Financial Crisis(금융 위기를 초래한 25인)'에는 ①전미 1위 주택론회사 컨트리와이드의 안젤로 모질로, ②텍사스 주 상원 의원 필 그램, ③연방준비제도이사회 회장 앨런 그린스펀, ④SEC의 콕스 위원장, ⑤미국의 소비자, ⑥폴슨 재무장관…… ⑩S&D의 여성 사장으로 25인 모두 '미다스'의 동료라는 것은 말할 것도 없다.

“2008년은 신용평가업계가 전쟁에 진 해였죠. 마치 도쿄가 불에 타 허허벌판이 된 1945년처럼 말입니다”라고 메가 뱅크의 집행 임원이 미즈노 료코에게 한 말은 '일본인은 낙천적이니까 벽에 부딪칠 때까지 문제를 인식하려고 하지 않는다. 그러나 벽에 부딪치고 모든 게 불에 다 타버리면 모두들 진지해지고 힘을 모아 노력하는 민족이다. 2000년대 후반이라는 시기는 마셜스가 여러 가지 시뮬레이션을 한 결과 이때쯤 국채의 차환이 불가능해져서 어떻게 손 쓸 도리도 없이 벽에 격돌할 것이다. 금후 7, 8년은 국내에서 차환을 할 수 있을 것이다. 그리고 그 다음은 해외에서 발행하여 모면할 것이다. 그렇지만 12, 3

년 후에는 해외에서도 국채를 발행할 수 없게 된다는 벽에 격돌하게 될 것이다. 그리고 1976년 영국처럼 IMF가 개입할 것이고 엉덩이를 차여가며 재건을 위해 달릴 것이다'라는 야나세의 시나리오와 일치한다. 거의 똑같이 생각하는 료코의 귀에 "일본인은 우수하고 성실한 민족이라고 생각합니다. 다만 불에 다 타버리지 않으면 안 되는 거죠. ……여기 도쿄는 다시 한 번 허허벌판이 되는 경험을 하게 될 겁니다"라는 말과 함께 야나세의 높은 웃음소리가 들려온다.

어리석은 자는 경험으로 배우고, 현명한 자는 역사에서 배운다고 한다. 정치도 경제도 대부분 절망적인 이 나라의 현실을 보면 정말로 '허허벌판'이 될 것 같기도 하다. 과연 우리는 경험으로밖에 배울 수 없는 어리석은 자의 길을 가야 할까? 아니면 역사를 통해 배우는 현자의 길을 가야 할까? 구로키 료가 역사를 마주 보고 그려낸 '허구의 세계'에 사는 미즈노 료코 · 이누이 신스케 · 사와노 간지, 이 세 사람의 처신을 살피면 배울 수 있는 것이 많지 않을까?

해설

문화평론가

김봉석

1997년, 한국 사회는 미증유의 사태를 맞았다. 이른바 신용 위기였다. 외환 보유고가 줄어들며 국가 신용도가 떨어지자 환율이 곤두박질쳤고, 은행과 증권회사 등이 망하거나 심각한 위기에 몰렸다. 결국 IMF의 지원을 통해 국가 부도는 피할 수 있었지만 이후의 한국사회는 이전과 완전히 달라졌다. 은행과 대기업이 순식간에 망할 수도 있고, 평생 고용 같은 건 꿈도 꿀 수 없으며, 모두가 무한 경쟁의 콜로세움으로 내몰렸다는 것. 그리고 알게 되었다. '신용'이 얼마나 중요한 것인지. 정확하게 말하면 신용을 평가하는 것이 금융자본주의에서 얼마나 절대적인지에 대해서.

97년 금융위기 때 수없이 들었던 회사의 이름인 무디스와 S&P. 신용평가회사인 이들이 국가와 기업에 대해 평가를 내리면 주식과 채권 시장은 물론 국가와 회사 전체에 영향을 끼친다. 신용평가의 목적은 우선 투자가를 위한 것이다. 이 국가와 기업에 투자할 만한 가치가 있는가, 위험하지는 않은가 등을 평가하여 알려주는 것이다. 시장을 중심으로 움직이는 자본주의 시스템에서는 대단히 중요한 정보다. 하지만 그들이 내리는 평가는 과연 신뢰할 만한 것인가. 한때 무소불위의 권력을 휘둘렀던 무디스와 S&P 등 신용평가회사들은 2008년 리먼브라더스의 파산 등으로 이어진 국제금융 위기를 거치면서 공격을 받는다. 위기를 예측하지 못했고 투자의 위험성도 경고하지 못했기 때문에 신뢰를 의심받은 것이다.

　구로키 료의 『트리플 A 소설 신용평가사』는 1990년대부터 절대적인 권력을 행사했던 신용평가회사의 세계를 파헤치는 소설이다. 무디스와 S&P 대신 마셜스와 S&D라는 이름의 신용평가회사가 등장한다. 『트리플 A』의 프롤로그는 2008년이다. 리먼브라더스의 위기를 둘러싼 미국과 일본의 입장을 제시한 후에 과거로 돌아간다. 1984년, 일본에서 처음으로 신용평가사를 만들던 시점으로. 당시 일본은 경제 호황으로 약진하고 있었다. 미국의 회사와 건물, 토지 등을 마구 사들이던 일본이지만, 일본에 막 진출한 마셜스는 위기의 조짐을 포착한다. 1990년대 들어 버블이 붕괴하고 불황의 시기를 보내던 일본은 1997년 닛산생명과 홋카이도타쿠쇼쿠 은행의 파산으로 재차 위기를 맞이한다. 그리고 2008년의 금융위기가 도래한다. 『트리플 A』는 일본에 진출한 미국의 신용평가회사가 성장하고 변화하는 혹은 타락하는 모습을 통해 '신용평가'의 모순을 지적한다. 반드시 필요하지만 절대적으로 의존할 때 벌어질 수 있는 위험성을 지적하는 것이다.

　『트리플 A』의 중심인물은 이누이 신스케, 미즈노 료코, 사와노 간지 세 명이다. 일본에 진출한 마셜스가 어떤 곳이었는지를 보여주는 인물은 미즈노 료코다. 마셜스가 일본 지사를 세울 때부터 재직한 미즈노 료코는 마셜스를 그만 둔 후에는 S&D로 옮겨 애널리스트를 계속한다. 두 회사를 모두 다녔기에 마셜스와 S&D의 차이에 대해서도, 일본에서 신용평가회사가 어떤 역할을 했는지를 보여준다. 마셜스는 애널리스트의 개인 번호를 공개하지 않고, 평가하는 회사의 의견도 절대적으로 중시하지 않는다. 의뢰가 없어도 평가를 하고, 상대의 의견을 듣기는 하지만 마셜스의 판단에 의해 모든 것을 결정한다. 반면 S&D는 상대와 대화를 하고, 반론을 주장할 기회도 준다. 대화를 한다는 느낌이다. 어느 쪽이 낫다고 말하기는 힘들지만, 마셜스의 사장인 야나세 지로가 일본 자체를 무시하면서 더욱 독단적이고 권위적인 모습으로 비친다. 결국 미즈노 료코는 야나세에 의해 마셜스에서 해고된다.

이누이 신스케는 중소 은행인 와쿄은행을 다니다가 일본계 신용평가사를 거쳐 마셜스로 가고, 다시 후지미등급사무소로 옮긴다. 이누이는 성실하고 고지식한 일본인이다. 대학을 다닐 때 아버지가 사망하여 일을 병행하느라 좋아하던 야구도 그만뒀고, 성적도 부족하여 메이저 은행에 가지 못했다. 하지만 자신이 맡은 일에는 언제나 최선을 다하며 매진한다. 그런데 동창생인 가오리와의 사이에서 낳은 딸 하나가 태어날 때부터 장애가 있다. 아이와 함께하는 시간을 얻기 위해 조금 한가한 신용평가사로 옮겼고, 다시 하나의 미래를 보장할 돈을 모으기 위해 힘들지만 연봉이 높은 마셜스로 옮긴다. 이누이는 인간적이고, 자신의 일에서도 늘 인간적인 가치를 본다. 일본신용평가회사에서 만난 선배는 말한다. 신용평가는 투자가의 이익이 최우선이라고. 이누이는 투자하는 사람들을 위해, 이 회사가 얼마나 안정적인지를 평가한다.

하지만 마셜스의 사장인 산조 세이이치로는 권위적이고 냉정했으며, 공정했던 마셜스를 치열한 영업 전선으로 몰고 간다. 일본산업은 행 출신이었던 산조는 고고하게 자신들의 영역을 지키다 결국 몰락했던 산업은행을 경멸하며 철저하게 이익을 추구하는 미국 스타일을 따른다. 이누이를 이상주의적이라고 비웃고 결국은 해고한다. 이누이가 마셜스 다음으로 간 후지미등급사무소는 절대로 기업의 의뢰를 받아 평가하지 않는다. 기업에서 받는 돈은 매년 구독료뿐이다. 그렇기에 이익 상반이 일어나지 않는다. 돈을 받는 기업의 사정을 잘 봐주거나 하는 일이 생길 수 없는 것이다.

사와노 간지는 히비야생명에 들어가서 등급 담당을 맡게 된다. 신용평가가 중요해지면서, 기업에서는 신용평가를 잘 받기 위한 대책이 필요해진다. 사와노는 그 임무를 맡게 된다. 닛산생명이 파산하고, 일본 경제가 침체에 들어가면서 신용평가는 더욱 중요해진다. 97년의 위기 이후 기업에서 채권을 발행하고, 증권화시키는 일이 막중해지면서 사와노의 스트레스도 더욱 심해진다. 마셜스의 독단적이고 근거가 불확실한 등급 판정에 불만이었던 사와노는 새로운 투자를 받으면서도 마셜스를 제외하고 S&D와 피치에만 평가를 받는다. 투자 유치를 성공적으로 마무리하면서 사와노는 복수를 하게 된다.

『트리플 A』의 도입부에는 1997년 무디스재팬의 대표가 했다는 말이 적혀 있다. '신용등급평가라는 것은 과학적인 것도 아닐뿐더러 공명정대한 것도 아닙니다. 이는 어디까지나 신용평가기관의 의견, 즉 애널리스트의 의견에 불과합니다.' 하지만 그것을 절대적으로 부풀리면서 살릴 수 있는 회사를 망하게 하고, 반대로 망해가는 회사에 사람들이 투자를 하게 만드는 경우도 속출했다. 『트리플 A』는 신용평가회사가 금융자본주의에서 반드시 필요하지만 동시에 가져올 수 있는 해악에 대해 잘 그려내고 있다.

이누이의 딸은 장애인이었고, 하나가 죽은 후 이누이와 가오리는 무엇을 할 것인가, 고민한다. 장애인을 고용하는 빵집을 하려는 이누이 부부는 알게 된다. 동정만으로 세상이 움직일 수 없는 것처럼, 모든 것을 '이익'만 생각하며 살아갈 수도 없다는 것을. 사와노 역시 마흔에 퇴직을 하고 가업을 잇기 위해 고향으로 돌아간다. 몸으로 움직이며 무엇인가를 만들어내는 일을 하기 위해. 신용이란 것은 결국 우리가 이루어낸 무엇에 대한 평가를 기반으로 해야 한다. 평가를 내리고 그에 따르는 것이 아니라, 일단 무엇인가를 만들어내고 그것을 평가해야만 하는 것이다. 이누이와 사와노라는 인물을 통해서, 구로키 료는 가장 단순한 이야기를 한다. 사람이 먼저이고, 우리가 만들어내는 것이 가장 중요하다는 것. 신용은 그 과정을 통해서만 쌓인다는 것.

사족이지만, 『트리플 A』는 어렵지 않다. 경제학에 대해서라면 기껏해야 대학에서 경제학 관련 책을 몇 권 읽었고, 경제 기사를 가끔씩 들여다보는 정도지만 『트리플 A』를 이해하는 데에는 어려움이 없었다. 구체적인 채권이나 증권에 관련된 이야기는 대강의 뜻만 파악하고 넘어가도 된다. 중요한 것은 '신용평가'가 약 30여 년간 어떻게 흘러왔는지를 보는 것이니까. 세상이 어떻게 움직이는지를 알기 위해서는 '경제학'이 필요하고, 그런 점에서 『트리플 A』는 신용평가사가 대체 무엇인지를 이해할 수 있는 재미있는 교과서라 할 소설이다.

아웃룻(outlook)

신용평가사가 특정 발행체나 채권의 장기 등급을 가까운 장래에 올릴 것인지 내릴 것인지 바꾸지 않을 것인지 하는 전망을 표현하는 단어. 아웃룩에는 세 종류가 있으며 등급을 올리는 방향으로 검토하는 경우는 '포지티브(positive)', 등급을 내리는 방향은 '네거티브(negative)', 바꿀 예정이 없으면 '안정적(stable)'이라고 부른다.

어필(appeal)

등급평가에 불만이 있을 때 발행체에 반론의 기회를 부여하는 제도. 중요한 후발적 요소가 있는 경우나 신용평가사가 사실을 오인한 경우에 대비해 긴급피난의 개념으로 만들어진 것이다. 어필을 받아들일지 아닐지는 신용평가사의 판단에 의한다.

어레인저(arranger)

주식이나 채권 등 유가증권의 발행을 맡은 증권회사(투자은행)를 뜻한다. 주간사회사라고도 부른다. 발행체, 감독 관청, 간사회사, 법률사무소, 회계사무소, 신용평가사 등의 사이에서 발행 조건과 계약 내용을 정리하고 판매를 관리한다.

카운터 파티 등급(counter party rating)

'발행체 등급평가'의 별칭. 사업회사나 금융기관, 국가나 지자체 등, 채권의 발행체(채무자)가 채무를 이행하는 종합적인 능력(신용력)에 대한 평가. '회사 등급평가'라고 불리는 경우도 있다. 같은 개념인데 이름이 다른 것은 등급평가의 대상이 되는 조직의 형태가 다른 것이 주요한 이유이다.

신용평가사(신용평가기관)

국가나 기업이 발행하는 채권 혹은 발행체 자체의 신용도를 간단한 기호로 평가하는 회사. 민간 기업이나 '기관'이라고 불리는 경우가 많은 것은 "1984년 미일엔달러위원회에서 나온 credit rating agency라는 말을 내가 신용평가기관이라고 통역했기 때문이 아닌가 싶다"라고 당시 일본 측 의장으로 교섭에 임했던 오바 도모미쓰 전 대장성 재무관이 말한 바 있다.

무의뢰 평가(unsolicited rating)

발행체(등급평가를 받는 곳)로부터 의뢰를 받지 않은 등급평가를 말한다. 미국에서 등급평가가 시작된 20세기 초에는 무의뢰 평가가 중심이었지만 1960년대 이후 발행체로부터 의뢰를 받고 평가하는 '의뢰 평가'의 비중이 높아졌다. 의뢰 평가의 경우는 신용평가사가 발행체로부터 연간 500만 엔 정도의 수수료를 받지만, 무의뢰 평가는 수수료를 받지 않는다.

크레디트 워치(credit watch)
발행체 혹은 채권의 신용 상황에 변화가 생길 것 같은 경우에 등급이나 아웃룩의 변경을 검토하는 일.

크레디트 디폴트 스왑(CDS=credit default swap)
미국의 JP모건이 개발한 금융 상품으로 채권의 양도 없이 신용 리스크를 이전하는 딜리버티브 계약. 예를 들면 A은행이 B사에 1000억 엔을 융자했을 때 최악의 경우 100억 엔의 채무 불이행(디폴트)이 발생할 수 있다고 하면 미리 100억 엔의 CDS를 구입해놓으면 실제로 디폴트가 발생했을 때 100억 엔까지의 손실은 CDS로 커버할 수 있다. 디폴트 시에 손실을 보충하는 것은 CDS 투자가로 투자가는 CDS를 인수하는 대신 정기적으로 프리미엄(보증료)을 A은행으로부터 받는다. 프리미엄의 요율(CDS의 시세)은 B사의 신용 상황에 따라 좌우된다.

커버넌트(covenant)
다양한 계약에서 일정 행위를 해야 하는 것(혹은 하지 말아야 할 것)을 의무로 부과하는 일, 혹은 그러기 위한 조항의 뜻함. 예를 들어 증권화 계약에서는 "원자산을 전매해서는 안 된다"라든가 "론 투 밸류가 80%를 넘어서는 안 된다"라는 커버넌트가 부과되기도 한다.

코리레이션(correlation)
특정 자산과 별개의 자산이 가격 등에서 얼마나 연동되어 있는가 하는 정도. 스트럭처드 파이낸스의 신용평가에서는 CDO(채무 담보 증권) 등의 풀에 포함되어 있는 자산의 상관 관계(특정 자산이 디폴트했을 때 다른 자산도 디폴트할 확률)를 말하며, 일정한 값을 등급평가 모델에 입력하여 풀 전체의 디폴트 확률을 연산한다.

서브프라임론(subprime loan)
미국의 저소득자층을 대상으로 하는 주택론. 변제가 밀릴 가능성이 높기 때문에 일반적인 주택론(프라임론)보다 금리가 높다. 일반적으로 계약금의 비율이 낮으며(혹은 없음) 초기 변제 금액은 적으나 수년 후 갑자기 불어나는 형태도 있다. 노 인컴 · 노 잡 · 앤드 · 애셋(무수입 · 무직 · 무자산)이라도 빌릴 수 있다는 의미로 'NINJA론'이라

고 불린다. 프라임론과 서브프라임론 중간의 론은 '얼터 A(얼터네이티브 A)론'이라고
도 불린다.

삼이원(三利源)

생명보험회사의 수익원이 되는 3개의 요소(사차익, 이차익, 비차익)를 의미하는 말.
'사차익'은 미리 상정한 사망률과 실제 사망률의 차이에서 생기는 손익, '이차익'은 자
산의 운용 이율과 계약자에 약속한 이율(예정 이율)의 차이에서 생기는 손익, '비차익'
은 상정한 경비의 예상액과 실제 든 경비의 차이에서 생기는 손익이다. 생명보험회사
가 본업에서 거둔 수익을 나타내는 '기초 이익'(은행의 '업무 순익'에 해당)은 삼이원
과 거의 일치한다.

지정 신용평가기관

대장성(현재는 금융청)으로부터 지정을 받은 신용평가사를 의미. 지정 신용평가기관
에서 등급평가를 받은 기업이라면 사채를 발행할 수 있다는 규정이 1992년 발령한
'기업 내용 등의 개시에 관한 성령'에 의해 도입되었다. 등급평가투자정보센터(R&I),
일본등급평가연구소(JCR), 무디스인베스터스서비스, 스탠더드앤드푸어스(S&P), 피치
레이팅스 등 다섯 곳. 단 지정 신용평가기관 제도는 신용평가업자에 대한 규제(2009
년 금융상품거래법 등의 일부 개정)에 의해 2010년을 끝으로 폐지되었고 신용평가업
자 제도에 통합되었다.

신용등급(credit rating)

국가나 기업이 발행하는 채권이나 발행체 자체의 신용 리스크를 민간 기업인 신용평
가사가 평가한 지표를 의미. 구체적으로는 이자 지불이나 원리금 상황이 약속대로 행
해질 가능성을 의미한다. 신용등급에는 채무의 종류와 만기 등에 따라 몇 개의 종류
가 있다. 예를 들어 무디스의 장기 채무 신용등급(표 참조)은 처음 만기가 1년 이상
되는 채무의 상대적인 신용 리스크에 관한 의견이며 신용등급에는 채무 불이행(디폴
트)이 발생할 확률과 디폴트 발생 시의 금전 손실 양쪽 모두가 반영된다. 표는 무디스
인베스터스서비스의 신용등급(장기 채무 신용등급)의 구분이지만 스탠더드앤드푸어
스(S&P)에서도 비슷한 구분을 하고 있다. 단 무디스에서는 트리플 B를 'Baa'로 표기
하지만 S&P에서는 문자 그대로 'BBB'로 나타낸다. 또한 무디스에서는 트리플 B 중
에 'Baa1', 'Baa2', 'Baa3'이라는 세 가지 구분이 있지만 S&P에서 이에 해당하는 것
은 'BBB+', 'BBB', 'BBB−'이다. 단기 채무 신용등급의 기호는 무디스가 'P1'에서 'P3',
S&P는 'A1'에서 'A3', 'B', 'C'이다.

■신용등급의 종류와 의미
(예 : 무디스인베스터스서비스의 장기 채무 신용등급)

Aaa	트리플 에이	신용력이 가장 높으며 신용 리스크가 최소한이라고 판단되는 채무에 대한 신용등급
Aa	더블 에이	신용력이 높으며 신용 리스크가 극히 낮다고 판단되는 채무에 대한 신용등급
A	싱글 에이	중급 중 상위로 신용 리스크가 낮다고 판단되는 채무에 대한 신용등급
Baa	트리플 비	신용 리스크가 중 정도로 판단되는 채무에 대한 신용등급. 중위에 있으며 일정의 투기적 요소를 포함
Ba	더블 비	투기적 요소를 가지고 있으며 상당한 신용 리스크가 있다고 판단되는 채무에 대한 신용등급
B	싱글 비	투기적이며 신용 리스크가 크다고 판단되는 채무에 대한 신용등급
Caa	트리플 시	안정성이 낮고 신용 리스크가 극히 높다고 판단되는 채무에 대한 신용등급
Ca	더블 시	굉장히 투기적이며 디폴트에 빠져 있거나 혹은 그에 가까운 상태이지만 일정 원리의 회수가 예상된다고 판단되는 채무에 대한 신용등급
C	싱글 시	가장 낮은 신용등급으로 보통 디폴트에 빠져 있거나 원리 회수의 전망도 극히 어두운 채무에 대한 신용등급

※ Aa에서 Caa까지의 신용등급에는 각각 1, 2, 3이라고 하는 숫자 부가 기호가 더해진다. 1은 채무가 문자 등급의 카테고리에서 상위에 위치한다는 뜻을 나타내며 2는 중위, 3은 하위에 있음을 나타낸다.

스트럭처드 파이낸스(structured finance)

부동산이나 론 채권, 외상 매출금 등 자산을 원자산으로 하여 유가증권을 발행하고 (증권화) 자산을 유동화(현금화)하는 수법을 의미. 대표적인 것으로 ABS(자산 담보 증권), MBS(모기지 담보 증권), CDO(채무 담보 증권) 등이 있다. 등급평가 수수료가 발행액의 0.005%~0.1% 정도의 종량제이므로 신용평가사에 있어서는 좋은 비즈니스가 된다.
한편 상업은행에서는 구조 금융과 무역 금융을 스트럭처드 파이낸스라고 부르기도 하는 등 다양한 의미로 사용되는 용어이다.

스프레드(spread)

채권을 발행할 때 리스크가 없는 자산(미국채 등)의 금리에 추가되는 금리를 의미. 예를 들어 미국채의 금리가 3%일 때 이율이 4.5%인 채권을 발행하는 경우 스프레드는 150베이시스 포인트(1.5%)가 된다(1베이시스 포인트=0.01%).

소브린 실링(sovereign ceiling)

직역하면 '국가의 천장'이라는 의미로 발행체(기업 등)의 신용등급은 소재 국가의 신용등급보다 높아서는 안 된다고 하는 규칙. '컨트리 실링'이라고도 불린다. 예를 들어 일본 국채의 신용등급이 더블 A라면 개별 기업이 아무리 우량할지라도 더블 A까지의 등급밖에 취득할 수 없다.

더블 기어링(double gearing)

주식을 공유하는 일. 일본의 은행과 생보사 사이에 많으며 한쪽이 파산하면 다른 쪽도 파산할 리스크가 크기 때문에 BIS(국제결제은행)이나 금융청에서 문제시하고 있다.

장기 등급, 단기 등급

장기 등급은 기간이 1년 이상 혹은 1년을 초과하는 채무에 대한 신용등급을 말한다. 단기등급은 기간이 1년 미만 혹은 1년 이하의 채무에 대한 신용등급이다.

디폴트 스터디(default study)

등급평가의 신뢰성을 나타내는 데이터로 신용등급을 부여받은 발행체의 몇 퍼센트가 일정 기간 경과 후에 채무 불이행(디폴트)을 일으켰는지(누적 디폴트율)를 신용등급별로 표시한 것. 표시하는 방법은 세로축에 Aaa, Aa, A, Baa부터 C까지의 신용등급, 가로축에 1년 후, 2년 후, 3년 후 등 등급평가 후 경과 연수를 기록한 매트릭스에 의한 것이 일반적이다. 예를 들어 A(싱글 A)를 부여받은 발행체 중 1년 후에 채무 불이행을 일으킨 것은 0.08%, 2년 후는 0.25%, 3년 후는 0.53%, 5년 후는 1.18%라는 식으로 표시된다.

■디폴트 스터디의 예
무디스사가 등급평가한 사채의 누적 디폴트율(1920~2005, 단위 %)

	1년	2년	3년	4년	5년	6년	7년	8년	9년	10년
Aaa	0.00	0.00	0.02	0.08	0.17	0.27	0.38	0.55	0.73	0.93
Aa	0.06	0.19	0.30	0.47	0.74	1.07	1.42	1.75	2.07	2.44
A	0.08	0.25	0.53	0.86	1.18	1.54	1.90	2.26	2.65	3.07
Baa	0.30	0.90	1.66	2.49	3.36	4.21	5.04	5.85	6.71	7.55
Ba	1.39	3.34	5.52	7.76	9.93	11.95	13.82	15.65	17.33	19.07
B	4.48	9.71	14.81	19.32	23.23	26.55	29.47	31.84	33.87	35.65
Caa-C	14.69	24.11	31.05	36.07	39.73	42.76	45.07	47.11	49.09	50.95

출처 : 구로자와 요시유키 『신용평가정보의 퍼포먼스 평가』에서 발췌

투 투웬티 에이트(two-twenty-eight)
미국 주택론의 일종으로 만기는 30년, 초기 2년간은 낮은 고정 금리이고 나머지 28년은 비교적 높은 변동 금리(예를 들어 6개월 LIBOR 플러스 6% 정도)가 되는 것. 초기 3년간의 금리가 낮고 나머지 27년간이 높아지는 '스리 트웬티 세븐' 같은 것도 있다.

도쿄 채권 시장 구상
도쿄 도의 이시하라 신타로 지사가 제창한 중소기업 지원책 중 하나. 증권화를 통해 리스크를 분산함으로써 단독으로는 사채를 발행할 수 없는 중소기업이라도 무담보·무보증으로 자본 시장에서 자금을 조달할 수 있는 길을 여는 것이 목적. 2000년 시작되어 지금까지 11회(가장 최근은 2010년 3월)에 걸쳐 중소기업을 대상으로 한 론, 중소기업이 발행한 사모채를 묶은 CLO(대출 채권을 원자산으로 하는 증권), CBO(채권을 원자산으로 하는 증권)이 발행되었다. 2006년 3월 발행된 'CBO 올재팬'(총액 881억 엔)은 처음에는 트리플 A 등급을 받았지만 3개월 후에 디폴트가 발생했고 그 뒤에도 디폴트가 반복되어 불과 1년 만에 18단계나 등급이 떨어졌다.

도산 격리
특정 자산(원자산)을 증권화함에 있어 원자산의 소유권을 SPC에 옮기거나 제3자에 신탁하는 등 해서 원래 소유자와의 관계를 끊음으로써 원래 소유자가 도산하는 경우라도 증권화 상품의 원리 지불이 약속대로 이루어지도록 하는 일.

투자 부적격
신용등급 중 더블 B 이하의 투기적인 등급을 뜻함. 투기적 등급이라고도 함. 일반적으로 투자 부적격 채권은 하이일드채(high yield bond)라든가 정크라고 부른다.

트란셰(tranche), 트랜칭(tranching)

CDO(채무 담보 증권) 등의 증권화 상품을 구성할 때, 복수의 원자산을 모은 풀을 변제 우선도가 높은 순서대로 몇 종류로 나누는 일이 많은데, 이 나누는 작업을 트랜칭이라고 부르고 나눈 각 부분을 트란셰라고 부른다.

노치(notch)

등급평가에서 단계를 의미하는 말. 예를 들어 트리플 A(Aaa)부터 1노치가 내려가면 Aa1이 되고 2노치가 내려가면 Aa2가 된다.

바젤 2(제2차 BIS 규제, 신 BIS 규제)

국제결제은행(BIS=Bank for International Settlement)이 은행 경영의 건전성을 확보하기 위한 지표로서 정한 새로운 자기 자본 비율 규제를 의미. 바젤은행감독위원회가 책정한 새로운 규제이므로 '바젤 2'라고 부른다. '바젤 1'과 마찬가지로 국제 업무를 하는 은행에 8% 이상의 자기 자본 비율 유지를 부과하고 리스크 자산의 평가, 자기 자본의 유지 및 리스크 관리, 정보 개시에 대해 보다 정교한 수법(오퍼레이셔널 리스크 개념의 추가, 리스크 웨이트 평가에 신용등급을 사용 등)을 요구한다. 일본에서는 2007년 3월기 말부터 도입되었다.

프라이머리 딜러(primary dealer)

미국의 연방준비은행이 공인한 딜러로 FRB(연방준비제도이사회)가 공개 시장 조작을 할 때 연방은행과 직접 미국채를 거래할 수 있는 금융기관을 말한다. 30~40사 정도로 미국채의 거래량 점유율, 자금력, 마켓 메이크 능력 등에 관련된 엄격한 조건이 부과되어 있다. 일본에서도 2004년부터 국채의 입찰 제도에 미국의 프라이머리 딜러 제도와 똑같은 구조의 '국채시장특별참가자 제도'를 도입하고 있다.

보험금 지불 능력 등급평가

보험회사가 보험금이나 이익금을 규정대로 지불하는 능력에 대한 등급평가로 보험 재무력 등급평가라고도 불린다. 보험 계약 이외의 채무를 이행하는 능력에 대한 등급 평가는 아니다. 후자에 대해서는 보험회사가 발행(혹은 보증)하는 채권 등, 개개의 채무에 관련된 등급평가에 의해 평가받는다.

마이그레이션(migration)

신용등급을 부여받은 발행체의 몇 퍼센트가 일정 기간 경과 후에 다른 등급으로 바뀌었는지를 등급별로 나타낸 데이터. 표시 방법은 세로축에 Aaa, aa, A, Baa부터 C까지의 신용등급, 가로축에도 똑같이 Aaa, aa, A, Baa부터 C까지의 신용등급을 표시

한 매트리스를 사용하는 것이 일반적으로 등급 부여 후 경과 연수별로 다른 매트릭스가 작성된다. 예를 들어 Aaa(트리플 A)를 부여받은 발행체 중 5년 후에 Aaa를 유지하는 발행체는 60.78%, Aa가 된 발행체는 15.21%, A는 4.33%, Baa는 0.96%, B는 0.09%, WR(withdrawn=등급 취하)는 17.96% 하는 식으로 표시된다.

■마이그레이션의 예
무디스사의 신용등급 부여 5년 후의 마이그레이션(1920~1993년, 단위 %)

	Aaa	Aa	A	Baa	Ba	B	Caa-C	디폴트	취하
	60.78	15.21	4.33	0.96	0.49	0.09	0.03	0.14	17.96
Aa	3.43	54.14	15.93	3.42	1.16	0.20	0.02	0.58	21.12
A	0.20	5.85	55.74	10.34	2.58	0.69	0.08	1.08	23.43
Baa	0.09	0.92	10.01	47.06	8.03	2.00	0.32	2.28	29.28
Ba	0.04	0.26	1.92	10.40	36.48	8.09	1.29	5.90	35.62
B	0.02	0.09	0.48	2.41	10.25	32.12	3.53	12.91	38.19
Caa-c	0.00	0.00	0.02	1.57	4.03	7.77	29.60	27.98	29.04

출처 : 구로자와 요시유키 「신용평가 정보의 퍼포먼스 평가」에서 발췌

모델화(modelling)
신용등급을 결정하는 프로세스를 컴퓨터 모델을 사용해 자동화하는 일. 등급평가의 근거가 되는 다양한 요소를 정량적으로 평가하여 중요도에 따라 웨이트를 부가, 컴퓨터가 자동적으로 신용등급을 산출하는 구조. 신용등급 결정 프로세스를 신속화·투명화할 수 있다는 메리트가 있지만 정성적인 요인을 정량화하는 것이 어려운 까닭에 실태와 거리가 있는 등급이 부여될 위험성이 있다. 등급평가의 코모디티화라고도 불린다.

모노라인(monoline)
채권의 발행자가 채무 불이행에 빠졌을 때 기일대로의 이자 지불과 원금의 상환을 보증하는 금융보증 업무를 전문으로 하는 회사를 의미. 일반적인 보험회사는 복수의 보험을 취급하는 까닭에 멀티라인(multiline)이라 불리지만 금융보증회사는 금융 채권만을 대상으로 한 보증 사업을 하는 까닭에 모노라인이라 불린다.

예금 채무 등급평가
예금을 연체 없이 지불해줄 수 있는가 하는 금융기관의 능력과 관련된 등급평가.

룰 144a(Rule 144a)

미국의 1933년 증권법 조항 중 하나. 1억 달러 이상의 투자를 하는 기관투자가(따라서 개인은 포함 안 됨)를 전문 투자가로 인정. 그들이 판매하는 증권에는 정보 개시 및 전매 제한 등의 조건을 완화하고 있다.

룰 415(Rule 415)

유가증권 발행의 자유화를 촉진하기 위해 1982년 미국이 도입한 유가증권 발행에 관련된 일괄 등록 제도. 그때까지 미국에서는 주식이나 채권을 발행하기 위해서는 SEC(증권거래위원회)에 등록 서류 작성부터 발행에 이르기까지 2개월 정도가 걸렸지만 룰 415 도입으로 인해 SEC에 "앞으로 2년간 몇억 달러의 유가증권을 발행하겠다"고 등록하면 한 장의 통지서를 제출하는 것만으로 즉시 발행할 수 있게 되었다.

레이팅 트리거(rating trigger)

융자처, 투자처, 거래처의 신용등급이 일정 수준 이하가 된 경우 거래에서 철수 혹은 담보의 추가를 요구할 수 있는 계약 조항.

열후채(劣後債)

일반 채권자보다 채무 변제의 순위가 열등한 사채를 의미. 일반적인 사채보다 리스크가 높은 대신 이윤이 높다. 발행체에 따라서는 코스트가 높은 반면 넓은 의미에서의 자기 자본으로 인정받는 메리트가 있다.

레버리지(leverage)

차입금으로 투자액을 늘림으로써 자기 자본(자본)에 대한 이윤을 높이는 투자 수법. 투자가 실패하는 경우에는 손실도 크다.

레포 거래(repo=repurchase agreement)

단기 금융 시장에서 되사는 것을 전제로 한 채권의 매매. 파는 쪽은 자금의 조달, 사는 쪽은 자금의 운영을 목적으로 한다.

론 투 밸류(LTV=loan to value)

물건 가치에 대한 차입금의 비율. 예를 들면 자기 자본 2000만 달러와 차입금 8000만 달러로 1억 달러의 오피스 빌딩을 취득한 경우 론 투 밸류는 80%(8000만 달러÷1억 달러)가 된다.

ABCP(asset-backed commercial paper=자산 담보 커머셜 페이퍼)

외상매출 채권이며 리스 채권 등의 자산을 담보로 해 발행하는 커머셜 페이퍼(CP)를 말함. SPC(특별목적회사)에 자산을 옮기고 SPC가 CP를 발행한다. 종래의 무담보 CP가 기업의 신용력을 근거로 하는 것에 비해 ABCP는 특정 자산을 근거로 하므로 신용력이 그다지 높지 않은 기업이라도 유력한 자산이 있으면 발행이 가능하다.

CBO(collateralized bond obligation)

CDO(채무 담보 증권)의 일종으로, 복수의 채권(bond)을 모아 원자산으로 한 다음 몇 종류의 트란셰로 나눠서 증권화하는 것. 이에 반해서, 융자 채권을 모은 CDO를 CLO(collateralized loan obligation)라고 부른다.

CDO(collateralized debt obligation=채무 담보 증권)

주택론이며 기업 대상 융자 등의 대부 채권, 사채, CDS(크레디트 디폴트 스왑) 등 '신용 리스크 자산'을 원자산으로 발행하는 증권. 통상 수십에서 수천의 원자산의 집합체(풀)를 근거로 발행되고 발행된 증권은 변제 우선도가 높은 것부터 슈퍼 시니어, 시니어, 메자닌, 에퀴티 등 몇 종류인가의 트란셰(부분)로 나뉜다. 풀의 일부에 채무 불이행이 발생하여 자산 가치가 훼손된 경우 가장 먼저 에퀴티 트란셰의 증권이 영향을 받아 원본 상환액이 줄어든다. 채무 불이행이 많아져 에퀴티 부분이 전부 사라지면 메자닌 부분이 훼손되며 그 다음은 시니어, 또 슈퍼 시니어로 영향이 미친다. 신용등급은 슈퍼 시니어가 가장 높으며 트리플 A가 부여된다. 시니어는 더블 A에서 싱글 A, 메자닌이 트리플 B에서 더블 B, 에퀴티는 싱글 B 정도의 등급이 된다. 증권의 쿠폰(이율)은 에퀴티가 가장 높으며 슈퍼 시니어가 가장 낮다.

■CDO의 트란셰 구성 예

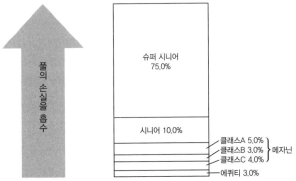

풀에 손실이 발생하는 경우는 에퀴티→메자닌(클래스C→클래스B→클래스A)→시니어→슈퍼 시니어 순서로 손실을 입음.

CDO 스퀘어드(CDO squared)

복수의 CDO(채무 담보 증권)을 원자산으로 구성한 CDO. '스퀘어드'란 제곱이라는 의미로 CDO의 CDO(CDO의 2차 가공상품)라는 뜻.

DSCR(debt service coverage ratio)

원리금 지불액에 대한 영업 순이익의 비율. 이 비율이 높을수록 채권의 안전성은 높다.

JDA(Joint default analysis=복합 디폴트 분석)

신용 리스크를 분석하는 수법 중 하나로 채무자와 보증자(실질적 보증자를 포함) 양쪽이 동시에 디폴트할 확률을 산출하여 신용등급을 결정하는 일.

LBO(leveraged buy out)

기업을 매수할 때 피매수 기업의 자산과 캐시 플로를 담보로 하여 차입을 거행. 다액의 매수 자금을 조달하는 수법. leveraged는 '지레의 원리를 이용했다'는 의미. 차입금의 비율이 너무 높으면 피매수 회사의 업적이 악화되어 채무 불이행에 빠질 위험이 있다.

LIBOR(London interbank offerd rate=라이보)

런던의 은행 간에 사용되는 단기 금리를 의미. 각 통화별로 존재하며 발행국의 금리 정책과 시장의 자금 사정 등에 따라 변동. 국제적인 융자 계약이나 변동금리부 채권(FRN)의 금리는 LIBOR에 몇 %를 더하는 것으로 결정하는 경우가 많음. 빌려주는 은행에서 볼 때는 LIBOR이 매입가가 되고 가산 금리(스프레드)분이 이익이 된다.

MBS(mortgage-backed securities=모기지 담보 증권)

주택론(모기지)을 모은 풀을 근거로 해 발행하는 증권화 상품. 1970년대 후반 솔로몬브라더스의 트레이더 루이스 라니에리가 시장을 본격적으로 가동시켰고 1990년대 들어서면서 금융공학의 진화와 RTC(미국정리신탁공사)의 적극적인 증권화 활용으로 시장이 확대되었다. MBS 중 주택론을 대상으로 한 것은 RMBS(residential mortgage-backed securities=주택 부동산 담보 증권), 오피스 빌딩 등의 상업용 부동산을 대상으로 한 것은 CMBS(commercial mortgage-backed securities=상업 부동산 담보 증권)라고 부른다.

REIT(real estate investment trust=부동산 투자 신탁)

다수의 투자가로부터 자금을 모아 부동산에 투자하는 펀드를 의미. 미국에서 탄생했고 일본에서는 1994년 투자신탁법 개정에 의해 투자신탁의 대상이 부동산으로 확대

됨에 따라 해금되었다(일본판 REIT는 J-REIT라고 불림). 투자 효율을 높이기 위해 은행으로부터 차입을 하거나 채권을 발행하는 경우도 있으며 그러한 은행 차입이나 채권의 신용력을 나타내기 위한 지표로 신용등급이 이용된다.

RTC(Resolution Trust Corporation=정리신탁공사)

파산한 저축대부조합(Savings and Loan Association=약칭 S&L)의 구제와 관리를 위해 1989년 공적 자금을 투입해 설립한 미국의 채권 회수 기관으로 1995년 업무를 종료했다. 일본의 대장성(현 재무성)은 버블 경제 붕괴 후의 불량 채권 문제를 해결하기 위하여 RTC의 활동을 참고했다.

SIV(structured investment vehicle=특별투자목적회사)

SPC(특별목적회사)의 한 형태로 금융기관(주로 은행)이 투자를 목적으로 설립하는 페이퍼 컴퍼니. 회계 기준에 영향을 주지 않는 범위 내의 소자본을 모회사인 금융기관이 출자하여 ABCP(자산 담보 커머셜 페이퍼)를 발행함으로써 자금을 조달하고 CDO(채무 담보 증권) 등을 자산으로 보유한다. 1988년 시티뱅크가 개발했다고 한다.

SPC(special purpose company=특별목적회사)

보유 자산의 증권화 같은 특정 목적을 위해 설립된 사업체(회사, 신탁, 조합 등). SPV(special purpose vehicle) 혹은 SPE(special purpose enity)로도 불림. 일반적으로는 페이퍼 컴퍼니로 해당 사업이나 자산을 밸런스 시트로부터 제외하여 기업 본체의 재무 비율을 향상시키거나 자산의 신용력으로 자금 조달을 하거나 담보의 확보를 확실히 하기 위한(도산 격리) 목적으로 설립된다. 1980년대 후반 미국의 금융업계에서 고안되었으며 그 후 엔론이 분식 회계에 SPE를 악용하면서 유명해졌다. 2007년 드러난 서브프라임 위기 때도 SPC의 일종인 SIV(특별 투자 목적 회사)의 남용에 비판이 집중되었다.

SPC법

주택 금융 전문 회사 등이 안고 있던 불량 채권의 유동화를 촉진하기 위해 1997년경부터 대장성(현 재무성) 주도로 법안화가 진행되었던 특별법. 1998년 6월 성립되어 동 9월에 시행되었다. 정식 명칭은 '특정 목적 회사의 증권 발행에 의한 특정 자산의 유동화에 관련한 법률'. 2000년 11월에는 개정 SPC법 '자산 유동화에 관련한 법률'이 시행되어 최저 자본금의 인하(300만 엔→10만 엔), 등록제에서 신고제로 변경, 특정 목적 신탁 제도의 도입 등이 실시되어 편리성이 높아졌다.

트리플A 소설 신용평가사 (하)

초판 1쇄 인쇄 2014년 11월 20일
초판 1쇄 발행 2014년 11월 25일

저자 : 구로키 료
번역 : 김준

펴낸이 : 이동섭
편집 : 이민규
디자인 : 고미용, 이은영
영업·마케팅 : 송정환
e-BOOK : 홍인표
관리 : 이윤미

㈜에이케이커뮤니케이션즈
등록 1996년 7월 9일(제302-1996-00026호)
주소 : 121-842 서울시 마포구 서교동 461-29 2층
TEL : 02-702-7963~5 FAX : 02-702-7988
http://www.amusementkorea.co.kr

ISBN 978-89-6407-801-3 04830
ISBN 978-89-6407-799-3 04830(세트)

이 도서의 국립중앙도서관 출판예정도서목록(CIP)은
서지정보유통지원시스템 홈페이지(http://seoji.nl.go.kr)와
국가자료공동목록시스템(http://www.nl.go.kr/kolisnet)에서 이용하실 수 있습니다.
(CIP제어번호: CIP2014030144)

*잘못된 책은 구입한 곳에서 무료로 바꿔드립니다.